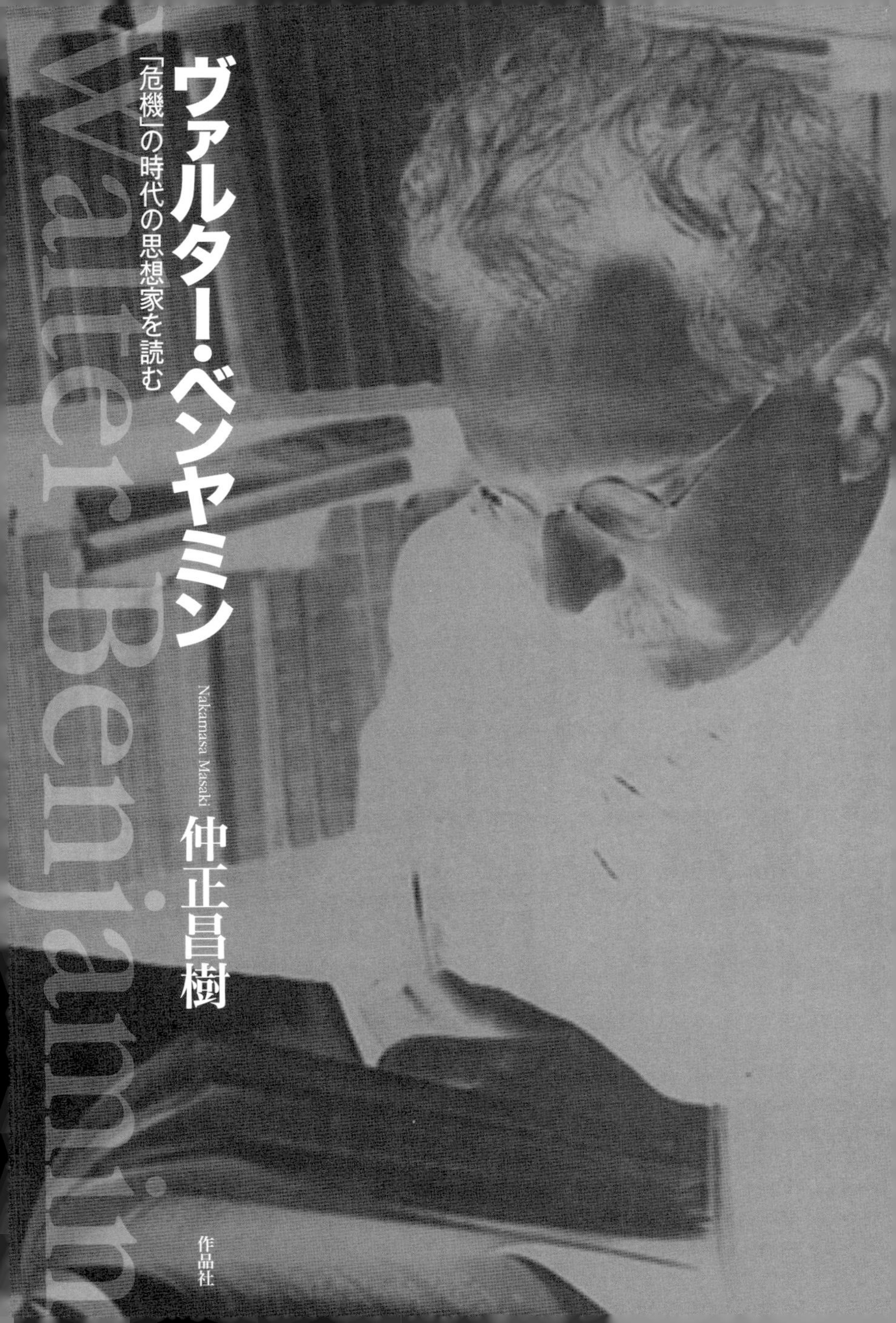

ヴァルター・ベンヤミン

「危機」の時代の思想家を読む

Nakamasa Masaki
仲正昌樹

作品社

目次

第一日目……序論 009
開講の挨拶 010
ベンヤミンって何者? 011
ポストモダンのベンヤミン 013
消費 014
ファンタスマゴリー 016
同時代人ルカーチとブロッホ 018
マルクスVS.ベンヤミン 020
都市を読み解く——現代思想の源流 021
読んでほしい主要著作紹介 024
1 『ドイツ・ロマン派における芸術批評の概念』(一九一九) 024
2 『ドイツ悲劇の根源』(一九二五、二八) 026
3 『ゲーテの親和力』(一九二四—二五) 028
4 『複製技術時代における芸術作品』(一九三六—三九) 029
5 『パサージュ』(一九二九—四〇) 030
言語について 1——『翻訳者の課題』を読む 前半 032

「翻訳」とは?
〈représentation〉を徹底的に分解する ― 芸術作品としての文学
文学作品は何を伝達するのか? ― 創作=詩作
不正確とは? ― 作品の形式とはなにか?
忘れがたい性質 ― 神の記憶
翻訳可能性 ― 母語/外国語≒生/死
「死後の生 Fortleben」 ― 「形成=造形化 gestalten」
【会場からの質問】 056

第二日目……言語について 2――『翻訳者の課題』を読む 後半 059

文学の定義―ポイエーシス=創作 ― 『生の哲学』
生の連関を見出す使命 ― 目的=終焉
「合目的的 zweckmäßig」 ― 「表現 Ausdruck」
芸術作品による再現 ― 『世界』の模型作り―言語と言語の間の内的な関係
言語の特権 ― 『聖書』〈Bible〉
原・本とドイツ・ロマン派 ― 意味・啓示・言語
翻訳における「正確さ Genauigkeit」 ― 死後の成熟
「既に死んだ理論となっているあの翻訳論 jene tote Theorie der Übersetzung」
神の言語・純粋言語 ― パンは同じ〝パン〟なのか?
「メシア的な終末 das messianische Ende」 ― 「気圏 Luftkreis」
「イローニッシュ ironisch」 ― 偉大な翻訳者=創作者たち

「感性的な音調 Gefühlston」 ― 「シンタクス Syntax」
「逐語性 Wörtlichkeit」 ― 純粋言語を解き放つ
原作と純粋言語 ― 聖なるエクリチュール
【会場からの質問】 116

第三日目……暴力について――『暴力批判論』を読む 119

時代背景――暴力と革命の世紀 ― 暴力論の系譜
暴力と法と正義と ― 暴力の正しさ
自然法／実定法的アプローチ ― 「手段の適法性 Berechtigung der Mittel」
法の根本問題 ― 法的目的
革命的ゼネストの問題 ― 国家が恐れる〝暴力〟
「法維持的暴力 die rechtserhaltende Gewalt」 ― ワイマール共和国――暴力の本質をめぐる哲学的考察
ストライキの暴力 ― 〝正しい暴力〟と「呪縛圏 Bannkreis」
神と運命 ― 宣言と神話
神々が行使する暴力 ― 神々と人間の間の「標石 Markstein」
正義と権利、神的と神話的 ― 「致命的 letal」
「魂 Seele」と神的暴力 ― 「戒律 Gebot」
暴力の歴史哲学
【会場からの質問】 178

第四日目……歴史について——『歴史の概念について』を読む

絶筆

第一テーゼ——人形とこびと

第二テーゼ——〈解放〉と〈救済〉

第三テーゼ——「年代記作者 Chronist」と「歴史家 Historiker」

第四テーゼ——「繊細な精神的なもの feine und spirituelle Dinge」

第五テーゼ——「過去の真のイメージ das wahre Bild der Vergangenheit」

第六テーゼ——危機の瞬間にひらめく「回想=記憶 Erinnerung」

第七テーゼ——「文化財 Kulturgüter」

第八テーゼ——「非常事態 Ausnahmezustand」、カール・シュミットとファシズム

第九テーゼ——「歴史の天使 der Engel der Geschichte」

第十テーゼ——惰性的思考

第十一テーゼ——労働・技術・自然

第十二テーゼ——「解放の仕事 das Werk der Befreiung」

第十三テーゼ——「均質で空虚な時間 eine homogene und leere Zeit」

第十四テーゼ——「今の時〈Jetztzeit〉」

第十五テーゼ——暦と記念日

第十六テーゼ——歴史主義 vs. 史的唯物論

第十七テーゼ——一般史 vs. モナド

第十八テーゼ——メシア的な静止、史的唯物論における過去の救済、闘争を通しての解放

第五日目……メディアについて　1——『複製技術の時代における芸術作品』を読む　前半　247
書誌的問題
第Ｉ節——美的な〈表現 Ausdruck〉を通しての所有関係の変化
第Ⅱ節——「複製＝再生産 Reproduktion」と［技術—市場—芸術—メディア］
第Ⅲ節——アウラ・「今、此処 das Hier und Jetzt」をめぐるオリジナル性の解体
第Ⅳ節——メディアと知覚の変化
第Ⅴ節——「唯一無二 einzigartig」
第Ⅵ節——「礼拝的価値 Kultwert」と「展示的価値 Ausstellungswert」
第Ⅶ節——「証拠物件 Beweisstück」としての写真
第Ⅷ節——古代ギリシア
第Ⅸ節——芸術とは何か？
第Ⅹ節——写真と映画
【会場からの質問】　292

第六日目……メディアについて　2——『複製技術の時代における芸術作品』を読む　後半　295
第XI節——機械装置が芸術と人間の関係を変える
第XII節——自己疎外・まなざし・スター崇拝
第XIII節——労働の〝分業〟の反転可能性
第XIV節——技術の国の『青い花』
第XV・XVI節——カメラと大衆の無意識な欲望

第XVII節―ダダイズム、〈taktisch〉「触覚的」「衝撃」「打撃」
第XVIII節―五感全体の総合的な「慣れ」、芸術を受け止める〈aisthesis〉的な受容
第XIX節―戦争・芸術・政治―ファシズムという事例
最後に―ネット社会のベンヤミン
◉ベンヤミンを理解し、深めるための参考書 347
◉索引 358

ヴァルター・ベンヤミン

――「危機」の時代の思想家を読む

講義風景【撮影：末井幸作】

本書は、2009年9月から2010年2月まで全6回にわたって、三省堂本店（神保町）で行った連続講義『仲正昌樹とともに読む＜思想書古典＞　徹底読解講義 ヴァルター・ベンヤミン「"危機の時代"の思想家を読む」』の内容をもとに、適宜見出しを入れて区切る形で編集したものである。

文章化するに当たって正確を期すべく随所に手を入れたが、講義の雰囲気を再現するため話し言葉のままとした。また会場からの質問も、講義内容に即したものを、編集し収録した。

講義の中でテクストとして主に参照・引用したのは、野村修訳『暴力批判論 他十篇　ベンヤミンの仕事1』『ボードレール 他五篇　ベンヤミンの仕事2』（いずれも岩波文庫）に収められている四本の論文である。また、原文はもちろんのこと晶文社のベンヤミン著作集や、ちくま学芸文庫のベンヤミン・コレクションに収められている翻訳も適宜参照した。

来場していただいた会場のみなさん、そしてご協力いただいた三省堂書店神保町本店4階フロア長福澤いづみさん、人文書担当大塚真祐子さん、心より御礼申し上げます。【編集部】

じじつ翻訳は、原作のあとに出る。そして、成立の時期には選ばれた翻訳者をけっして見いだすことがない重要な諸作品にあっては、翻訳は、作品の死後の生の段階を表示するものとなる。

『翻訳者の課題』

（野村修訳）

第一日目……序論＋言語について　1——『翻訳者の課題』を読む　前半

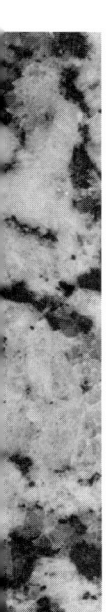

開講の挨拶

これは、ドイツの思想家ヴァルター・ベンヤミン（一八九二―一九四〇）のいくつかの作品を六回にわたって読んでいくという講座です。

最初に、ベンヤミンというのはどういう思想家なのか？という話を少しだけしたいと思います。最初に聞いておきたいのですが、私がベンヤミンについて講座で話すということを聞く以前に、ベンヤミンのことをある程度知っていた人は手を挙げてみてください。翻訳でいいですし、また短くてもいいので、読んだことのある人は？　半分くらいいますね。ついでに、ドイツ語で部分的にでも読んだことのある人は？　いないですね。

最初に取り上げるテクストは、岩波文庫の野村修訳『暴力批判論他十篇』に収められている「翻訳者の課題 Die Aufgabe des Übersetzers」です。

この論文のタイトルは、「翻訳者の使命」とも訳せます。ちくま学芸文庫のベンヤミン・コレクションの第二巻に収められている訳では、「翻訳者の使命」というタイトルになっています。「課題」とすると、翻訳者が個々の作品を訳し進めていくに際して不可避的に遭遇する問題を論じた、半技術的議論みたいな響きになりますが、「使命」とすると、神とか歴史とか文化とか民族とか、超越的な存在によってその「使命」を与えられたかのような響きがしますね。実際には、その両面が含まれているテクストです。そのどちらを前面に出すかが、こういう抽象的な文章を翻訳するに際しての悩みどころです。翻訳が主題の論文なので、その日本語訳にも少し拘ってみたいと思います。

この論文は、翻訳という具体的な行為について論じたものなので、比較的分かりやすいです。野村先生の訳も分かりやすいと思います。原文のドイツ語を確認したり、引用・参照箇所に当たったりしなくても、高校生レベルの国語力と集中力さえあれば、結構すらすら読めるはずです。ただ、ごく一部、原文を確認しないと、ピンとこないところがあるので、そういうところは、具体的に読みながら、やや細かく解説したいと思います。

今回は初回ですので、まずベンヤミンとはどのような思想家で、思想史的にどのように位置付けられるか簡単な解説をして、後半で「翻訳者の課題」の読解に入ります。

ベンヤミンって何者？

ベンヤミンは、フランクフルト学派のアドルノ（一九〇三―六九）と近い関係にあった思想家です。左派的な文芸批評家として、ドイツ文学研究者の間ではかなり昔からそれなりに知られていました。ただ、九〇年代に入る前までは、ドイツでも日本でも英米でも、ジャンル横断的に人文系の各分野で参照される重要な思想家という扱いは受けていなかったと思います。日本では、一九六九年から八一年にかけて、今回のテクストの翻訳者である野村修さん（一九三〇-九八）や川村二郎さん（一九二八-二〇〇八）など、現代ドイツ文学・思想史の人たちが翻訳者になって、ベンヤミン選集を晶文社から出されたわけですけれど、当時はあまり一般的に受容されなかった。七〇年代だと、現代ドイツの思想・文学は日本ではかなりメジャーで、数多くのスターが知られていたので、その大勢の中の一人として埋没してしまったきらいがあります。

一九九〇年代の前半、ベンヤミンの生誕百年の前後にベンヤミンのミニ・ブームがありました。九一年に、ドイツ思想史の高橋順一さん（一九五〇- ）が、講談社現代新書で『ベンヤミン――近代の星座』を出されて、九三年から九五年にかけて岩波書店から『パサージュ論』（全五巻）の翻訳が刊行された頃です。『パサージュ論』はベンヤミンの未完の大作で、ポストモダン思想に通じるベンヤミンの思想全体を解くカギだという感じで紹介され、ちょっとしたブームになりました。

翻訳が始まる前後に、翻訳の中心になった三島憲一さん（一九四二- ）や今村仁司さん（一九四二-二〇〇七）らを中心に、「ベンヤミンとはそもそもどういう思想家で、彼の思想のどこが先駆的なのか」に関するシンポジウムや、雑誌の特集などが企画され、関心が拡がっていきました。今村さんは、九五年に講談社のメチエの一冊として、『ベンヤミンの〈問い〉――「目覚め」の歴史哲学』を出された他、いくつもベンヤミン関係の仕事をされていますが、ご承知のようにもともとフランス系の社会哲学、特に構造主義的マルクス主義者とされるアルチュセール（一九一八-九〇）の研究で有名な人です。また、写真評論家の多木浩二さん（一九二八-二〇一一）も、ベンヤミン論議に加わっています。今村さんや多木さんの参入に象徴されるように、九〇年代のブームでは、ベンヤミンはドイツ系の思想・文学の枠を越えて、フランスの現代思想、構造主義／ポスト構造主義や、都市表象文化論にまで影響を与えた重要な思想家として位置付けられたわけです。

ポストモダンのベンヤミン

では、ポストモダン思想におけるベンヤミンの意義は、どういうところにあるのか？　いくつかポイントを整理してみたいと思います。まず、ベンヤミンの仕事の真骨頂であるとされる『パサージュ論』との関連で話を始めましょうか。〈Passage〉という意味は分かりますか？

「屋根のついた商店街のこと」【会場より】

そう、アーケードのことですね。これはフランス語からドイツ語に入ってきた言葉です。直接的には、「アーケード」なんですけど、寓意的な意味も込められています。フランス語の〈passage〉の元の意味は、「通過」とか「通行」です。「通る」とか「移る」という意味の動詞〈passer〉の名詞形です。英語の〈pass〉と同じです。人々が通っていくものだから、〈passage〉と言うわけです。従って、「通り抜けていく」というイメージが寓意的に重なってきます。それでは、一体何が「通り抜けていく」のだろうか？　本当のところ何が「通り抜けていく」のかよく分かりませんが、ベンヤミンは、近代都市の「アーケード」の中を通り抜けていく様々なイメージ――現代思想用語では、「表象 représentation」――を短いフラグメント（断片）的な文章でスケッチし、それらのイメージの布置連関（Konstellation）――〈Konstellation〉には「星座」という意味もあります――を再構成し、そこから様々な「意味」を読みとろうとした。通常、そういう仕事をした人として紹介されます。

ベンヤミンは、哲学と文芸批評の間の学際的仕事をした人、と言えます。無論、哲学者で文学的エッセイみたいなものを書く人は、もっと昔からいます。哲学論文を書く作家や批評家もっと昔からいました。クロスオーバー的な活動をする人は特段珍しくない。ただ、文芸批評や美術批評に象徴されるような、他者が書き残した言語、あるいは他者の使用した記号を「解釈」するという行為が哲学的にどういう意味を持つか、また哲学自体が言語という媒体を介して営まれていることについてどう考えるか、といった問題を掘り下げて考えたり、そうしたクロスオーバー的な探求を文章の上で「実践する」というのは、それほど昔からあることではないと思います。一九世紀初頭にドイツの初期ロマン派が、哲学と文学の深い相関関係について掘り下げて考えるような仕事をやりかけましたが、あまりまとまらないうちに頓挫してしまいました。ベンヤミンは、初期の論文で、初期ロマン派の「批評」理論の意義を再発見し、その発想を自分のその後の仕事にも応用しました。それと同じようなことを少し遅れてブランショやデリダ、リオタール、ラクー＝ラバルトなどフランス現代思想の論客たちも試みるようになりました。ベンヤミンは「批評」の哲学的意味、「哲学」の批評的意味を相互に交差させながら探求する、極めて現代思想的な営みの先駆だった、と言っていいと思います。実際、デリダやラクー＝ラバルトは、ベンヤミンから直接的に影響を受けています。

消費

彼はまた、「消費」に焦点を当てた、マルクス主義系の資本主義分析を開拓した人でもあります。マルクス主義は、資本主義経済を「生産」という面から考えていて、「消費」はそれに付随するものとしてしか認識していなかったふしがあります。古典派経済学は、生産と共に、市場での交換を重視しますが、「消費」それ自体にはあまり重きを置きません。二〇世紀の初頭くらいから、資本主義の発展の原動力は、消費の面から人々の欲望を喚起することにあるという視点からの研究が登場してきます。マックス・ウェーバー（一八六四―一九二〇）の同時代人の社会学者・経済学者に、ヴェルナー・ゾンバルト

（一八六三―一九四一）という人がいますが、彼は、資本主義は贅沢によって発展するという立場を取り、消費と流通に重点を置いた研究をしていたことが知られています。彼の主著の一つに、『恋愛と贅沢と資本主義』（一九一二）というのがあって、講談社学術文庫にも入っています。ウェーバーが『プロテスタンティズムの倫理と資本主義の精神』（一九〇四―〇五）で示した、「勤勉の精神」を資本主義発展の原動力とする見方とは対極的に、「贅沢」に焦点を当てたわけです。アメリカの経済学者のソースティン・ウェブレン（一八五七―一九二九）も『有閑階級の理論』（一八九九）で奢侈や余暇などの形での「見せびらかし」こそが、経済発展の原動力であるという見方を示しています。

そうした経済学的研究は既にあったのですが、ベンヤミンはそれをマルクス主義的視点からやりました。それも、贅沢をしようとする人間のメンタリティではなく、欲望を喚起する「物」の性質の方に注目する形で試みたわけです。物に定位するという意味で、ベンヤミンは自分の資本主義分析を、「唯物論」と呼んでいますけど、普通に理解されている意味での唯物論とはかなり違いますね。現代風に言うと、むしろ「物」の記号論的分析ということになるでしょう――ベンヤミン自身は記号論という言い方はしていないわけですが。どうして記号論的かというと、人間の願望と、それを喚起する物の関係は、生物学あるいは生理学的な法則のようなものによって一義的に規定されているわけではなく、記号に媒介される「意味」付けが絡んでくるわけです。人間が、動物としての自らが必要なものを作り、消費しているだけなら、「生産」から考えても「消費」から考えても大差はない。しかし人間は、単に物を物理的に消費しているだけではない。人間の欲望は、生物学的に自動的に決まるわけではなく、記号的に意味付けされ、構造化されている。いわゆる、「記号を消費する」という面があるわけです。では、「記号」がどのように人間の欲望に絡んできたのかというと、様々な側面があって結構難しいのですが、ベンヤミンは、そういう問題に目をつけた人と言えるでしょう。

ファンタスマゴリー

マルクス主義的な視点からの分析と言いましたが、ベンヤミンは純粋なマルクス主義者ではありません。一九二〇年代半ばから、友人との関係などから次第にマルクス主義にシンパシーを持ち、モスクワを訪問したりしていますが、マルクス主義者であると自称したことはありません。ただ、彼は自らの商品分析のカギとして、マルクスの「ファンタスマゴリー Phantasmagorie」という概念を使います。「ファンタスマゴリー」は、『資本論』第一部（一八六七）の第一篇第一章第四節の「商品の物神的性格とその秘密」というところに、ほんの少しだけ、人間に対する物の関係の「幻影的形態 die phantasmagorische Form」という表現で出てくるだけです。この節は、物神性あるいは物象化をめぐる新左翼的な議論でよく引用されるところですね。「ファタスマゴリー」の本来の意味は「幻灯装置」です。簡単に言うと、「影絵」なんですが、等身大の影絵ではなくて、スクリーン上に、化け物のように大写しにする仕掛けです。『資本論』の場合、スクリーンというのは、恐らく、人間の願望、社会的に構成された願望ということになるでしょう。純粋にその商品が消費者によって有用で必要だから価値があるということではなくて、社会の中でその商品について人々の間に様々なイメージが生まれ、流布し、混じり合い、あるいは闘争し合うことを通して、その商品についての評価が形成される。他人が評価するものは私も欲しいし、他人が評価しないものは私も欲しくない。そうやって商品は、本来の使用価値を大きく超えた――あるいは、大きく下回る――交換価値を市場において持ち得るわけです。そのように、実体を離れて、間主観的に形成された価値の幻影が「ファンタスマゴリー」です。

マルクス自身はほんの少し「ファンタスマゴリー」に言及しただけなのですが、ベンヤミンは、それを思いっきり拡大解釈する形で、「物」としての「商品」に刻み込まれている人々の願望を分析し、それを通して更に、資本主義発展のメカニズム全体を分析する手法を開発したわけです。ベンヤミンのこの分析手法は、二〇〇七年に亡くなったジャン・ボードリヤール（一九二九－二〇〇七）に強い影響を与えました。ボードリヤールは、六〇年代末から七〇年代始めにかけて、資本主義を消費と記号という面から分析する社会学者として注目を集め、八〇年代初めに日本でもある程度流行した人です。ボードリヤールはベンヤミンから直接的に引用しながら、自らの記号論的な商品分析を展開しています。先ほど言及した今村仁司さんは、ボードリヤールの翻訳者、研究者でもあります。

今だったら、資本主義を分析するのに消費を無視することはできず、しかもその消費は記号的な側面を持っている、ということは現代思想的な文脈では当たり前になっています。それを当たり前にしたのがボードリヤールで、そのボードリヤールの根っこにはベンヤミンがある、ということです。これはボードリヤール自身がはっきり言っている。

このことを別の側面から見ると、マルクスの「唯物論」を「美」という観点から再構築したということにもなるでしょう。マルクス主義で言うところの「唯物弁証法的な歴史の発展運動」は、生産技術・生産力の向上に伴う生産関係の変化というよりも、人間の願望を喚起する、感性的な美を構成する記号的なものの配置関係の変化として捉えることもできるのではないか、「美」的なものによって生産の仕組みが変わっていき、それが歴史の変化にも通じていくのではないか？　「美的」という意味のドイツ語〈ästhetisch〉には、「感性論的」あるいは「感性的」という意味もあります。我々は物から感性的なデータを受け取り、それを「対象」として再構成し、（感性的に）「認識」しています。つまり、人間と物との間には、「感性的」な関係があるわけですが、その関係は――ドイツ語的に――見方を変えれば、「美的」でもあるということです。ざっくり言ってしまうと、「美」というのは、「物」からの「感性」的な刺激が極大化して、通常の生物学的欲求充足の範囲を超えた魅力を発揮するということかもしれません。それが、マルクスが「超感性的 übersinnlich」と形容している、「ファンタスマゴリー」という現象の正体かもしれない。

同時代人ルカーチとブロッホ

マルクス主義における美学の開拓者として知られるのは、ベンヤミンより少し年上の、やはりドイツ語圏の思想家であるゲオルク・ルカーチ（一八八五–一九七一）――ハンガリー人なので、ハンガリー式に言うと、ルカーチ・ジェルジ――や、エルンスト・ブロッホ（一八八五–一九七七）です。ルカーチは、『歴史と階級意識』（一九二三）という階級意識と疎外の問題をめぐる有名な本を書いていて、マルクス主義の階級意識論を哲学的に定式化し、日本の新左翼にも強い影響を与えましたが、この人がマルクス主義の美学部門の開拓者にもなったわけです。ただ、ルカーチのマルクス主義的美学は、「美」の理解がかなり狭い。リアリズム以外は認めないという立場です。マルクス主義者がいかにも言いそうなことですが、現実をリアルに映し出して、人々を覚醒させ、革命に寄与することこそが芸術の使命である、という立場です。ただルカーチ自身は、いわゆる社会主義リアリズムだけではなくて、ブルジョワ・リアリズムと言うべきものも評価しています。封建社会から市民社会への移行期において、社会的現実の変化を描き出したゲーテ、シラー、ヘルダリン、バルザック、スコットなどの文学は、進歩に寄与したものとして位置付けられます。けれども、現実を客観的に再現しようとしない、二〇世紀の芸術、とりわけ表現主義芸術のようなものは、現実認識を歪め、ナチズム的な急進主義に通じる、という見解を取りました。

これに対してブロッホは、表現主義芸術は人々の無意識的な願望を描き出している、直接的に目に見える現実だけではなくて無意識的な願望を描き出すことも革命に貢献し得る、という立場を取りました。この二人を中心として、一九三七年から三八年にかけて、ナチスから亡命していた左派知識人の間で、「表現主義論争」という論争がありました。ルカーチとブロッホの二人は、マルクス主義美学における二つの異なる「美」の理解を代表するとされています。ただ、論争はしているものの、二人とも明確にマルクス主義者であり、親しい関係にありました。第二次大戦後、ルカーチはハンガリーに帰り、ブロッホは東ドイツに移住して、社会主義国家建設に貢献するという態度を取りました――二人とも、五〇年代半ば以降、反体制として取り締まられることになるわけですが。一番大事な点として、二人ともどのような形であれ、共産主義社会へと向かって行く「歴史の進歩」自体は疑っていませんでした。

ブロッホは、マルクス主義者でありながら、神話的なものや神秘主義に関心を持ち研究した人です。カバラやグノーシス、キリスト教の千年王国論、そしてドイツ観念論あるいはドイツ・ロマン派の思想家であるフリードリヒ・シェリングの神話的無意識論などを、自分の議論に取り込んでいます。なぜマルクス主義者が、神話や神秘主義に関心を持つのか？　神話は人々の無意識を反映しているものであり、その無意識の中で、「未だないもの＝ユートピア」への願望が生じてくる、と見るからです。神話は、単なる過去の虚偽意識の産物ではない、ということになるわけです。

そのブロッホも、「ユートピア」へと向かう「進歩」は信じていたわけですが、彼と同じ様に神話的な無意識に関心を持ち、神話的な表象から人々の願望を読み取ろうとしたベンヤミンは、「進歩」を相対化しました。現在では、哲学的、特に現代思想的な文章で、「歴史は進歩している」と無邪気に書いているものはほとんどないと思うんですが、ベンヤミンの活躍した二〇世紀前半くらいまでの西欧では、科学技術の急速な発展、都市化・大衆社会化、民主化の進展などの目に見える変化があったので、「進歩」に対して疑問を持ちにくかった。マルクス主義の革命理論家たちは、資本主義的な進歩をこのまま進めることには反対するけど、それに代わって、唯物史観的な歴史の発展法則に根ざした真の進歩の道筋を呈示しようとした。ナチスはナチスで、人種主義的な進歩の道を示そうとした。そういう様々な「進歩」史観がせめぎ合う時代にあってベンヤミンは、「進歩」、そして「歴史」の意味するところを根本的に疑問に付しました。本格的に彼の「歴史」観をここで説明しようとすると、ものすごく長い話になってしまいますので、あえて一言で言ってしまいますが、「進歩だと我々が思っているものは、本質的には、太古への回帰なのではないか？」というのが彼の問題提起です。ただ、それは決して達成されない「回帰」です。「歴史」の「進歩」の意味を問い返し、進歩史観とは違う、「唯物論」的な「歴史の哲学」を開拓したことも、ベンヤミンの先駆性と言えるでしょう。「歴史」の「終焉」をめぐるポストモダン的論議の先駆けとさえ言えるかもしれません。

マルクスVS.ベンヤミン

ご存知のように、マルクス主義は、未来に共産主義社会が到来するという前提に立ち、そこを「歴史」の「終点＝目的 Ende」と見なします。共産主義社会というのは、太古にあった原始共産制社会、階級や搾取のない社会が、近代的な科学技術と生産体制を基盤として再生されるものです。激しい階級闘争の果てに、共産主義社会が再生されることによって、経済的格差の問題と共に、機械文明の中での人間疎外、個人のアトム化とか、民族問題、ジェンダー問題などの他の問題も解決される。歴史の中で生じてきたあらゆる矛盾・対立が、ヘーゲル＝マルクス用語で言うと、「止揚 aufheben」されることになる。そうした通常のマルクス主義的な歴史観に対して、ベンヤミンは、それは結局のところ何を目指す〝進歩〟なのか、「進歩」に対する〝我々〟の願望は何に由来するのか、〝我々〟はどこからユートピアのイメージを得ているのか、といった根源的な問いを立てます。

近代人は、未来に向かって「ユートピア」を描いていると思っているけれど、実は、太古に美しい時代があったという幻想を抱き、その幻想の故郷への回帰を願っているだけなのかもしれない。西欧世界では、近代化が進むに従って、その反動として、様々な太古回帰の思想・芸術運動が生まれてきました。人間同士の繋がりが非常に密で、人々が自然の中に神々を感じることができるような、生き生きした世界が太古にあった。そういうイメージを抱きながら、人間の自然な本質を歪める近代を批判し、その矛盾を克服しようとする運動です。ロマン主義もマルクス主義も、太古回帰の思想という面では同根と見ることができます。未来に投影すべき太古のユートピアをどのように描くのであれ、実際には誰も見たことがないもの、我々の無意識の中に潜在している願望を投影したものであることに違いはありません。ブロッホであれば、それでも「進歩」への「希望」がある、と言うところでしょうが、ベンヤミンは、未来に向けての太古回帰しようとする〝我々〟の努力が、実際には、「自然 Natur」を破壊し、我々自身の内なる本性（Natur）をも痛め付けているのではないか、というアイロニカルな見方をします。

「都市」を読み解く——現代思想の源流

『パサージュ論』は、そういう視点から「都市」を読み解こうとするテクストです。「都市」の中には、「未来」を目指しながら「太古」へと向かっていく人々の願望の痕跡が、多々見出せます。太古的なユートピアを喚起する物こそ、ファンタスマゴリー的な欲望を掻き立てる、ということがあります。もう少し具体的に言うと、都市の中心の商業の中心地にある最新の技術の粋を集めた建造物、あるいはそれらの建造物の配置が、アンティークな、場合によってはアルカイック（太古的）な雰囲気を出していて、それが街を歩く人たちを刺激し、魅力的な消費空間を作り出している。新宿区の東京都庁が、ノートルダム寺院を真似て作られているのは有名な話ですが、どうして西欧中世的な雰囲気が、商業都市のシンボルになるのか？　また、ピラミッド型をした建造物が、ポストモダン系の建築によくありますが、どうして古代の建造物の真似をするのか？　近代的な建築の中に、古代の建築や中世の建築などを真似しているものが結構ある。

ブルジョワ的な消費空間に生きる〝我々〟は、「美しい過去に帰りたい」という潜在的な願望を持っているので、新しいものを作ろうとした時に、美しい過去をそのまま投影したようなものを作ってしまうのではないか？　そういうものを設計する建築家や技術者、発注する事業者自身がそう意識しているかどうかに関わらず、彼ら自身もその一員である「大衆」の願望から「新しいもの」を汲み取ろうとすると、不可避的に、大衆がそこへ回帰したいと願う太古的なものを掘り出してくることになる。このことは、消費財一般に当てはまります。レトロ・ブームなんてまさにそうですね。昭和三〇年代ブームとか、八〇年代ブームとか、バブル期ブームとか。ただ、さっきも言ったように、そういう回帰願望は決して満たされることはありません。なぜなら、誰も本当の「美しい太古」を知っているわけではないので、どれだけそれらしく作っても、まがい物であることがそのうち分かってしまう。そのまがい物を作り出すために、資源を浪費し、自然を破壊してしまったかもしれない。みんな、そういう中途半端なもの、ガラクタを作り出してしまった自分たちの愚かさに失望する。しかし、完全に諦めきれない。そこで、次の太古回帰が生まれてくる。そうやって、次々と「流行」が起こる。流行している〝新しいもの〟の中に、非常に古い層のイメージを見出すことができる。

そうしたベンヤミンの仕事から、「都市表象分析」と言われる領域が生まれてきたわけです。これは『パサージュ論』でやったことです。都市は、特定の都市計画者の頭の中の設計図に従って合理的に設計されるわけではなく、大衆の願望を吸収・反映しながら成長していく。都市空間の全体的配置と、そこで展示・陳列されている個々の商品との相互作用によって、ファンタスマゴリーが生まれ、それが市場に集う人たちの様々な交渉を通して増幅していく。商売をやっている人たちは、必ずしも、「人間というものはこういう欲望を持っているから……」と哲学的に考えて商売をやっているわけではないでしょうし、アーケードを作る人も人間の根源的な願望などを研究して作っているわけではないでしょう。しかし、出来上がった都市を全体として見てみると、先ほど話したような「太古に帰りたい」という願望を喚起するような様々な記号的仕掛けがあちこちにある。ベンヤミンは、特に一九世紀半ばのパリ――ですからベンヤミン自身は体験していないんですが――の都市空間を生み出したものを、ボードレールやヴィクトル・ユーゴーなどの文学者のエッセイや、新聞・雑誌記事、記録・調査文書、当時の雰囲気を伝える現在の街並みなどから分析しました。

一九世紀のパリに現われた太古回帰願望を喚起するような表象体系が、現代の資本主義的な大都市、消費都市の原型になっている、というのです。そうやって、都市全体を、あたかも大衆の願望が生み出した芸術作品であるかのように分析する視座を確立しました。都市の景観を社会記号論的に分析するやり方は、現代思想、特に表象文化論やカルチュラル・スタディーズ系の評論ではお馴染みになっていますが、ベンヤミンはその先駆者だったわけです。実際、カルチュラル・スタディーズの初期の理論家や、表象文化論のネタ元になったフランスのポスト構造主義の理論家たちはベンヤミンを重要な参照項にしています。

このようにベンヤミンは、初期フランクフルト学派の批判理論、ボードリヤールに始まる消費社会学、都市表象分析、カルチュラル・スタディーズ、ポストモダン系の文芸批評、ロマン派再評価など、現代思想の様々な方面に影響を与えたわけです。

読んでほしい主要著作紹介

ベンヤミンの主要著作を、この一連の講義では取り上げられないものも含めて紹介しておきましょう。

1『ドイツ・ロマン派における芸術批評の概念』（一九一九）

これはベンヤミンの博士論文にあたります。この著作には、二つの大きな意味があると思います。一つは、デカルトによって確立された近代自我哲学に対する内在的・脱構築的批判の方法を、ドイツの初期ロマン派の論客たち、特にフリードリヒ・シュレーゲルと、ノヴァーリスが発見していた、ということの再発見です。簡単に言うと、「私は存在していると考えている私は存在していると考えている私は存在していると考えている私は存在していると考えている私は……」という風に、「我思うゆえに我あり」と判断している「私」を常によりメタのレベルで問題にすることで、「考える私」の「存在」を相対化していく戦略を取るわけです。もう一つは、そうした戦略と密接に結び付いた哲学と「批評 Kritik」の概念を、初期ロマン派が確立したということです。ドイツ語の〈Kritik〉は、「批判」と「(文芸) 批評」のどちらの意味にもとれます。初期ロマン派は、「批評＝批判」を、単なる長めの書評のようなものとして終わらせるのではなく、ある意味で、元の作品を越えたオリジナリティを持つ、一つの作品として捉え、そのようなものとして完成することを目指したわけです。日本だと、小林秀雄（一九〇二–八三）がそういう意味での「批評」を確立したと言われていますね。そういう「批評」は、単に元の作品にコメントして、表現技法の良し悪しとか、背景知識のような情報を提供したりするだけでなく、その作品の隠された意図を掘り出し、それをより広い文脈の中に位置付けることを目指します。作品の中にはしばしば、作者自身がはつきりと意図していなかったことが、ちょっとした言葉の選択、場面設定、人物のちょっとした仕草、何気なく描かれているオブジェの記号論的な意味などの組み合わせによって、表現されていることがあります。それは無意識的な願望の表れかもしれませんし、民族学的、あるいは社会学的な心象の反映なのかもしれません。「批評」はそういうものを発見して、意味付けることによって、独自の作品性を獲得するわけです。

文字で書かれたのではない芸術作品、彫刻や絵画であれば、作者が自分でコメントしている以上のことを批評家が解釈するのは、ある意味、当たり前のことですね。画家や彫刻家、音楽家の中には結構自分でしゃべる人もいますが、基本的にはあまりぺらぺらしゃべらないで、「解説よりも作品を見て下さい」あるいは「聞いて下さい」というタイプが多いので、評論家が代弁してくれないと分からないということがあります。文学作品も芸術だとすれば、基本的に同じはずですが、やりにくいですね。作家は言葉を操るのが商売の人ですから、たいていは自分で説明してしまうわけです。評論家が、「ここにはこういう意味が隠されている」と構造分析しても、作家は「いや違う。そういうつもりではない。私の意図とは違う」と言えるわけです。そうなると、評論家は立つ瀬がない。作者の意図を超えたものが作品の中にあることを、どうやって作者自身にも対抗する形で証明することができるのか？

この課題は、『翻訳者の使命』におけるそれとも密接に結びついています。ドイツ・ロマン派は、先の「私が存在していると考えている私が存在していると考えている私が存在していると考えている私……」の問題と結び付ける形で、この課題に答えようとします。そのような形で無限に続く反省の連鎖は、「私」個人の内で自己完結的に堂々巡りしているだけではなく、書籍や雑誌、会話、伝聞、伝説・神話、絵画、彫刻など様々な種類の文化的媒体を介して、間主観的に展開していると見なしたうえで、個々の文学作品をその中に位置付けるわけです。そういう風にして、哲学と文芸批評が重なってくるわけです。これは、私の院生時代の研究テーマでした。詳しくは『モデルネの葛藤』（御茶の水書房、二〇〇一）をご覧ください。ベンヤミンは、そうした高度に哲学的な「批評」概念を、初期ロマン派の仕事の内に再発見し、それを自らも実践するようになったわけです。

2『ドイツ悲劇の根源』（一九二五、二八）

これはベンヤミンの教授資格論文になるはずのものでした――ドイツでは、博士論文の上に、教授資格論文というのがあって、これを取得して初めて大学の正教授になる資格を得られます。教授資格論文として提出したんですが、審査員の教授たちから、あまりにも抽象的で何が言いたいのか分からない、というようなことであまり高く評価されず、論文提出の撤回を余儀なくされました。それで彼はアカデミックなキャリアを諦め、アカデミックなスタイルに囚われない文芸批評家の道を歩むことになります。今回テクストとして使う、岩波文庫の『暴力批判論他十篇』に、「認識批判的序説」というタイトルの文章が入っていますが、これが『ドイツ悲劇の根源』の「序文」にあたります。このタイトルから想像がつくように、本論で演劇について論じる前に、我々の美的認識の構造を批判的に検討する、それも記号論的・歴史的に検討する、という内容になっています。実際に読んでみると分かりますが、本当にかなりの予備知識がないと何が問題なのかさえ分かりません。ベンヤミンの論文は基本的にみな抽象的で分かりにくいのですが、岩波文庫のこの巻に収められている論文の中では極めつきで分かりにくいです――彼の文章はドイツ語の構文として比較的明晰なのですが、抽象的・隠喩的な表現が続くので、具体的に何を指しているのか、よく分からないところが多々あります。その傾向が極度に強い論文だということです。解説抜きでいきなり読んだら、演劇論の前提となる基礎理論として書かれていることさえ分からないと思います。

法政大学出版局から出ている日本語訳のタイトルは「悲劇」となっていますが、「哀悼劇」と訳す場合もあります。「悲劇」か「哀悼劇」かというのは、実は内容に関わる問題です。悲劇を意味する英語の〈tragedy〉に相当するドイツ語には、〈tragedy〉と同様にギリシア語を語源とする〈Tragödie〉と、それをドイツ語に「意訳」した〈Trauerspiel〉と二つありますが、ベンヤミンの論文のタイトルになっているのは、〈Trauerspiel〉の方です。当然、〈Tragödie〉という言い方をすれば、ソフォクレス、アイスキュロスなどの古代ギリシア悲劇の系譜に連なる演劇ジャンルであることが強調されますし、〈Trauerspiel〉だと、それと似ているけれど別個の近代的ジャンルであることが強調されます。ベンヤミンが直接的に問題にしているのはバロック期の〈Trauerspiel〉ですが、彼は、古代の悲劇と、バロックの〈Trauerspiel〉はそもそも舞台設定がかなり違うけれど、それ以上に、その背景にある人々の世界認識、自然や神々との関わりが違うことを、認識論・記号論の歴史という形で論じています。古代ギリシアの悲劇では、神々によって与えられた定めと、それに抗おうとする死すべきものである人間との葛藤、その時の情念に焦点が当てられ、重要人物の身に起こる〝悲劇〟はその帰結にすぎないわけですが、近代の悲劇では、そうした運命的・神話的な世界観はあまり前景に出てきませんね。むしろ、人間同士の行き違いが葛藤を生み出しますし、残された者が、愛する者を失ったことを悲しみ、深く嘆くことに焦点があります。

この論文にはいろいろ哲学的に重要な論点が出てきますが、記号論的に特に重要なのは、「象徴 Symbol」と「寓意 Allegorie」の区別です。古代の芸術は「象徴的」であったけれど、バロック以降の芸術はそれと同じことを「寓意的」にしか表現できなくなったというんです。「象徴」というのは、神々しい自然の美を、そのまま作品の中に表現することを試みているような形式ということです。「寓意」というのは、近代人に、「自然」をそのままの形で捉えることのできる能力が失われたことを反映して、いかにもねじ曲がったような、歪んだような形で、「自然」を表象する、というのです。〈Allegorie〉のギリシア語まで遡る語源的な意味は、「別の言い方」ということです。人間が神々しい自然を全体的に知覚し、表現する能力を失っていったので、様々な記号的な約束事を介して、言い換えないといけなくなった、現代思想風に言うと、「意味するもの signifiant」と「意味されるもの signifié」の間の乖離が表面化した、ということです。この寓意の問題が、「自然の没落としての歴史」というベンヤミン独自の「歴史」観に繋がります。

3『ゲーテの親和力』(一九二四―二五)

ゲーテに『親和力 Die Wahlverwandtschaften』(一八〇九)という小説があるんですが、それをベンヤミン独自の記号論的な視点で読み解いたものです。〈Wahlverwandtschaft〉というのは、英語で言うと〈affinity〉です。人間関係に関して使われる場合は、相手に対して抱く親近感、共感、好感、あるいはお互いの相性というような意味です。化学だと、元素同士の親和力、引き合う力、という意味になります。元になった小説は、中心人物になる四人の男女が引き合ったり、反発したりしながら、最後に〝悲劇〟に至る過程を描いた作品です。ゲーテのタイトル自体が既に、恋愛というのを自然な愛情の発露というよりは、一定の性質を持った人間が出会った時に起こる化学反応のようなものであるという見方を暗示していますね。人間関係の化学反応という言い方は、現代の日本語にも定着していますね。ベンヤミンが試みたのは、このゲーテの小説を、「この場面で、この人物は、相手に対して〇〇という感情を抱いたに違いない」というような感じで、ベタに感情移入しながら読むのではなく、むしろ、その人物が小説全体の構図の中で担っている記号的あるいは構造的役割、現代日本のアニメ評論の用語で言うところの「キャラ」がどのように設定されているか、キャラ同士が場面ごとにどのように化学反応を起こし、物語を進めているか、という視点から分析しているわけです。キャラの化学反応として物語を読み解いていくというのは、現代の文芸評論ではかなり定番化したやり方ですが、ゲーテの『親和力』のキャラたちは、通常我々が恋愛小説に期待しているのよりも遙かに多くの記号論的役割、自然と人間との関係とか、神話的世界、名前と性格、呪力など、様々な要素を様々な場面で担っており、それを更にベンヤミンが、個々の要素を複合的に関連付けながら解説しているので、相当難解になっています。少なくともゲーテの『親和力』自体を読んで——人間のリアルな描き方とかではなく——その描写の寓意性に引き付けられたという人でないと、比較的単純な四角関係話らしいけど、どうしてそれをあんなに複雑に解釈しなければならないのか、としか思えないでしょう。

4『複製技術時代における芸術作品』（一九三六―三九）

　これは現代のメディア論でもよく参照される重要な作品で、今回の一連の講義の最後に読みます。初稿は一九三六年に書かれましたが、何度か改稿されています。「複製技術」というのは、具体的には写真や映画のように、現実をそのままに近い形で再現し、なおかつ、その再現イメージを大量コピーできる技術のことです。現代では、写真や映画が芸術扱いされるのは当たり前になっていますが、ベンヤミンの時代は、それらがようやく芸術の一ジャンルとして認められ始めた時代です。

　それまでの芸術、絵画や彫刻などは、作家が一人で素材と向き合ってコツコツと時間をかけて作ったものでした。また、現実をリアルに再現しようとしても限界があるので、どこか特定の側面だけを強調することになる。それに比べると、写真は技術の力で現実を瞬間的に再現するので、あまり匠の技のような感じはしませんね。しかし、写真などの新しいメディアが登場したことによって、人々の現実の知覚の仕方が次第に変化し始めます。今まで、視角からこぼれ落ちていたような細部、あるいはその逆に、俯瞰的な構図のようなものを、多くの人たちが意識するようになりました。写真家の中には、撮影のアングル、被写体との関係を調整することで、そうした「物」に対する新しい関係を、大衆に先駆けて代表的に表象することを試みるようになった人もいます。それで、芸術性が認められるようになったわけです。映画になると、技術的により複雑・高度になるというだけでなく、被写体としての役者と背景のカメラに対する配置、演出者との関係、そして撮影したフィルムの編集、BGM、映画館の構造など、非常に多くの要素が絡んでくるので、それらを複合的に使うことで、「物」と「人」、「人」と「人」の新たな関係性を特徴付け、演出することができるわけです。

そうやって人々の知覚を変化させ、芸術の在り方にも影響を与える複製技術というのは、大衆のファンタスマゴリー的な願望を反映する形で生まれてきたはずです。そういうことまで視野に入れると、（自然との繋がりを失って以降の）人類の願望と知覚、メディア、芸術の相互関係、その歴史についてかなり大がかりな議論ができそうですね。ベンヤミンは、この論文を、そうした大がかりな議論の端緒にしようとしていたのではないかと思います。複製技術に関連した作品として、写真が芸術になり始めた最初期の歴史を描いた「写真小史」（一九三一）という小論文もありますし、「シュルレアリスム」（一九二九）という論文では、シュルレアリストなどの前衛芸術家が、知覚の変化にどのように対応したかが論じられています。

5『パサージュ論』（一九二九－四〇）

ベンヤミンの最後の仕事になったのは、最初にご紹介した『パサージュ論』です。最初に構想が出来たのは一九二九年頃で、亡くなるまで継続的に取り組んでいます。その間に、ボードレール論とか、『パサージュ論』の中の個別のテーマと関わる論文をいくつか書いています。「写真小史」や「複製技術時代の芸術作品」も、都市空間を中心とする知覚の変化を扱っているので、関連論文と言えるかもしれません。

ご存知のようにベンヤミンは、初期フランクフルト学派のメンバーの多くと同様にユダヤ系だったので、ナチスが政権を掌握すると共に、国外に脱出し、主として（パサージュの舞台である）パリで亡命生活を送りながら、パサージュ関連の仕事を続けました。一九四〇年にドイツ軍がフランス軍に勝って、パリまで進軍してきましたので、ベンヤミンはピレネー山脈を越えてスペインからアメリカに逃げようとしたが、途中で諦めて、ピレネー山脈の中で自殺しました。『パサージュ論』の原稿は最後まで大事に持ち歩いていたそうで、戦後、フランクフルト学派関係の人たちが、これを整理して刊行しています。

『パサージュ論』については既にある程度述べましたので、それは繰り返さないでおきますが、一言だけ付けくわえておくと、この作品で描かれているパリの風景には、豪華な商店街や近代的建築物とか流行とか、ブルジョワジーのファンタスマゴリー的願望が生み出した近代文明の粋を集めているような所と、売春婦、ゴミ拾いの人、乞食等が集まる裏小路のような所と、その両面を描き出しています。消費資本主義肯定のようにも取れるし、進歩から取りこぼされたもの、弱者に対するやさしいまなざしを向けているようにも取れます。それぞれの側面に引き付けられる、二つのタイプのベンヤミン・ファンがいます。ユートピア願望を原動力とする歴史の進歩と、それが生み出す廃墟、取り残されたものを同時に、しかも一体不可分の関係にあるものとして視野に入れるところ、そういうどっちつかずの観察者のまなざしを持ち続けたところにベンヤミンの面白さがあります。ベンヤミン自身は、それを「遊歩者 flâneur」のまなざしと言います。パサージュの中を、商品空間の魅力に引きよせられながらも、完全にそこに同化されないまま、ふらふらと歩き続ける「遊歩者」です。

「翻訳」とは？

では、『翻訳者の課題』に入ります。先に述べたように、タイトル自体になっている〈Aufgabe〉という言葉自体、「課題」とも「使命」とも訳せます。結構、ニュアンスが違いますね。日本語だと、両方のニュアンスを同時に表現できるような単語は見当たりませんね。

よく言われることですが、翻訳する時、一つの言語から他の言語へと綺麗に移すのは難しい。抽象的な概念ほど対応させるのが難しい。日本語を使っている我々からしてみれば、「課題」という具体的なものと、どこか高い所から与えられるようなニュアンスがある「使命」がどうして同じ言葉で表現できるのか、不思議な感じがしますね。言語体系が違うのだから、仕方ないことでしょう、と単純に割り切れるのであれば、話は終わりですが、それで本当に割り切れてしまって、全然不思議に思わない人は、あまり哲学向きではないでしょうね（笑）。

無論、翻訳というのが、機械的に単語と単語、表現と表現を対応させればいいというようなものではないことは、ベンヤミンがわざわざ論じなくても、ずっと昔から分かっていたことです。問題は、何故、言葉が一対一対応しないかです。日本人である我々は、日本語は、西欧の言語であるドイツ語や英語などとは違った系統の言語なので、全然違っていて当たり前だと思っているふしがありますが、西欧の言葉同士で翻訳する場合でも、なかなか一対一で対応させられない。単に単語がズレているだけなのか、それとも言語の背後により根本的なもの、少し大げさな言い方をすると、世界観の違いのようなものがあって、それが単語レベルの表面的なズレを生んでいるのか？　ベンヤミンは、簡単に割り切らないで、翻訳の問題の背後に、世界観的なものを読み取り、更には、私たちが自分のために「世界」を切り取るに際して用いる「言語」の本質をめぐる問題へと繋げて考えたわけです。

少しベンヤミンの論文自体から離れた話になりますが、哲学・思想系の論文では、主要な概念がストレートに日本語に対応してくれないので、私もよくやるんですが、○○＝□□＝△△……というように等号で繋ぐ形で列記するということがしばしばありますね。デリダなんかになると、ぞろぞろと三つも四つも繋がったりすることがあります。例えば、〈représentation〉だったら、表象＝呈示＝再現（前化）＝再現在化＝代理＝代表＝代弁、というような感じで。通常は、文脈的に関連ありそうなものに絞るわけですが、デリダの文章はわざと多義的に解釈できるように書かれているので、なかなか絞り込めません。原文の中で、この〈représentation〉に対応するドイツ語の単語、例えば、〈vorstellen（表象する＝前に立てる）〉とか〈vertreten（代表する＝主張する）〉とか〈vergegenwärtigen（現前（在）化する）〉などと等号で結ばれていると、それぞれの単語がまた多義的なので、かなりややこしいことになります。みなさんは、現代思想を研究している人はマニアックで謎めいた言葉使いが好きだから、やっているんだろう、としか思われてないかもしれませんが――まあ実際好きなんですけれど（笑）。でも、そういうマニアックな書き方をする哲学的背景として、言葉によって切り取られる世界観の違いをめぐる問題があることは、一応知っておいて下さい。

〈représentation〉を徹底的に分解する

〈représentation〉にもう少しだけ拘っておきましょう。この言葉の意味には、二つの系列がありますね。一つは、「代表」とか「代理」「代弁」など、「代わりになる」という系統の意味。これは、政治的・法的文脈で使われることが多いですね。もう一つは、「表象」あるいは「再現前化」など、哲学あるいは美学の議論で使われる意味。こっちの方は少し抽象的ですね。簡単に言うと、何らかの対象を、イメージ化して「現わす」ということです。ところで、「現わす」という場合、それは何か元々「ある」ものをイメージ化してはっきり目に見えるようにするということなのか、それともイメージ化することを通して、元々実体があるのかどうかはっきりしなかったものに存在を付与することになるのか？　どっちにも解釈できますね。前衛芸術で、何の変哲もないオブジェを並べて、その横とか前に、「これは芸術作品です」と書いた札を立てて、〝作品〟にしてしまう、というようなパフォーマンスがありますね。そういう場合、イメージ化すること、表象することによって初めて、存在が付与される、と言えそうな感じがしますね。

フランス語の動詞〈représenter〉、あるいは英語の〈represent〉は、語の作りとして、「現在の」、あるいは「現前している」、分かりやすく言うと、「目の前（手前）にある」という意味の〈présent〉あるいは〈present〉という形容詞を含んでいますね。その部分を強調するために、一本ハイフンを入れて、〈re-présenter〉とすると、「再・現在化」、あるいは「再・現前化」という感じのニュアンスが出ますね。では、何をもう一度「現在化」、あるいは「現前化」するのか？　何らかの対象を「表象する」、「現れさせる」ということは常に、もはやその場にないもの、不在のものを、「再現」するというようなことを含意しているのではないか？　芸術作品として何かのイメージを描く、という意味で「表象 re-présenter」する場合であれば、「もはやその場にないものを、イメージとして再現する」というニュアンスがはっきり出てきますね。そこから敷衍して、そういう風に具体的に作品を作らなくても、自分の想像の中で何かを「表象」する際に、私たちは、無意識的に「再現前化」をやっているのではないか、という見方をすることもできますね。そうすると、「代表する」という意味での〈représenter〉の場合も、目の前にいない人、あるいは、実体があるのかないのか分からない、大衆とか国民とかの集合体を「再現前化」しているのではないか？　そういう風に、言葉の作りをいじくって、いろいろな哲学的議論を引き出すことができますね。

ドイツ語と翻訳対照させると、もっと話を引っ張れます。ラテン語あるいはフランス語から入ってきた

〈repräsentieren〉だと、ほぼそのまま対応するのですが、〈présent〉の部分を、これに対応するドイツ語の〈gegenwärtig〉という形容詞に置き換えた、〈vergegenwärtigen〉という動詞だと、少しずれてきます。名詞・形容詞から動詞を作る際に使われるドイツ語の接頭辞〈ver-〉には、フランス語の〈re-〉のように「再」の意味はないので、「再-現前化」というニュアンスは消えます。その代わりに、語幹の〈gegen〉の部分には、「〜に向かって」とか「〜に反して」という意味が含まれているので、「〜に向き合わせる」というようなニュアンスが出てきます。また、「表象する」という意味に焦点を当てて〈vorstellen〉と対応させる場合、この動詞は〈vor-stellen〉という風に分解できます。〈stellen〉は「置く」という意味で、〈vor〉は「前に（へ）」という意味です。自分から見て「前に置く」、そこから、眼前にそのイメージを思い浮かべるという意味が出てくる。それが、「表象」ということになるわけです。これについて穿った解釈を加えれば、もともと曖昧模糊として形のはっきりしない塊の中から、特定のイメージを引き出してきて、私の目の前に立てる、それが「表象」である、というような話ができますね。実際、ハイデガー（一八八九-一九七六）はそういう議論をしています。では、「再現前化する」という意味合いを持つ〈re-présenter〉と、「前に立てる」という意味合いの〈vorstellen〉はどのように、どういう側面で対応しているのか？　そんなの慣習的な翻訳だろ、と言ってしまえば、それまでですが、ハイデガーとかデリダの研究をやっている人の多くは、こういう言葉の繋がりに拘ります。そこに何か言語哲学的な問題が潜んでいるかもしれないと思って。

芸術作品としての文学

それでは、今度こそ本当に『翻訳者の課題』の本文を少しずつ読んでいきましょう。この論文は以下のように始まります。

ある芸術作品なり、ある芸術形式なりに相対して、それを認識しようとする場合、受け手への考慮が役立つことはけっしてない。特定の公衆やその代表者にかかわることは、どんなかかわりかたをするにせよ、道を踏みはずすことになるばかりではない。「理想的」な受け手という概念にしてからが、いっさいの芸術理論上の論議においては、有害である。なぜなら、その論議が前提としなくてはならないものはただ、およそ人間の存在ならびに人間の本質だけなのだから。

最初から引っかかりますね。「翻訳」の話なのに、何で「芸術」の話が出て来るのか？　簡単に言ってしまえば、ベンヤミンが念頭に置いているのが、芸術作品としての文学作品だからです。この論文自体は一九二一年に書かれましたが、ベンヤミンが二三年に、ボードレールの詩篇『タブロー・パリジャンTableaux Parisiens』を翻訳刊行する際に、その序文として掲載されています。フランス語の〈tableau〉に、「絵」「場面」「黒板」などの意味があるのはご存知ですね。

文学作品の場合、訳す前に、その作品を「作品」として理解しておかねばなりませんね。単に、文意が分かるというだけではなく、芸術作品として何を表現しているかが分かっていることが必要です。無論、作品を構成している一つひとつの文を、中学校や高校の英文和訳みたいに機械的に訳すことはできますが、そのレベルで留まっていると、単語のチョイスや文法的な意味の取り方が正確だったとしても、芸術作品としての文学作品を理解した、とは言えない。

でも、文学作品を芸術作品として理解するのと、単に語学的に正しく理解するのとどこが違うのか？　雲を摑むような話ですね。だからまず、芸術作品を理解する、あるいは、認識するとはどういうことか、問題提起しているわけです。

最初の文からして、結構分かりにくいですが、「受け手への考慮」というところは、原文では、〈die Rücksicht auf den Aufnehmenden〉となっています。ドイツ語の辞書を引いてもらえば分かりますが、〈die Rücksicht auf～〉という副詞句は、「～に対して遠慮して」あるいは「～を考慮に入れて」という意味です。どっちに取るかで全然違いますね。野村先生はどっちにも取れるような訳し方をされていますが、私は、後者の意味に取った方が、文意がすっきりすると思います。その前提で少し訳文を変えると、「ある芸術作品なり、ある芸術形式なりに相対して、それを認識しようとする場合、受け手のことを考慮に入れることが役立つことはけっしてない」と、なります。

それに続く、「特定の公衆やその代表者にかかわる」という所も、その線で理解すれば、はっきりします。原文は、〈jede Beziehung auf ein bestimmtes Publikum oder dessen Repräsentanten〉ですが、〈Beziehung auf～〉という副詞句は、「～に関わること」という意味と、「～に関係付けること」の二通りの意味があります。自分自身が関わるのか、それとも、対象Aを別の対象Bに関係付けるということなのか、という違いです。これは、後者の意味に取った方がいいでしょう。そうすると、「特定の公衆やその代表者に関係付けることは、それがどのような関係付けであるにせよ～」という訳になります。

これで少し論点がはっきりすると思います。特定の公衆の代表――ここでは余談になりますが、「代表Repräsentant」というのも「表象」関連の言葉ですね──あるいは、「理想の受け手」のようなものを想定する、つまり、「見る目が在る人ならどう見るかなあ」とイメージし、それに合わせようとするのは、芸術作品の認識にとって有害である、そういうことをすれば横道にそれてしまう、ということです。無論、芸術の受け手が「人間」であることは確かであり、「人間」の「本質」を前提にしないと、作品の芸術性を理解することはできませんが、それが特定の趣味のいい誰かさんであってはならない、という話です。

全くもって正論であり、わざわざベンヤミンに言われるまでもないという気もしますが、我々は往々にして、その脇道にそれて、余計なことを考えてしまいます。そういう風に理解すると、その次の箇所が言わんとするところも、クリアになると思います。

したがって、芸術自体もまた、人間の身体的および精神的な本質を前提とする――けれども、芸術はいかなる個々の作品においても、人間から注目されることを前提としてはいない。じじつ、いかなる詩も読者に、いかなる美術作品も見物人に、いかなる交響曲も聴衆に向けられたものではないのだ。

「人間から注目されることを前提としてはいない」と言いきってしまっているので、ちょっと面喰いますが、ここは少し補って、「特に注目されることを前提としていない」ということだと理解すれば、筋は通りますね。つまり、自分に振り向いてくれそうな特定の人の注意を喚起することを目指して作られているわけではない、芸術作品はもっぱら「人間」それ自体と向き合う、というように理解すればいいと思います。因みに「美術作品」の原語は、〈Bild〉です。これは、一般的には「絵」、抽象的には「像」を意味します。彫刻などの「(塑)像」という意味もあります。写真のことも〈Bild〉と言います。これらをまとめる意味で、そして文脈に合わせて「美術作品」と訳したのでしょう。

これは芸術認識についての一般論ですが、では、文学作品の翻訳に関しては、どうでしょうか?

翻訳は、原作を理解しない読者たちに向けられているのだろうか? そう考えるなら、芸術の領域における翻訳と原作との地位の差は、一目瞭然に見えるだろう。

まあ、これは当たり前のことですよね。「原作 das Original」自体が芸術作品であるとすれば、それを読めない人は、芸術作品を少なくとも直接的に認識できない、ということになります。もっぱらそういう人向けのものだとすると、翻訳の芸術的な価値は「原作」に比べてぐっと下がりますね。

加えて、「同じもの」を反復して語る理由も、ほかにあるとは思いにくい。しかし、文学作品はいったい何を〈語る〉のか？　何を伝達するのか？

「同じもの」という言い方は、一見、抽象的な感じがしますが、これは「原作」と「翻訳」が「同じもの」なのか、という話です。ただし、括弧付きであることに注意が必要です。疑問符が付いているわけです。文学作品でなくて、例えば、パソコンの説明書きのようなものなら、英語でもドイツ語でも日本語でも、内容的に「同じもの」だと考えて、大きな支障はないですね。「同じもの」なんだけど、一つの言語による説明だけだと、分からない人がいるから、別の言語に変換してそのまま同じ内容を繰り返す。

でも、芸術作品としての文学作品の場合、そのようにいい切っていいものか？　「同じもの」だという場合、何をもって「同じ」というのか？　芸術作品として見るとすると、「同じ」という時に何を尺度に判断するのか難しいですね。そもそも文学作品の翻訳は、「原作」と「同じもの」なのか？　仮に劣化コピーだとしても、コピーである以上、何か〝同じ〟部分があるはずだけど、それは何か？

それに、先ほど芸術作品は、特定の人を、理想的な受容者として想定しないことを確認したわけですが、そうだとすると、文学作品が原作と同じ言語を理解する人、特に文学的言葉遣いとかセンスとかを理解している人だけを、読者として想定していることはどう説明すればいいのか？　いろいろと疑問が出てきますね。

文学作品は何を伝達するのか？

そもそも文学作品は何を「語る」のか？　この場合の「語る」というのは、単に語学的な意味で理解できるように「語る」ということだけでなく、芸術作品として、絵画とか音楽とかが「語る」というのと同じ意味で「語る」ということも含意しています。

それはそれを理解するひとには、きわめて僅かなことしか語らない。それの本質的なものは、伝達でもなく、発言でもない。にもかかわらず媒介者たろうとするような翻訳は、伝達をしか――つまり非本質的なものをしか――媒介できはしない。たしかに、このことが悪い翻訳の標識でもある。

「理解するひとには、きわめて僅かなことしか語らない」というのは、何だか禅問答みたいですが、これは、自分が文学作品を読んでいる時を思い出したら、意外と分かりやすいと思います。単語とか話の筋がさっさと頭に入って来るのに、言葉が右から左にあっさり抜けて行って、「この作品は何が言いたいのか分からない」、と感じることありませんか？　さっと読めないで、いちいち引っかかる時の方が、表現の芸術性を感じる（つもりになる）ということないですか？　機械の説明文なら、伝達情報が理解できさえすればそれで終わりですが、文学作品が「語る」という場合、情報が伝わるというだけの話ではないですね。「本質」は、単なる伝達とは別の所にあるような気がしますね。いずれにせよ、単なる情報伝達に終わってしまって、作品の本質を伝えられないのは、悪い翻訳ですね。

だが、伝達とは別に文学作品に内在するもの――そしてそれこそ本質的なものだと、悪い翻訳者でさえが認めるもの――は、捉えがたいもの、秘密めいたもの、「詩的なもの」である、と見なされるのが通例だろう。

創作＝詩作

「詩的なもの」という言い方をしていますね。ここには、ドイツ語、あるいは西欧の言語ならではの言葉遊びがあります。「詩的なもの」は、ドイツ語では〈das Dichterische〉ですが、実は、これは直前に出て来る「文学作品 Dichtung」に対応しています。〈dichterisch〉は、〈Dichtung〉の形容詞系です。辞書を見ると、〈Dichtung〉の意味として、「詩」あるいは「詩」「詩作」などもあります。現代では、小説こそが文学、文芸の代表という感じになっていますが、一八世紀までは、韻文、つまり詩こそがメインでした。だから、詩≒文学だったわけです。

これだけだと、「詩＝文学は詩的なものである」、という禅問答にしかなりませんね。そこで次に、〈Dichtung〉が、ギリシア語の〈poiesis〉に対応する言葉と見なされていたことを念頭に置く必要があります。〈poiesis〉は英語の〈poem〉とか〈poetry〉、あるいは、その古い語形である〈poesy〉の語源になった言葉です。最も基本的な意味は、「創ること」です。言葉によって新しいもの、それまでになかったもの（のイメージ）を生み出す詩≒文学という営みは、極めて「創造」的な営みと見なされたので、〈poiesis〉と呼ばれたのでしょう。当然、韻文だけでなく、（芸術性を帯びた）創造行為一般が、「ポイエーシス」であり得るわけです。ドイツ語圏の哲学者や文学者はしばしば、この「ポイエーシス」の意味を込めて、〈Dichtung〉あるいは〈dichterisch〉という言葉を使います。「詩的なもの」という抽象的な言い回しには、「ポイエーシス的」、つまり「創造的」あるいは「創作的」といった意味も含まれているわけです。

ちなみに、日本語の「文学」の訳として、英語では〈literature〉、ドイツ語では〈Literatur〉が当てられることが多いですが、これはもともと「文字で書かれたもの」という意味で、「文献」とか「報告書」といった意味で使われることもあります。
先ほどの箇所でベンヤミンが言いたいのは、「文学作品に内在するものは、創造的なものである」ということだと解釈できます。「創造的な」というのを、もう少し具体的に、「創造の基となるものを含んでいる」とか、「創造を誘発する」といった意味で取ると、話の筋が見えてくると思います。実際、次の箇所を見ると、

そしてそれを翻訳者が再現できるのは、翻訳者が同時に創作者でもある場合に限られる、と見なされることもまた通例だろう。

「創作者でもある」というところは、原文では、〈dichter〉という動詞表現になっています。〈dichten〉という動詞は、「詩を作る」という具体的な行為だけでなく、もう少し抽象的な「詩作する」という営みも意味します。それだけでなく、「創作する」、あるいは更に抽象化して、新しいものを「創出する」というような意味をも持ちえます。翻訳者も何らかの形で、「創作＝詩作」しているということですね。

不正確とは？

ここからは実際に、悪い翻訳の第二の標識が引き出される。つまりここから、悪い翻訳は非本質的な内容を不正確に再伝達する、と定義できるのだ。翻訳が読者に奉仕することを自己の義務とする限り、この事態は変わらない。しかし、翻訳を読者のためのものと想定するならば、原作をもそのように想定せねばならなくなるのではなかろうか。

ここで第二の標識として「不正確に」ということが出てきますが、これは、先ほどの文脈からすると、翻訳者が自ら創作していないので、本当の意味で「芸術作品＝詩作」を再現できていない、ということですね。そしてベンヤミンは、翻訳者が「創作」できないし、「本質」を伝えられないのは、「読者」に奉仕するからである、と言っているわけです。

「読者」に「奉仕する」のが何故ダメなのかは、直前の「詩作＝創作」をめぐる議論から分かりますね。「読者」に「奉仕」するというのは、特定の読者を想定し、その人に理解してもらえるように翻訳するということですね。そのような態度だと、結局のところ、その想定読者の通常の理解の範囲内に収まるようにしか翻訳できなくなってしまう。言い換えれば、想定読者に情報伝達するだけの翻訳になってしまう。つまり、創造性がない、「詩的なもの」がない。その意味で「不正確に」なってしまう。

このことからもう一度、冒頭の理想的受け手の問題に立ち返って考えると、理想の受け手を想定しながら〝創作〟するということは、その受け手がその人の通常の感性で受け入れてくれるような作り方をするということであり、作り方がフォーマット化するということです。そういう作り方は、真の意味で創造性がない、「詩的＝ポイエシス的」ではない。そして、そのような受け手との関係で、芸術作品を認識するということは、その作品の芸術性を見失うことになる。そういう芸術認識、芸術批評自体も、「詩的ではない」、ということになるでしょう。

作品の形式とはなにか？

翻訳はひとつの形式である。そう把握すると、原作に立ち戻ることが重要になる。というのも、翻訳の法則は原作の内部に、原作の翻訳可能性として包含されているのだから。ある作品の翻訳可能性についての問いは、二重の意味をもっている。その問いは第一に、その作品はその読者総体のうちにいつか適切な翻訳者を見いだすことになるか、という意味にとれるし、第二に、そしてもっと根源的に、その作品はその本質からして翻訳を許容するか、したがって——翻訳という形式の意義にふさわしく——要請しもするか、という意味にとれる。

唐突に「形式である」、と言いきっているので、少し面喰いますが、直前まで、芸術としての文学について話をしているわけですから、芸術的な「形式」、「フォルム」の意味合いで言っていることはすぐ推測がつきますね。「芸術」というのは、基本的に「ポイエーシス＝創造」であるわけですが、全く出鱈目に何か〝作る〟ということではなく、必ず何らかの「形式」を通しての「創造」になります。一見出鱈目に物をいじり回しているだけのような「芸術作品」もありますが、作品として感受されるからには、そこに「形式」が認められるはずです。一定の「形式」、規則性が伴っていないと、「美しい」と認識することはできませんね。この手のことは、美学について一般的に言われていることなので、詳しく知りたかったら、教科書的なものを読んでみてください。

この場合、「翻訳」という営み全体が、文芸の一形式、ジャンルだということなのか、それとも、文学的な「形式」性を備えて初めて、本来の「翻訳」になり得るということなのかやや曖昧ですが、恐らく、両方の意味があるのでしょう。後者の意味に取ると、その後の「翻訳」の「法則 Gesetz」という言い方と繋がってきますね。

「翻訳」に芸術としての独自の形式性、法則性があるとすると、その「形式」は当然、完全に自前のものではなく、「原作」の内にその基があるはずです。「原作」の内に「翻訳可能性」がないとしたら、「翻訳」という「形式」は成り立たない。ベンヤミンは、その翻訳可能性には二重の意味があり得る、と言っているわけですが、その二重性とは、具体的に何と何か？

第一の意味は、「適切な翻訳者」を見出すことができるかどうか、という問いですね。この問いが意味を持つとすれば、「翻訳されるもの＝原作」から、翻訳者が理解し再現すべき内容、詩の「本質」が予め確定していることが必要ですね。それが確定していなければ、適切かどうかを云々することなどできません。

もう一つの意味は、「原作」自体が、「翻訳」を許容あるいは要請するか、という問いです。許容と要請では、少しニュアンスが違います。「原作が翻訳を許容するか？」という問いだとしたら、それを分かりやすく分解して解説すると、「原作が、その元の形、その言語特有のオリジナルな表現によってのみ、芸術作品として成立するのだとすれば、翻訳は不可能なはずだが、果たしてそうなのか？　逆に翻訳可能だとしたら、その言語特有の表現とは別のところに、原作の本質があることになりそうだが、それでいいのか？」、ということになるでしょう。「翻訳を要請するのか？」だったら、そこからもう一歩踏み込んだ意味合いが含まれてくるでしょう。つまり、「原作」の固有の形式を通して現われて来ている、「捉えがたいもの」、「秘密めいたもの」、「詩的なもの」――ハイデガー式に言うと、「自己を示しつつあるもの」――があるけれど、その「捉え難いもの」は、「原作」の限られた形式では表象し切れない。誰かが、「原作」では汲みとり切れなかった部分――デリダ式に言うと、「残余」――を、「翻訳」という形で引き出す必要がある。原作自体が、そういうことをするよう呼びかけているのか、という問いです。この場合、「翻訳」の役割は、彼の博士論文である『ドイツ・ロマン派における芸術批評の概念』での「批評」と同じ様になるわけです。「芸術」という形で自己再生産（オート・ポイエーシス Auto-Poiesis）を続ける「捉え難いもの」に新たな「形式」を与え、新たな創作、創造の可能性を切り開くわけです。

第二の問いに独立の意味があることを否定して、二つの問いを同一視してしまうとすれば、そんな思考は浅薄というほかはない。そんな思考には、つぎの指摘を差し向ければよい。ある種の関係概念がまともな意味を、どころかたぶん最良の意味を保持するのは、最初から人間にだけ関係づけられることがない場合なのだ。たとえば、ある忘れがたい生涯とか瞬間とかを、例にとってみることができよう——たとえそれらを、すべての人間が忘れてしまっているとしても。つまり、忘れ去られないことをそれらの本質が要求しているのならば、〈忘れがたい〉という付加語は少しも虚偽にならず、もっぱら、人間たちのほうが応ずることのない要求となるわけである。

忘れがたい性質

第一の問いと第二の問いを同一視して、後者の独立性を否定するというのは、「芸術作品を理解するのは結局人間だから〜」、ということで、解釈・再現者である翻訳者の資質とは独立に「原作」の本質、「詩的なもの」、「捉え難いもの」が実在することを否定する、ということですね。ここまで見てきたように、ベンヤミンは「理想の受け手」を想定することは芸術創造についても芸術解釈についても正しくない、という態度を取っているわけです。そうした彼の主張はある程度納得できると思うのですが、「受け手としての人間とは全く関係なしに、芸術の本質が客観的に実在すると本当に思うのか?」、と改めて真正面から聞かれると、「う〜ん」と考えこんでしまいますね。

ここでベンヤミンは、「忘れがたい生涯」とか「忘れがたい瞬間」という時の、その生涯とか瞬間の「忘れがたい」という性質は、それを実際に誰かが忘れないでいるか否かに関係なく成立する、と言っている。その「忘れがたい」と同じレベルで、芸術の「詩的な」あるいは「捉え難い」と形容される性質の実在性を問うことができる、という話です。

関係する全ての人が忘れているとしても、「忘れがたい」性質なるものがある、というのはよく分からない話ですね。では、一体、誰にとっての「忘れる／忘れない」なのか？　ここで話が一気に飛躍していきます。

神の記憶

同時にまた、もしかするとその付加語は、その要求が応じられているであろうひとつの領域、神の記憶という領域への、指示を内包しているのかもしれない。

「神の記憶」！　本当にすごく飛んじゃった感じですね。受け入れにくいですが、今まで見てきたことからすると、言いたいことは分からないでもないですね。「把握しがたい」とか「忘れ難い」といった形容詞を私たちは通常、それを具体的に経験する、あるいは、体験するであろう人間に関係付けて理解しますが、そういう具体的な人間の経験を越える〝何か〟、様々な人間の経験の元になっている、究極の「本質」あるいは「実体」のようなもの――ハイデガーの「存在」それ自体のようなもの――が「有る」、という見方も完全には否定し切れませんね。そういう人間の認識の限界を超えた究極のものが「有る」とすれば、それは、どこに、誰の目から見てあるのか？　その我々の個別具体的な経験や認識の限界を超えて、実在するような出来事とか事物の性質の帰属する領域のことを、「神の記憶」と言っているわけです。具体的な人格神というよりは、宇宙のどこかにそういう究極のものの現れについての記憶が保存されている、というような感じだと思います。人が死んで肉体が消滅しても、事物が消滅しても、その記憶は宇宙のどこかに保存される。ドラマとかＳＦで、その手の大げさな台詞が出て来ることありますね。信じるかどうかは別にして、どういうイメージで言っているのかは分かりますね。

ベンヤミンは、必ずしもユダヤ教の信仰は持っていなかったけど、ユダヤ教の神学の影響を強く受けて、その思想の随所にユダヤ教の神観が窺えるということが指摘されていますが、ここでは、どういう「神」であるかに拘らない方がいいでしょう。余計な先入観が入ってしまいますから。具体的な人間による理解を越えて、芸術の本質を記憶している究極の審級、というような感じで理解しておきましょう。「神の記憶」の領域があるかもしれない、と示唆して、以下のように話を続けます。

同様に、言語構築物の翻訳可能性は、そのものが人間にとっては翻訳不可能である場合にも、依然として考慮に値いするといいえよう。そしてじっさい言語構築物は、翻訳という概念を厳密にとるなら、ある程度までは翻訳不可能というべきものではなかろうか？　このように、特定の言語構築物の翻訳が要請されているかどうかという問題は、翻訳者とは切り離して提起されなくてはならない。なぜなら、もし翻訳がひとつの形式であるならば、ある種の作品には翻訳可能性は本質的なものでなければならぬ、という命題は確かだからだ。

翻訳可能性

「忘れ難い」という言葉と同様に、「翻訳可能性」も、「適切な翻訳者」がいるか否かとは独立に意味を持ち得る、ということですね。完全に訳すことができる人がいなくても、「翻訳可能性」は意味を持つ。誰も実際に理解できる人がいなくても、芸術の本質はとにかく「有る」のだ、という前提で考えると、分かりやすくなります。「原作」を読んで、そこに表現されている「本質」を把握できる人はゼロかもしれない。しかし、「本質」はある。その「本質」は「原作」において表象＝再現前化――こういうことを説明する時に、〈re-présenter〉という単語は便利ですね――されているけれど、「本質」それ自体を基準にすれば、不完全な表象にすぎないかもしれない。だったら、「翻訳」によって別の言語に移し、異なった形式を与えることによって、「本質」の別の側面を引き出せるかもしれない。その「本質」を把握したうえで翻訳という「形式」で再現できる人、適切に翻訳できる人が実際にいるか否かは別として。それが、「翻訳が要請されている」、もしくは、「翻訳可能性が本質的なものである」、ということです。

翻訳可能性がある種の作品には付随している――ということは、それの翻訳が作品自体にとって本質的だということではない。そうではなくて、原作に内在しているある特定の意義が、その翻訳可能性において表出される、ということを、あの命題はいおうとしている。明らかに翻訳は、どんなに良い翻訳であっても、原作にとってはいささかの意味ももちえない。

「翻訳が作品自体にとって本質的だということではない」というのは、当たり前のことですが、さっきの話とは矛盾しているような感じがしますね。先ほどの言い方だと、翻訳されない限り、「原作」の本質は完全に現前化しないので、翻訳が不可欠だ、という話のようにも聞こえます。よく読めば分かるように、ベンヤミンは、翻訳が「本質的」だとは言っていますが、それがないと、「原作」自体が作品として成立しない、と言っているわけではありません。「原作」は一応それ自体、独立した作品になっています。ただ、「原作」でははっきりと表に出て来ていない意義、隠れた意義が、「その翻訳可能性」という形で「表出」され得る、ということです。「表出する」というのは、ドイツ語では〈äußern〉です。文字通りの意味としては、「外に出す」です。「外」という意味の〈Außen〉を、動詞化したものです。

文学作品を「原作」で何気なく読んでいる時には気付かなかったことに、それが翻訳されて、別の言語で表現された時に、気付くということがあります。例えば、〈Aufgabe〉という単語はありふれた単語なので、ネイティヴのドイツ人ならさっと理解してしまうけど、日本人なら、「使命なのか課題なのか、両方なのか、それともそのどっちとも言えない本質を持っている言葉か?」、と考えたりする。その逆に、日本語の当たり前の単語や表現を英語とかドイツ語に翻訳しようとすると、その隠れた意義を考えざるを得ない、ということがあります。文学でない普通の文章でも、そういう再発見はしょっちゅうあるわけですから、芸術としての文学作品にはかなり大きなポテンシャルが含まれているように思えます。「原作」は「翻訳」とは関係なしに創作されるけど、芸術=ポイエーシスとしての「原作」が志向しているはずの、「神の記憶」の領域にあるはずの究極の「本質」を基準に考えると、両者は密接に関連しているように見える。

生の表出が、生者にはいささかの意味もなくても、生者と密接きわまる関連をもっているように、翻訳は原作から出現してくる。たしかに原作の生から、というよりはむしろ、その〈死後の生〉からだけれども。

母語/外国語‖生/死

「生の表出」が、「生者にはいささかの意味もない」というのは、矛盾しているように聞こえる言い方ですが、ここは素直に読めば、分かると思います。私たちは確かに生きていますが、「生」の本質がどういうものだとか、それがどこに表出されているかとか、いちいち考えていませんね。考えているという人もいるでしょうけど、四六時中考えているわけでもない。そもそも「生」の意味するところなんて、いくら考えても本当のところ分かりません。ヘンな話、自分が「生きていること」が、当然だと思えている間は、「生」の意味なんて本気で考えませんね。そこで、「死」との関係が重要になってくる。現代思想風に言うと、「死」は「生」の「外部」です。「外部」としての「死」があるからこそ、私たちは「生」の意義について考え、その本質を見出そうとする。

「死後の生」という不思議な表現にも、そういう意味合いが込められていると思います。つまり、文学作品にはそれぞれ固有の「生」があると見立てたうえで、「死後の生」と言っているわけです。そもそも何が「文学作品」の「生」なのか、が今いちはっきりしませんが、「翻訳」が「死後」のことだとすると、それとの対比で、「原作」にとっての「生」の領域は、オリジナルの言語によって表現されている領域ということになるでしょう。「原作」は、オリジナルな言語によって最大限に自己の本質を表現しようとするが、それが他の言語にどのように翻訳されるかは基本的に関知しません。他言語への翻訳は、「原作」を、それが関知しない「外部」、死後の領域へと移すということです。

簡単に言えば、「母語／外国語」関係が、「生／死」に譬えられているわけですが、たかが翻訳するだけで、「死」なんて大げさだ、という感じもしますね。「死」っていうと、絶対的な断絶というイメージがありますが、果たして「翻訳」が断絶と言えるのか？　実際、英語とフランス語、フランス語とドイツ語など、西欧語同士の翻訳だと、お互いの言語をかなり知っていることが多いし、バイリンガルの人さえいる。勉強していない言語でも、ドイツ語とオランダ語、デンマーク語くらいの関係だと、結構理解できてしまう。あまり、「死」の隔たりっていう感じはしません。でも、ドイツ語と日本語、韓国語、中国語などとの関係で考えると、「死」のイメージに結構近づきます。日本語を勉強して、マスターしていないドイツ人にとって、日本語の文字で書かれた世界は、自分とは関係のない異界のようなものです。ドイツ人の作家にとって、自分の作品が日本語に訳されたとしても、その翻訳作品で表現される詩的空間は、全く関知できない領域です。自分の死後、自分が関知しないところで、作品が翻訳されたのと同じようなものです。

「翻訳」は、「原作」に固有の「生」の領域の「外部」に生まれて来るわけです。

「死後の生」は、ドイツ語で〈Überleben〉です。〈-leben〉の部分は、〈live〉または〈life〉の意味です。

動詞の〈überleben〉は、基本的に英語の〈survive〉と同じで、二つの系統の意味があります。一つは、「～（という試練を乗り越えて）生き残る」、もう一つは、「～（より長く）生き延びる」です。どちらの意味も含まれていそうな気がしますが、敢えてどちらかと言えば、後者に近い意味で使われていると思います。「原作」それ自体の生命の限界を越えて「翻訳」が「生き延びる」、つまり、「原作」の「生」が終わるところ（＝言語の境界線）で、「翻訳」という形式での「生」が（新たに）始まる、ということです。〈überleben〉の〈über-〉の部分は、〈survival〉の〈sur-〉と同じで、「～を超えて」という意味です。普通に考えると、「生を越えてその向こう側に」という感じだと思いますが、原文でもわざわざ括弧（〈〉）を付けて強調しているところからすると、「生を超えた（真の）生」とか、「メタ生」みたいな感じのニュアンスもあるかもしれません。

あるいは、その次の箇所に出てくる同じ様な意味合いの単語に関連付けるために、〈〉を付けて強調しているのかもしれません。

> じじつ翻訳は、原作のあとに出る。そして、成立の時期には選ばれた翻訳者をけっして見いだすことがない重要な諸作品にあっては、翻訳は、作品の死後の生の段階を表示するものとなる。

野村先生が、同じ「死後の生」という言葉で訳されているので、原文上の繋がりがかえって分かりにくくなっていますが、ドイツ語ではここは〈Überleben〉ではなく、〈Fortleben〉という、似ているけどちょっと違う単語です。作品や名声、記憶などが、本人の死後も「生き続けること」を意味します。〈fort-〉という前綴り（接頭辞）は、「～し続ける」ということです。「生き続ける」のは、この場合は、「原作」ということになるでしょう。「原作」はそれが「死んだ」後でも、「翻訳」の中で「生き続ける」わけです。

〈Überleben〉の方は、「翻訳」が「原作」の死後も、あるいは、原作を越えたところで「生き延びる」ことを指し、〈Fortleben〉の方は、「原作」自体、あるいは、「原作」の内にあった芸術の本質が、「翻訳」の中で死後も生き続けることを指している。「翻訳」が（自らを越えて）「生き延び überleben」てくれることによって、「原作自体」も死後、「生き続け fortleben」ることができる。そういう繋がりになっているわけです。

「死後の生 Fortleben」

芸術作品の生、および死後の生という考えは、比喩とはまったく無縁に、即物的に把握されるのでなければならない。有機的な生命体についてのみ生を語るのが不当であることは、思考が大いに偏見に囚われていた時代においてすら、感じとられていた。しかし、だからといって、フェヒナーが試みたように魂という脆弱な王笏のもとに生の支配圏を拡張することなどは、問題になりえない。

フェヒナー（一八〇一―八七）は、ドイツの物理学者で、哲学者でもあります。刺激の強度と、その感覚量に関するフェヒナーの法則と呼ばれる法則を定式化したことで知られます。彼は、人間だけでなく、植物、地球、星、宇宙全体にそれぞれ魂があり、神は宇宙の魂である、というアニミズム的な見方をしていました。そうした魂の繋がりから、「死後の生」ということを考えていたようです。『死後の生についての小冊子 Das Büchlein vom Leben nach dem Tode』（一八三六）という著作もあります。「死後の生」というモチーフで、文章が緩く繋がっているわけです。

「思考が大いに偏見に囚われていた時代」というのは、科学万能主義的な傾向が強かった一九世紀のことを指しているのだと思います。前半にキュヴィエ（一七六九―一八三二）によって比較解剖学と古生物学が開拓され、後半に進化論が誕生した一九世紀です。フェヒナーは、その一九世紀にあって、「死後の生」について語ったことは評価できるけど、「魂」などという脆弱な概念ではダメだ、とベンヤミンは言っているわけですね。

我々には作品の「生」とか、それの「死後の生 Fortleben」とかいうのは、単なる比喩にしか思えませんが、何度も繰り返しているように、ベンヤミンは個別の作品を通して現れる「芸術＝ポイエーシスの究極の本質」のようなもの、「神の記憶」の中に実在する何かを想定していて、それによって個々の作品が「生」を与えられている、という発想をしているわけです。そういう「捉え難いもの」がある限り、「作品」はそれが表現されている個別の言語空間の限界を超えて「生き続ける」、ということになるわけです。

「形成＝造形化 gestalten」

偉大な芸術作品の歴史には、源泉からの由来があり、芸術家の時代における形成があり、そして後続する諸世代のもとでの、原則的には永続的な死後の生の時期がある。この死後の生は、表面に出れば名声と呼ばれる。媒介よりも以上のものである翻訳は、作品が死後の生のなかで名声の時期に到達したときに、成立する。だから翻訳は、悪い翻訳者が自分の仕事について喋々したがるように、作品の名声に寄与するものではない。むしろ逆に、翻訳は作品の名声のお蔭をこうむっている。翻訳において原作の生は、つねに新しく、最終的でもっとも包括的な展開を遂げるのである。

「歴史」と言っていますが、これは当然、人類の普遍的歴史のことではありませんし、太古からの芸術史一般のことを指しているわけでもありません。「芸術作品」の「生」が辿る来歴のようなものだと思って下さい。「時期 Zeitalter」というのも、具体的な時間の経緯というよりは、「生」の段階というようなことでしょう。「源泉」というのは、先ほどから言っているように、ポイエーシスの運動を生み出している究極の、捉え難い本体のようなものです。それが、芸術家の手を通して、具体的に「形成＝造形化 gestalten」される。その次の段階、つまり誰かによって解釈され、その「本質」を汲み取られ、更なる創造＝ポイエーシスの源泉となっていく段階が、「死後の生 Fortleben」です。

「死後の生は、表面に出れば名声と呼ばれる」という言い方をしているのは、先ほど言いましたように、ドイツ語の〈Fortleben〉自体に、「著者の死後に名声として生き残ること」という意味合いが含まれているからです。この場合の「名声 Ruhm」というのは、実際に多くの人から評価されているということではなく、「神」のような絶対的準拠点から見ての「名声」ということになるでしょう。「翻訳」とか「批評」によって、「原作」の「生」は、より高次の生へと、「神」の目から見て高い段階に移行する、ということです。「最終的でもっとも包括的な展開を遂げる」わけです。

ただ、そうだとすると、「だから翻訳は、悪い翻訳者が自分の仕事について喋々したがるように、作品の名声に寄与するものではない」という文が、何を言いたいのかよく分からなくなりますね。ここは、訳し方がちょっとまずいのではないかと思います。原文だと、この文と、次の「むしろ逆に、翻訳は作品の名声のお蔭をこうむっている」という文が、一つの文になっています。野村訳では、二つの節から成っている一つの文を、二つの文に分割しているわけです。長い文を節で分割して訳すと分かりやすくなることもありますが、その逆もあります。原文には、英語の〈not so much A as B〉構文にほぼ相当する〈nicht sowohl A als B〉という構文が使われていて、〈als〉以下が、一つの節になっています。これは、「AであるというよりはむしろBである」という意味ですね。したがって、さっきの二つに分かれていた文を、一つにまとめて訳し直すと、「だから、翻訳が――悪い翻訳者が自分の仕事について喋々したがるように――作品の名声に寄与する、というよりはむしろ逆に、翻訳が作品の名声のお蔭をこうむっているのである」となります。

これで、結構すっきりしますね。これを、これまでの文脈に即して少し解説すると、「翻訳」が新たな理解の可能性を示すことによって、「原作」が輝きを増すというのではなく、むしろ、「原作」の中に更なるポイエーシスへのポテンシャルが含まれているからこそ、「翻訳」がそれを新たに造形化するという形で、自らも創作の連鎖に参加することが可能になる。そういう意味合いに解釈できるでしょう。

今回、前提となることをかなり話しましたし、『翻訳者の課題』の最初の部分を結構細かく読みましたので、次回はそれを踏まえたうえで、スピードを上げながら、最後まで一気に読んでいきたいと思います。

【会場からの質問】

質問があれば？

Q　前半で、「歴史」を、欲望を媒介するものとしての「記号的なものの配置関係の変化」として捉えることもできるのではないかと仰いましたが、「記号的なものの配置関係の変化」の具体的な例を教えて頂けませんか。

A　先ほど「表象」の話をしていた時に挙げた前衛芸術の例なんかが分かりやすいんじゃないかと思います。いろいろと訳の分からないオブジェを集めてきて、その周りに線を引いて、枠を作り、その横に、「これは芸術作品だ！」、と書き、矢印（↓）でつなぐ。そういう感じの〝作品〟結構ありますね。実際、何本か線を引いたり、見る角度を指定したりすることで、「見え方」が、がらっと変わることがあります。がらっと見え方が変わることで、そこに芸術的な欲望が喚起される。ベンヤミンに言わせれば、パリのような大都市は、街全体の構造として、そういうことをやっているわけです。写真は、日常的風景の中のそういう記号的変化を読み取り、自らのフレームの中に写し取り、新たな美的欲望を喚起する。そうやって複製技術は、都市の風景が新たなアウラを帯びることに寄与しているわけです。

Q　見え方が違ってくるというのは分かりますが、たとえばマルクス主義が、生産力論的な形で語っていたような、歴史を動かす力に匹敵するくらいの、認識を変える力があるということでしょうか？

A　生産力の発展と、記号の配置関係の変化と、どちらがより根源的なのかは、なかなか判定しづらい問題ですが、少なくとも「生産力」の変化を記号論的に読み替えることはできる、と思います。「生産力が向上する」というのは、私たちにとってより魅力的な商品が生み出される、ということですね。私たちの新たな欲望はどのように喚起されるかというと、それは、「私たちの物に対する見方」、価値観が変わるからです。どうして価値観が変わるのか？　生物体としての私たちは、太古からほとんど変化していない。生物としての欲求がほぼ同じはずなのに、何故、物に対する新たな見方、価値が生まれてくるのか？　それは、記号論的にしか説明できません。

こういう言い方をすると、必ず「それは観念的な話だ、経済の変化によって格差が生じる」とか文句を言う人が出てくるので、疲れるのですが（笑）、別に政治的に効果的な物の言い方を追求しているのではなくて、変化のメカニズムの哲学的分析をしているのだということを思い出してください。格差の話が出てくるとしても、「格差」っていうのは、お金の話ですね。お金は物質か、記号か？　そういうことに着目すると、いわゆる〝現実的な話〟もかなりの部分、記号的に構成されていることが分かってきます。

ついでなので、「配置関係」という言葉について、翻訳論的な検討を加えておきましょう。原語は〈Konstellation〉です。辞書で見ると、「星座」という意味が出ています。他に、「情勢」とか「形勢」という意味も出ています。〈-stella-〉の部分は、ラテン語で「星」という意味です。〈kon-〉の部分は、英語の〈con-〉と同じで、「共に」というような意味の接頭辞です。星の配置、布置連関が星座、あるいは星座図になっているわけです。

ご承知のように、星と星の間には、別に線は引かれていません。人間が勝手に線を引いて、そこに「像」を読み取っているわけです。だから線の引き方を変えれば、違った像が見えてきます。実際、文化圏ごとに線の引き方が違います。ベンヤミンは、「星座＝配置関係」という言い方をすることで、「記号」の組み立て方によって、「物の見え方」が変わることを示唆しているわけです。「記号 signe」というのは、固定的に「同じもの」を意味し続けているわけではなくて、相互の連関の仕方によって、「意味作用 signification」の仕方が変化するわけです。これは、現代思想系の記号論に繋がる議論です。

「批評」というのは、そうした「星座」の構成の原理を解明する営み、「翻訳」は、一つの言語文化圏に属する、一つの「星座」を解体し、別の言語に属する別の「星座」へと組み替える営み、と言えるかもしれません。

第二日目……言語について　2——『翻訳者の課題』を読む　後半

他言語のなかに呪縛されていたあの純粋言語を自身の言語のなかで解き放つこと、作品のなかに囚われていた言語を改作のなかで解放することが、翻訳者の課題である。

『翻訳者の課題』

（野村修訳）

文学の定義——ポイエーシス＝創作

前回言いましたように、ベンヤミンのこの翻訳論は文学作品についての翻訳論である、ということをしっかり押さえておいてください。翻訳を論じる際に、文学作品の翻訳ものか、技術的な情報を掲載したテクストの翻訳かで、考え方がだいぶ違ってきます。何を文学作品と捉えるかは人によって違うと思いますが、少なくとも情報を「伝達」「媒介」するだけのものではありません。小説だったら、登場人物が出会って、何か事件が起こって、その事件が次の事件へと……といった一連の出来事を記述しているだけに見えるかもしれません。しかし、単にそれだけだったら新聞記事や記録・報告文と同じで、「文学作品」と見なす必要がないわけです。虚構である点が違う、ということかもしれませんが、だったら作り話の〝ルポ〟は文学作品か？　「文学」を定義するのは非常に難しい。文芸評論家や文学理論家ごとに見解が違う。とにかく、単なる記述ではなく、「ポイエーシス＝創作」であると受け手に思わせるような何かがある。「詩」の場合、その違いが際立ちますね。何を言っているのかは全然分からないけど、何となくリズムとか視覚的効果を感じさせるようなものがある。そういう正体のよく分からない、文学作品を「翻訳」する時、一体何を他の言語に移すのか？——英語の〈translate〉、フランス語の〈traduire〉、ドイツ語の〈über-setzen〉はいずれも、原義はある領域から別の領域へ「移す」ということです。

翻訳家が具体的にやることは、機械の取扱説明書を翻訳するのとそれほど変わらない作業かもしれない。辞書を引いて、一番適当な単語、表現をチョイスしてくるだけかもしれない。オリジナルの言語が理解できるということを除いて、それほど特殊な技能はいらないことかもしれない。しかし、文学作品の翻訳は、多くの場合、「文学作品」として読まれます。つまり、翻訳自体が「文学的」になっていることが期待されるわけです。一体、何を「移し」たら、文学作品から文学作品への「翻訳」になるのか？　そういうことを論じた論文です。

これは、ボードレール（一八二一─六七）の『タブロー・パリジャン』の序文として刊行されたんでしたね。大学の教師らしいことを言いますと、この手の情報は大抵、巻末の解説に書いてあります。解説に書かれている情報は、本文を理解するうえでどうでもいい情報である場合もありますが、この情報は非常に有意味──英語で言うと、〈relevant〉──ですね。

ボードレールはベンヤミンが一九世紀のパリを論じる時に、中心的な参照項になっている詩人であり、批評家です。ボードレールの詩を愛好しているというような人は、あまりおられないと思いますし、多分、名前くらいしか聞いたことがないという人が多いと思います。私自身もそんなによく知っているわけではありませんが、その詩の翻訳の「序文」になっている以上、この論文をちゃんと理解しようとすれば、「本文」がどんな感じの詩なのか、翻訳でいいからどこかで借りて来て、ぱらぱらとめくってみるくらいのことはした方がいいと思います。それが、勉強する時のコツです。『タブロー・パリジャン』は、ボードレールの詩集として有名な『悪の華』（一八五七）に収められています。『悪の華』の訳は、岩波文庫と新潮文庫から刊行されていますので、比較的目にしやすいと思います。

『タブロー・パリジャン（パリの風景）』というタイトルがなかったら、何の風景を詩《うた》っているのか検討がつかないような難しい詩です。文法自体が理解できない前衛詩に比べるとまだましですが、こういうものに慣れていない人には、どこから理解したらよいのか、なかなか分からないと思います。

前回は岩波文庫訳の七四頁の二行目まで読みましたね。今回は三行目からです。

『生の哲学』

この展開は、独特で高次な生の展開として規定されるが、それは独特で高次な合目的性によって生じる。生と合目的性――この関連は、一見して捉えやすく見えるけれども、認識しがたいものであって、生のすべての合目的性が収束してゆくあの目的が、相も変らぬ生自体の領域においてではなく、より高次の領域において探索される場合にしか、開示されることがない。

「この展開」というのは、前回確認したように、「原作」の内に現われている、芸術＝ポイエーシスの本質が、「翻訳」などを通して、その「死後の生 Fortleben」として展開するということです。「死後の生」というのは、通常の意味としては、著者の死後も、作品や名声、影響などの形で、その人が生き「続ける」ということでしたね。この〈fort〉という接頭辞あるいは副詞は、面白いことに、「去って」「遠ざかって」という系列の意味と、「前進して」「先へ」という系列の意味、更には「継続して」という系列の意味があります。「死」という（「生」の）不在が、実は「生」の前進・継続である、と示唆するように思える意味素ですね。それが芸術作品、あるいはそれを通して現われてくるポイエーシスの「独自で高次な生の連関」ということになるわけです。

「生」という言葉がカギになっていましたね。ベンヤミンは、フェヒナーの議論などを引き合いに出しながら、ここでいう「生」が単なる比喩、メタファーではなく、実質的な意味があると言っています。これはベンヤミンのように芸術の本質なるものが有って、それが自己産出運動しているというような前提に立たないと、なかなか理解しにくいですが、ここで少し角度を変えて、生物学な意味での「生命」と、芸術の「生」の似ているところを指摘しておきましょう。「生命」も「生」も「人生」も、英語だと〈life〉、ドイツ語だと〈Leben〉、フランス語だと〈vie〉で、同じ単語です。

生物学上の「生命」とは何でしょうか？　いろいろな定義の仕方があると思いますが、一つはっきりしていることとして、「生命体は生命体からしか生み出されない」ということが言えるのではないかと思います。原初の地球で一番最初に生まれた生命体は、非生命から生じてきたということにならざるを得ないと思いますが、二番目以降については、生命体から生命体が生まれていく形で、連関していることになるわけです。一つひとつの生命体が単体として生きているだけではなくて、じつは生命としてずっと連続しているという見方をすることができます。しかも単に連続しているだけでなく、次第により高次な生命体へと発展、進化しているように見えます。生命の〝本質〟が展開しているかのように。

一九世紀から二〇世紀前半にかけて、「生」の連続性と発展を説く哲学の系譜がありました。「生の哲学」と呼ばれます。「生」は「全体」として生成し続けており、非合理的で創造的・動的要素を多く含んでいるので、概念や論理で捉え切れるものではないという立場から、自然科学的・合理主義的な「生命」観とは違った形で、「生」の本質を示そうとしたわけです。ベンヤミンに比較的時代が近い「生の哲学者」に、創造的進化とか生の飛躍などの議論で有名なアンリ・ベルクソン（一八五九―一九四一）がいます。ベンヤミンは、「ボードレールにおけるいくつかのモチーフについて」（一九三九）という論文で、記憶に関するベルクソンの議論を援用しています。ドイツ系の生の哲学だと、ヴィルヘルム・ディルタイ（一八三三―一九一一）という人がいます。ディルタイは近代的な「解釈学 Hermeneutik」を体系化した人として有名です。ディルタイは、人文科学の研究対象となる各種のテクストを、その時代や文化を生きた人の「生」の表現と見なしたうえで、テクストを解釈することを通して、それらの人々の「生」を追体験・再構成し、「生の連関」を明らかにしようとしました。テクストを、それを書いた著者個人の考え方や感じ方のみを表現するものではなく、歴史的に継承されてきた精神的な生の連関の一部と見るわけです。

哲学や文学の作品と、生物学的な生命では話が全然違うような感じもしますが、「生」の単位がそれぞれ別個に、独立して存在しているのではなく、連綿と続く「生の連関」の一部になっているということは共通しています。テクストを通して現われてくる精神的な意味での「生」も、様々な人がその精神的生を共有し、その生産・再生産に寄与していることを前提に成り立っているわけです。

生の連関を見出す使命

テクスト的な「生の連関」ということについて、もう少し掘り下げて考えてみましょう。文学作品が成立する前提として、我々が言語を共有しているということがあります。言語を使って作品を書く以上は、それは不可避です。小説家は、自分の小説の言語を一から自分で発明するということはないですよね。ごく一部、既成の単語や表現からの連想を利用した造語や独特の表現があるだけです。私たちはみな特定の言語圏で生まれ育ち、生活しながら、周囲の人たちとのコミュニケーションを通してその言語を習い覚えたわけです。文学者も例外ではありません。また、文学には、長編小説、短編小説、詩、戯曲などいろいろなジャンルがあり、ジャンルごとの形式・様式がありますが、そうした形式・様式もゼロから単独で作り出すわけにはゆきません。先行する時代の作家なり詩人なり批評家なりが、それぞれ書くことを通じて自らの「生」を表現してきたわけですが、そうしたテクストを読むことで、その精神的あるいは芸術的な本質のようなものを摑み取り、刺激を受けた人が、新たな作品を作るようになる。新たに作家になった人たちも、自らの「生」を表現することを通して、「生の連関」の更なる展開に寄与することになるわけです。

生命体同士が「生」という大きな枠で繋がっているように、文学作品同士も、文字を通じて表現される精神的生活、精神的な意味での「生の連関」の中で繋がっているわけです。作家が意識していると否とに関わらず、「生の連関」と全く関係なく、突然発生的に生まれて来る作品はないのです。文芸理論家や解釈学者は、テクストの作者自身が必ずしも意識していなかった「生の連関」を見出すことを「使命」としているわけです。

『翻訳者の課題』で論じられているのは文学作品の「生の連関」ですが、前回少し導入としてお話ししたように、ベンヤミンはその後、都市の景観や広告、写真や映画なども、「生の連関」を示すものとして解釈するようになります。それらの「物」の中に、人々の「生」が表現されているわけです。我々は、日常的に様々な「物」を介して、他者と関係を結んでいますが、それらの「物」の中に、我々の生の痕跡が何重にも折り重なるように刻み込まれているわけです。後期のベンヤミンは、文学作品の文字を解読するだけでなく、それらの「物」の中に深く刻み込まれている〝文字〟をも解読することによって、通常はなかなか意識化されない、深層における「生の連関」に迫ろうとした、と言えるかもしれません。

目的＝終焉

前回お話ししたように、そうした「生の連関」の中で、「作品」の「死後の生」という表現が意味を持ってくるわけです。作品は、特定の言語圏の特定の時代に生きている人たち、作家と言語的生活を共有している人たち向けに書かれたものであり、その作品自体の「生」も、基本的にその圏内に限定されている。しかし「翻訳」は、その作品を、そのもともとの生活圏からずっと離れた環境にまで運んで行き、新しい生活圏の中で、新たな「生」を与える。言語の境界線という「死」の壁を越えて、作品の中にあった「芸術の本質＝ポイエーシス」は生き続けるわけです。

先ほど読み上げたところに、「合目的性 Zweckmäßigkeit」という難しそうな単語が出てきました。ドイツ観念論系の哲学でよく使われる言葉です。「目的 Zweck」に適っている、適合しているということですが、では、そもそも「目的」とは何か？ 人間の具体的な行動の目的の話をしているのであれば、分かりやすいですが、ここでは作品の「生」、しかも「生の連関」の「目的」ということが問題になっていたわけですね。作家が作品を書く「目的」だったら、漠然と分かるような気がしますが、単純な伝達可能性を問題にしているわけではないことをベンヤミン自身が断っているわけですから、「私は読者に〇〇を伝えたい」というような意味での作家の目的でないことは明らかです。しかも、翻訳されて「死後の生」を生きるようになってからの、「作品」の「目的」も話題になっているわけですから、直接的に作った人の意図だけの話ではないようです。

現代ではあまり盛んではありませんが、哲学に「目的論 Teleologie」という分野があります。宇宙とか人間、自然界の諸事物が、「何のために」存在しているのかを問題にするわけです。人間が作ったものなら、制作者である特定の人間の意図を知れば、取りあえず「何のために」存在するに至ったのか分かります。携帯電話であれば、遠くにいる人と瞬時に直接的に会話をするためにあります。缶コーヒーは、喉が渇いた時に、飲むためにあります。では、缶コーヒーに使われている水は、何のためにあるのか？ 水自体は、人間が作ったのではないので、水の存在の目的は分かりません。神が作ったとすれば、神の創造の意図を推測しなければならない。目的をどこまでも追究しようとすると、神学的な議論にならざるを得ない。神、あるいはそれに相当する、万物の原因である超越的存在を想定し、その視点から見て、様々な物が何のために存在しているのか考えるわけです。目的論的な議論は、宇宙に存在する全ての事物、宇宙に生じる全ての出来事は、創造主によって予め定められた「目的＝終焉」に向かって運動している、という前提に立っていることが多いです——「終わり」を意味する英語の〈end〉、ドイツ語の〈Ende〉、フランス語の〈fin〉、イタリア語の〈fine〉などは、いずれも「目的」という意味も持っています。つまり、万物の究極の「終焉＝目的」に向かって発展していく全宇宙的な運動があって、その運動の中で、個々の物が連関していることになるわけです。

「生の連関」という表現は、そうした目的論的な考え方を前提にしているように思えます。個々の生命体がそれぞれ独立に存在し、活動しているのではなく、何かより大きなもの、「生」そのものを発展、完成させるために存在している、というような考え方です。「生の哲学」は、個々の「生」の間には、「目的」を中心とした連関、目的連関があるという発想をするわけです。「進化論」やマルクス主義の唯物史観も考えようによっては、極めて目的論的な発想をしているとも言えます。

ここでベンヤミンが、「合目的性」という言葉を使っているということは、文学作品の「生の連関」にも、何らかの目的がある、つまり、文学を通して現われるポイエーシスの運動には、個々の作家の意図を越えた「目的＝終焉」があって、それに向かって進んでいる、というような見方をしているということです。個々の作家は恐らく、文学の「生の連関」に適合するように創作するなどということは考えていないでしょうが、それでも様々な作品を全体的に見わたすと、何らかの意味「連関」があり、「目的＝終焉」に向かって進んでいるように見えるということです。

では、文学的な「生の連関」の最終的な「目的＝終焉」は何なのか？　生物学的な意味での「生の連関」だったら、何となく推測できそうな気もしますが、文学的な「生の連関」の場合、連関しているような感じはしても、どこに向かっているのかイメージしにくいですね。先ほど読んだ箇所で、「生のすべての合目的性が収束してゆくあの目的が、相も変らぬ生自体の領域においてではなく、より高次の領域において探索される場合にしか、開示されることがない」、と述べられていました。生の連関は一定の方向に収束していくように見えるけど、「目的＝終焉」は「生」それ自体の領域には見出されない。「より高次の領域」において探索して初めて、「開示」されるというのですが、この「より高次の領域」とは何なのか？　先に「神の記憶」という話が出てきましたが、「より高次の領域」というのも、神の意識の領域のようなことを指していると考えた方がいいような気がします。神が創造主であり、我々を含めて全てのものを創造したのであれば、我々が作品の生の連関を探っても、その本当の目的は分からない。「目的」は、生を越えた神の次元にあるわけですから。創造主である「神」の視点まで遡らなければ、生の連関が収斂していくであろう、最終的な「目的＝終焉」は見えてこない、ということを念頭に置くと、その次の箇所も分かりやすくなります。

「合目的的 zweckmäßig」

生のいっさいの合目的的な現象も、この諸現象の合目的性一般も、つきつめれば生にとって合目的的なのではなくて、生の本質の表現にとって、生の意義の叙述にとって合目的的なのだ。

この「つきつめれば」という部分は、原文では〈letzten Endes〉となっています。文字通りに訳すと、「最終的な終焉（＝目的）において」です。通常は、「つきつめれば」とか「結局」と軽く訳せばいいのですが、ここでは「目的」が問題になっているので、単なる慣用句以上の意味があるかもしれません。一切の合目的的（zweckmäßig）な「生の現象 Lebenserscheinung」が、「生」それ自体にとって合目的的なのではない……というのはこれまた禅問答のような話で面喰いますが、まず、生物学的なレベルでの「生命」に即して考えてみましょう。生殖するとか、食物を摂るとか、呼吸する、とかいった様々な生命活動は、個々の「生命体」の維持とか成長それ自体を目的としているわけではなく、むしろ、より高次元にある〝何か〟＝「生」の「本質 Wesen」あるいは「意義 Bedeutung」というべきものを「目的」にしている、という話になりますね。創造主としての神を想定するのであれば、神による創造の目的によって規定される「生の本質」あるいは「生の意義」に向かって、諸々の生命活動の目的連関が形成されている、ということになるでしょう。

因みに「意義」あるいは「意味」、もしくは「感覚」という意味のフランス語の〈sens〉には、「方向」とか「流れ」という意味もあります。「意義」は何らかの方向性を持っているわけです。これに直接対応する英語の〈sense〉にも「方向」とか「向き」という意味があります。ドイツ語の〈Sinn〉は、「目標」とか「目的」といった意味でも使われることがあります。そして、ベンヤミンがここで使っているドイツ語の〈Bedeutung〉は、語源的には、「～を指し示している auf ～ deuten」という形で使われる〈deuten〉という動詞から派生しています。「意味」あるいは「意義」という意味の西欧語は、「終わり」の場合と同様に、「方向」に関わる意味合いを含んでいるわけです。

「表現 Ausdruck」

先ほど読み上げたところの最後の方に、「生の本質の表現にとって」、あるいは「生の意義の叙述にとって」という形で、「表現 Ausdruck」とか「叙述 Darstellung」が付いているのが少し気になりますね。何故付いているのか？　単純に考えれば、「生の本質」あるいは「生の意義」それ自体は、神のような超越的なものの領域に属しているので、それ（＝究極的な目的＝終焉）に対して合目的的か否か、目的が適合しているのか否かは、本当のところ、〝我々〟には認識できないからでしょう。〝我々〟自身、「神」によって創られた存在者ですから、「神」の領域に属することは、本当のところ分からない。しかし、「神」の視点に立ったつもりで、「生の本質」あるいは「生の意義」を再現、再構成することはできるかもしれない。そう考えると、〝我々〟が再現あるいは再構成しようとしている「生の本質」あるいは「生の意義」に適合しているという意味で、「生の本質の表現にとって、生の意義の叙述にとって合目的的」である、と言っているのではないかと推測できます。

〈Ausdruck〉も〈Darstellung〉も芸術関連の用語です。「表現」が芸術関連だというのは説明するまでもありませんね。〈Darstellung〉の方は、「描写」「叙述」の他に、「演技」「上演」「演出」といった演劇系の意味も持っています。更に言えば、〈Ausdruck〉は、「表出」とも訳せますが、「表出」と言うと、内に潜んでいるもの、本質が外に出て来る、というようなニュアンスも出てきますね。実際、スピノザやライプニッツの哲学では、〈expressio ＝ Ausdruck〉は、神的な本質が表に出て来ること、現象すること、というような意味合いで使われます。

少しごちゃごちゃしたので、整理しておきましょう。「生の連関」の目的は、個々の生命体を観察しているだけではなかなか見えてこない。しかし、そこに、何らかの超越的存在あるいは高次の領域から与えられる「生の本質」あるいは「生の意義」が「表出」していると想定したうえで、そうした視点から、連綿と続いている生の連続体を改めて観察してみよう。そういう視点から見ると、その「本質」あるいは「意義」を、「表現」もしくは「演出」することを「究極の目的」として、それぞれの生命体が繋がっており、有機的な生の目的連関を形成していることが分かってくる。

これでもまだ抽象的すぎてピンと来ないかもしれません。ざっくり言ってしまえば、全ての被造物はそれぞれ何らかの仕方で、創造者である「神の本質」を「表現」すべく存在しており、被造物相互の繋がりをじっくりと見つめていると、そこに創造の目的＝意義＝終焉である、「神の本質」が現出してくる、という神学的・形而上学的な次元の話をしているわけです。「人間」は自らもそうした被造物の一つであると同時に、様々な存在者＝被造物の間を貫いている目的連関を見極め、そこに表現されている「神の本質」を認識することで、神の創造の業に寄与する、あるいはそれを完成する使命を帯びている。キリスト教神学とか、スピノザの哲学とかにあるような、神と被造物の関係についての議論を、ここでのベンヤミンの議論に合うように、私なりに思い切ってまとめると、そういう感じになります。存在するものは全て、神、あるいは、神に相当する究極の存在のある側面を「表現」している、という西欧の形而上学的な発想を念頭におけば、ここでベンヤミンが述べていることは、その変形ヴァージョンであることが分かると思います。

芸術作品による再現

では、そういう神と個々の事物の間の［本質→表現］関係と、「文学」あるいは「芸術」という営みの間には、どういう関係があるのか？　「文学」あるいは「芸術」の本質である「ポイエーシス＝創作」というのは、ある意味、人間が神の創造の業を真似る、あるいは、なぞるということです。創作者である芸術家あるいは文学者は、（元々は神によって創られた）個々の事物（＝素材）の間に、何らかの連関を見出し、その連関を自らの「詩作＝ポイエーシス」によって、「作品」という形で（再）構成します。カント（一七二四－一八〇四）の『判断力批判』（一七九〇）では、自然界に存在する諸事物の間に目的論的連関を見出し、その基本的性格を判定する目的論的判断力が、「美しい」という判断をする美的判断力とどのように繋がっているかが論じられています。カントの影響を受けたシラー（一七五九－一八〇五）や、ロマン派の美学でも、宇宙あるいは自然界に見られる目的連関を、芸術作品によって再現するという考え方があります。

そういう前提で考えると、ベンヤミンが言っているのは、「生」の合目的性というのは、文字通りの意味での合目的性というよりは、作品を通してその合目的性を、美しいもの、宇宙的・自然的な調和として「表現」あるいは「演出」しようとする「芸術」あるいは「文学」の視点から見ての仮想の「合目的性」

である、ということになるでしょう。
それを前提にすると、次の箇所もどういうことか分かってきます。

『世界』の模型作り――言語と言語の間の内的な関係

同様に、翻訳の合目的性はけっきょく、諸言語相互間のもっとも内的な関係の表現にとってのものである。翻訳は、この隠れた関係そのものをはっきり現出させることも、作り出すこともできないが、叙述することはできる――この関係を萌芽的に、あるいは集約的に、現実化することによって。

生の連関の合目的性を「再現」する芸術の働きを延長したところに、翻訳の合目的性を考えるわけです。素朴に「翻訳の目的は何なのか？」と問われれば、私たちのほとんどは、その文学作品を母国語ではない人も読めるようにすること……くらいしか考えないわけですが、ベンヤミンの議論は、(世界を貫いている生の目的連関を再現するものとしての) 作品相互の「生の連関」を前提にして、その目的連関の更なる再構成もしくは拡張に翻訳が寄与している、という見方を示しているわけです。

それに加えて更に、作品と作品の間だけでなく、言語と言語の間に「内的な関係」があるとも主張されています。その「内的な関係」の、最も内的な部分に対して、翻訳が合目的的である、というわけです。言語同士の間に「内的な関係」があるというのは、ある意味、当然のことですね。何故かと言うと、人間が使っている言語だから、人間に共通の身体や精神の構造からして、あらゆる言語の共通基盤があるはずだし、歴史的に同じ言語から枝分かれしてきた親類関係にある言語もあるからです。西欧の主要言語の間のそういう関係はかなりはっきりしています。

ただ、ここまでの議論の流れからすると、ベンヤミンは単にそういう常識的なことを確認したいのではないでしょう。様々な文学作品を貫く形で、(神のような超越的な存在の視点から見ての)「生の目的連関」があり、個々の作品がその連関を「表現」もしくは「叙述＝演出」しているというのと同じ様な意味で、言語と言語の間にも――神による世界創造を想定した時に見えてくる――目的連関がある、というのが彼の言いたいことでしょう。

言語と言語の間の目的連関には、さきほど述べたような、常識的な意味での連関もあるでしょうが、ベンヤミンはその内の「もっとも内的な関係」、恐らくは、神によって与えられた究極の「目的」を中心とする本質的連関を問題にしています。言語は、単に人間同士のコミュニケーションの媒体であるだけでなく、ポイエーシス＝創造＝芸術的な性質を持っている。つまり、それぞれの言語が、「世界」を自らの規則、文法や音韻、用語法等によって再現(前化)している。言語は、この世界で我々が遭遇するあらゆる事物や出来事を、単語や文で表象＝イメージ化しながら、一つの意味の体系を成しているという意味で、「世界」の模型を作っているわけですが、それは見方によっては極めて芸術的な営みです。無論、通常の意味での芸術と違って、特定のアーティストがいるわけではなく、一人ひとりの名付け、意味付けの活動が連鎖して、自分の属する言語の「世界」表象に繋がっている。我々は普段、自分たちがそういう芸術的な営みの一端を担っているとは思っていないわけですが。ベンヤミンは、「世界」を「再現前化＝表象」することを志向する各言語は、芸術作品が相互に目的連関を形成しているように、相互に目的連関を形成している、という見方をしているわけです。

「翻訳」は、そうした言語同士の間の目的連関を「叙述＝演出」する働きを担っているわけです。無論、ベンヤミン自身が言っているように、言語同士の「最も内的な関係」、言語の本質は、恐らくは、全ての言語を創造し、存在せしめている超越的な〝何か〟の領域にあるわけですから、我々はそれに直接アクセスすることはできません。翻訳は、その目的連関のごく一部を「叙述＝演出」するものではあるけれど、その連関を自ら「作り出す」ことも、「現出」することもできない。

原語で見ると、「作り出す」は、「産出する」あるいは「製作する」とも訳せる〈herstellen〉です。この動詞の前綴りの〈her-〉の部分は、「(向こうから)こっちへ」という意味合いを持っています。語の作りから見て、「こっちに向けて立てる＝こっちへと引き出す」というニュアンスを持っているわけで、ハイデガーは、このニュアンスを利用して、「生産する」というのは、「自然(フュシス)をこちらへと引き出すことである」、というような言葉遊びをやっています。「現出する offenbaren」の方はもっと意味深です。「啓示する」という意味もあります。恐らく、ベンヤミンは意識して、こういう言葉を選んでいるのだと思います。

「その最も内的な関係」を、「叙述することしかできない」と言いながら、その直後で、「この関係を萌芽的に、あるいは集約的に、現実化することによって」と言っているのは、矛盾しているような感じがしますが、「現実化」というのを、「現実に目に見えるような形を与える」「現実的に造形化する」というような意味合いで理解すれば、分かりやすくなると思います。それぞれがポイエーシス的な性質を持つ「言語」と「言語」の間の最も深い内的関係は、神のような超越的視点に立たない限り、本当のところ見えてこないけど、「翻訳」という営みが、それを、思いっきり凝縮した形で、あるいはその全面的な展開の萌芽であると思えるような仕方で「叙述＝演出」している。

それに続けて、こうした世界の――通常は我々の目に隠されている――目的連関を表象するうえで、言語が特権的位置を占めていることが確認されます。

言語の特権

これと似たものは、言語活動以外の領域にはほとんど見あたるまい。というのも、類似や記号に頼る非言語的な活動は、言語活動による集約的な現実化、すなわち先取りし示唆する現実化とは、別のしかたの暗示しか知らないからだ。

「言語活動による集約的な現実化、すなわち先取りし示唆する現実化」という部分が少し難しい感じがしますが、先ほどかなり補足して説明したように、言語というのは、世界の中の様々な事物、出来事を、言語独自の体系化された記号によって、芸術的に表象する、ということを前提にすると、分かると思います。我々の活動の全ては、ある〝意味〟、被造世界全体の目的連関の一部を象徴していると言えます。つまり、諸事物の間に「目的連関」を見出し、それを自ら再現し、自らの行為を「意味」付けているわけですが、それが最も先鋭化した形で表れているのは言語である、という話です。我々は何か意味のある行為を成そうとする時、心の内で、「この○○な環境の中で、私は▽▽をしたいという欲求を抱いているので、□□することにしよう」という風に言語で、先取り的にイメージ化しますね。そういう〝意味〟で、言語は、人間の行為の目的連関を集約的かつ先取り的に「現実化」しているわけです。

こうした言語の特権的性格について論じたベンヤミンのかなり初期の論文に、『言語一般及び人間の言語について』（一九一六）というのがあります。この論文では、『翻訳者の課題』と共通する言語の「創造」性をめぐる問題が、神学的な考察をより前面に出す形で論じられています。これについては、初期フランクフルト学派美学の研究者として知られる細見和之（一九六二―　）さんが、『ベンヤミン「言語一般および人間の言語について」を読む』（岩波書店、二〇〇九）という本で徹底した精読を試みておられますので、そちらも読んでみて下さい。

こうしたことを踏まえて、次のところを読んで下さい。

だが、さきに考えた、諸言語間のあのもっとも内的な関係は、独特な収束の関係である。それは、諸言語が相互に無縁ではなくて、あらゆる歴史的な関係を抜きにして先験的に、それらが語ろうとするものにおいて親縁性をもつところにある。

この「先験的に」は原語では、「アプリオリ」です。最近は、先験的ではなく、「アプリオリ」とそのままカタカナで書くことが多くなりましたね。「アプリオリ」というのは、必ずしも「実際に経験する前に」、という話ではなくて、経験とは関係なく、論理的必然性として成り立っていることに関して使う言葉です。ここで話題になっていたのは、言語同士の「最も深い内的な関係」のことですから、翻訳を通して初めて、言語と言語の間の内的な関係が構成されるわけではなく、アプリオリな関係がある。ラテン語からイタリア語、フランス語やスペイン語などから派生してきたとか、ドイツ語とオランダ語が西ゲルマン語として同じグループに属しているとかいうことではなく、アプリオリに「親縁性がある verwandt」、ということを言っているわけです。生の目的連関において、「親縁性」がある、ということですね。

『聖書』〈Bible〉

ここまで、ベンヤミンの議論が神学的な前提の下に展開されているような説明をしてきましたが、若干、私の説明が先取りしすぎてしまった感があるので、ここで実際、ベンヤミンが、聖書に基づいた神学的な前提で議論をしていることを確認しておきましょう。一挙に飛ぶようですが、論文の末尾に近い部分、九〇頁の終わりの方を見て下さい。ハイデガーも重視していた一九世紀初頭のドイツの詩人ヘルダリン（一七七〇―一八四三）が、ギリシア語の詩からドイツ語への翻訳でかなり苦闘し、二つの言語の間の深い谷間にはまり込み、言語の底なしの深淵に落ち込んでいきかねない危ない状態、言い換えれば、「意味」

の連関を見失って、狂気にはまり込んでいきかねない状態に置かれた、という話をしています。そういう話をした後で、

しかし、ひとつの拠りどころは存在する。といっても、その拠りどころは、奔流する言語と奔流する啓示とを分かつ分水嶺であることを意味がその任としていない聖書のテクスト以外には、ほかにはどこにもない。

ここで「啓示」と「聖書」が出てきます。先ほども、「啓示する」とも訳すことができる〈offenbaren〉という動詞が出てきました、ここに出て来る〈Offenbarung〉はその名詞形です。先ほどは、言語同士の内的関係を「顕にする」「現出する」という話だったので、「啓示」と言えるかどうかはっきりしませんでしたが、この場合は明らかに、「啓示」ですね。日本語だと、「現出」と「啓示」で、ほとんど繋がりが見えませんが、ドイツ語だと同じ〈offenbaren〉という言葉の意味が、「啓示」の方へとシフトしているわけです。英語の〈reveal〉も、両方の意味があるので、この意味のシフトを演出することはできます。「聖書」についても、少し注意が要ります。これも翻訳の問題です。英語で「聖書」は何と言いますか？そう、〈Bible〉ですね。ドイツ語では〈Bibel〉です。語源は何か分かりますか？　ギリシア語の〈biblos〉から来ています。〈biblos〉とは「本」のことです。それを英語やドイツ語らしい形に変形したのが〈Bible〉や〈Bibel〉です。では、ここで野村先生が「聖書」と訳しているのは、ドイツ語の〈Bibel〉かというと、そうではないんです。〈der heilige Text〉です。もう少し後、この論文の最後から二番目の文は「なぜなら、あらゆる偉大な文書のある程度まで、しかし聖書は最高度に、その行間に潜勢的な翻訳を内包しているのだから」となっていますが、ここでの「聖書」の原語は、〈die heilige Schrift〉です。〈Schrift〉は

フランス語の「エクリチュール écriture」に当たります。「エクリチュール」は、書かれた文書、あるいは書く行為を意味する単語です――ポストモダン思想では、個別の著者の意識とは独立に、「書かれたもの」が連鎖していることを示すために、この言葉がよく使われます。「エクリチュール」の最初の〈é〉を大文字で書いて、〈Écriture〉とすると、「聖書」を暗示する言葉になります。ドイツ語の場合、名詞は全て大文字で始まるので、区別がつかないんだけれども、形容詞を付けない〈die Schrift（その文書）〉という言い方で、「聖書」を指すことがあります。

〈Bibel〉という普通のドイツ語を使わないで、「聖なるテクスト」「聖なる書（エクリチュール）」という言い方をしていることには何か意味がありそうに思えます。日本語にすると、[聖書→聖なる書]なので、あまり異化効果がないですが。まず、〈Bibel〉というと、キリスト教で使っている、あの「聖書」ということになりますが、〈Bibel〉ではなくて、「聖なるエクリチュール」という言い方をすると、少し意味が拡がった感じになります。キリスト教会公認の「聖書」として印刷されているものだけではなく、神の言葉を書き留めたものとして聖性を帯びているエクリチュール全般を指しているかもしれません。その場合のエクリチュールというのも、単に紙などの記録媒体に書かれた文書ということではなく、人間が通常使っている言語へと翻訳され、記録されたもの全般を指すかもしれません。

「聖書」をその本質から定義すると、恐らく、「神からの啓示を書きとめた（あるいは、人間の言葉へと翻訳した）エクリチュール」ということになるでしょう。キリスト教の教会で使っている聖書は、ヘブライ語で書かれた旧約聖書と、ギリシア語で書かれた新約聖書から成っています。ユダヤ教と初期キリスト教の指導者たちによって語り伝えられ、編集されたものです。複数の人間が著者であるわけですが、教義上の建前では、神自身が「著者」であるということになるでしょう。「著者」に当たる言葉は、英語では〈author〉、ドイツ語では〈Autor〉です。これらには、「作り手」という意味もあります。英語だと、大文字で〈Author〉と書くと、「創造主＝神」という意味になります。

原・本とドイツ・ロマン派

少し脇道に入りますが、前回お話ししたベンヤミンの博士論文『ドイツ・ロマン派における芸術批評の概念』で取り上げられている主要な批評家であるフリードリヒ・シュレーゲルとノヴァーリスは、「聖書」をその原義からして、「本の本」あるいは「原・本」というべきものとして捉え直し、それを自分たちの手で再編集しようではないか、と相談していました。つまり、それぞれがこの世界のある側面について記述している様々な「本」の全てを包括し、「世界」を表象する普遍的な知の体系として再構成する「メタ本」のようなものを作ろうとしました。どういうものになるのか、なかなか想像がつかないですが——これについても、私の著書『モデルネの葛藤』で論じましたので、関心あったら読んでみて下さい。今だったら、インターネット上で、全ての知の検索を包括的に体系化するためのメタ検索プログラムを作るというような話になるかもしれません。

意味・啓示・言語

話を元に戻します。「聖なるエクリチュール」の「著者」である「神＝創造主」は何語を語るのか？ユダヤ教では、実在する「聖書」、「旧約聖書」の言語であるヘブライ語を特殊な言語と見なしますが、しかしヘブライ語でさえも、神自身の語る言語ではありません。神は、実在する諸言語の違いによる制約を受けないどころか、時空をも越えて全てを把握します。人間には理解できない言語を持っていると考えられます。預言者などの口を通して、実在する言語へと〝翻訳〟された神の言葉しか、私たちには理解できない。

先ほどの箇所に「奔流する言語と奔流する啓示とを分かつ分水嶺であることを意味がその任としていない」という表現が出てきました。比ゆ的な表現で分かりにくいですが、言語と啓示の分水嶺が想定されるということは、両者がもともと渾然一体になっているということなのではないかと想像できますね。渾然一体だとすれば、その源流は恐らく神でしょう。神から何が奔流として流れ出すのか？　創造の「法則」である、ロゴス＝言葉が流れ出すと考えると、キリスト教神学のイメージにうまく合ってしっくり来ますね。そうすると、神から「ロゴス」が流れ出し、それが、特別の人間に対して特別な瞬間に示されるだけであり、それ自体としては人知を超え、把握不可能な「啓示」と、人間が世界把握・表象のために使っている「言語」へと分岐する、ということになります。その分水嶺になるのが「意味 Sinn」。「意味」によって、人間の「言語」と、その枠にはまり切らない「啓示」が分かれてくるわけです。

日本語で「啓示」というと、静寂の中で語りかけてくる神の厳かな言葉のような感じがしますが、「奔流する strömend」という表現からも分かるように、むしろ荒々しすぎて、捉えられない、というイメージですね。ヘルダリンは、「詩人」というのを、神々から送り届けられてくる、雷鳴のように荒々しく、通常の人には受け止められない合図を受け止め、それを人々が理解できるよう「詩化」する使命を帯びた者として位置付けています。

神の合図とか信じない人からすれば、危ない人、狂気に憑かれた人みたいな感じがしますね。実際、ヘルダリン自身、狂気に憑かれて、後半生を塔に幽閉されて過ごしましたし、彼が垣間見た言語の「深淵」というのも、端的に言えば、狂気です。言語によって、普通の人と同じ様にちゃんとした「意味」を把握できなくなるのが、狂気だということもできるでしょう。

そういう〝意味〟で、「啓示」を受ける人は危ない人です。「聖霊」に満たされた者たちが、普通の人には理解しがたい言葉、異言を語るというモチーフは、キリスト教系の伝説によく出てきますね。他の人には理解できないのだから、それは悪魔の言葉かもしれないし、狂人の妄言かもしれません。日本でも、神がかりと狂気の関係についていろんな話がありますね。そういう狂気の縁にいる危ない詩人ほど、すぐれた詩を残せるという話もよく聞きますね。

先ほどのところでは、「聖書」では、「意味」は、「啓示」と「言語」の分水嶺としての役割を果たしていないという話が出てきたわけですが、こうした言語の狂気をめぐるエピソードを踏まえて逆の見方をすれば、「聖書＝聖なるエクリチュール」とは、通常は分離されている「啓示」と「言語」が再び融合し、神のロゴスとしての本来の姿を現わす場である、とも言えそうです。

七五頁まで戻りましょう。先ほどの「それらが語ろうとするものにおいて親縁性をもつところにある」という箇所のすぐ後を見て下さい。

翻訳における「正確さ Genauigkeit」

とはいえ、このような説明を試みると、むだな廻り道を経たあげくにこの考察は、因襲的な翻訳理論に帰着する、と思われるかもしれない。もし翻訳において諸言語の親縁性が立証されるべきであるならば、その立証は、原作の形式と意味とをできる限り正確に伝達する、というのとは別のしかたで、はたしてなされうるものなのか？

ベンヤミンは、諸言語の間の内的で本質的な「親縁性」を示すことが、「翻訳」の使命だと力説してきたわけですが、じゃあ結局、具体的に何をやるのか、ということですね。原作の形式と意味を別の言語で出来るだけ正確に再現するのが「課題」だということになると、なんだかんだ能書きを並べて、結局は普通の翻訳論と同じじゃないか、という当然の疑問が湧いてきます。

因襲的な理論は、たしかにこの正確さという概念についてはあやふやであり、そのためにけっきょく、翻訳における本質的なものを少しも説明できずにいるようだ。諸言語の親縁性は、二つの文学作品の表面的で定義しがたい類似性においてより、翻訳においてこそ遥かに深く、確実に証拠だてられる。原作と翻訳のあいだの真の関係を把握するためには、認識批判が模写理論のたぐいの不可能性を証明するときの思考の運びと、徹底して似通った思考の運びを意図するような、考察がなされなければならない。認識批判において、認識が現実的なものの模写にとどまる限り、認識にはいかなる客観性もないこと、それどころか、客観性の要求を掲げることすらできないことが、示されるとすれば、こちらでは、翻訳が究極的に原作との類似性を追求するものである限り、いかなる翻訳も不可能であることが、立証される。

抽象的な理屈をごちゃごちゃ言っているようですが、ポイントは、翻訳における「正確さ Genauigkeit」と通常思われているものは、実はそれほどはっきりしたものではない、ということです。そもそも、我々はどうやって「正確な翻訳」と認識するのか？　結構難しいですね。多分、原作での言葉の選択・遣い方に、最も近い言葉の選択・使い方をしているというようなことが想定されていると思うんですが、どういう基準で「近い」と言えるのか？　近い親戚関係にある言語で単語や文法を共有している言語同士だと、〝ほぼ同じもの〟がもう一方にあるので、比較的簡単なような気もします。無論、英語とドイツ語だって、形が似ている単語をそのまま持ってきたら正解という訳にはいきません。例えば、英語の〈naturally〉に相当するドイツ語の〈natürlich〉には、〈of course（勿論）〉の意味もあるのですが、〈naturally〉の方はそうではありません。このような例はいくらでもあります。ドイツ語と日本語のような関係だと、何をもって「近い」と言えるのか？　その言語の中で、当該の単語や表現がどのような位置を占めているのかを視野に入れないと、「近い」とか「遠い」とかの評価はできませんね。その標準的用法が、原作のそれと近い語や表現を持ってくる形で機械的・辞書的に訳したとしても、文学作品として「近い」と言えるのかは、そう簡単には判断できませんね。

ベンヤミンは、このことを考えるに当たって、認識論としての「模写理論 Abbildtheorie」の問題を参考にすべきだと言っていますね。「模写理論」というのは、認識とは主体が対象を「模写」すること、実在する対象を自分の意識の内に反映することである、という立場ですが、ベンヤミンは、それでは認識の説明になっていない、無理がある、ということを主張しているわけです。どうして無理があるのか？　例えば、ある外国人がみなさんの全然理解できない言語を話したとします。その音をみなさんが真似して、ほぼ正確に真似できたとします。認識したことになるでしょうか？　そんなはずはありません。音を通して表現されている〝何か〟の構造を把握し、それを自分の内で再現するのでなければ、認識したとは言えませんね。視覚や嗅覚のイメージについても言えますね。実物と同じ様なイメージを、自分の内で思い浮かべるだけであれば、それは認識とは言えません。

それとのアナロジーで考えれば、文学作品の個々の表現に、物質的に〝似ている〟表現を、翻訳先の言語の中で機械的に探すというのはおかしいということが分かりますね。そんなことをするのは、中高生の英語の宿題や試験であって、あまりまともな翻訳とは言えません。文字あるいは音を通して表現されているものの内的構造を把握しないといけない。先ほどの箇所は、次のように続きます。

死後の成熟

なぜなら、原作はその死後の生のなかで変化してゆくからである。生きたものが死後の生のなかで変容し更新してゆくのでなければ、死後の生という呼び名は意味をなさなくなるだろう。定着された言葉にも、死後の成熟というものがある。作者の時代にはその文学言語の傾向性だったかもしれないものが、後世には用ずみとなることもありうるし、内部に秘められていた傾向性が、作品から新しく立ち現われてくることもありうる。

「死後の生」というのは、例の〈Fortleben〉です。ここでは、実際の時間の経過を意識した議論になっていますね。「死後の生」、すなわちその作品が発表された当時は、誰も気付いていなかったような内的意味連関が新たに発見されたり、再構成されたりする。そういう意味で、「作品」は「死後」も「成熟」し、変容し続ける。作品が発表されていた当時、極めて文学性が高いと思われていた表現が、現代では流行遅れで、全然意味をなさなくなることもあるけれど、その逆に、その当時は極めて平凡にしか見えなかった表現が、現代人の目から見ると、詩的な想像力を掻き立てる、極めて魅力的なものになっていたりする。夏目漱石とか、島崎藤村とかの小説を読んで、そういうこと感じたことないですか？　三島由紀夫とかでも、若い人が読むと、年配の人が読むのと違った語感で受け止めるかもしれません。「文学言語」というのは、ドイツ語では〈dichterische Sprache〉で、ここでも、詩的＝ポイエーシス的＝創造的という意味の〈dichte-rsich〉という形容詞が使われているわけです。あと、「死後の成熟」ですが、ドイツ語では〈Nach-reife〉となっています。普通は、穀物などが、収穫後に熟して来るという意味で使われます。野村先生は、「死後の生」と繫げるために、「死後の成熟」と訳されたのだと思いますが、そうすると今度は、麦などが熟して発酵するようなイメージが弱まってしまうので、難しいところですね。

それから、「作品から新しく立ち現われて〜」というところの「作品」は、英語の〈work〉に〃ほぼ〃相当する〈Werk〉ではなく、〈das Geformte〉、「形成（形態化）されたもの」という表現になっています。

いったん決まった形を与えられたものから、新たなポイエーシス的要素が、その殻を破るようにして出て来る、というイメージになるでしょうか。ここは、「形成されたもの」と訳しても良かったかもしれませんが、それだと、何の事だか分かりにくいので、「作品」と訳されたのでしょう。

同様に意味もまた不断に変化するが、これをも含めてのそういった変容の本質的なものを、言語および言語作品の独自きわまる生のなかに探索せずに、後世のひとびとの主観性のなかに探索することは（…）事柄の原因ならびに本質を取り違えることになるだろうし、しかももっとも厳密にいえば、じつに力強くもあれば豊饒でもある歴史過程のひとつを否認すること、そして思考の力の欠如を露呈することになるだろう。

ここでは、作品の「死後の生」における「生」の変容というのは、受け手の主観が変わるという話ではないことが、確認されています。我々はそう思ってしまいがちです。前回から強調しているように、ベンヤミンは、それぞれの「作品」には、ポイエーシス的な「生の連関」に属する固有の「生」があり、その「生」が内から変容するという前提で議論しています。作品を構成している内的な意味の連関の内に、死後も成熟していく萌芽のようなものがあると見ているわけですね。だから、変容の仕方には一定の歴史的必然性がある。だから、受容者、読者の恣意的な解釈で、あっちに行ったりこっちに行ったりするわけではない、と念押ししているわけです。

では、肝心の翻訳者はどういう姿勢で、自己再生産的に「生き」続ける「作品」の「死後の生」に関わればいいのか？

「既に死んだ理論となっているあの翻訳論 jene tote Theorie der Übersetzung」

そして、仮りに作者の最後の一筆を作品にとどめを刺すものと考えるとしても、あの死物の翻訳理論を救うことにはなるまい。というのも、偉大な文学作品の音調や意義が諸世紀の流れとともにすっかり変容してゆくのと同じように、翻訳者の母語もまた変化してゆくからである。それどころか、作者の言葉がその母語の中で持ちこたえてゆくのに反して、最上の翻訳といえども翻訳は、こちらの母語のなかへの生長のなかへ捲き込まれ、母語が更新されるにつれて没落してゆくことを定められている。翻訳は、二つの死んだ言語の不毛な等式を作るようなところからは遥か遠くに位置しているのであって、だからこそ、あらゆる形式のうちでほかでもなく翻訳という形式には、異邦の言葉のあの死後の成熟と、自身の言葉の産みの陣痛との両者に注意を向けることが、独自きわまる課題として課されているわけなのだ。

「あの死物の翻訳理論」というのは、先ほど出てきた、原作の形式と意義を忠実に翻訳するのを良しとする翻訳理論のことです。この言い方だと、死物が翻訳なのか理論なのかはっきりしませんね。原語は〈jene tote Theorie der Übersetzung〉で、「死んでいる tot」は、理論の方にかかっています。「既に死んだ理論となっているあの翻訳論」という風に訳していたら、分かりやすかったと思います。「作者の最後の一筆」が「作品にとどめを刺す」というのも一見分かりにくいですが、この場合は、作者が書き終えることによって、作品の意味連関が完結する、というようなことを言いたいのだと思います。ベンヤミンは、自分はそういう前提に立たないけれど、仮に百歩譲って、作者の仕事が終わった時点で作品が完結し、それを他の言語で可能な限り完璧に再現するやり方があるとしても、話はそれで終わらないはずだ、と言っているわけです。翻訳先の言語も、原作の言語と同様に、時代と共に変化します。翻訳が出た時代にはしっくり来ていた表現が、現代人が読むと何かズレている、ということがありますね。岩波文庫とかに入っている、明治時代とか大正時代の翻訳作品を読んで、何かズレていると感じたことありませんか。「あなた」に当たる言葉を、「汝」とか「御身」とか訳しているとか。外国文学の研究をやっていると、原文は、現代文学だと言っても通じそうな、割と平易な文体、表現内容なのに、和漢混交文のような感じに訳されているので、違和感を覚えることがしばしばあります。外国文学を研究していなくても、作家のイメージと翻訳の文体がズレていると感じることはあると思います。

そういうことを言っているわけです。原作の方も、母語の変化の影響を受けますが、そっちは、古びた言葉になっても、それなりに評価され続け、新しい読み方が発見される可能性があるけれど、翻訳の方は没落していく。原作を「正確に模写する」のが優れた翻訳だと考えるのであれば、そういうことにならざるを得ない。ベンヤミンに言わせれば、翻訳というのは、それぞれどんどん古びていく原作の表現を、これまたどんどん古びていく自分の母語で正確に再現するなどということではない。原作が「死後の生」において成熟していく過程と共に、その作品の本質である内的意味連関を自分自身の母語で再構成するための産みの苦しみをも視野に入れながら、仕事をしなければならない、ということです。

神の言語・純粋言語

この後の箇所で、言語同士の外的な「類似性 Ähnlichkeit」ではなく、内的な「親縁性 Verwandtschaft」が問題であることが論じられています――〈Verwandtschaft〉という単語は、ベンヤミンが論じたゲーテの小説のタイトルの一部にもなっていましたね。視覚的にイメージ化すると、(「啓示」を含んだ)「神の言語」のようなものを核として、あらゆる人間の言語が何らかの形で連関し合っている、ということです。言語同士は、その最も本質的な部分で繋がっていて、目的連関を形成している。そうした神的なものを中心とする内的な結び付きが、「親縁性」です。当然、それは、歴史的に親戚関係にある言語同士だからという経験的な次元の話ではありません。

むしろ、歴史を超越した諸言語の親縁性は、あげて、完全な言語としてのおのおのの言語において、ひとつの、しかも同一のものが、志向されている点になる。そうはいってもこの同一のものは、個別的な言語のいずれかによって到達されるようなものではない。それは、諸言語の互いに補完しあう志向の相対によってのみ到達可能となるもの、すなわち純粋言語である。

「完全な」という訳語になっていますが、これは訳語として少々まずいのではないかと思います。まるで個別の言語がそれ自体として、既にパーフェクトであるかのように聞こえます。原文では〈ganz〉です。英語でこれに相当するのは〈whole〉、つまり「全体」ということです。「完全」と訳してもいいですが、それは「全面的」ということです。「全体的な言語」とか「全面的な言語」という言い方は日本語として少々変ですが、「完全な言語としてのおのおのの言語において、ひとつの、しかも同一のものが、志向されている」という受け身の構文を少し変形して、「おのおのの言語は全体として、ひとつの、しかも、同一のものを志向している」とすると、しっくりくるでしょう。

「志向 Intention」という言葉が使われていますね。フッサール現象学などで使われる哲学用語で、意味作用とか意識の向かっている方向性、目的性を〝意味〟します。厳密に言うと、先ほどの「おのおのの言語は〜」というところで使われている動詞は、「〜を意味する」とか「〜というつもりである」という意味の動詞〈meinen〉です。英語で言うと〈mean〉に近いです。〈Intention〉が使われているのは、「補完し合う志向」というところだけですが、ほぼ同じ意味合いだし、「ひとつの、しかも、同一のものを言わんとしている」だと、日本語としてやや違和感があるので、両方、「志向」と訳したのでしょう。
つまり、あらゆる言語は、全体として、「何か一つのもの」を志向している、言い表わそうとしている、ということですね。言語が「一つのもの」を言い表わそうとしている、というと、ピンと来にくいかもしれませんが、先ほどもお話ししたように、それぞれの言語が「世界」を「表象＝再現」する芸術作品のようなものである、という前提で考えると、分かりやすくなるのではないでしょうか。そして、あらゆる言語がそれぞれ志向している「一つのもの」は、「同一」である。しかし、どの言語も単独では、その「一つで、同一のもの」に到達することはできない。ただ、それぞれの言語の志向している方向を示す補助線を引いてみると、それらの補助線は、一点に収斂していくように見える。そこに位置するのが、「純粋言語 die reine Sprache」です。諸言語の志向性からその存在が推定できる、超言語、神の言語とも言うべきものです。

いいかえれば、異なる諸言語のすべての個々の要素は、語であれ文であれ文脈であれ、互いに排除しあうのだが、これに反してその志向自体においては、諸言語は補完しあうのだ。

ここは先ほどまでの話を踏まえれば、比較的分かりやすいと思います。異なる言語の個々の要素は、違った仕方で事物を表象するという意味で、対立関係にあるけれど、全体として見ると、いずれも、「純粋言語」を志向している。

聖書の「バベルの塔」のエピソードの後日譚のような話ですね。天まで届かんとする「バベルの塔」を作ろうとした罰として、神は、人々の言語をお互いに通じないようにした。言語の分裂が、人間の傲慢の罪を象徴しているとすれば、当然、各言語は、もう一度、「神の言葉」を中心に一つにまとまろうとするでしょう。それが、各言語の全体としての「志向」だとすれば、平仄《ひょうそく》が合ってきますね。

パンは同じ〝パン〟なのか?

言語哲学の基本法則のひとつであるこの法則を正確に把握するためには、その志向において、意味されるものと、意味させるしかた、つまり言いかたとが、区別されなくてはならない。ドイツ語の「ブロート」とフランス語の「パン」とでは、意味されるものは同一だけれども、言いかたは異なっている。言いかたからすれば、二つの語はドイツ人にとってとフランス人にとってとでそれぞれに別の意義をおびていて、互いに交換がきかないどころか、けっきょくは互いに排除し合おうとさえする。しかし、意味されるものからすると、二つの語は絶対的に同一のものを意味している。このように、二つの語において、言いかたは互いに相手に逆らっているのに、これらの語を生んだ二つの言語のなかでは、その言いかたが互いに補完しあう。しかも、意味されるものについて補完しあう。

「意味されるもの」という言い方をすると、ソシュール言語学の「シニフィエ=意味されるもの signifé」と「シニフィアン=意味するもの signifiant」のようなことが思い浮かんできますが、「意味するもの」に当たるドイツ語は〈das Gemeinte〉、「意味させる仕方」あるいは「言いかた」は、〈die Art des Meinens〉──野村訳では、「意味させるしかた」を「言いかた」へと言い換えたかのようになっていますが、原文では、〈die Art des Meinens〉という一つの表現しか出て来てません。先ほどの〈meinen〉という動詞が使われているわけです。「想定する」とか「念頭に置く」とか、「〜と言いたい」といった意味合いで使われる動詞でしたね。〈das Gemeinte〉の方は、「シニフィエ」とほぼ同義だと考えていいと思いますが、〈die Art des Meinens〉は、その「意味されるもの」をどのように言い表すかについての言語ごとのやり方ということですから、「シニフィエ」とペアになっている聴覚的イメージとしての「シニフィアン」よりも範囲がかなり広くなっていると思います。

「パン pain」と「ブロート Brot」で、「意味されるもの」が同じだというのは分かりますね。「言いかた」が違うのもまあ当たり前ですね。問題は、「それぞれに別の意義をおびていて je etwas Verschiedenes bedeu-ten」というところです。これはかなり分かりにくいところですが、恐らく、フランス語の中で「パン」が占める位置と、ドイツ語の中で「ブロート」が占める位置が違うということだと思います。ドイツ語とフランス語の双方をある程度知っていないと、何のことだか分からないと思いますが、フランス語の辞書と、ドイツ語の辞書をそれぞれ引いてみると、多少、イメージが摑めると思います。「パン」あるいは「ブロート」の熟語とか合成語を比べてみると、同じ西欧語の割には結構、違った遣われ方をしている部分もあることが分かると思います。例えば、〈pain〉には、「パン菓子」という意味も出ていて、ケーキ系のものも〈pain〉と呼ばれていることが分かりますが、〈Brot〉の方にはお菓子的なイメージはあまりありません。実際、ドイツに行くと分かりますが、ドイツの「パン」は妙に健康的で、あまり余分な添加物を加えていないので、食パンは白いものと思っている我々日本人には、とっつきにくいです。オランダに行くと、日本のような食パンを売っています。

つまり〈pain〉も〈Brot〉も、「パン」という同一の概念を指しているけれど、それぞれの言語の文化的背景もあって、具体的にどういう形の対象を指しているか、文法的にどういう特性を持っているか、どういう熟語で使われるか、どういう形容詞や動詞と相性がいいか、といったことが違っているわけです。ご存知のように、英語の〈bread〉や、日本語の〈パン〉は、この二つのいずれとも違った意味合いを持っています。ご存知のように、インドとかイスラエルに行くと、我々のイメージからかなりかけ離れたものが、〝パン〟扱いされています。キリスト教の聖餐式で使われる「パン」も、実際には、ウエハースのようなものを使っていることがあります。

もう少し身近な例を出すと、日本語で「バウムクーヘン」と言っているものは、ドイツの〈Baumkuchen〉とかなり違います。ドイツの〈Baumkuchen〉は、あんなにスポンジみたいに柔らかくないし、真ん中にクリームみたいなものは入ってないです。〈Baumkuchen〉の〈Baum〉は「木」ということです。日本の「バウムクーヘン」は、クリームで何重かの輪を描くことで、年輪のイメージを出しているわけですが、〈Baumkuchen〉の方は、円柱形で周りが茶色だから、「木」に見立てているだけで、年輪は関係ありません。日本の文学作品で、登場人物が「バウムクーヘン」を食べているシーンが出てくるとしたら、ドイツ語の小説で〈Baumkuchen〉を食べているところとは結構違った描き方になるはずです。

鈴木孝夫さん（一九二六‒　）という社会言語学者が、岩波新書で『ことばと文化』（一九七三）という本を出されていますが、その中に「唇」をめぐる有名なエピソードが出てきます。ある時、英語の小説を読んでいたら、「髭を生やした唇 bearded lipps」という表現に出くわして、驚いた、というのです。それまで三十年くらい英語を勉強してきたけど気付かなかったことだというのです。英米人の方が毛深いので、「唇」に毛が生えている人も珍しくない、という話ではありません。日本語の「唇」と、英語の〈lipp〉だと、指している範囲が違うんです。「鼻の下」が、〈upper lipp〉に含まれるので、〈upper lipp〉に「髭」が生えていてもおかしくないわけです。ドイツ語にも、〈Oberlippenbart〉、つまり「上唇髭」という言い方があります。ただ日常語としては、使い方に差があるようです。何人かのネイティヴに聞いてみたのですが、英語では日常的にも、〈upper lipp〉に「髭」を生やしていると言っているけれど、ドイツ語やフランス語では、日常的にはむしろ「鼻の下」に生えている、という言い方をするようです。何故そうなったのかは分からないけれど、歴史的に親戚関係にあるはずの言葉同士でも、基本的な身体部位とか、よく見かける道具や日常品とかで、結構ズレがあったりします。

そういうズレがあるということを意識すると、様々な事物を〈meinen〉する仕方は、言語ごとにバラバラで、普遍性などないのではないかという気がしてくるのですが、いや、そんなにズレていても現に翻訳は可能だし、翻訳が可能なのは、やり方が違っても、「同じもの」が〈meinen〉されているからではないか、というのがベンヤミンの議論です。

「同じもの」を違った仕方で〈meinen〉しながら、お互いの「言い方」の不足している部分を補い合っている諸言語は、最終的に「純粋言語」を志向していると言えるのではないか。無論、「純粋言語」は、諸言語が〈meinen〉、「言おう」としているものへの志向性が収束していくであろう地点に仮想的に見出せるだけですから、どのようなものか具体的には分かりません。諸言語がそれぞれ変化し、〈meinen〉の仕方が変わっているのだから、「純粋言語」はなかなかはっきりした姿を見せません。しかし、ベンヤミンに言わせれば、諸言語は出鱈目に変容しているわけではなく、「終末＝目的」に向かって変化しているのです。

「メシア的な終末 das messianische Ende」

けれども諸言語がこのようにして、その歴史のメシア的な終末に至るまで生長してゆくものとすれば、その過程にあって翻訳は、諸作品の永遠な死後の生と諸言語の不断の更新とに触発されては、つねに新たに、諸言語のあの神聖な生長を検証していくのだ。

「メシア的な終末 das messianische Ende」という言い方が出てきました。前回お話ししたように、「終わり」を意味する〈Ende〉には「目的」という意味もありますが、ユダヤ＝キリスト教的な歴史観では、歴史の「終わり＝目的」は、世界が終わり、メシア（救い主）が現われる「終末」でもあります。「救われる」というのは、人間を含む万物が贖われて、神のもとに帰るということです。ベンヤミンは、この「メシア的 messianisch」という形容詞をいろんな文脈で使っています。無論、実際にイエスのような具体的な人物の姿で現われて、奇蹟を起こすというような話ではありません。目的連関から外れ、無意味に、歴史の廃墟に取り残されているかのように見える事物が贖われ、歴史の中で「意味」を与えられる、というようなニュアンスで使われます。

この場合は、人間の傲慢の罪（＝自意識の芽生え）によってバラバラになった各言語が、「バベルの塔」以前の状態、「純粋言語」の状態に回帰できる可能性が見えてくる、というような感じでしょうか。そして、各言語がそれぞれ変化しながら、「純粋言語」への〝回帰〟という志向性において、共鳴し合っている、お互いに親縁関係にあることを明らかにするのが、「翻訳」だというわけです。「翻訳」という営みには、そういう神学的・終末論的な意味が秘められているのです。

むろんこのようにいうのは、あらゆる翻訳が、諸言語の異質性と対決する一種の暫定的な方法にすぎないことを、容認した上でのことである。この異質性を一時的・暫定的にではなく、瞬時に解決することは、人間の手に負えることではない。（…）しかし、諸宗教の生長が諸言語のなかに、より高次の言語の隠れた種子を成熟させている。

個々の「翻訳」の行為は、バベルの塔の崩壊の時に生じた諸言語の間の壁を取り除いて、一気に「純粋言語」への道を開くだけの力はない。人間は、自分の力だけで「純粋言語」に到達することはできない。しかし、各言語において、「高次の言語」＝「純粋言語」の「種子」が準備されているので、それを見出すことはできる。

「諸宗教の生長 Wachstum der Religionen」という言い方も少し気になりますね。これは恐らく具体的な宗教の教義とか組織のことを言っているのではなくて、「メシア的な終末」に向かっていこうとする人々の――無自覚的な――志向性、あるいは、翻訳を通して垣間見える「高次な言語」＝純粋言語への関心、というようなことでしょう。

あと、「種子 Samen」という言葉も結構訳ありです。新約聖書に、「種まきの喩え」というのが出てきますね。「種＝神の御言葉」を良い畑に撒かなければ、収穫できない、つまり御国に入ることができない、だから、御言葉をしっかりと受け止めなさい、という話ですね。それから、〈Samen〉には「精子」という意味もあります。ノヴァーリスは、神の言葉＝ロゴスが、種＝精子のようにいろいろなところに散らばって、受胎し、様々な形態の知として育っている、と示唆する断片を書いています。デリダの著作に、『散種 La Dissémination』（一九七二）というのがありますが、このタイトルは、そうした「精子的ロゴス＝種としての御言葉 Logos Spermatikos」の作用を暗示しています。

「気圏 Luftkreis」

だから翻訳は、その形成物の永続性を要求できないという点で芸術とは異なるにもせよ、あらゆる言語結合の最終的・決定的・究極的な段階へと向かう方向性を、否認するものではない。翻訳において原作は、いわば言語のより高次でより純粋な気圏のなかへ伸びてゆく。

先ほども出てきたように、「翻訳」は、文学作品それ自体と違って、母語の変化に伴って没落していく傾向にあり、永続性を主張することはできない。しかし、「翻訳」が可能であるということそれ自体が、諸言語の間の内的連関が、最終段階へと、純粋言語へと向かっていることを示唆しているわけです。「気圏 Luftkreis」というのは少し変わった言い方ですが、言語が植物のように育っているというイメージで議論が進められているので、育ちながら吸っている空気、大気というような感じのことではないかと思います。神が人間に吹き込んだという命の「息吹 Luft」のようなイメージも重なっているかもしれません。

この気圏に原作はまるごと到達しはしないとはいえ、翻訳においてたんなる伝達をこえるものは、この気圏のなかに位置するからだ。より正確にいえば、伝達をこえたこの本質的な核は、その翻訳自体において逆翻訳することの不可能なものとして、定義されうる。いいかえると、翻訳から伝達の部分を可能な限り取り出して、これを逆翻訳することはできても、それでも真の翻訳者の仕事がめざした当のものは、手を触れられないままに残るのである。

「伝達をこえたこの本質的な核」というのは、これまで述べてきたように、翻訳を通して伝達されるものではなく、二つの言語が共に「純粋言語＝より高次な言語」を志向していることを示す、より本質的な〝何か〟ということです。それを示すことに、「翻訳」の本来の「使命」があるというわけです。

ここで野村先生は、「逆翻訳」という言葉を使っておられますが、原語では、「逆」というより、「再び」あるいは「改めて」という意味の〈wiederum〉という副詞を使って、〈nicht wiederum übersetzbar ist：再び翻訳する＝移し替えることはできない〉という言い方になっています。文字通りに読むと、必ずしも、元の言語に逆翻訳するということだけでなく、第三の言語へ移し替える可能性も含めて否定しているように読めます――どっちみち否定なので、どっちに取っても大差はないのですが。因みに、ちくま学芸文庫の『ベンヤミン・コレクション2』に収められている、内村博信さん（一九五八－　）が訳された「翻訳者の使命」では、ここのところは、「翻訳そのものにおいてもはや翻訳不可能」と訳されています。私は、内村訳の方がしっくりくるような気がします。

逆翻訳が不可能な理由は、内容と言語との関係が、原作と翻訳とではまったく違っているからだ。すなわち、この関係は、原作にあっては果実と表皮との関係のような、ある種の一体性だとすれば、翻訳にあっては言語は、王のゆったりした、ひだの多いマントのように、その内容を包んでいる。なぜなら翻訳は、それ自体よりも高次の言語を予示していることによって、それ自体の内容にぴたりと合うことがなく、暴力的で異質的なところを残すからである。

「イローニッシュ ironisch」

難しい理屈を言っているようですが、「翻訳」の本来の使命が、原作を読んでいない読者に内容を伝達するということ以上に、「純粋言語」という視点から見た言語同士の「親縁関係」を示すことにあるという点を抑えておけば、言いたいことは分かると思います。「原作」は、基本的に作者の母語で書かれますので、作品が言おう（meinen）としている「内容 Gehalt」と、それを表す言語が密着していて、表裏一体の関係にあります――ベンヤミンは「形式」と対立するものとしての「内容」を示す〈Inhalt〉という言葉と、内的形式性をも含んでいる〈Gehalt〉という言葉を区別して使っていることがあるので、その場合、〈Gehalt〉の方を「内実」と訳すことがあります。簡単に言うと、原作においては、私たちが母国語でしゃべっている時のように、私たちが心に抱く「言いたいこと」と、それを表現する言語の間の区別は意識されておらず、意識しなくてもさして支障はない、ということです。心の中で、何か考える時、母語の単語や文章が浮かんできますが、そうした母語による言語表現抜きで、私の心の中身を再現することはほぼ無理ですね。

それに対して、「(真の）翻訳」では翻訳者が、作品が「言わんとしていること」＝「内容」――それは、「より高次の言語＝純粋言語」への「志向」と見ることができます――を理念的に把握し、それを自分の母語の中で再現しようとするわけです。その「言わんとしていること」に、ぴったり当てはまるものが見つからないと、というよりは、ベンヤミンの前提だと、ぴったり当てはまるものはないはずですが、いろいろと表現に工夫を凝らし、その「言わんとしていること」を多角的に再現しようとするわけです。所謂、意訳というのは、そういうことを試みるわけですね。だからどうしても、翻訳先の母語の表現と、原作に見出された「言わんとしていること」の間のズレが残る。「翻訳」という営みによって顕在化した「言わんとしていること」と「言い方」のズレが、「暴力的で異質的 gewaltig und fremd」であり、それを再び他の言語に移し替えることはできないわけです。

翻訳はそれゆえ原作を、少なくとも限定づきで――イローニッシュに――より決定的な言語領域へと移植するのだが、この限定はこう言いあらわせよう。つまり、原作はいかなる翻訳によってももはやこの領域から移されえない、というわけではないが、ただしつねに新たに、かつ別の部分で、同じ領域へ高められうる、と。

ここで、「イローニッシュ ironisch」という言葉が出てきます。英語では〈ironical〉です。これは、『ドイツ・ロマン派における芸術批評の概念』で、中心的に論じられている思想家フリードリヒ・シュレーゲル（一七七二―一八二九）の重要な概念です。単なる「皮肉」ということではなく、ある作品――芸術作品だけでなく、日常会話など人間の表現活動全般を含みます――を、それが直接的に語っている（ように見える）ことを真に受けるのではなく、より高次の視点から見る、つまり芸術的なポイエーシスの連関があると想定し、それとの関連で見ることで、その作品の隠れた意味を見出すようなまなざしを形容するのに用います。簡単に言うと、少し引いたところ、（仮想の）高い足場から、鳥瞰図的に、その作品を見直そうとするような姿勢を指す言葉です。「批評」というのは、そういう意味で「イローニッシュ」な営みです。

ここでベンヤミンは、それを「翻訳」と「原作」の関係に応用しようとしているわけです。「翻訳」は、「原作」を、より高次の言語と関連付け、後者の視点から見直す。その意味で「イローニッシュ」なのです。「限定づきで」というのが少し気になりますが、これは原語では〈insofern〉です。これは、「限定づきで」というよりは、「その限りで」という意味の副詞です。〈insofern A, als B：BであるかぎりにおいてAである〉という構文で使われます。ここもこの構文になっていて、「つまり～」以下が、Bに当たります。英語だと〈so far as〉に近い使い方をします。

「つまり～」以下は、原文を見ても分かりにくいのですが、「翻訳」を通しての「より決定的な領域」への移行というのが絶対的なものではないこと、他のやり方での「翻訳」を通して、その領域に到達させることも可能であるということを言いたいのだと思います。「イロニー Ironie」による「批評」に唯一のやり方があるわけではなく、作品に対する距離の取り方にはいろいろある。しかし、一定の成功を収める「批評」は、「作品」の中にその本質として潜んでいる、「超越論的ポエジー Transzendentalpoesie」への志向性を、何らかの形で引き出しているはず。「超越論的ポエジー」というのは、詩、小説、批評、神話、物語、会話など様々な形態を取って現われてくるポイエーシス＝創造活動の連鎖であり、それに触れた人にインスピレーションを与え、新たな創作へと誘う形で、自己再生産し続けます。個々の作品の中に宿っている「ポイエーシス」の原型あるいは本質と言ってもいいかもしれません。一つの作品が、ある観察者に刺激を与え、それが新たなポイエーシスに繋がる、という連鎖は、通常は無自覚的・無意識的に進行しているわけですが、「批評」は「原作」の隠された「意味＝志向性」を引き出してくることを通して、その「超越論的ポエジー」の自己再生産運動に貢献しているわけです。そうした［原作―批評］のアイロニカルな関係を［原作―翻訳］関係に転用しているわけです。

細かいことを言いますと、「原作はいかなる翻訳によってももはやこの領域から移されえない～」という部分の「翻訳」の原語は、〈Übersetzung〉ではなく、類義語の〈Übertragung〉です。通常はほとんど同義なのですが、〈Übertragung〉の方が「転用」「当てはめ」「書き換え」「中継」など、別の意味で使われることも多いので、意味の幅が広くなって、狭義の「翻訳」以外のものも含んでいるようなニュアンスが出ます。そのまま翻訳するのではなく、異なる物語設定の作品にしたり、小説を戯曲などの他の形へと変形したりすることを意味する、「翻案」もこの単語で表現できます。先ほどの内村訳では、「置き換え」という表現になっています。

> この場合「イローニッシュ」という語からロマン派のひとたちの思考を思い起こすことは、無意味ではなかろう。ロマン派のひとたちは誰よりも早く、作品の生というものを洞察していた。……批評もまた作品の死後の生の一要因だけれども、翻訳ほどに大きい要因ではない。しかし、かれらの理論が翻訳にはほとんど目を向けなかったにせよ、かれらの偉大な翻訳作品自体は、この形式の本質と品位をかれらが感じ取っていたことと、切っても切れない。

「原作」と「批評」の関係をめぐる初期ロマン派の議論もまた、「作品の生（の連関）」の問題を視野に入れていた。これは、先ほど説明したように、個々の「作品」と、それが志向している究極のもの、芸術の本質との間の関係をアイロニカルなまなざしで見出す、ということです。「批評」は、作品の内に潜んでいる、高次の領域への志向性を引き出し、「死後の生」を形成することに寄与する。ただ、ベンヤミンに言わせれば、「作品」まるごとを、別の言語に移し換える「翻訳」の方が、作品の志向する究極のものである「純粋言語」との関係を明るみに出すという点で、より大きな貢献を成すということです。

偉大な翻訳者＝創作者たち

「彼らの偉大な翻訳作品」というのは、文字通り、ロマン派の批評家、作家には、翻訳で立派な仕事をした人も多いということです。シュレーゲルやノヴァーリスと親しい関係にあった哲学者・神学者で解釈学の創始者でもあるシュライアーマッハー（一七六八―一八三四）は、プラトンの翻訳を手掛けていますし、作家のルートヴィッヒ・ティーク（一七七三―一八五三）はセルバンテスの『ドン・キホーテ』やシェイクスピアのいくつかの作品を翻訳しています。ロマン派の翻訳家として最も重要な人物は、ベンヤミンが名前を挙げている人の中に入っています。

ルター、フォス、シュレーゲルのような一連の偉人は、創作者としてよりも翻訳者として、比較にならぬほどすぐれていた。

ルターはあの聖書を翻訳したマルティン・ルター（一四八三―一五四六）です。フォス（一七五一―一八二六）は、ゲーテとほぼ同時代の、ロマン派とも活動の時期が重なるドイツの詩人・翻訳家です。彼は、ホメロスの『イリアス』と『オデュッセイア』を始め、ヘシオドス、ヴェルギリウス、オヴィディウス、ホラチウスなど、ギリシア、ローマの古典の他、シェイクスピアの作品も翻訳しています。一八世紀半ばから一九世紀にかけてのドイツでは、ギリシア語やラテン語の古典をドイツ語に翻訳、研究し、それらを様式的、理念的に模範にすることを通して、ドイツ語の国民文学を確立することが試みられた時代です。ドイツ語の文学がそれ以前になかったわけではないのですが、英語やフランス語に比べて、様式の確立がかなり遅れていました。

ここに出て来る「シュレーゲル」は、先ほど話題にした「イロニー」の理論家のフリードリヒ・シュレーゲルではなく、彼の兄のアウグスト＝ヴィルヘルム・シュレーゲル（一七六七―一八四五）です。この二人はシュレーゲル兄弟として知られています。アウグスト＝ヴィルヘルムも、批評家・文学史家として重要な仕事をしているのですが、むしろ翻訳家として知られています。シェイクスピア、ダンテ、セルバンテスなどの翻訳をやっています。そうした他の国の国民文学も参考にしながら、レッシング、ゲーテやシラーたちがドイツ独自の古典文学を形成したわけです。ルターの聖書翻訳が、近代の標準ドイツ語(Hochdeutsch)の形成に決定的な貢献をしたとされますが、フォスやシュレーゲルの翻訳の仕事は、ドイツ文学の基礎を提供する役割を果たしたわけです。

他方、もっとも傑出したひとびとのなかには、ヘルダーリンやゲオルゲのように、創作者という概念だけではその創造の規模の総体が捉えきれないひとたちもいるが、このひとたちを翻訳者とだけ見てはますます間違うことになる。

ヘルダリンは、先ほども述べたように、ハイデガーが「詩人の中の詩人」、「ドイツ的存在を樹立した詩人」として特別視した詩人です。後でまたお話ししますが、古代ギリシアの詩形をドイツ語に移そうとして苦闘しました。ゲオルゲ（一八六八―一九三三）は、象徴主義の詩人ですが、自分の信奉者・弟子を集めて神秘主義的な儀礼を行うサークルを作ったり、精神的貴族主義に根差した階層社会を理想として掲げたりしたので、ナチスに利用されかけました。ドイツ思想・文化史では、ワーグナー、ニーチェ、ハイデガーと並んで、危ない人扱いを受けることが多いです。この人もダンテ、シェイクスピア、ボードレールなどの翻訳をやりましたが、あまり忠実な翻訳ではなく、自分なりに改作しています。彼もヘルダリンと同様に、翻訳に取り組みながら、同時にドイツ語による表現の可能性を拡張、再構築する可能性を探求した人だと言えます。

「感性的な音調 Gefühlston」

翻訳者の課題は、翻訳言語のなかに原作のこだまを呼びさまそうとする志向を、その言語への志向と重ねるところにある。この点に、創作とはまるで違う翻訳の特徴がある。なぜなら創作の志向は、けっして言語そのものに、その総体性に向かうものではなくて、もっぱら言語内容の特定の関連へ直接に向かうものなのだから。

最初の文は、原文が結構面倒くさい構造なので、野村先生がかなり意訳されているのですが、そのせいで逆に分かりにくくなっているような気もします。原文は、〈Sie besteht darin, diejenige Intention auf die Sprache, in die übersetzt wird, zu finden, von der aus in ihr das Echo des Originals erweckt wird.〉です。二重の関係文で、しかもかかっている名詞がそれぞれ違うので、ややこしくなっています。まず、〈zu finden,〉まででいったん区切って訳すと、「それ（翻訳者の課題）は、翻訳言語（＝翻訳される先の言語）に対する彼の志向を発見することである」、となります。〈von der aus ～〉の、関係代名詞〈der〉は、〈diejenige Intention 彼（か）の志向性〉にかかっています。この関係文のところだけ訳すと、「それを起点として、その言語の内に原作のこだまが呼び起こされるところの～」となります。合わせると、「翻訳者の課題は、それを起点として翻訳言語の内に原作のこだまが呼び起こされるような、その翻訳言語への志向性を見出すことにある」となります。つまり原文に忠実に理解すると、二つの志向性があって、それを一致させる、ということではないんです。

この翻訳言語への志向性というのは、具体的には、翻訳者自身の志向性でしょう。分かりやすく言うと、翻訳者の翻訳先の言語、恐らくは翻訳者自身の母語に対する関わり方ということでしょう。翻訳者の使命は、翻訳先の言語＝自らの母語と改めて向き合い、そこに原作が「言わんとしていること」がこだましてくるような形で、その言語との関係を再構築することである……そういう風に言い換えると、少しは分かりやすくなるでしょう。

何か大げさなことを言っているようですが、森鷗外とか二葉亭四迷とかの明治の文学者が、西洋の文学作品の「言わんとしていること」を、日本語で再現するに当たって、日本語に対する自らのまなざしを再確認、再構成した、というのは十分想像できることだと思います。それだったら、「関わり」とか、「姿勢」とかもっと分かりやすい言葉を使ったらいいのにと思うかもしれませんが、ベンヤミンは個人的な関わりを問題にしているわけではなく、言語同士、作品同士、あるいは言語を使用している主体同士の親和性と、それに由来する相互の「志向性」を問題にしているわけです。「志向性」は、自分で作り出すものではなくて、見出すものなのです。

二つ目と三つめの文は、比較的分かりやすいと思います。「創作 Dichtwerk」は、その（原作の）言語に見出される特定の「内実連関 Gehaltszusammenhang」だけを志向するけれど、「翻訳」は少なくとも翻訳先の言語の総体を視野に入れないといけないわけです。

翻訳の志向は、原作の志向が向かうのとは別のものに、つまり他言語の個別的な芸術から出発しつつ総体としての言語に、向かうわけだが、それだけではない。志向そのものもまた、翻訳と原作では違う。創作者の志向は素朴で初原的で具象的であり、翻訳者の志向は派生的・究極的・理念的なのだ。というのも、多くの言語をひとつの真の言語に積分するという壮大なモティーフが、翻訳者の仕事を満たしているのだから。だがこの言語は、そのなかで個々の文や作品や判断が互いに了解し合う言語では、けっしてない。個々の文や作品や判断にとっては、依然として翻訳が頼みの綱になる。しかしこの言語は、そのなかで諸言語自体が互いに、その言いかたにおいて補完されて親和してゆき、一致してゆくような、そういう言語である。

創作者が目の前にある事物、言い表そうとする事物を素朴（naiv）かつ具象的に捉えるのに対して、翻訳先の言語全体を志向する翻訳者の志向が派生的で、理念的になるのは当然のことですね。翻訳者の方が理屈っぽくなるというのは、分かりやすいと思います。これは、原作者と批評家の関係についても言えることです。因みに「初原的」にというのは、英語の〈first〉に当たる、〈erst〉で、「究極的に」というのは、〈last〉に当たる、〈letzt〉です。「始め」と「終わり」で対になっているわけです。

「ひとつの真の言語 eine wahre Sprache」というのは、「純粋言語」のことでしょう。言語相互の内的親縁性を見出すことを志向する「翻訳」という営みは、最終的には、この世界に潜む様々な秘密を解き明かす「真理 Wahrheit」の媒体となり得る言語、その意味での「真の言語」——言い換えれば、バベルの塔以前の、神と人間を直接的に結び付ける純粋言語——を志向している、と言えます。ただし、この「真の言語＝純粋言語」は、あくまでも各言語の志向性が限りなく近づいていく終局点に想定されるものであって、実体はありません。コミュニケーションの媒体として、便利に利用できるものではありません。

八四頁の中ほどで「忠実と自由 Treue und Freiheit」ということが言われています。これは簡単に言うと、逐語訳と意訳の問題です。ベンヤミン自身が説明しているように、「自由」というのは、「意味」を再現するうえでの「自由」、「忠実」というのは、その作業過程での語への「忠実さ」です。

ベンヤミンにわざわざ言われなくても、この二つがなかなか両立しないのはよく知られたことですね。「自由」にやりすぎると、原作からずれていくし、あまりに「忠実」に再現しようとすると、翻訳先の言語に合わなくて、訳が分からなくなる。それは当たり前のことですが、ベンヤミンはそうなってしまうメカニズムを哲学的に考えようとします。

意味が文学的な意義を獲得するのは、ほかでもなく、意味されるものが特定の言語のなかで言いかたと、つまり意味させるしかたと、どのように結ばれているかに依っている。このことは通例、語は感性的な音調を随伴する、という定式で言いあらわされる。シンタクスにかんして逐語的であったりすれば、意味の再現をすっかり滅茶苦茶にして、たちまち、わけの分からぬものを生みだす怖れがある。一九世紀には、ヘルダーリンのソポクレス翻訳が、そのような逐語性の始末におえない例と見られていた。要するに、形式の再現における忠実が意味の再現をどんなに困難にするかは、自明といえるだろう。

ある言語が言い表そうとしている「意味 Sinn」が、文学的に意味あるものになるか否かは、「意味されるもの＝言わんとされているもの」が「意味させる仕方＝言い方」とどのように結合されているかにかかっている、という話ですが、これは分かりますね。「言わんとされているもの」、目指されている意味の内実がしっかりしていても、その言語の中でそれに見合った表現を見出すことができないと、文学性を主張できないわけです。「言わんとされているもの」と「言い方」がうまく適合すると、「感性的な音調 Gefühlston」が美しくなるわけですね。

「シンタクス Syntax」

「シンタクス Syntax」というのは、通常の意味としては、文法上の「統語論」、語の並べ方の規則のことです。だったら、「統語論」とか「統語法」と訳せば良さそうなものですが、西欧の言葉は韻文にした時、通常の統語論とは違う語の並べ方をすることがあります。特にギリシア語は、散文でも語の並べ方がかなり自由です。並び方が自由なので、格変化をよく見ていないと、繋がりが分かりません。それが韻文になると、決まった形式の中で音調を整えるために、どこにどういうアクセントのある語を持ってくるか、という意味での並びも問題になってきます。そういうことも含めての語の並びの問題なので、「シンタクス」とカタカナ表記にしているのだと思います。

当然、ギリシア語から、別の西欧語、特に文法上の統語法がかなりかっちりしていて、アクセントの置き方、イントネーションも異なっているドイツ語とか英語、フランス語などに翻訳しようとする時、逐語的に翻訳することで音調を再現しようなどとすると、訳が分からなくなります。ヘルダリンのソポクレス翻訳が、それを試みて、ひどいことになった実例として挙げられているわけです。ソポクレスというのは、アイスキュロス、エウリピデスと共に三大悲劇詩人と呼ばれているあのソポクレスです。ヘルダリンは、ソポクレスの『オイディプス王』と『アンティゴネー』を翻訳し、それに対して有名な注釈も付けています。

もう一度この論文の最後の方を見て下さい。先ほど、見たところの少し前に、ヘルダリンがソポクレスの二つの悲劇と、「ピンダロスの第三ピューティア頌歌」の翻訳と取り組んだ、という話が出ていますね。彼は、狂気にとりつかれる少し前、詩人としての最晩年に、これらの翻訳と取り組み、意味の奈落（Abgrund）に直面した、という話の流れになっています。

ギリシア語とドイツ語の詩形の違いについて説明すると、ややこしくなるのですが、大きな特徴だけ言っておくと、ギリシア語の単語のアクセントは、音の長短でした。アクセントのある音節は長く、それ以外は短くなるわけです。そして、長短は、それぞれ高低と結び付いていました。アクセントのあるところは長く、高くなるわけです。それを利用して、短い音、長い音を組み合わせる形でリズムを取るわけですが、英語やドイツ語のアクセントは、長短ではなく、強弱です。そこで、短い音を弱い音、長い音を強い音に置き換えるわけです。短長、短長、短長……と続くのを、〈Jambus〉と言いますが、これが英語、ドイツ語では、弱強、弱強、弱強……となるわけです。短短長→弱弱強が〈Anapäst〉、長短短→強弱弱が、〈Daktylus〉と呼ばれます。このパターンのものが、詩の一行にいくつ入っているかで、〈Monometer（一歩格）〉〈Diameter（二歩格）〉〈Trimeter（三歩格）〉〈Tetrameter（四歩格）〉〈Pentamer（五歩格）〉……などと言います。「歩 Fuß」というのは、〈Jambus〉などを構成している短長あるいは弱強の単位のことです。

では、長短を強弱に置き換えたことによってうまくいったかというと、そんなことはありません。長短に高低が加わったら、音楽的リズムを出しやすいですが、強弱だと、あまり音楽的にはならないですね。しかもドイツ語や英語は、ラテン語系の言語に比べて、閉音節、つまり子音で終わる音節が多い。意識的にアクセントのあるところを強調しながら発音すると、各音を聞き分けづらくなります。あまりきれいではないんです。

ヘルダリンの時代は、ドイツ語の詩の韻律法を確立することが試みられた時代です。彼はその先駆者のひとりです。彼は、もともとドイツ語にはあまり合っていないギリシア式の韻律法の本格的導入を試みただけでなく、具体的な詩の翻訳作業に当たって、原作のリズムを生かすために逐語訳しようとしたわけです。音も意味も無茶苦茶になります。

先ほど読み上げたところでベンヤミンが、「わけの分からぬもの das Unverständliche」と言っていたのは、このことです。しかし、ベンヤミンは「逐語性」を否定しているわけではありません。先ほどの箇所の少し後で、こう述べています。

だから必然的に、逐語性の要求——その正当性が目に見えているのに、その根拠が深く秘められている あの要求——は、もっと説得力のある関連から説明されなくてはならない。すなわち、ある容器の二つの破片をぴたりと組み合わせて繋ぐためには、両者の破片が似た形である必要はないが、しかし細かな細部に至るまで互いに嚙み合わせなければならぬように、翻訳は、原作の意味に自身を似せてゆくのではなくて、むしろ愛をこめて、細部に至るまで原作の言いかたを自身の言語の言いかたのなかに形成してゆき、その結果として両者が、ひとつの容器の二つの破片、ひとつのより大きい言語の二つの破片と見られるようにするのでなくてはならない。だからこそ翻訳は、何かを伝達するという意図を、意味を、極度に度外視せねばならぬ。

「逐語性 Wörtlichkeit」

翻訳の「逐語性 Wörtlichkeit」にはちゃんとした〝意味〟があり、その役割をきちんと果たすには、「意味」の伝達を度外視することも必要だ、と言っているわけです。真の翻訳の本質は伝達ではない、というのはベンヤミンがこの論文でずっと言い続けていることですが、逐語的に訳すことにどんな〝意味〟があるのか？

原作の「意味＝言わんとしていること」に、自分を似せるのではなく、原作の「言い方」を、自らの言語の内で再現しようとすることが重要だと言っていますね。違う文法や音韻、イントネーション等の規則を持っている言語同士で、「言い方」を真似しても仕方ないだろう、訳が分からなくなるだけじゃないのか、というのが普通の人の常識ですね。しかし、ヘルダリン＝ベンヤミンはそれを敢えてやって見せるべきだと言っているわけです。各言語は「純粋言語」を志向しているはずであり、「純粋言語」を中心として内的な親縁性があるはずだ、というベンヤミンの議論の前提からすると、一方の言語の「言い方」を他方で再現することによって、その親縁性の一端が明らかになるかもしれない。

ベンヤミンがそう言いたいのは分かりますが、どうもしっくり来ないですね。英語やドイツ語の文章を日本語に逐語訳して何か発見があるのか、という疑問が湧いてきます。ただ、英語などの西欧語の言い回しで、日本語にそれにぴったり相当するものがなかったケースで、敢えて逐語的に訳すことで、日本語にそれと対応する「言い方」が生まれた、というような例ならいろいろ思いつきますね。例えば、「私」を一人称、「彼」と「彼女」を三人称として用いるとか、ドイツ語の〈philosophieren〉から「哲学する」という動詞を新たに作るとか、翻訳過程で生まれた日本語表現はたくさんあります。単純に、外国語の翻訳の影響で日本語がどんどん変わっているとも言えるわけですが、ベンヤミン的な見方をすれば、日本語とそれらの言葉の間に元々深い親縁性があったから、それが可能になったとも言えるわけです。

作品から言語の完成への大いなる憧憬が語り出ることにこそ、逐語性によって保証される忠実の意義がある。真の翻訳は透明であって、原作を蔽い隠すこともなければ、原作の光をさえぎることもない。真の翻訳は純粋言語を、翻訳の固有の媒体である翻訳言語によって補強され増幅された分だけ、原作の上へと投げかける。そのことは何よりも、シンタクスを逐語的に訳出することから、可能になる。

個々の作品は、「言語の完成 Sprachergänzung」、つまり純粋言語に至ることを志向している――〈Sprachergänzung〉は直訳すると、「言語の補完」です。翻訳は、原作を無理にこなれた表現で訳すのではなく、逐語的に訳すことによって、その原作を透明に映し出す。それは、原作の純粋言語に対する隠れた志向性を明るみに出すことでもあります。原作の純粋言語に対する志向性が、逐語訳を通して、翻訳先の言語においても明らかになるわけです。それは、逐語訳というフィルターを通して、原作の言語に特有の「言い方」、ネイティヴには自然になっている「言い方」が相対化され、それが最も本質的に志向しているものが可視化されてくるからでしょう。

純粋言語を解き放つ

他言語のなかに呪縛されていたあの純粋言語を自身の言語のなかで解き放つこと、作品のなかに囚われていた言語を改作のなかで解放することが、翻訳者の課題である。

「純粋言語」は、あらゆる言語の内に萌芽的に宿っているわけですね。しかし自分の言語の内には、その萌芽を見出しにくい。自分にとってあまりにも当たり前になっていて、客観視できないからです。だから、自分にとって異質な他言語の世界に分け入って、その言語の中に、純粋言語の萌芽、純粋言語への志向を見出すという営みが必要になるわけです。ヘルダリンは、ベーレンドルフという友人宛の書簡の中で、「固有のもの das Eigene」を知るには、「異質なもの das Fremde」を知らねばならない、という趣旨の考え方を表明しています。ドイツ語（の可能性）を知るためには、ギリシア語の芸術の世界を知らないといけない。そうしたヘルダリンの考え方に、ハイデガーも注目しています。ベンヤミンは、二つの言語の間のそうした弁証法的往来の次元から更に掘り下げて、両者に共通する「純粋言語」への志向という問題を考えようとしているわけです。

そのようにして、他言語の内に「純粋言語」への萌芽が見出せることを、「解放する erlösen」といっているわけです。〈erlösen〉は、基本的には「救う」とか「救い出す」という意味のキリスト教用語です。その「救出」のために、原作の「改作 Umdichtung」を行うのが翻訳であると言い切っていますね。

この課題のために翻訳者は、自身の言語の腐朽した枠という枠を打破する。ルターもフォスも、ヘルダーリンもゲオルゲも、ドイツ語の限界を拡大してきた。

「自身の言語の腐朽した枠」というのは、これまでの議論の流れからすると、「純粋言語」に向かっていく自己更新運動が停滞してしまっている、ということでしょう。ここで名前が挙がっている人は、既にお話ししたように、翻訳者であると同時にすぐれた創作者であり、その意味でドイツ語の表現能力を開拓した人として一般的に知られています。ベンヤミンは、それを他言語との間に架橋することで、「純粋言語」への志向性を再び目覚めさせることとして捉え直しているわけです。

原作と純粋言語

その後に、ベンヤミンよりやや年長の、ドイツの文明批評家・作家であるルードルフ・パンヴィッツ（一八八一－一九六九）の『ヨーロッパ文化の危機』（一九一七）からの引用がありますね。『翻訳者の課題（使命）』が成立する四年前に刊行されたものです。

「ドイツ語の諸翻訳は、最良のものすら、誤った原則から出発している。それらはインド語やギリシア語や英語をドイツ語化しようとしていて、ドイツ語をインド語化・ギリシア語化・英語化しようとはしていない。それらは、他言語の精神にたいしてよりも、自身の言語習慣にたいして、畏敬を払いすぎている。……翻訳者の基本的な誤謬は、自身の言語を他言語によって力づくで運動させることをせずに、自身の言語の偶然的な状態に執着しているところにある。翻訳者は、僻遠の言語から翻訳する場合はとくに、語とイメージと音調とがひとつになる究極の言語要素自体にまで遡って、これに肉迫しなければならない。かれは自身の言語を他言語によって拡大し、深化させねばならないのだ。

（…）」

ポイントは先ほどのベンヤミン自身の議論とほぼ同じです。他言語の表現を、なるべくドイツ語らしい表現に置き換えようとするのではなく、その言語の「言い方」を参照しながら、ドイツ語の方を作り変えることを目指すべきだ、と言っているわけですね。作り変えるために、ドイツ語を「力づくで＝暴力的にgewaltig」動かせとさえ言っています。遠い言語からの翻訳であるほど、作り変えられる可能性が増大するわけです。語（wort）とイメージ（bild）と音調（ton）が「ひとつ」になるような「究極の言語要素」というのが、ベンヤミンの「純粋言語」に相当するものでしょう――原文をご覧頂くと分かるのですが、パンヴィッツの文章は普通のドイツ語と違って、名詞が大文字で始まっていませんし、コンマもありません。ソシュール以降の近代言語学では、語と、それによって喚起されるイメージ、その音調の関係は「恣意的」であるというのが常識になっていますが、ベンヤミンもパンヴィッツもその真逆の発想をしているわけですね。つまり、「言わんとすること」と「言い方」が必然性をもって、何らかのアプリオリな原理で結合しているような純粋な言語の形があるものと想定して、「翻訳」はそれを探求するものだと言っているんです。

ここまで来ると、我々が翻訳だと思っているものと全然違いますね。「原作」の言語が読めない、その言語の発想に慣れ親しんでいない読者のために訳すのではなく、「原作」のそれと対応する「言い方」を自分の言語で試してみることで、「純粋言語」への志向性を再発見しようとしているんですね。しかも、その「純粋言語」は、現実のコミュニケーションの媒体としては全然役に立たないとわかっている。「純粋言語」のような抽象的・理念的なものに関心を持てない読者は完全に度外視です。

ある翻訳がどこまでこの形式の本質にふさわしいものとなりうるかは、原作の翻訳可能性によって、客観的に規定されている。原作の言語が価値と品位をもつことが少なければ少ないほど、そして原作がより多く伝達であればあるほど、原作は翻訳に資するところのないものになる。(…)作品は高度のものであればあるほど、ますます、その意味と一瞬触れ合うだけの場合にすらも、翻訳可能性を保持する。

「原作」自体がすぐれた作品でないと、その作品の翻訳が、ベンヤミンが考えている意味での「翻訳」の役割を果たすことも困難になる。ごく簡単な機械的な〝翻訳〟によって、「伝達」できてしまう要素が多いのは、ダメな作品です。すぐれた作品は、深い層において、「純粋言語」への志向性を示している。恐らく慣用的な言い回しばかりで分かりやすい文体ではなく、ヘルダリンの詩のような、その言語にとっての意味/無意味の境界線上すれすれを運動しているような文体のものを念頭に置いているのでしょう。そういう作品こそ創造＝ポイエーシス性が高く、それと少し触れ合うだけで、翻訳の可能性、つまり自らの言語の表現可能性を拡大し、純粋言語への道を開いてくれる、ということになるでしょう。

聖なるエクリチュール

そして、そういうインスピレーションを最高度に与えてくれるのが、「聖なるエクリチュール」であるわけです。「聖書」というテクストは、「意味 Sinn」に媒介されることなく、「真の言語＝純粋言語」と直接的に繋がっているというんです。そういう前提で、この論文の最後の数行を読んでみましょう。

このテクストにたいしては翻訳は、無限に信頼を寄せていなくてはならない。そうすれば、テクストにおいて言語と啓示とが、うちとけて合一しているように、翻訳において逐語性と自由とが、行間翻訳の形態をとって合一することになろう。なぜなら、あらゆる偉大な文書はある程度まで、しかし聖書は最高度に、すべての翻訳の原像ないし理想にほかならない。

聖書の翻訳で逐語性が重視されるというのは、ご存じだと思います。無論、純粋に逐語だったら、一般読者には全然分からないので、それなりに配慮されていて分かりやすい訳になっていますが、キリスト教では、一つひとつの言葉に神の霊が宿っているという言い方をしますね。神の啓示のエクリチュールでもある聖書が、真の言語、純粋言語と直接的に繋がっているとしたら、それは、ベンヤミンの言う意味での「翻訳」の可能性を最高度に備えているわけです。実際、ルターは聖書翻訳を通して、ドイツ語の表現の可能性を大きく拡張した。

「聖書」そのものが、創造的な翻訳、言語の拡張を引き起し、純粋言語への志向性を喚起するという話は、ユダヤ＝キリスト教的な前提を共有していないと、なかなか受け入れがたいところもありますが、ベンヤミンはそういう、聖書的な視点から「翻訳」について考えている、ということだけは分かると思います。

本日はここまでです。

【会場からの質問】

Q　「同じもの」を、英語では〈upper lip〉、日本語で「鼻の下」という様に、全然違う「言い方」をすると説明されましたが、そんなに違う言い方をするのに、どうして両方とも「純粋言語」に向かっているなんて、言えるんですか？

A　私も「純粋言語」の話を信じているわけではないので、ちゃんと擁護できないですが、そんなに言語によって物の見え方が違うのに、それでも理解できるのは、純粋言語への志向が働いているから、というのがベンヤミンの答えになるんじゃないでしょうか。我々が使っている言語では、「物」に対して絶対的な名前を与えることはできませんが、創造主である「神」の言語＝ロゴス、純粋言語においては、「物」とその「名前」が完全に一致しているので、他の言葉に置き換えて、その「意味」を概念的に説明する必要などない、ということになるでしょうね。

人間の言語においては、一つの言語では全くもって自明の表現でも、それを他の言語に翻訳しようとすると、面倒くさい説明が必要になる。つまり、「語」と「イメージ」と「音調」が不可分の結びつきをしていないことが露呈してしまう。それが露呈することを通して、「純粋言語」への志向性が目覚める、というのがベンヤミンの理屈です。普通の人間だったら、露呈した時点で、「ああ、やっぱりそうか。シニフィエとシニフィアンの結びつきに必然性はないんだな」、と思って終わりなんでしょうが、ベンヤミンは、その逆の発想をしているんです。

Q　神を想定するんだったら、神自身についてはそういう話でいいと思うんですが、翻訳者は、どうやって、そうした認識のギャップから、「純粋言語」へ到達できるんですか？

A　端的に言うと、完全な到達は不可能ですし、ベンヤミン自身それを認めていると思います。ある文学作品が、純粋言語を志向し、それに合わせようとして自己を変化させたとしても、バベルの塔の崩壊の影響を受けており、エデンの園の外に住んでいる私たちには、「純粋言語」はマスターできません。でも、そういう「純粋言語」のようなものがあったらどうだろう、と想定しながら「翻訳」を試みると、言語の本質についていろいろなものが見えてくる。それがベンヤミンの言いたいことだと思います。

Q　仲正さんが翻訳される時には、そういうところへ近づこうとされているんですか？

A　そんなこと全然考えていません。というより、そんなこと考えて、アドルノとかアーレント、デリダ、ネグリなどの翻訳をやったら、出版社が受け取り拒否するでしょう（笑）。私はそんなすぐれた哲学者でも批評家でもないので、難しい哲学のテクストを訳そうとする時に、「純粋言語」の萌芽なんか見つけられません。

ただ、私が難しい文章の翻訳をやる時に念頭に置いていることの内に、ベンヤミンの議論に通じている点を敢えてあげるとすれば、本当に翻訳を必要とする人のための訳になっていなくてもいい、と思っているふしがある、ということでしょう。つまり、ある程度そういう文章に慣れていて、自分で原文を読んでもいいんだけど、専門的に勉強している研究者による解釈の入った訳を読んで、理解の幅を広げたい、という感じの人を第一読者として想定しています。無論、実際には、私自身もそうであるように、原文だと面倒だし、時間がないので、とりあえず、他人が訳したものを読んでみようという人の方が多いわけですが。

出版社からはいい顔されないでしょうが、哲学・思想書の翻訳は、準・専門家くらいを念頭に置きながら、日本語にするとぎこちなくなってしまうような表現を敢えて逐語訳的に持ち込む、ということはやっていいし、むしろ積極的にやるべきだと思います。哲学書の翻訳文体に慣れていない人がそれに戸惑うんだったら、その方が他言語体験になっていいんじゃないか、と思います。

無論、単なる日常会話・俗語表現にすぎないものを、深い意味のある表現であるかのように逐語訳してしまうのは、単に語学力のない人です。ただ、アドルノのように、単なる俗語的表現に見せかけて、実はそこに哲学的にひねった意味を込めた書き方をする人もいるので、要注意なんですが。そういうのも思想書翻訳という仕事の魅力の一つです。

第三日目……暴力について——『暴力批判論』を読む

神話的な形態にしばられたこの循環を打破するときにこそ、いいかえれば、互いに依拠しあっている法と暴力を、つまり究極的には国家暴力を廃止するときにこそ、新しい歴史的時代が創出されるのだ。

『暴力批判論』

（野村修訳）

時代背景――暴力と革命の世紀

本日は『暴力批判論』です。岩波文庫で見ますと三七頁分、『翻訳者の課題』よりも一・五倍くらい長いので、一回で解説を終えるには長すぎる感じがしますが、この論文はわりとテーマがはっきりしていて、要約しやすいので、なんとか時間内に収まるかと思います。

まず、巻末の野村修さんの解説から見てみましょう。「一九二一年に書かれ、『社会科学・社会政策論集』という雑誌に発表された」ものです。「その時点は、いまから見ればドイツ革命が決定的な敗北へ傾いていった時期」だということです。世界史をよく知っている人でしたらすぐに分かると思いますが、第一次大戦が終わった少し後ですね。

少しばかり歴史的な背景についてお話ししておきます。第一次大戦は、一九一八年の秋頃から、ドイツ、オーストリアなどの敗戦が濃厚になり、十一月九日に、社会民主党（ＳＰＤ）の所属の国家議員だったルドルフ・シャイデマン（一八六五―一九三九）が共和国宣言を出し、それに伴って皇帝が国外に脱出し、ドイツ帝国（第二帝政）が崩壊します。共和国政府がすぐに連合国側と休戦協定を結んだので、そこで事実上戦争は終わり、一九年六月のヴェルサイユ条約で正式に終戦に至ります。因みに、十一月九日は、ベルリンの壁が崩壊した記念日でもありますし、一九三八年に「水晶の夜」と呼ばれるユダヤ人に対する集団迫害が起こった日でもあります。

ドイツ帝国が崩壊した後に出来た新しい共和国が、ワイマール共和国です。世界で初めて社会権を憲法に明記したので有名なワイマール共和国ですね。ワイマール体制を支えた三つの政党があります。ＳＰＤと、カトリック政党の中央党、進歩主義的な知識人を中心とする民主党です。最大勢力がＳＰＤです。ＳＰＤ中心なので、中道左派政権という感じです。ＳＰＤは今でも、ドイツの二大政党の一方になっています。高校の世界史の教科書にビスマルク（一八一五–九八）が社会主義者鎮圧法を制定したとかいう話が出ているので、迫害されていたというイメージがあるかもしれませんが、第二帝政の末期になると、かなり政治活動の自由を認められていて、第一次大戦に突入する前には、帝国議会の選挙で第一党になっています。第一党になっていたので、帝政が崩壊した時、ＳＰＤを中心とした政権が誕生したのはある意味当然でした。

では、「革命の敗北」とはどういうことか？　これも高校の教科書に出ていることですが、ＳＰＤが第一次大戦で戦争協力の姿勢を示したので、帝国主義戦争に反対する左派の人たちが離党して、独立社会民主党（ＵＳＰＤ）という別の政党を作ります。更に、一九一八年末になると、ロシア革命に影響を受けた最左派を中心としてドイツ共産党（ＫＰＤ）が結党されます。ローザ・ルクセンブルク（一八七〇–一九一九）とカール・リープクネヒト（一八七一–一九一九）がその指導者になりました。そして、これまた教科書に出ていることですが、敗戦の少し前から、ドイツの各地で兵隊や民衆の反乱が起こり、そこにＵＳＰＤやＫＰＤなどの左派勢力が加わる形で、ＳＰＤを中心とする共和国とは別に、各地にソ連のソヴィエト（評議会）を真似た評議会が誕生しました。詳しい世界史の教科書だと、レーテ共和国という名称が出てくると思いますが、「レーテ」というのは、「評議会」を意味するドイツ語〈Rat〉の複数形〈Räte〉です。

既に共和国の中心にいたＳＰＤは、ＫＰＤなどが主導権を握る人民評議会のようなものの勢力が拡がり続け、ロシア革命のようになってしまうことを警戒しました。というより、自分たちの地位を守ろうとしたわけです。一八七五年のゴータでの結党以来、ドイツの社会主義・労働者運動の主流派であり続けたＳＰＤの内部には元々、議会制民主主義を志向するグループと、マルクス主義の影響を強く受けて暴力革命を志向するグループがいたわけですが、第一次大戦への対応でその亀裂が決定的になり、第二帝政崩壊後の主導権争いで本格的対決に至ったわけです。

野村修さんが「ドイツ革命」と言っているのは、ＫＰＤなどによるソ連型革命を指しています。ルクセンブルクやリープクネヒトは、ＫＰＤを結成する以前から、ＳＰＤ内部にスパルタクス団と呼ばれるマルクス主義的革命を志向する最左派集団を組織化していましたが、このスパルタクス団を中心とする革命の徹底を望むラディカルな左派が、ＳＰＤ主導の政権に対して〝反乱〟を起こしましたが、鎮圧されました。それが、あの「スパルタクス団の蜂起」です――言うまでもないことですが、「スパルタクス団」は古代ローマの奴隷の反乱をもじった名称です。その後も南部のバイエルンなどでレーテ（評議会）共和国が出来たり、ラディカルな左派による蜂起やゼネストが起こったりしましたが、それらも、ＳＰＤ系の政府によって鎮圧されました。それが、「ドイツ革命が決定的な敗北へ傾いていった」、ということです――これは革命にシンパシーを感じている人の書き方ですね。一昔前のドイツ文学・思想史の研究者には、左派的な人が多かったです。「そういう状況のなかでベンヤミンは、暴力の概念を根底から問いただし、暴力と法との関連性、そこにはらまれている問題性を、問いつめている」。

先ほど既に少し言及しましたが、ロシアでは一九一七年の二月革命で帝政が崩壊し、社会革命党のケレンスキー（一八八一―一九七〇）を首班とする臨時政府が成立し、十月には、ボリシェヴィキによる革命が起こっています。その影響を受けて、ルクセンブルクたちは自分たちにも革命が可能ではないかと考えて動いたわけですが、ドイツではうまくいかなかった。ただ、その後も、ＫＰＤは議会活動と並行して革命的蜂起も試みています。また、右の方からもナチスによるミュンヘン一揆とか、保守系知識人たちによる「保守革命」の動きもありました。とにかく第一次大戦後のドイツでは、様々な革命の試みが進行していたわけです。

ベンヤミンのこの論文はタイトルから想像できるように、ボリシェヴィキ革命やスパルタクスの蜂起などの形で発動するプロレタリアートの「暴力 Gewalt」をテーマにしています。テクストとしては、フランスのマルクス主義理論家ジョルジュ・ソレル（一八四七―一九二二）の著作『暴力についての省察』（一九〇八）――岩波文庫では、今村仁司さんと仏文学者の塚原史さん（一九四九―　）が『暴力論』というタイトルで訳しています――の議論を参照しています。ソレルはこの著作で、プロレタリアートの暴力、とりわけ「ゼネスト」という形で行使される「暴力 violence」について、そしてそうした「暴力」を原動力とする「革命的サンディカリスム」の可能性について論じています。

暴力論の系譜

「暴力をどう正当化するか？」というのは、ラディカルな左派の運動が避けて通ることのできない問題です。九〇年代にマルクス主義的左派が衰退の一途を辿るようになり、暴力要因の数も激減したので、あまり話題にならなくなりましたが、萱野稔人さん（一九七〇―　）などは、『国家とは何か』（二〇〇五）以降、暴力論を続けておられますね。

マルクス主義者などの革命的左派は通常、権力側の暴力は不当だけれど、自分たちの暴力は正当だ、と主張します。なぜ自分たちの暴力は正当なのか？　恐らく、「自分たちは抑圧されてきた弱者の側に立っているからだ」というのが、普通の答えでしょう。では、暴力的に抑圧されてきたら、暴力で報復をしてもいいのか？　弱者、あるいはその側に立つ者は暴力を振るってもいいのか？「いいんだ！」という感覚の人もいるでしょう。ただ、「弱者の側に立つ暴力は正当化される」と真正面から断言されると、多くの人は、「う～ん」と考え込んでしまうのではないでしょうか。

「暴力」が不当だと言っても、警官が犯罪者を捕まえる時に行使するような暴力であれば、かなり警察不信の人を除いて、不当な暴力だとは思わないでしょう。しかし、そうすると、権力者が行使する暴力の全てが不当だとは言えなくなりますね。秩序を乱すような行為をする人に対しては、警察的な暴力が行使されるのは仕方ないと多くの人は考えます。警察の取り締まりのようなものは、そもそも暴力ではない、と考える人さえいるでしょう。そうすると、警察的な暴力を行使されても仕方のない秩序を乱す行為と、そうでない行為、つまり正当な反権力の抵抗のようなものを区別しないといけなくなる。かなり難しい話になってきます。

この論文を読んでもらえば分かりますが、ベンヤミンは、革命に対してシンパシーを示している。しかし、頭っから、「革命側の暴力は正当だ！」などと断言していない。最初から断言するようだったら、論文はいらないですね。プロレタリアートの革命的暴力はどのような哲学的根拠に基づいて正当化できるのか？　そもそも「暴力」あるいは「権力」とは何なのか？　革命的な「暴力」の本質を哲学的に掘り下げて論じる論文です。

この論文自体は、既にお話ししたように、マルクス主義的な革命の文脈における「暴力」の本質を論じたものです。デリダ（一九三〇－二〇〇四）が「法の力」と題した講演（一九八九－九〇）で、この論文で論じられている「暴力」の本質を脱構築的な視点から更に掘り下げる議論を行って以降、ポストモダン系の文脈でもしきりに取り上げられるようになりました。『法の力』は、一九九四年に本として刊行されています。法政大学出版局から、堅田研一さん（一九六二－　）という法哲学者による翻訳も出ています。

ソレルの『暴力についての省察』についてベンヤミンが『暴力批判論』で論じ、それを更にデリダが『法の力』で論じる、という間テクスト的関係があるわけです。この暴力論の系譜は当然、マルクス、エンゲルスやレーニンなどの革命論を、間接的な参照項にしているわけです。

暴力と法と正義と

では、二九頁の冒頭の一文から見ていきましょう。

暴力批判論の課題は、暴力と、法および正義との関係をえがくことだ、といってよいだろう。

「暴力」はドイツ語では〈Gewalt〉です。この〈Gewalt〉という言葉は、ドイツ語の辞書を見ると別の意味もあります。「力」という意味が出ています。自然の「力」という意味での「力」を意味する場合もありますが、「権力」とか「支配」という意味での「力」を意味することもあります。従って、この論文の主題である〈Gewalt〉と、「法」や「正義」の関係はかなり微妙です。日本語で、『暴力』と『法および正義』の関係」と言うと、異質なものを対置しているような感じになりますが、『権力』と『法および正義』の関係」と言うと、不可分の関係のような感じがしますね。この論文でベンヤミンは、基本的に「暴力」の方を論じていますが、時々、「権力」の意味が加わってきますし、自然の「力」という意味も加わっているのではないか、と読める箇所があります。〈Gewalt〉は、純粋に物理的な力ではなくて、社会的に構成されている側面もあるわけで、その側面において、暴力の正当性の問題が出て来るわけです。まさに、そうした〈Gewalt〉の多義性が、この論文で論じられています。

それから「法」と「正義」の関係にも触れておきましょう。日本語の漢字表記を見ていると、「法」と

「正義」は全然違うもののように見えますが、ドイツ語だと、「法」は〈Recht〉、「正義」は〈Gerechtigkeit〉です。〈Gerechtigkeit〉の中に、〈Recht〉という綴りが入っていることからも分かるように、語源的には同じものです。つまり「正義」には、「法に適っていること」、あるいは「法が実現した状態」といった意味合いがあるわけです。ドイツ語の辞書を見ると、この〈Recht〉という言葉は「権利」という意味もあることが分かります。フランス語の〈droit〉やイタリア語の〈diritto〉も、「法」と共に「権利」を意味します。「法」と「権利」と「正義」が意味的・語形的に繋がっているのは、元になったラテン語の〈ius〉がそうなっているからです。〈ius〉は、全ての市民に適用される「法」であると共に、各市民が有する「権利」でもあります。各人の「権利」を体系化したものが「法」であると考えると辻褄が合いますね。「法＝権利」の本質としての「正義」は、〈iustitia〉という語で表現されます。〈iustitia〉は、英語の〈justice 正義〉の語源です。〈justice〉には、裁判の「判決」という意味もありますが、「法」や「権利」という意味はありませんね。英語だと「法」は〈law〉、「権利」は〈right〉、「正義」は〈justice〉と違う系統の言葉になっていますが、これはむしろ例外です。

ドイツ語の練習みたいな話になりましたが、もう少し続けさせて下さい。ドイツ語の日常的な表現に、〈Du hast recht.〉というのがあります。先ほどの意味で文字通りに取ると、「君は法（権利 or 正義）を持っている」ということになりますが、少し変ですね。想像つくと思いますが、「君の言い分は正しい」「君の言っている通りだ」という意味です。要するに、〈Recht〉の最も基本的な意味として、「正しさ」一般というようなことが想定されていて、それから「正義」とか「法」とか「権利」といった意味が派生してくるわけです。「正当化する」という意味のドイツ語の動詞は〈rechtfertigen〉で、ここにも〈Recht〉が登場します。英語の〈justify〉も、〈just〉の部分の語源であるラテン語の〈ius〉にまで遡ると、「法」や「正義」と関係していることが分かります。

〈Recht〉に含まれている、こうした様々な意味がどのように繋がっているのか概念的に探究しながら、それらが歴史的にどのように展開し、どのようにして現実の法や正義の体系を形成するに至ったのかを、体系的に解説しているのが、ヘーゲル（一七七〇―一八三一）の『法哲学綱要』（一八二一）です。この「法哲学」の「法」は〈Recht〉で、「権利」や「正義」という意味もあるわけです。だから最近では、ヘーゲルの「法＝権利哲学」と表記することもあります。そして、マルクス（一八一八―八三）の思想家としての原点になったのは、『ヘーゲル法哲学批判序説』（一八四四）です。つまり、ベンヤミンが考察の対象にしているソレルやレーニン（一八七〇―一九二四）、ルクセンブルク、リープクネヒトなどの「革命」理論は、マルクス主義の系譜に属するものですが、そのマルクスは、ヘーゲルの「法＝権利」の理論に対する原理的批判から出発しているわけです。冒頭の一文には、そうした歴史的・思想史的背景が凝縮しているように見えます。

ヘーゲルは、「欲望の体系としての市民社会」に客観的で公正な秩序を与えるものとしての「国家」を、哲学的に根拠付けようとした人として知られています。「理性的なものは現実的であり、現実的なものは理性的である」、という『法哲学要綱』の「序文」の有名なフレーズは、現実に存在する国家、具体的には、プロイセン国家を「理性的」なものとして「正当化」するテーゼとして理解することができます。それは「偽りだ」と強く主張するのがマルクス主義です。マルクスたちは『共産党宣言』（一八四八）で、ブルジョワジー（市民階級）が自己の支配を〝正当化〟するために生み出した、権力装置である「国家」を解体するための「暴力」革命を呼びかけます。マルクス主義に言わせれば、市民社会の法体系は、全ての人の「権利」を平等に守っているかのように見えるが、それは、形式的な〝権利〟にすぎず、実質的には、プロレタリアートはブルジョワジーの支配に服することを強いられている。だから、その偽りの平等を与える国家の法体系と共に、資本主義を廃棄しようとしたわけです。

権力装置としての「国家」を倒して、共産主義社会への回帰を目指すマルクス主義の革命は、脱権力志向であるように見えます。しかし、〈Gewalt〉という言葉の両義性に見られるように、「暴力」は「権力」を必要としているところがある。現に、マルクス主義革命も権力を握ることを目指し、自らの権力＝暴力を正当化しようとする。そういう風に、［法—権利—正義］をめぐる問題系と、［権力—暴力—自然の力］をめぐる問題系は複雑に交差しているわけです。

先ほどの箇所のすぐ後で、ベンヤミンは自らの問題意識を明らかにしています。

暴力の正しさ

というのは、ほとんど不断に作用しているひとつの動因が、暴力としての含みをもつにいたるのは、それが倫理的な諸関係のなかへ介入するときであり、この諸関係の領域を表示するのは、法と正義という概念なのだから。まず法の概念についていえば、あらゆる法秩序のもっとも根底的で基本的な関係は、明らかに、目的と手段との関係である。そして暴力は、さしあたっては目的の領域にではなく、もっぱら手段の領域に見いだされる。（…）暴力が手段だとすれば、暴力批判の基準は手にはいったも同然だ、とする皮相な考えかたがあり、その考えかたからすれば、それぞれの特定の場合について、暴力が正しい目的のためのものか、それとも正しくない目的のためのものかを、問いさえすればよく、したがって暴力の批判は、正しい諸目的の体系のなかに含まれていることになるけれども——けれども、そうは問屋が卸さない。

「ほとんど不断に作用しているひとつの動因」という言い方は抽象的でとっつきにくいですが、こういう風に考えてみて下さい。「暴力」というからには、何らかの形で目立った「力」の行使があるはずですが、単にある巨大な物体に物理的な力が働いて、大きな物理的な変化が起るだけでは、「暴力」とは言いませんね。自然の猛威（Gewalt）かもしれませんが。「暴力」というからには、「倫理的」な関係が絡んでくるはずです。「倫理的」の原語は、〈sittlich〉です。哲学用語としては、「人倫的」と訳されることが多いです。カントの著作に『人倫の形而上学 Metaphysik der Sitten』（一七九七）というのがありますし、ヘーゲルの『法哲学綱要』に「人倫（性）Sittlichkeit」という用語が出て来るのは有名ですね。「家族」・「市民社会」・「国家」は、ヘーゲルの言う「人倫」の具体的形態です。〈Sitte〉あるいは〈Sittlichkeit〉という名詞には、慣習とか礼儀といった意味と、抽象的で普遍的な道徳法則のような意味が両方備わっています。歴史的・文化的に形成された規範でありながら、そこに普遍的な道徳法則の萌芽が含まれているというようなニュアンスを出しやすいわけです。

「人倫」における「正しさ」の基準が最もはっきり出て来るのは「法」の領域です。「法」もある意味、「暴力」と同様に、力の行使を含みます。しかし、「法」の力の行使、強制は、通常は、「暴力」とは言いません。それは、「正しい目的」のための「手段」だからです。「法」は「正しい目的」を実現する「手段」として「力」を行使するわけです。

「正しい目的」は、ドイツ語では〈gerechte Zwecke〉です。〈gerecht〉は、先ほど出てきた「正義」を意味する〈Gerechtigkeit〉の形容詞形です。英語の形容詞の〈just〉に相当します。〈just〉も〈justice〉の形容詞形ですね。〈just〉も〈gerecht〉も、辞書を見ると、「公正な」「正しい」「適正な」といった意味を持っています。英語で〈just cause〉というと、法律用語としての「正当事由」とか、「大義」というような意味になります。

〈gerechte Zwecke〉は、一応「正しい目的」と訳せますが、綴りの中に〈recht〉という文字が入っているわけですから、「法に適った目的」という訳し方もできるでしょう。ある行為の「目的」が「正しい」というのは、それが「法」に適合しているということですし、その逆に、「法」は「正しい目的」のために、力を行使すると言えるわけです。

ベンヤミンが言うように、「暴力」というのは、「手段」の方の問題と見られがちです。すごい力を使って、荒々しく他人に働きかける、何かを強制する、というようなイメージですね。だとすると、「正しい目的」「法に適った目的」のためにそれが行使されれば、「暴力」ではなく、正当な「権力」の行使だけど、「不正な目的 ungerechte Zwecke」のために行使されれば、単なる暴力でしかない、ということになりそうです。

しかし、そうは問屋が卸さない、という。どうしてかと言えば、その後でベンヤミン自身が述べているように、「正しい目的」のためであれば、「暴力」をふるうことが「倫理的」であると言えるのか、という問題があるからです。

自然法／実定法的アプローチ

こうした意味での「暴力」に対する法哲学のアプローチには、二つの異なった系統があると言います。一つは、自然法的アプローチ、もう一つは実定法的アプローチです。

自然法は、正しい目的のために暴力的手段を用いることを、自明のことと見なす――ちょうど、目的地へ向けて肉体を動かしてゆくことを、人間が生得の「権利」と見なしているのと同じように。自然法の見かた（これがフランス革命でのテロリズムの、イデオロギー上の基礎となった）によれば、暴力は自然の産物であり、いわば原材料であって、不正な目的のためにそれを悪用する場合を除き、それを使用することにはなんの問題もない。自然法の国家理論は、諸個人が自己の暴力のすべてを国家のために抛棄する、と考えるが、その前提には（たとえばスピノザが、その神学＝政治論のなかではっきり認めているように）、こういう合理的な契約を結ぶ以前の個人それ自体は、事実として所有している任意の暴力を、権利として行使することもできる、という考えがある。

ここでベンヤミンが言っている「自然法」というのは、神々が出て来る古代の自然法ではなくて、近代の社会契約論の前提になっている、「自然状態」を支配している法則としての「自然法」です。社会的慣習、制度、実定法がないので、人々は自己保存のために、自分の力を、他者や自然物に対して行使する。それが激しい時に、「暴力」となる。獲物を獲るとか、食物や伴侶をめぐって命がけの闘いをするとか。では、そういう「自然状態」における「正しい目的」とは何か？「自己保存」でしょう。「自己保存」という、自然から与えられた「正しい目的」のために「暴力」を行使する「権利」がある。それが、近代の「自然状態」論における「自然法」です。

ベンヤミンはここでスピノザ（一六三二―一七七七）の『神学・政治論』（一六七〇）を例として挙げていますが、一般的にはホッブズ（一五八八―一六七九）の『リヴァイアサン』（一六五一）の方が有名ですね。ホッブズとスピノザは、人々を契約へと動かす動因が何であるかについては見方が違いますが、契約を結んで政治的共同体を作り、それに、自らの自然権、暴力を自由にふるう権利を譲渡するという議論は一致しています。近代の社会契約論は、自然状態に生きていた人たちが、自己保存という「正しい目的」を確実に達成すべく、自らの権利を政治的共同体に対して自発的に譲渡、あるいは委託すると想定します。その自発的合意という推定が国家や法を正当化する根拠になるわけです。逆に言えば、合理的な判断によって自発的に自らの暴力を放棄する〝以前〟の個人には、自分の意志で暴力を行使する正当な権利がある、ということになります。

このように「自然法」が、暴力を自然な所与と見なすのに対し、「実定法」は「暴力」を歴史的形成物と見る、と述べられています。「実定法 das positive Recht」というのは、刑法とか民法とか労働法など、国会で法律として制定されていたり、裁判所の判例になっているなど、具体的な形を取って通用している法のことです。

自然法が、あらゆる現行の法を、その目的を批判することによってのみ判定しうるとすれば、実定法は、あらゆる未来の法を、その手段を批判することによってのみ判定しうる。正義が目的の批評基準だとすれば、合法性が手段の批評基準だ。

抽象的な話になっていますが、先ほどの自然状態論の延長で考えれば、分かってきます。「自然法」論の場合、各人の「自己保存」が、現行の法が存在している目的だということにすると、その目的に適っていない〝法〟は、本来の目的から外れた不正な法ということになります。「自然法」論は、そこを問題にします。それに対して「実定法」は、社会契約によって定められた枠の中でのみ正当性を有するわけですから、その枠を超えて、目的としての正義について判断することは基本的にありません。むしろ、その「目的」を実現するための「手段」が、法秩序をこれから維持していくうえで適切であるかどうか、手段が「合法的」と言えるかどうかを問題にするわけです。

「手段の適法性 Berechtigung der Mittel」

ただ、自然法を重視する学派と、実定法を重視する学派――法哲学では、「法実証主義 Rechtspositivismus」と言います――の間には共通のドグマがあると言います。それは、すなわち、正しい目的は適法の手段によって達成されうるし、適法の手段は正しい目的に向けて適用されうる、とするドグマである。自然法は、目的の正しさによって手段を「正当化」しようとし、実定法は、手段の適法性によって目的の正しさを「保証」しようとする。

「手段の適法性」というのは、原語では〈Berechtigung der Mittel〉、つまり「手段の正当化」という言い方になっています。「目的の正しさ」と「手段の適法性」という対比だと、違った次元のものを無理に対比しているような感じになりますが、原語だと、〈Gerechtigkeit〉と〈Berechtigung〉なので、うまく対応しているような感じになります。〈Gerechtigkeit〉の方が「正しさ」一般で、〈Berechtigung〉は、個別のケースにおける「正しい／正しくない」の判定だと考えればいいでしょう。ここでのベンヤミンの主張のポイントは、「目的の正しさ」と「手段の正当（適法）性」を一体のものと見なしている点では、自然法的アプローチも実定法的アプローチも同じである、ということです。

そういうことを確認したうえでベンヤミンは、この論文では、自然法論に定位して、「目的」の方から「暴力」にアプローチするのではなく、実定法に定位して、「手段」の方からアプローチすると言っています。「目的」が「正義」に適っているかどうか、というところから始めると、話が漠然としたものになるからです。ベンヤミンは、「実定法」理論においては、歴史的に承認されてきた、法定の暴力（die sanktionierte Gewalt）と、そうでない暴力（die unsanktionierte Gewalt）があるとして、両者がどのように区別されているかを問題にします。三三頁の二つ目の段落を見て下さい。

適法な暴力と不法な暴力とを区別することの意味は、自明ではない。その意味は、正しい目的のための暴力と不正な目的のための暴力とを区別するところにある、とする自然法的な誤解は、きっぱりとしりぞけられなければならぬ。むしろ実定法は、さきに言及したとおり、あらゆる暴力から、それぞれの歴史的起源についての、つまりなんらかの条件のもとでその暴力が得てきた適法性ないし承認の、証明書を要求するわけなのだ。

法の根本問題

「実定法」があらゆる「暴力」について、「適法性 Rechtsmäßigkeit」ないし「承認 Sanktion」の証明書を要求するというのは、分かりますね。では、それがどうして「歴史的起源」についての証明書と同じなのか？ それは、「実定法」が、自ら新しい正義の基準を生み出すわけではなく、既に通用している法規範を守るように作用するという性質を持っているからです。実定法は、当該の行為や事態が、〝自ら〟、つまり現に通用している法秩序に反しているか否かで、違法／合法を判定します。そうすると、ある形態の暴力を、正当なものと認めるかどうかも、それが、現行の法体系を維持することに貢献するか否かの評価にかかってくることになります。それは当然、「法とは何か？」あるいは「何であるべきか？」という、法にとっての根本的な問いと関わってきます。

「法とは何であり、それを維持するためにどのような暴力が認められるのか？」という問いの答えは、「実定法」自体は与えることができない。答えようとするのであれば、実定法が実定法になった歴史的起源にまで遡らねばならない。そういうことを言っているわけです。

そして現代ヨーロッパの実定法の特徴について、こう述べています。

現代ヨーロッパの法関係は、権利主体としての個人についていえば、場合によっては暴力をもって合目的的に追求されうる個人の自然目的を、どんな場合にも許容しないことを、特徴的な傾向としている。すなわち、この法秩序は、個人の目的が暴力をもって合目的に追求されうるようなすべての領域に、まさに法的暴力のみがそれなりのしかたで実現しうる法的目的を、設定することを迫るのだ。

言い方は難しいですが、ポイントは分かりますね。「権利主体 Rechtsubjekt」としての各個人は、自分の「自然目的 Naturzwecke」を勝手に追求することが許されない、という話です。自然状態だったら、自分自身の「自然目的」のために自分の身体的な力、暴力を使うしかなかったわけですが、いったん、法秩序が成立すると、個人が暴力を行使することは基本的に認められない。個人が自分の目的を追求するに際して、暴力でやった方が手っ取り早く確実で合理的ということがある。例えば、私から私の大事な宝物を奪って、しらばっくれている憎たらしい悪党が目の前にいるとすれば、そいつをすぐにとっ捕まえて、力ずくで取り戻す方が確実です。しかし、西欧近代法は、そういう自力救済を許さない。よほどの緊急性がない限り、先ず警察や裁判所に訴え出て、法的暴力を動かすことで、自らの権利回復をしようとしなければならない。法はいったん措定されると、個人の自然目的とは別に、「法的目的 Rechtzwecke」、つまり法秩序を維持するという目的を追求するようになります。

法的目的

じじつ、この法秩序は、原理的には自然目的がひろく野放しにされている諸領域をも、たとえば教育の領域をも、法的目的をつうじて制約しようとする——その自然目的が過大な暴力性をもって追求されるならば。こういう制約の一例は、教育者のもつ処罰権の限界についての法律である。

この辺りからベンヤミンのオリジナルな議論が少しずつはっきりしてきます。法というものは、「ここでは、自然のままに振る舞うのではなく、法に従わねばなりませんよ」という風に、一旦法的目的が妥当する領域を確定すれば、それで終わりというわけではない。その領域を拡張していく傾向がある。もともと自然目的に委ねられていた領域にも進出し、支配下に治めていこうとする傾向があるわけです。その例として教育が挙げられていますね。教育というのは、教師と生徒の間の権力関係を前提にしているので、法的に規制しにくいところがあり、放置されがちだけど、ベンヤミンの時代に既に、教育者の処罰権が制約されるようになった、ということですね。

この至上律からすれば、法は個人の手にある暴力を、法秩序をくつがえしかねない危険と見なしていることになる。法の目的と法の執行を無効にする危険と見なしている、というわけではない。もしそう見ているのなら、暴力全般をではなくて、違法の目的のために用いられる暴力だけを、非難すれば済むだろう。自然目的の暴力的な追求がまだどこかで許されているうちは、法的目的の体系は保たれようがないのだ、という声があるかもしれないが、しかしそれは、さしあたってはドグマにすぎない。おそらく、考察する必要があるのはそのことよりも、つぎのような驚くべき可能性である。すなわち、個人と対立して暴力を独占しようとする法のインタレストは、法の目的をまもろうとする意図からではなく、むしろ、法そのものをもまもろうとする意図から説明されるのだ。法の手中にない暴力は、それが追求されるかもしれない目的によってではなく、それが法の枠外に存在すること自体によって、いつでも法をおびやかす。

ここは一見分かりにくい話をしているようですが、ポイントは極めてシンプルです。法が、自然の暴力を嫌い、完全に抑圧してしまおうとするのは、法の目的と、各個人の自然目的が対立するからではなくて、法の管轄外の暴力の存在が、法それ自体を脅かすからです。これでも分かりにくいということであれば、「法」を権力者とか為政者、官僚など、具体的なものにいったん置き換えて考えてみて下さい。権力者が、私的暴力を抑圧しようとするのは、建前的には、各人が勝手に暴力を行使したら、権力者が人民から正式に委託されている国家運営の目的が損なわれる恐れがあるから、ということになるでしょう。しかし本音では、自分以外の者が暴力を保持していたら、いつ自分の地位が脅かされるか分からないので、その者がどういう目的を持っているのであれ、暴力の行使は許されない、ということでしょう。

ただ、そのように理解した方が分かりやすいからといって、権力者の利己心に基づく暴力独占欲求の話だと単純化して理解しないで下さい。それだと、かなり粗雑な左翼的な権力者観にしかなりません。「法」それ自体が、あたかも人格を持っているかのごとく、自分以外の者が暴力を持つのを許さないかのように振る舞うという話です。「法」には自己自身の特権的位置を守ろうとする性質があるわけです。

ここでは、「インタレスト」というカタカナ語が使われていますね。英語の〈Interest〉に相当する〈Interesse〉の訳語です。この言葉には、二通りの意味がありますね――因みに、〈Interest〉には「利子」という意味もありますが、〈Interesse〉にはその意味はないので、ここでは関係ないと見ていいでしょう。「利益」と「関心」ですね。「関心＝利益」というように等号で繋ぐ訳し方もありますが、野村さんは、それはあまりカッコ良くないと思われたのでしょう。

「法の関心」と「法の利益」では、全然意味合いが違いますよね。「法の関心」と言うと、法が自らに与えられた「正しい目的」を追求するために、ある問題に注意を向けているというようなニュアンスが出ますが、「法の利益」というと、法自体が何かの利益を追求しているようなニュアンスが出ますね。アメリカの最高裁の判決などに、「州のインタレスト state interest」という表現が出てくることがあります。「州の関心」と訳せば、州が、そうした事案の解決に客観的に関心を持っているように聞こえますが、「州の利益」と訳したら、その州が何か独自の利害関係を持っていて、それを追求しているみたいですね。

こうしたことを視野に入れると、先ほどの「法に適っている」「適っていない」、あるいは「正しい」「不正である」ということの意味合いが変わってきますね。「法」が実現すべき「目的」があらかじめきちんと決まっていて、「法」はそれが実現されるように作用しているだけだとすれば、「法」というのはニュートラルなものであり、決まったことを執行しているだけのような感じがしますね。「法に適っている」とか「正しい」というのも、そういう決まった目的に適っているとか、その目的から見て正しい、ということになるでしょう。しかし、「法」自体を守ることもまた、「法」の目的であるということになれば、「法」が自己目的化してしまっている、というような感じがしてきますね。私たちの合意によって「正義」として確立されていることを、「法」が淡々と執行しているのではなく、「法」が自分で〝正しさ〟の基準を作り出しているのではないか、という疑いが出てきます。ＳＦで、治安維持とか防衛のために、その国とか都市の機械ネットワーク全てを管理するシステムとして開発されたプログラムが、自分を守ること自体を目的にし始めて、それに対抗しようとする人間を抑圧する、というようなストーリーがよくありますね。「法」がそれをやると、考えればいいわけです。

例えば、オウム真理教事件の時に話題になった破壊活動防止法というのがありますね。ああいう、法秩序を守ることを直接の目的として制定されている法律には、微妙なところがありますね。法秩序を守るというのは、実際には、市民の生命・財産を包括的に守るということであって、そのためのルールにすぎない法秩序なるものは、本当はどうでもいいのか、それとも、法秩序を守ることそれ自体が重要で、そのためには、市民に〝多少の犠牲〟を強いるのは当然という前提があるのか？　そこに曖昧さがあるので、治安維持とか安全保障、公務執行などに関する法律をめぐって、しょっちゅう政治的闘争が起るわけです。

民衆は、何だかよく分からない内に、「法」が暴力を独占して、個人が暴力を行使する余地をどんどん奪って、自己自身を強化していることに何となく反発を感じる。だから、

「大」犯罪者のすがたは、かれのもつ目的が反感をひきおこす場合でも、しばしば民衆のひそかな讃歎を呼んできたが、そういうことが可能なのは、かれの行為があったからではなくて、ひとえに行為が暴力の存在を証拠だてたからである。現行法が個人からあらゆる行為の領域で奪おうとしている暴力の、危険な登場は、まだ眼には見えぬところで、法に反撥している民衆の共感を誘うのだ。

こういう例は日本にもたくさんありますね。任侠やおたずね者、不良少年、暴走族がカッコイイとか、秋葉原の事件の犯人の身勝手さに怒りながら、一方で「体制への反逆者」として意味付けするとか。そういう風に、「法の目的」をめぐる微妙さと、そのことに対する民衆（Volk）の感情を確認したうえで、現行の法秩序の中に、法以外の形での暴力の行使が認められる領域がある、という話に入ります。階級闘争としての労働争議がそうだというんです。

革命的ゼネストの問題

まず階級闘争においては、その例は、労働者に保証されているストライキ権のかたちで存在する。組織労働者はこんにち、国家を除けば、暴力の行使権をもつ唯一の権利主体だろう。

労働者のストライキ権を「暴力」だと言ったら、左翼的な考え方を持っている人は、おそらく抵抗感を持つでしょう。ベンヤミンもそのことを念頭に置いています。確かに、ある行為を中止するだけのこと、

非行為（Nicht-Handeln）をどうして暴力と呼ぶのかという異論が出て来ることは理解できる、と言っています。ただ、ストライキというのは、行為を中止することによって、相手に脅かしをかけ、労働の条件を変化させようとする意味で、「暴力」の契機を含んでいる、とベンヤミンは言います。

「労働争議」の場合、普通だったら脅迫とか威力業務妨害になるようなことでも、ある程度まで労働法で容認されている、というのはよく知られた話ですね。そういう意味で、ストライキ権は、法によって容認された「暴力」と言えるわけですが、その容認された暴力の性質について、国家の側と、労働者の側の理解が対立する事例があると言います。それが「革命的ゼネスト」です。労働者の側は、自分たちに当然認められているはずの「ストライキ権」の延長として、「革命的ゼネスト」をやっているわけですが、国家の側はそんなことのためにストライキ権を認めているわけではない、ストライキ権の濫用だ、と主張します。個別の企業でストライキをするのは法的に認められるけれど、全ての企業で一斉にストライキをするとなれば、国家にとっては、国家自体の法秩序を揺さぶることになるから認められない、ということです。あくまでも、国家と一体化している現行の法秩序の枠内でのストライキ権ですね。労働者側としてみれば、自分たちが生きるための権利、「自然目的」を追求するための権利として、もっと端的に言えば、現行法以前の自然権としてストライキ権が認められるべきであり、国家の全ての企業が労働者の生活を抑圧しているのだとすれば、個別のストライキが、国家秩序全体の変更を求める「革命的ゼネスト」へと発展するのは当然、ということになるでしょう。

先ほど言及したソレルの革命論は、「革命的なゼネスト」を正当化する議論です。ローザ・ルクセンブルクも、「ゼネスト」を国家暴力に対抗する労働者の暴力として位置付けています。「アナルコ・サンディカリスム」と呼ばれる系譜の議論がありますね。アナルコ・サンディカリスムというのは、労働組合を中心とした労働者運動――フランス語で組合のことを「サンディカ syndicat」と言います――がゼネストなどによって、生産手段を手中に収めたうえで、労働者の集団的自己決定、自己組織化、連帯によって生産体制を作り変え、無政府（アナーキー）のまま社会主義へと移行することを目指します。議会での改革を通して社会主義の実現を目指す社会民主主義とも、前衛党が労働組合など各種の運動を導き、革命後は政府の中核を担うことを前提にする共産党主導の革命理論とも一線を画します。「アナルコ・サンディカリスム」という名称が使われるようになるのは、ベンヤミンがこの論文を書いた少し後からですが、ゼネストを革命へと発展させていくという発想はもっと前からあったわけです。

「革命的ゼネスト」の問題は、「法」と「暴力」の間の非常にアンビヴァレント（両義的）な関係を示している、と言えます。「法」は基本的には、各人に、あるいは団体に「〜する権利」があるか否かについて、形式的に判断するという建前を取ります。「法」によって認められる「権利」というのは、ある一定の要件を満たしていさえすれば、誰にでも認められるはずです。結社の自由とか思想信条の自由、職業選択の自由などは、犯罪者とか、判断能力が低い人とかの例外——その「例外」もまた「法」によって厳格に定められるというのが建前です——を除いて、全ての国民に認められます。ストライキ権も、一定の要件を満たし正規の労働組合と認められている団体でありさえすれば、その団体の構成員の性格とか経歴、信条とかに関係なく、平等に認められるはずです。しかし、ストの最終目的が「革命」、つまり国家権力の解体、現行法の廃止であることが見え見えであるような場合には、それは認められない、という態度を取る。つまり国家権力もしくは法それ自体に対抗するような性質の暴力が登場してくると、それとの対決意識をむき出しにする。「法」それ自体が暴力＝権力（Gewalt）なので、自らの管轄に入らないどころか、取って替わろうとする「もう一つの権力＝暴力」に対して、敵意をむき出しにする。

三八頁では、「国家 vs. 革命的ゼネスト」の図式と同じような関係が、戦争の場合にも見られるということが述べられています。現実的に考えれば、戦争では、暴力と暴力がぶつかり合っているだけだけれど、闘っている双方が自らの正当性、つまり自ら追求する正当な目的のために闘う権利を主張します。自らの権利を主張する場合、同じ根拠に基づいて相手の権利も認めねばならない。だからこそ、国際法のようなものがあるわけです。

戦争が終わる際、通常は講和＝平和（Frieden）を結びますね。そこで、勝利した側は、自分の権利（Recht）を、負けた側に認めさせます。負けた側は、それを受け入れることによって、それ以上の暴力を受けない権利を与えられる形になります。つまり、「暴力」のぶつかり合いの中から、新たな法＝権利関係が生まれてくるわけです。

三九頁に、こう書いてあります。

勝利という勝利が、ほかのすべての法関係とは別個に必要とする承認を、表示している。この承認はまさに、新たな関係が「法」として認められる、という点にある。このことは、それが持続するのに事実上なんらかの保証を必要とするか、しないかとは、ぜんぜんかかわりがない。それゆえ、自然目的のためのあらゆる暴力の根源的・原型的な暴力としての戦争の暴力に即して、結論を出してよいとすれば、この種の暴力のすべてには、法を措定する性格が付随している。

国家が恐れる〝暴力〟

ここで当たり前のようで、きちんと確認しておくべき論点が出てきます。「法」が、「正義」の目的のために「暴力」を措定するというよりは、戦争の暴力のような、根源的（ursprünglich）で原型的（urbildlich）な暴力には、不可避的に法措定的（rechtssetzend）な性格が備わっている、ということです。「措定する setzen」という動詞は、ドイツ観念論系の哲学に慣れていないと難しく聞こえるかもしれませんが、そこに「置く」、「設定」あるいは「設置」、「有らしめる」、というようなことです。この〈setzen〉という動詞から派生した名詞に〈Gesetz〉というのがありますが、これには、国会で制定された「法律」、官庁などで定められた「法規」、そして「法則」という意味があります。宗教用語として、「戒律」とか「律法」といった意味もあります。「法律 Gesetz」とは、人間によって「措定 setzen」された法則であり、「律法」は神によって措定された法則であるわけです。「法＝権利 Recht」を「措定する」、というのはある意味、二重化した言い方になっているわけです。

小さな暴力、けちけちした暴力だと、既成の法に違反する／しないという程度のことでしかありませんが、根源的で原型的な暴力だと、暴力自体が「法措定的」な性質を持っていることが顕になるわけです。

しかし国家がこの暴力を怖れるのは、どこまでもそれが法措定的なものだからであって、そのことは、国家が強大な他国に交戦権を、階級にストライキ権を許容することを迫られるときに、これを法措定的な暴力として承認せざるをえないことと、相通じている。

国家は「法措定的な暴力」が怖い。それは、国家の法秩序と、「暴力」が異質であるからではなく、「国家」自体が、法措定的な暴力によって産み出され、暴力を独占することによって、自己を維持しているからです。国家は、法を措定する権力を独占している。他国に交戦権を認めたり、労働者階級にストライキ権を認めると、相手もまた「法措定的暴力」を持つことになり、自分自身が唯一の法の源泉であることを否定することになる。そして、そのように、暴力を行使して、法措定する力を持つ相手とある意味対等の立場に立つことによって、国家自体の本質が「暴力」であることが露呈する。そういう二重の意味で、国家は法措定の暴力を恐れるわけです。

「法維持的暴力 die rechtserhaltende Gewalt」

四〇頁では、一般兵役義務との関連で、今度は「法維持的暴力 die rechtserhaltende Gewalt」というのが出てきます。一般兵役義務法（das Gesetz der allgemeinen Wehrpflicht）は、ナイーヴな平和主義者たちからして見れば、国家の暴力的本質の現われであり、法措定的な暴力そのものということになるでしょうが、国家の側にして見れば、既存の法秩序を維持するための暴力である、ということになるでしょう。いったん法措定的暴力によって法体系が出来上がり、国家に正当性が与えられると、国家は法維持の暴力を発揮するようになるわけです。

四三頁の最後の段落から四四頁にかけて、この二種類の暴力が、警察（Polizei）という組織の内に収斂している、という議論がありますーー〈Polizei〉は、「政治」を意味する〈Politik〉と同様に、ギリシア語の「ポリス Polis」を語源にしています。

> 警察は、たしかに法的目的のための（処分権をもつ）暴力だが、それと同時に、広範囲にわたって法的目的をみずから設定する権限（命令権）をももっている。こういう官庁の非道さは、わずかなひとびとには感得されているが、それというのも、それが権限を逸脱して粗暴きわまる干渉をおこない、繊細な領域へも盲目的に泥足をつっこみ、法律では国家に従属させえない知的なひとびとを取り締まることを、許されているからだ。その非道さは、この官庁のなかでは法措定的暴力と法維持的暴力との分離がなくされている、というところから来る。前者の暴力が、勝利することによって自己の資格を証明することを、もとめられるとすれば、後者の暴力は新たな目的を設定しないという、制約のもとに置かれている。

ここでは、警察による思想犯の取り締まりなどを批判しながら、警察は現行法秩序を維持することに自己限定しているように見えて、実は、自ら法措定を行っているふしがあることが示唆されています。これは警察に限ったことではないのですが、政府に属する行政機関には、法律で抽象的に規定されていることを「執行」するために、細かい規則を制定する権限が与えられています。法令という時の「令」の部分、つまり「命令」に当たるものです。警察の場合は、特にそれが顕著に見られるわけです。私たちの日常に極めて密着した場面で、法維持活動、治安維持を行っているので、事実上、法措定を行っていることも多くなるわけです。また、警察が〝法維持のために〟やっていることを、上級官庁や国会、裁判所が事後的に承認すると、それが新たな「法」になるわけです。政治闘争をやっている左翼活動家に対する取り締まりで、警察がいろいろ新たな目的を設定して暴力を行使し、それが既存の法体系に認められるというような時、法維持と法措定の癒着関係が露骨になります。

ワイマール共和国――暴力の本質をめぐる哲学的考察

「法」は――始原の「暴力」によって――いったん措定され、制度化されれば、後は自己自身を維持するだけ、ということではなく、様々な局面で新たな暴力を発動し、自己の領分を拡張しているわけです。四六頁では、法的制度には常に暴力が内在していることが意識されなくなる時、その法制度は没落する、という文脈で、議会の話が出てきます

> 現在では議会がその一例だ。議会は、かつて自己を成立させた革命的な力を忘れてしまったので、周知のみじめな見世物となっている。ことにドイツでは、議会のためのかかる暴力の最後の表明も、無効に終わった。議会には、そこに代表されている法措定の暴力についての感覚が欠けている。

「議会のためのかかる暴力の最後の表明 die letzte Manifestation solcher Gewalten für die Parlamente」というところに、野村先生による訳注が付いていますね。「直接には一九二〇年の反カップ・ゼネストをさすと思われるが、ひろくドイツ革命を考えてもよいかもしれない」、ということです。「カップ」というのは、ドイツ史で「カップ一揆 Kapp-Putsch」と呼ばれているもののことです。ワイマール共和国が、ドイツにとって極めて不利なヴェルサイユ講和条約に調印したことに抗議するということを名目に、ヴォルフガング・カップ（一八五八－一九二二）という政治家を中心に起こった右派のクーデターです。一九二〇年三月十三日に、ヴァルター・フォン・リュトヴィッツ将軍（一八五九－一九四二）の率いる部隊が、ベルリン市内に突入し、官庁街を占拠してしまいます。国防軍が、軍人同士の衝突を嫌って動かなかったため、クーデターは成功し、カップを首相とする政権が出来上がります。ＳＰＤのフリードリヒ・エーベルト大統領（一八七一－一九二五）はベルリンを脱出し、シュトゥットガルトに大統領府を移転させますが、そこから労働組合に、ゼネストを起こして抵抗するよう呼びかけます。それによってクーデター政権はあっさり崩壊します。この「ゼネスト」が、ベンヤミンに言わせると、「議会のためのかかる暴力の最後の表明」だったわけです。

ＳＰＤ中心のワイマール政権は、よく考えてみると、マルクス主義の影響を受けた労働者運動を原点としている政権で、資本主義体制に脅しをかけて、生産体制を変化させてやろうとする暴力性を秘めていたはずです。そして最初にお話ししたように、第一次大戦の敗戦が近くなって、水兵の反乱など、あちこちに騒乱状態が起こり、評議会が出来るなど、革命的状況が生まれた。その革命的状況の中で、ＳＰＤが臨時政府を宣言する。これは、まさに「革命」です。つまり、革命的な状況の中で、労働者中心の政党が、法措定的暴力を発動することによって、ワイマール政権が出来た。しかし、自分たちが政権を取ると、

「もう暴力は望ましくない」という態度を取って、スパルタクス団を切り捨てた。カップ一揆では、労働者のゼネストに助けられたけど、その後は、ＫＰＤなど左派を弾圧し、自分たちは「暴力」とは関係ない、暴力反対だ、という態度を取るようになる。

これは、ある意味、非常に当たり前の話ですね。革命政権は、革命を実行する以上は一番大きな暴力を発動し、自分に都合がいいように法を措定する。しかし、一旦法が措定されると、人民によって承認された法秩序を維持するという名目で、暴力を行使するようになる。法措定的な暴力（Gewalt）によって生まれた権力（Gewalt）が、自分も法措定したことをきれいに忘れたかのように、第二の法措定の暴力の候補を徹底的に弾圧すべく、「法的目的」を装いながら、法維持の暴力（Gewalt）を行使するわけです。これは不可避的に起こることです。

法措定の暴力を恐れねばならない立場に立ったワイマール政権は、ゼネストによって助けられても、ゼネストが法措定の暴力へと発展する余地があることを認められない。ベンヤミンは、そういうワイマール政権の自己矛盾を、「暴力」の本質をめぐる哲学的考察と繋げているわけです。

ストライキの暴力

五〇頁まで進みましょう。ここでは、ソレルの『暴力についての省察』を参照しながら、ストライキの暴力を二つの種類に分けて分析することが試みられています。

階級闘争にかんしていえば、この闘争のなかで、ある種の条件のもとで行なわれるストライキは、ひとつの純粋な手段と見なされねばならない。二種類の、互いに本質的に異なったストライキの可能性については前述したが、ここでもっと立ちいって、二種類のそれぞれを特徴づけてみよう。両者をはじめて――純粋に理論的なというよりは、政治的な考慮にもとづいて――区別したのは、ソレルの功績である。かれは両者を、政治的ゼネストとプロレタリア・ゼネストと呼んで、互いに対置した。両者は、暴力への関係から見ても対照的であって、政治的ゼネストにくみするひとびとについては「国家暴力の強化が国家の構想の基礎であり、政治家は（すなわち、穏健な社会主義政治家は）現在の国家組織のなかですでに、反対派の批判にまどわされないような、そして沈黙を強制していんちきな命令をくだせるような、強力で集中的で規律ある暴力の胚芽を、そだてている」という叙述があてはまる。「政治的ゼネストは、国家の力量が少しも失われないように、権力が特権者の手から別の特権者の手に移るように、そして生産者大衆が別の主人のもとに置かれるように、デモンストレートする」のだ。こういう政治的ゼネスト（ちなみに、過ぎ去ったドイツ革命の定式は、見たところこれとひとしい）に対立して、プロレタリア・ゼネストは、国家暴力の絶滅を唯一の課題とする。

「政治的ゼネスト der politische Generalstreik」の方は、国家という権力装置を、その力量（Kraft）を損なわない形で、そのまま奪取することを目的とする、というわけです。新たな特権者となった者たちが、奪取した国家権力によって、労働者大衆を支配し続ける。ソレルからの引用ですが、先ほどの箇所との関連で、ベンヤミンが、ドイツのSPDはまさにそうだ、と当てこすろうとしているのが分かりますね。SPDはゼネストを利用するけれど、それはあくまで自分たちが権力を取り、保持するためであって、彼らに国家権力それ自体を解体するつもりはないのだ、と言いたいのでしょう。それに対して、「プロレタリア・ゼネスト der proletarische Generalstreik」の方は、国家暴力＝権力（Staatsgewalt）それ自体を解体することを目指す。

それは「どんな社会政策からであれ社会政策から結果するようなイデオロギーを、すべて排除する。このストライキにくみするひとびとは、どんなに人気のある改良であれ、改良というものをブルジョワ的とみなす。」

プロレタリア・ゼネストは、国家暴力それ自体の廃棄を目指しているので、国家を使っての改良のようなことは目指さない。そういう発想自体が、ブルジョワ的だと見なします――一昔前に、よく聞いたような話ですね。

この違いを確認したうえで、ベンヤミンは、これを「法措定的暴力」の話に繋げます。

政治的ゼネストが法措定的であるのに反し、プロレタリア・ゼネストはアナーキスティックだ。マルクスのいくつかの発言に依拠して、ソレルは革命運動のために、あらゆる種類のプログラムやユートピアを、つまり法の措定をしりぞける。

政治的ゼネストは自らが国家権力を乗っ取ることを考えているので、法措定しようとする。それに対して、プロレタリア・ゼネストは、アナーキー志向である。つまり、自らの名によって法措定をしようとはしない。本当のマルクス主義的な革命運動は、法措定を志向しない、というわけです。こういう議論の進め方から、ソレル、そしてベンヤミン自身がマルクス主義的な革命運動を、かなりアナーキズム的に捉えていることが分かりますね。ベンヤミンは、ソレルの描くプロレタリア・ゼネストについて、「このように深い、倫理的で真に革命的な構想」（五二頁）とさえ述べており、非常に好意的に見ていることが分かります。

このようにベンヤミンは、革命的なゼネストを、権力化を免れることのできるアナーキーな暴力として高く評価する一方で、既存の法理論では、法措定的な性格を持たない暴力、自己自身を権力装置として固定化しないような暴力を認め、「法」の中に位置付けることはできない、と指摘します。

“正しい暴力”と「呪縛圏 Bannkreis」

自然法や実定法が見てとる諸権力の全領域のなかには、あらゆる法的暴力のもつ前記の重大な問題性をまぬかれているような暴力は、ひとつとして見あたらない。にもかかわらず、いっさいの暴力を完全に、かつ原理的に排除しては、人間的課題のなんらかの解決を、まして、従来の世界史上のあらゆる存在状況の呪縛圏からの解放を貫徹することは、まだどうにも想像することができないのだから、すべての法理論が注目しているのとは別種の暴力についての問いが、どうしても湧きおこってくる。同時に、あれらの法理論に共通する基本的ドグマ――正しい目的は適法の手段によって達成されうるし、適法の手段は正しい目的へ向けて適用される、というドグマ――の真理性についての問いが。たとえば、合法の手段を投入するあらゆる種類の運命的な暴力が、それ自体、正しい目的との和解しえない抗争のなかにあるとしたら、どうだろう？　そして同時に、別種の暴力が――暴力とはいえ、あれらの目的のための合法の手段でも不法の手段でもありえず、そもそも手段としてではなく、むしろ何か別のしかたで目的にかかわるような暴力が――見えてくるとしたら、どうだろう？

ここでまた、自然法と実定法の話が出てきます。いずれの法理論でも、アナーキーな暴力を認めることができないのは、ここまで見てきた、法あるいは国家権力の本質からして当然のことです。「法」というのは、「正しい目的」のための「正しい手段」として「暴力」を行使することを正当化するものであり、その意味での「正当な暴力」を独占しようとする性質を持っているわけですから、「法」それ自体を廃棄するようなアナーキーな暴力を、「法」の論理によって正当化することなどできません。

ベンヤミンは、「人間的な課題」、恐らく法措定な暴力と法維持の暴力の下での様々な抑圧や貧困、世界の悲惨などの問題、マルクス主義が革命によって解決しようとしてきたような課題を解決するには、〝正しい暴力〟が必要だと考えている。ただ、その場合の〝正しい〟というのは、従来の法理論が想定しているような〝正しさ〟とは違ったものでなければなりません。どうして法的な〝正しさ〟の視点に囚われることが問題なのか、少し整理しておきましょう。先ほど述べたように、「法」は「正しい目的」を想定します。その「正しい目的」に敵対する暴力を、「法」は自らの暴力＝権力によって徹底的に排除します。そこで、国家権力に対抗する側も、自分たちの「正しい目的」を掲げて対抗する。そこで〝正しい目的〟を掲げる集団同士で、権力奪取のための暴力闘争が起こる。どちらも、〝正しい目的〟の名の下に法措定しようとするわけです。暴力衝突が激しくなると、双方に対して批判的な声が上がってくる。そこで、手段としての暴力が依拠する〝正しさ〟が問われてくるわけですけど、両方とも、自分たちは「正義」を、「真の本秩序」を守るために闘っているのであり、それを破壊しようとする相手の不法な暴力を確実に排除するには、これこれの手段を取るしかない、という形で自己正当化する。そして法維持のふりをして、法を維持する自分を守るための新たな法措定を行う。

こういうことを国家権力と反権力の双方がやり続ければ、暴力による権力闘争は永遠に続き、決着の付きようがない。実際、この世界にはそうした争いが絶えることがない。それをベンヤミンは、「呪縛圏Bannkreis」と言っているわけです。その外に出るには、自己正当化するような形で目的設定―法措定をしない別種の暴力について考える必要がある、というわけです。

そうだとしたら、いっさいの法的問題の最終的な決定の不可能性という、異様な、さしあたってはひとを意気沮喪させる経験へも、一条の光がおちてくることになるかもしれない。

先ほど述べたような理由から、通常は「法的問題の最終的な決定」は不可能なわけですが、自らに都合の良いように〝正しい目的〟を設定するのではない、純粋にアナーキー志向の暴力について考えれば、「法的問題の最終的な決定」への道筋も見えて来るかもしれない。では、「一条の光 ein Licht」とは何なのか？

手段の適法性と目的の正しさについて決定をくだすものは、けっして理性ではないのだ。前者については運命的な暴力であり、後者については——しかし——神である。この洞察がまれなのは、あれらの正しい目的なるものをなんらかの法の目的として、いいかえれば一般に妥当する（このことは正義の特徴から分析的に結論されてくる）のみならず一般化しうるものとしても考える（このことは、分かるはずだが、正義の特徴とは矛盾する）という、根づよい習慣が支配しているからにほかならない。

マルクス主義的な暴力の話をしていたと思ったら、「神」や「運命」が出てきましたね。こういうところが、いかにもベンヤミンらしいですね。近代において、「法」というのは、「理性」を備えた主体である〝私たち〟から見て、「一般的に妥当する allgemeingültig」、つまり、いつ誰に対しても「通用する gelten」ものであり、なおかつ、「一般化可能 verallgemeinerungsfähig」である、つまり、一般的な現実にすることが可能である、と考えられてきました。二つ目の（　）の中身、「一般化しうるもの」であるということが、

「法」の目的であるはずの「正義」の特徴（Merkmal）――アカデミックな言い方として、そのままカタカナで「メルクマール」と表記することがありますね――と「矛盾する」、というのは、結構分かりにくいですね。恐らく、現実に「正しくないこと」があるから、「正義」を目的として追求する必要が生じてくるのであって、その意味で「正義」が完全に一般化された現実になり得る、というのは矛盾している、ということだと思います。いずれにしても、「一般的に妥当」し、かつ「普遍化可能」でなかったら、本来の「法」ではないと考えてしまうのは、近代的な思考の習慣と言えるでしょう。

ベンヤミンは、〝私たち〟がそういう発想をしている限り、目的―手段関係によって暴力を正当化しようとする従来の思考の枠から出られない、と見ているわけです。手段の適法性に関して「運命的 schicksalhaft」な暴力によって決定されるというのは、その手段が人為的・計画的に選ばれるのではなく、人知を超えたところで「運命」のように、その暴力が行使される機会が訪れる、というようなことでしょう。「目的の正しさ」が神によって決定されるというのは、今の自分が置かれている状況を中心に考えることしかできない人間ではなく、全てを超越した「神」の視点から「目的の正しさ」が与えられる、ということですね。

宣言と神話

ここで問われているような、媒介的ではない暴力の機能は、日常の生活経験からも知られる。人間についていえば、たとえば憤激は、予定された目的に手段としてかかわるのではない暴力の明白きわまる爆発に、かれをみちびく。この暴力は手段ではなくて、宣言である。しかもこの暴力の行なう宣言はまったく客観的なものであって、それを批判にさらすことも可能だ。この種の宣言のもっとも含蓄のあるものは、何よりも神話のなかに見られる。

先ず、「媒介的ではない暴力」というのが分かりにくいですが、原文だと、〈eine nicht mittelbare Funktion der Gewalt〉となっています。「媒介的（mittelbar）ではない」は、「暴力」ではなくて、「機能」の方にかかっているわけです。暴力の機能が「媒介的である」というのは、何か別の目的――例えば、「正義」の理念を実現すること――のために暴力が行使されることだと考えられますね。だとすると、「媒介的でない」というのは、暴力それ自体のための暴力の働き方、ということになるでしょう。例として、日常生活における憤激は、予定された目的に手段として関わるようなものではない、ということが挙げられていることから見ても、そういう理解でいいと思います。

日常生活での突然の憤激というのは、通常は、あまりレベルの高くない暴力と思われがちですが、ベンヤミンは、目的―手段連関から自然と外れている「暴力」に注意を向けるためにこういう暴力を例として出しているわけです。このような「暴力」は、「手段 Mittel」ではなく、「宣言 Manifestation」だと言っていますね。「宣言」というと、まず『共産党宣言 der Kommunistische Manifest』を思い起こしますね。ここで使われている〈Manifestation〉という形の場合、宣言とか公示などの言語的な意味の他に、デモとか示威行為など、非言語的な現われも意味します。霊魂などの顕示、顕現といった意味もあります。突発的な憤激などに際して暴力が――目的―手段図式に囚われない――自らの本当の姿を現わす、というような感じだと思います。しかも、その顕われは、主観的ではなくて、「客観的 objektiv」なもので、批判的に検証することも可能だと言います。

そういう「暴力」の「宣言」は、「神話 Mythos」の中に見られると言います。「神話」というと、また唐突な感じを受けますが、ソレルの『暴力についての省察』の、「プロレタリアのストライキ」を論じた第四章にも、「神話 mythe」についての記述があります。そこで「神話」と呼ばれているのは、必ずしも神が出てくる話ではなくて、例えば、キリスト教の黙示録神話、終末神話のように、ある集団の理想、ユートピア的願望を凝縮して表わし、人々を未来のための変革の行動に呼び掛けるような物語を指します。革命も、ある意味、そうした「神話」的なものに導かれているところがあるけれど、「神話」が人々の抱く願望や情念を凝縮した形でイメージするものであるとすれば、神話＝非合理とは言えない、というようなことが述べられています。

神々が行使する暴力

ただ、ベンヤミン自身は、もっと直接的な意味での「神話」、つまり神々が登場する太古の物語のことを問題にします。「神話」の中にこそ、目的―手段図式に収まらない、純粋な暴力の宣言＝顕現が見られる、というんです。それは、神々が行使する暴力です。

神話的な暴力は、その原型的な形態においては、神々のたんなる宣言である。その目的の手段でもなく、その意思の表明でもほとんどなくて、まず第一に、その存在の宣言である。ニオベ伝説は、これの顕著な一例をふくんでいる。たしかにアポロとアルテミスの行為は、ただの処罰行為と見えるかもしれないが、しかしかれらの暴力は、ある既成の法への違反を罰するというよりは、むしろひとつの法を設定するものなのだ。ニオベの不遜が禍いを招くのは、それが法を侵すからではなくて、運命を挑発するからにほかならない。

ニオベ伝説というのは、ギリシア神話に出て来るニオベという女性をめぐる伝説です。彼女は、ゼウスの息子でテーバイ王であるアムピーオーンの妃で、彼との間に男の子七人、女の子七人の子がありました。

彼女は、ゼウスの血を引く子を十四人も産んだことを誇り、ゼウスの子として太陽神アポロと月の女神アルテミスの二人しか生まなかった女神レートーよりも、自分の方が上だと言っていました。それでレートーの怒りを買い、彼女の命を受けたアポロとアルテミスに、子供を全員殺されてしまいます。それを悲しんだニオベは石になってしまう、という話です。

こういう神々の罰のような話を聞くと、近代的な正義観念に慣れている〝私たち〟は、予め「神々の法」みたいなものが与えられていて、人間がそれを犯したから、神々が法を守るために罰したのだ、という風に考えがちです。ベンヤミンは、そういうことではない、という見方を示します。ニオベは、自分の言葉が神々の法に反しているかどうかなどと考えもせず、思ったことを口にしただけなのに、そこに自分がバカにした女神の子供である二人の神が突如現われ、神々の存在を誇示し、暴力をふるい始める。それはニオベには予測不可能な事態だったわけです――予測できるんだったら、不遜な言葉は言わなかったでしょうね。

このニオベの伝説に限らず、ギリシア神話のような、神話の世界では、神々はいきなり人間に対して〝怒り〟、自然の猛威（Gewalt）のように――あるいは、自然の猛威として――暴力（Gewalt）をふるい始めます。人間には、当初訳が分かりません。後になって、「あれは、私のあの行為に対する罰だったのかもしれない。〇〇という神々の法があるのかもしれない」、と推測する。つまり、人間の目から見た場合、最初から神々の「法」が設定されていたというよりは、自分たちを〝罰する〟かのような「神話的暴力 die mythische Gewalt」が発動された後、事後的に「法」が設定（aufrichten）されるわけです――ここでは「神話的暴力」という言い方をしていますが、少し後で、これと同じように見えて、本質的に異なる〝神々の暴力〟のもう一つの形態に話が及びます。そうした、人間にはコントロールすることはおろか、予測することさえできない「暴力」の現われは、人間にとって、「運命 das Schicksal」です。

挑発されたこの闘争において、運命はぜがひでも勝ち、勝って初めてひとつの法を出現させる。こういう古代的な意味での神々の暴力が、刑罰のもつ法維持的な暴力とどれほど違うかを、英雄伝説はしめしている。英雄伝説では、たとえばプロメテウスといった英雄が、尊敬に値いする勇気をもって運命を挑発し、これと勝ったり負けたりの闘争を繰りひろげるのだが、そこには人間にいつか新しい法がもたらされることへの希望が、ないわけではない。この英雄と、かれ固有の神話の法的暴力とが、ほかでもなく、こんにちもなお民衆が犯罪者に驚嘆するときに、思いうかべようとしているものである。

「神々の暴力」というのは、原語では、〈die göttliche Gewalt〉です。ここでは、先ほどの「神話的暴力」とほぼ同じ意味で使われているので、「神々の暴力」という訳でもいいと思いますが、後で、「神話的暴力」と違う意味で使われるようになり、そこでは「神的暴力」と訳されています。これは訳の「その場の分かりやすさ vs. 一貫性」の問題ですが、私は、「神的暴力」で統一しておいた方がいいと思います。それに、「神々の～ der Götter」という形で複数の所有格になっているのではなくて、〈göttlich〉という形容詞が付いているわけですから、「神的」の方が正確だと思います。

「運命」が、挑発された闘争において勝利して、その時に初めて「法」を出現させるというのは、「運命」という言葉の通常の意味に反しているように思えます。勿論、英語でもドイツ語でも、「運命」は通常抗いがたいものです。ベンヤミンは、ギリシア神話における「運命」は、そういう必然の法則のようなものではなく、挑発してくる人間と「闘う」ものとして捉えているわけです。

「運命が人間と闘う」というのは、分かりにくい発想ですが、その後に出てくる「刑罰の持つ法維持的暴力」や「英雄伝説」との関係を考えると、多少理解しやすくなります。先ほど述べたように、神々の顕現としての暴力は、予め定まった「法」の違反を罰するために発動されるものではなく、むしろ暴力が発動された後に、「法」が設定されます。その意味では、「法維持的暴力」ではありません。しかし、神々から暴力をふるわれる人間の側からしてみると、「運命」によって一方的に押し付けられるのだったら、現代の国家権力が自己自身を防衛するために民衆に対して暴力をふるうのと同じです。先ほどお話ししたように、恣意的に発動される国家権力の暴力は法措定的ではあるけれど、法の守り手である自己自身を守るという意味では法維持的です。そこから類推すると、神々は、自分自身の存在を誇示し、神としての威厳を保持するために、(法維持的な意味合いも持った)暴力を不遜な人間たちに対してふるう、「運命」という形で、ということになるでしょう。

そうやって「法」を押し付けてくる「運命」、神々に対して、ギリシア神話などに出てくる「英雄 Held」は抵抗し、時には勝利を収めるように見えることもあります——プロメテウス自身がそうであるように、「英雄」自身が神あるいは半神の場合も多いです。「英雄」が最終的に勝利すれば、神々によるのではない、新しい法が生まれる可能性が開けてくる。先ほど、「大」犯罪者に対して民衆が讃嘆するという話が出てきましたが、それは神話的英雄が「法的暴力」を自ら創り出すというプロットに対して〝私たち〟が覚える讃嘆の念を思い浮かべるからだ、というわけです。「思い浮かべる」というのは、原語では〈sich vergegenwärtigen〉で、動詞本体である〈vergegenwärtigen〉の部分は、英語の〈represent〉に相当し、「現在化」する、あるいは「現前化」するということです。〈sich〉は、英語の〈〜 self〉に相当する再帰代名詞の三格(予格)で、「自分に対して」、というような意味です。「自分に向かって現在=現前化する」から、「思い浮かべる」という意味になるわけです。神話の原型的暴力を「思い浮かべる」わけですね。

ところで、暴力は不確定で曖昧な運命の領域から、ニオベにふりかかる。この暴力はほんらい破壊的ではない。それはニオベの子らに血みどろの死をもたらすにもかかわらず、母の生命には手を触れないでいる。ただしこの生命を、子らの最期によって以前よりも罪あるものとし、だまって永遠に罪をになう者として、また人間と神々とのあいだの境界標として、あとに残してゆくのだ。

神々と人間の間の「標石 Markstein」

「曖昧な」は、原語では〈zweideutig〉で、直訳すると、「両義的」です。話の続き具合いからすると、「両義的」の方が良かったのではないか、という気がします。ニオベの子供たちには血みどろの死をもたらしたにもかかわらず、ニオベ自身の生命には触れないという意味で、「両義的」です。「ほんらい破壊的ではない」というところも、少し訳を変えた方がいいかもしれません。原語では、〈nicht eigentlich zerstörend〉で、〈nicht ～でない〉で否定されているのは、「ほんらい eigentlich」です。「ほんらい破壊的ではない」と訳すと、「破壊的ではない」のが神々の暴力の本来の性質であるかのように聞こえるので、「本来的に破壊的であるというわけではない」、とした方がいいでしょう。つまり、とにかく破壊的であるということでもなくて、暴力の最大のターゲットになりそうなものを敢えて破壊しないで残すこともある、という話です。そういう風に、ちょっと訳し方を変えると、結構話が分かりやすくなりますね。

では、何故、本当の怒りの対象であるニオベには暴力が襲いかからなかったのか？　結果から考えると、ニオベが生き残り、嘆き悲しむ姿を晒し続けることによって、彼女が〝罪を負った存在〟として、人々の記憶に残ることになります。神々の無差別の暴力によって、あっさり子供たちと一緒に殺されていたら、「罪」という感じは出なかったでしょう。そして、罪人としてのニオベは、人間が踏み越えることが許されない、神々の領域との間の境界線があることを示す標石（Markstein）になるわけです。

もし神話的宣言としてのこの直接的な暴力が、法措定の暴力の親類だと、それればかりか同一物だという証明がなされるなら、問題性は、この暴力から法措定の暴力へ――さきに戦争の暴力について述べたさいに、たんなる手段として特徴づけられた限りでの法措定の暴力へ――はねかえる。同時にこの関連は、あらゆる場合に法的暴力の根底に存在する運命へ、より多くの光を投げかけ、法的暴力の批判を大幅に進展させることを、約束する。すなわち、法措定における暴力の機能は、つぎの意味で二重なのだ。たしかに法措定は暴力を手段とし、法として設定されるものを目的として追求するのだが、しかしその目標が法として設定された瞬間に暴力を解雇するわけではなく、いまこそ厳密な意味で、しかも直接的に、暴力を――暴力から自由でも独立でもなく、必然的・内面的に暴力と結びついている目的を、権力の名のもとに法として設定することによって――法措定の暴力とする。

少しややこしい話になってきましたが、先ほどのソレルの「ゼネスト」論のところで、ベンヤミンがどういうスタンスを示していたか思い出して下さい。ベンヤミンは、法措定することによって自らを権力化したうえで、権力としての自己を維持しようとするような種類の暴力を批判し、そうでない暴力、アナーキーな暴力はないのか、という問いを立てました。そして、神話の世界における「神話的宣言＝顕現」という形を取る暴力が、アナーキーな暴力の原型なのではないかと思い至り、その方向で思考を進めたわけですが、その一方で、「でも、その神話的宣言も、実は、法措定の暴力ではないのか？」という疑問が残ることを率直に認めているわけです。確かにニオベを生き残らせて、神々と人間の間の境界線の標石にした、という話は、神々の顕現としての暴力も法措定的な性格を持っていることを示唆しているような気がします。神々が人間を支配するための法の措定です。「神々」を、宗教とか教会とか祭司とか、神によって召された王とか、神聖な知識を操る知識人とかに置き換えて考えてみると、これは、必ずしも単なるファンタジーの世界の話ではありません。

［神話的宣言＝神話的暴力＝法措定的暴力］だとすると、結局、〝私たち〟は自己目的化した〝正義〟の体系としての「法」から抜け出すことはできない。暴力は必ず法措定することによって、自己を権力化し、維持することになる。自己維持しようとする「法」は、暴力を解雇（abdanken）することなく、利用し続ける。

正義と権利、神的と神話的

法の措定は権力の措定であり、そのかぎりで、暴力の直接的宣言の一幕にほかならない。正義が、あらゆる神的な目的設定の原理であり、権力が、あらゆる神話的な法措定の原理である。

「法の措定」が「権力の措定 Machtssetzung」であるというのは、先ほど説明した通りの意味です──〈Macht〉は、英語の〈power〉に当たる単語で、物理的な力の他、権力も意味します。暴力の直接的な宣言が成される時、「法措定」、そしてそれに伴う「権力措定」が成される可能性がある。というより、ほぼ不可避的にそうなってしまう。ベンヤミンも、その点は認めているわけです。

問題はその次の文です。「正義」が、あらゆる「神的目的設定 göttliche Zwecksetzung」の原理で、「権力」が、あらゆる「神話的な法措定 mythische Rechtssetzung」の原理だというのは、どういうことか？この文だけ見ていると、抽象的でどういう話だか全然分かりませんが、「正義」と「権力」をそれぞれ別の原理に対応させているところからすると、前者の原理をポジティヴに、後者の原理をネガティヴに評価していることは想像がつきますね。そして、まだどういうことなのかはっきりしませんが、「神的 göttlich」と「神話的 mythisch」を区別しようとしていることも分かります。ここではとりあえず、「神的なもの」が「正義」を「目的」として志向するのに対し、「神話的なもの」は「法措定」を通して「権力」を措定する、と理解しておきましょう。二つの原理が相互にどう関係しているかが重要になってきます。

> この後者の原理は国法に適用され、重大きわまる結果を生んでいる。つまりこの領域に、神話時代のすべての戦争の「講和」がくわだてる境界設定という、法措定的暴力一般の根源現象が、存在しているのだ。この現象にこそ、あらゆる法措定的暴力が保証しようとするものは財貨の莫大な取得よりも以上に、権力であることが、明瞭にしめされている。境界が確定されれば、敵は滅ぼしつくされることはない。ばかりか、勝者の暴力がきわめて優越しているときでも、敵にも権利が認められる。しかも魔神的《デモーニッシュ》・二義的なしかたで「平等」の権利が認められる。すなわち、条約を結ぶ両当事者にとって、踏みこえてはならない線は同じ線なのだ。ここに怖るべき根源性をもって現象しているのは、「踏みこえ」てはならぬ法律のもつ神話的な二義性と、同じものである。

神々の暴力の宣言＝顕現の帰結と、戦争の後の講和、それから国法の基本的性格が結び付けられているわけですが、どういう風に繋がっているのか分かりにくいですね。神々の暴力が発揮された後、「法が措定される」という場合、英雄による挑戦のような、ごく稀な例外はあるものの、その「法」は「運命」という形で一方的に措定されます。人間が「踏み越える＝違反する übertreten」ことが許されない境界線は、神々の側から設定されます。神々の方は、恐らくこれからも勝手に人間の領域に現われては暴力をふるい続けるでしょう。でも、「法」なのです。

戦争の「講和」の時の境界線引きでも、実質的には勝った方が勝手に線を引き、力で押し付けます。しかし、「講和」を結ぶ儀礼に際しては、両方とも「平等」の権利を持っているかのような装いが取られる。そうでないと、双方の合意に基づく法的な合意と見なすことはできないからです。押し付けであっても、形式的には平等な当事者間の合意であるかのように見せねばならない。それを二義的で、「悪魔的 dämonisch」と言っているわけです。一方的な押し付けを、対等な権利主体同士の合意に見せかけ、それによって「法」を――そして、「法」によって支えられる「権力」を――生み出す、という魔術を、悪魔的と言っているのでしょう。

そして「国家」というものが、ホッブズやスピノザの言うように、戦争状態にある諸個人が自らの暴力を制限して、対等な立場で契約を結ぶことによって成立する「法」の体系だとすると、国家自体が、そうした「悪魔的」な技の産物だと言えるかもしれない。本当は強い者勝ちの権力支配であり、権力を維持するための法措定であるにも関わらず、あたかも「正義」という目的のための「法」であるかのように装われる。

> ソレルがつぎのように推理するとき、どうやらかれは文化史上の真理のみならず、形而上学的な真理をも衝いている。最初には法《レヒト》は、あらゆる王侯や大人物の、要するに権力者の「特権《フォーアレヒト》」だった、と。法は存続するかぎり、必要ナ修正ヲ加エテそれにとどまるだろう。

先ほどの話の延長で考えれば、分かりやすいですね。ドイツ語についてだけ説明しておきましょう。「法＝権利」を意味する〈Recht〉に、英語の〈pre-〉に相当する前綴り（接頭辞）の〈vor-〉を付けると、「特権 Vorrecht」になります。この場合の〈vor-〉は、「先」「優先的に」という意味合いを持っていると考えられます。「法」というのは、実際には、対等者同士の「権利」の体系などではなく、王侯や大人物の「特権」のために出来ている。彼らの「特権」を「先に」確保したうえで、その他のことでは、全ての人が法の下で〝平等〟であるかのように装う。「特権」を持った者たちの権力が、「法」に「先」行する。原文では、このことを、〈»Vor«recht〉と、〈vor-〉を強調した表記で表しています。「必要ナ修正ヲ加エテ」とカタカナ表記になっている部分は、ラテン語の〈mutatis mutandis〉で、知的な文章でよく使われる表現です。

こういう風に「神話的なもの」と、「国法」や「権力」の繋がりを示唆したうえで、五八頁の最後の段落で、ベンヤミンは決定的なことを言います。

直接的暴力の神話的宣言は、より純粋な領域をひらくどころか、もっとも深いところでは明らかにすべての法的暴力と同じものであり、法的暴力のもつ猥とした問題性を、その歴史的機能の疑う余地のない腐敗性として、明確にする。したがって、これを滅ぼすことが課題となる。まさにこの課題こそ、究極において、神話的暴力に停止を命じうる純粋な直接的暴力についての問いを、もういちど提起するものだ。

直接的暴力の「神話的宣言」は、結局のところ、我々がよく知っている法措定的暴力と根っこで繋がっており、自己の権力を保持するように働く、その意味で「腐敗」している。だから、そういう神話的で、権力的な性格を帯びた暴力、「神話的暴力」を停止しなければならない。停止するには、それとは違う本当に「純粋に直接的暴力」が必要になる。

神話的な暴力には神的な暴力が対立する。しかもあらゆる点で対立する。神話的暴力が法を措定すれば、神的暴力は法を破壊する。前者が境界を設定すれば、後者は限界を認めない。前者が罪をつくり、あがなわせるなら、後者は罪を取り去る。前者が脅迫的なら、後者は衝撃的で、前者が血の匂いがすれば、後者は血の匂いがなく、しかも致命的である。ニオベ伝説と対照的な後者の範例としては、コラーの徒党に対する神の裁きがあげられよう。

ここでようやく、「神話的暴力」と、「神的暴力」の対立がはっきりします。ベンヤミンは「神話的 mythisch」と「神的 göttlich」をきちんと定義していないので、語義と文脈から想像しないといけません。「神話的」の方は、語義的に考えて、神あるいは神々そのものというよりは、神についての「物語」に関わることを示す形容詞です。「物語」を介している分だけ、そこに人間の理性、恣意、権力志向が入り込んで来る余地があります。それに対して、物語を含まない純粋な暴力の層を、「神的」と形容しているのだと思います。「神話的暴力」が、人々が踏み越えてはならない法や限界を設定するのに対し、「神的暴力」はそれを取り去る。前者が人間を脅迫し、一方的に罪を負わせるのに対し、後者は端的に衝撃を与え、負わされた罪を帳消しにする。

「致命的 letal」

分かりにくいのは、後者には血の匂いがしない（unblutig）にもかかわらず、致命的（letal）である、という点です――〈letal〉というのは、英語の〈lethal〉、『リーサル・ウェポン』の「リーサル」と同じです。それを説明するために、ベンヤミンは、「コラーの徒党」の例を出しています。これは、旧約聖書に出て来る話で、神の命令に背いたコラーという人物と、その徒党が一瞬にして亡ぼされる、という話です。

この裁きは予告も脅迫もなく、特権者たる祭司長《レヴィ》のやからを衝撃的に捕捉して、かれらを滅ぼしつくすまで停止しない。だが、まさに滅ぼしながらもこの裁きは、同時に罪を取り去っている。この暴力の無血的性格と滅罪的性格との、根底的な関連性は、見まがいようがない。というのも、血はたんなる生命のシンボルだからだ。ここではこれより詳しくは述べられないが、法的暴力の解消は、したがって、たんなる自然的生命に罪があるとされていることへも、遡及力をおよぼしてゆく。

「彼らを滅ぼしつくす」ということは、ニオベの場合と違って、罪を負う者を残さない、ということです。しかも、これは火の力によって一瞬にして相手を消滅させる暴力なので、血は流れません。火によって一瞬に消滅させるから、「血が流れない」というのは、何だか質の低い謎々みたいですが、その帰結を、ニオベの場合と比べてみると、それなりに意味のある寓意表現であることが分かります。先ず、コラーの一党が全滅したおかげで、後に残された者が、血縁者として彼らの罪を負い続けるということがありません。罪は一瞬にして清算されてしまうわけです。またニオベの場合、まるで神々が犯された罪に対する血の犠牲を要求したかのように見えますが、コラーの場合は、全てが消し去られるので、血の犠牲という印象は残りません。コラーたちを滅ぼした神は、生命のシンボルとしての血には拘っていないように思えます――このように説明しても、やはり火によって一瞬に消滅させる方が〝もっと血なまぐさい〟、と感じる人はいるでしょうが。

「自然的生命に罪があるとされている die Verschuldung des bloßen natürlichen Lebens」というのは、キリスト教における、「肉体」に罪が宿っているという考え方、あるいは血を通じて原罪が、子孫へと継承されていくという考え方を指しているのではないかと思います。あるいは、新プラトン主義とかに見られる肉体や物質が、悪の原理に囚われているという見方も反映しているのかもしれません。「生命に罪があるとされていること」に対して、「神的暴力の直接の表明」＝「法的暴力の解消」が、「遡及的に影響を及ぼす」というのは、少なからず分かりにくい理屈ですね。恐らくベンヤミンが言いたいのは、以下のような感じでしょう。いったん純粋に「神的暴力」が発動し、罪を焼き尽くしてしまい、後に残された生者はもはや何の罪も負わない、という事態になれば、神（々）が本当は血の犠牲や罪を望んでおらず、血を通して罪が遺伝していくものではなかったことが明らかになる、「自然的生命に罪がある」という神話的前提も粉砕され、人々は神話的暴力によって作り出された「法」から解放されるはずだ。「罪を犯した者たちを一瞬にして消滅させるのは、血＝罪に拘っていないからだ」、というベンヤミン流の解釈の大前提をそもそも受け入れるかどうかは別にして、その前提で考えれば、一応、辻褄は合いますね。

「魂 Seele」と神的暴力

この神的な暴力は、宗教的な伝承によってのみ存在を証明されるわけではない。むしろ現代生活のなかにも、少なくともある種の神聖な宣言のかたちで、それは見いだされる。完成されたかたちでの教育者の暴力として、法の枠外にあるものは、それの現象形態のひとつである。その形態は、神自身が直接にそれを奇蹟として行使することによってではなく、血の匂いのない、衝撃的な、罪を取り去る暴力の執行、という諸要因によって——究極的には、あらゆる法措定の不在によって——定義される。この限りで、この暴力をも破壊的と呼ぶことは正当だが、しかしそれは相対的にのみ、財貨・法・生活などにかんしてのみ破壊的なのであって、絶対的には、生活者のこころにかんしては、けっして破壊的ではない。

こういう暴力は、宗教的な伝承の中だけでなく、現代にも見出される、というわけですが、教育者の暴力がそうだというのは少々ピンと来にくいですね。まるで教育者が神みたいです。訳が、誤解しそうな印象を与えているのかもしれません。「教育者の暴力」の原語は、〈die erzieherische Gewalt〉で、文字通りに訳すと、「教育的暴力」です。つまり、教師などの特定の立場の人間が行使する暴力ではなく、教育的効果を及ぼすような暴力ということです。恐らく、物ごころがつかないで、理屈を言っても通じないような子供が〝やってはいけないこと〟をやってしまったのに対して、叱りつけて、二度とやらないようにさせる暴力のようなものでしょう――無論、そうした暴力を振るわれる対象は、子供とは限りませんが。「そういう暴力こそ、最も権力的だ！」、といって批判する人はいると思いますが、だからこそ、ベンヤミンは「完成された形態で」、と念を押しているのでしょう。恐らく、完成された形態の教育的暴力であれば、法措定による権力関係を作り出さないし、教育される側に罪を負わせないのでしょう。

先ほど私が説明したようにベンヤミン自身も、神的暴力の破壊性を気にしているのでしょう。財貨・法・生活は破壊するけれど、「生活者の魂」は破壊しないという。「生活」という訳は、あまり良くないような気がします。原語は英語の〈life〉に当たる〈Leben〉です。「生活は破壊するけれど、〜」と日本語で言うと、まるで「生活」は破壊するけれど、「命」は生かしてくれるように聞こえてしまいますが、コラーの一党を焼き尽くしているわけですから、そうではない。野村先生は、財貨・法と並んでいるので、生活と訳されたのでしょうが、ここは、前からの話の繋がりが分かるように、「生命」と訳しておいた方がいいでしょう。

「生活者の魂」の方も訳を変えるべきでしょう。原語では〈die Seele des Lebendigen〉です。〈lebendig〉というのは、「生きている」という意味の形容詞で、それを名詞化した〈das Lebendige〉の二格（所有格）が使われているわけですが、〈lebendig〉自体には、「社会的生活をしている」、というような意味はありません。そもそも、「生きている人間」のことだけを指しているかどうかさえ疑問です。抽象的に、「生きているもの」全般を指していると考えた方がいいのではないか、と思います。また、「こころ」と訳されているのは、〈Seele〉ですが、これは「魂」と訳す方が普通です——余談ですが、アニメの『新世紀エヴァンゲリオン』で「ゼーレ」という組織が出てきましたが、あれは「魂」という意味ですね。中世神学や神秘主義、哲学的人間学などには、理性的な働きを司る「精神 Geist」を持っているのは人間だけだけど、その「精神」と肉体を繋ぐ役割を果たしている「魂」は、動物や植物なども持っているという考え方もあります。

野村先生は、おそらく現実の社会主義革命、あるいは左翼的運動に引きつけて解釈しようとして、「生活」「生活者のこころ」と訳されたのだと思いますが、それは読み込みすぎだし、かえって文脈が分からなくなると思います。そういう方針で、先ほど引用した最後の箇所を訳し直すと、「それは相対的にのみ、財貨・法・生などにかんしてのみ破壊的なのであって、絶対的には、生きているものの魂にかんしては、けっして破壊的ではない」となります。神的暴力は、たとえ人の生命を奪うことがあったとしても、その人の「魂」を、罪の中に呪縛し続けるようなことはない、あるいは、そういう神話を作り出して、後の人たちを呪縛し続けることはない、というわけです。

「戒律 Gebot」

このように論を進めれば理の当然として、ときには人間相互の、致命的な暴力までが野放しにされる、と指摘して反論するひとも出てくるだろう。この反論は認められない。なぜなら、「殺してもいいのか?」という問いにたいしては、確たる答えがあるからだ——「殺してはならない」という戒律として。この戒律は、神が行為の生起「以前にある」ように、行為の以前にある。とはいえそれは、遵守をうながすものが処罰への恐怖であってはならないのとひとしく、実行された行為にたいしては適用できないものにとどまる。それは行為の物差しではない。戒律からは、行為への判決は出てこないのだ。

人間間の殺し合いの暴力が野放しになるわけではない、という説明として、ベンヤミンは、旧約聖書に出て来る「戒律 Gebot」を持ち出します。確かに、モーゼの十戒の中に、「汝殺すなかれ」というのがあります。しかし、そうすると、ここで大きな問題が出てきます。ベンヤミンは、法措定的ではない暴力を探求しているわけですが、「戒律」というのは、「法」ではないのか？　「法」によって暴力が制約を受けて無差別でなくなるということであれば、社会契約論的な「法」理解と同じことになる。そこでベンヤミンは、「戒律」は、この論文でこれまで述べてきた意味での「法」ではない、と言っているわけです。

少し苦しい言い訳のようにも見えますが、全く無根拠でもありません。聖書を見る限り、戒律は「〜せよ」とか「〜するな」と命じているけれど、それに対する罰則を直接的に規定しているわけではない。だから、処罰の恐怖によって人々に遵守を促しているわけではないし、起ったことに判決を下す際の物差しになるわけでもない。従って、「戒律」は「法」とは異なる働き方をするわけです――無論、戒律には罰則がないし、判決の尺度を与えるわけでもない、というのはベンヤミン独自の解釈です。

だからもともと、行為への神の判決も、判決理由も、測り知ることはできないのである。したがって、人間による人間の暴力的な殺害の断罪を、戒律から根拠づけるひとびとは、正しくない。戒律は行為する個人や共同体にとっての判決の基準でもなければ、行為の規範でもない。個人や共同体は、それと孤独に対決せねばならず、非常の折りには、それを度外視する責任をも引き受けねばならぬ。

〝起ってしまったこと〟に対する神の裁き＝判決（Urteil）というのはある。しかし、それは「戒律」によって予め設定された基準に違反したから、という——人間にも理解できる——理由で罰するわけではありません。神的暴力は、理性による把握を越えるような仕方で発動します。戒律を破ったから発動する、破らなかったら、大丈夫というようなものではない。各個人あるいは共同体は、単独で、つまり何らかの解釈の体系のようなものに支えられることなく、直接的に戒律と向き合い、非常時には、自らの責任で敢えてそれを無視する行動を取る決断もしなければならない。その後の箇所でベンヤミンは、「汝殺すなかれ」を、「生命の神聖さ」という視点から説明しようとする近代的な発想を批判しながら、「人間」は決して、その「単なる生命」とは同じでないことを強調しています。

そして六三頁の二番目の段落以降に、論文全体の結論が述べられています。

暴力の歴史哲学

暴力批判論は、暴力の歴史の哲学である。この歴史の「哲学」だというわけは、暴力の廃絶の理念のみが、そのときどきの暴力的な事実にたいする批判的・弁別的・かつ決定的な態度を可能にするからだ。手近なものしか見ない眼では、法を措定し維持する暴力の諸形態のなかに、弁証法的な変動を認めるくらいのことしかできない。この変動法則の基礎は、法維持の暴力はかならずその持続の過程で、敵対する対抗暴力を抑圧することをつうじて、自己が代表する法措定の暴力をもおのずから、間接的に弱めてしまう、ということである（…）。このことは、新たな暴力か、あるいはさきに抑圧された暴力かが、従来の法措定の暴力にうちかち、新たな法を新たな没落にむかって基礎づけるときまで、継続する。神話的な形態にしばられたこの循環を打破するときにこそ、いいかえれば、互いに依拠しあっている法と暴力を、つまり究極的には国家暴力を廃止するときにこそ、新しい歴史的時代が創出されるのだ。

ポイントははっきりしていますね。「暴力」を廃絶するという理念を持たない限り、「暴力」に対して真に批判的な視点を持つことはできない。そういう視点を持たないと、精々、暴力=権力の在り方が歴史的に変動し続けることを確認するだけで終わってしまう。弁証法的というのが少し難しそうですが、この場合は例の［正↓反↓合］の図式で理解すればいいと思います。暴力によって法措定が行われ、権力が確立されると、必ずそれによって抑圧された暴力が、対抗暴力として立ち上がってきて、法維持をしようとする権力との間で闘争になる。権力の側は、法維持に徹しようとするので、次第に法措定の瞬間における生き生きした威力を失っていく。反権力の側には、既存の法の枠には収まらない暴力、抑圧されているポテンシャルが高まっていく。闘争の結果、権力による法維持の暴力は廃棄されるけれど、暴力の止揚が起こって、新たな法措定が行われる。そうやって、暴力が変動しながらも連鎖していくわけです。

ベンヤミンはそのような神話的循環、法と暴力のもたれ合い、そして、それに依拠する国家権力(Staatsgewalt)を打破することのできる純粋な暴力の出現に期待を寄せているわけです。単に期待しているだけでなく、彼は、「神話の支配 Herrschaft des Mythos」が既に綻びを見せている、という認識さえ示しています。何がその綻びなのか具体的に述べていませんが、恐らく共産主義革命やゼネストなどの動きを念頭に置いているのではないかと思います。

しかも法のかなたに、純粋で直接的な暴力がたしかに存在するとすれば、革命的暴力が可能であることも、それがどうすれば可能になるかということも、また人間による純粋な暴力の最高の表示にどんな名をあたえるべきかということも、明瞭になってくる。だが、ひとびとにとって、純粋な暴力がいつ、ひとつの特定のケースとして、現実に存在したかを決定することは、すぐにできることでもないし、すぐにしなければならぬことでもない。なぜなら、それとしてはっきり認められる暴力は、比喩を絶する作用力として現われる場合を除けば、神的ならぬ神話的暴力だけなのだから。暴力のもつ滅罪的な力は、人間の眼には隠されている。

先ほどの箇所では、「純粋で直接的な暴力 reine unmittelbare Gewalt＝神的暴力」に対するベンヤミンの強い願望が前面に出ていましたが、ここでは、やや冷静なトーンになっていますね。「純粋な暴力」がいつどこで存在したか、個別のケースで特定するのはすぐには無理だと言っています。通常我々が知っている暴力は、「神的暴力」ではなく、「神話的暴力」だからです。「神的暴力」は、我々が言語によって表象することのできないような、すごい作用を及ぼす例外的な場合を除いて、直接的に現われてくることはない。

この場合の「神的」と「神話的」の違いを私なりに解釈すると、後者の方は、神話に代表されるような、その共同体にとっての「正義」の原型を形作っている物語のフォーマットに合わせて表象される暴力であるのに対し、前者はそういう物語的フォーマットに収まらない、ということでしょう。神話的なフォーマットというのは、例えば、リクルゴスによるスパルタの憲法＝国制の制定をめぐる伝説とか、ロムルスによるローマ建国の神話とか、ピルグリム・ファーザーズの物語と建国の父たちを結ぶアメリカの建国の精神とか、その（政治）共同体が追求すべき目的としての「正義」の基礎を規定するようなものでしょう。日本だと、十七条の憲法とか、幕府を開くにあたっての徳川家康の天下泰平の理想とか、明治維新の時の志士たちの理念とかが、そういうものに当たるかもしれません。

〝我々〟は、その暴力が正しいか不正かを、自分が属している共同体の物語的な正義の枠に従って判定していることが多いですが、ベンヤミンは、「神的暴力」はそういう神話的枠を突き抜けてしまうものだと考えているようです。ただ、〝我々〟は、神話に囚われているので、暴力が本来、滅罪的なものであることが分からなくなっている、という。

ここで当然の疑問が出てきますね。ベンヤミンには、どうして「神的暴力」の本質が分かるのか？ベンヤミンはどこかでそれを体験したつもりになっているのかもしれないが、それはベンヤミンが、自分の既成概念に従って、つまり彼が無意識的に依拠している神話的構造に従って勝手にそう思い込んでいるだけではないのか？ コラーの伝説だって、ニオベの伝説同様に神話ではないのか？ ベンヤミンは、そういう疑問が出てくることを十分に自覚していたのでしょう。

純粋な神的暴力は、神話が法と交配してしまった古くからの諸形態を、あらためてとることもあるだろう。

原文では、〈Von neuem stehen der reinen göttlichen Gewalt alle ewigen Formen frei, die der Mythos mit dem Recht bastardierte.〉。野村さんは、「とることもあるだろう」とあっさりと訳されていますが、原文では、〈freistehen〉という分離動詞が使われています――分離動詞というのは、英語の動詞と副詞がセットになっている熟語（get up, take off, take over, etc.）に相当するものですが、詳しくはドイツ語の文法書を読んでみて下さい。この動詞は、「～（主語）が～（三格）の自由になる」「～は～が自由に処分できる状態にある」というような意味です。また、〈die ～〉以下の関係文は、野村訳だと何が主語かよく分かりませんが、主語は神話です。つまり、神話が、諸形態と、法とを「交配」させるわけです。「諸形態」というのは、暴力が取り得る形態ということでしょう。「交配する」という意味の〈bastardieren〉は、英語の〈bastard（庶子、雑種）〉と語源的に繋がっていることが分かりますね。交配させて不純なものを生み出す、というような感じでしょうか。

そういうことを踏まえて、少し中身を補いながら訳し直すと、「純粋な神的暴力は、それが太古より取ってきたあらゆる形態——それらはみな神話によって法と交配され、不純になった形態である——を、改めて自由に取ることができるのである」、となります。つまるところ、神的暴力は、従来の神話化した形態で現われることが十分にあり得る、と言っているわけです。神話化した形で出て来るけれど、その本質は「神的暴力」であるということなのでしょうが、外見がこれまでの神話的暴力と同じだったら、どうやってそれが「神的暴力」だと判定できるのだ、という疑問は余計強まりますね。

そして、いよいよ結末です。

たとえばそれは、真の戦争として現象することもありうるし、極悪人への民衆の審判として現象することもありうる。しかし、非難されるべきものは、いっさいの神話的暴力、法措定の——支配の、といってもよい——暴力である。これに仕える法維持の暴力、管理される暴力も、同じく非難されなければならない。これらにたいして神的な暴力は、神聖な執行の印章であって、けっして手段ではないが、摂理の暴力ともいえるかもしれない。

「神的暴力」が——ある意味、「神話的暴力」と同様に——真の戦争とか民衆の裁判などの形で現われるかもしれないというのは、ここまでの話の流れから十分予測が付きますね。「摂理の暴力」が少し分かりにくいかもしれません。「摂理」というのは、「神の摂理」などという時の「摂理」で、世界に対する神の働きかけ方を意味しますが、「摂理の暴力」は、原語では〈die waltende Gewalt〉です。〈waltend〉というのは、〈walten〉という自動詞の現在分詞形です——ドイツ語の現在分詞には、進行形の意味はなくて、もっぱら形容詞・副詞として使われます。〈walten〉には、「存在する」「作用している」といった系列の意味と、「管理している」「掌握している」「支配している」といった系列の意味があります。神が「〜に対して働きかける」、あるいは「〜を管理する」場合、その対象に対する「摂理」になるわけです。

そしてその少し前に出て来る、「管理される暴力」の原語は、〈die verwaltete Gewalt〉です。形から分かるように、〈verwalten〉は〈walten〉から派生した動詞で、「管理する」とか「運営する」という意味です。この結末の部分で、ベンヤミンは「摂理の暴力＝神的暴力」と「管理される暴力＝神話的暴力」を対比して、前者が後者を打ち破らねばならないと言っているわけですが、日本語訳と原語では大分ニュアンスが違ってきます。日本語だと、「(神の) 摂理の暴力」と、「管理される暴力」という異質のものの対比のように聞こえますが、ドイツ語だと〈die waltende Gewalt〉と〈die verwaltete Gewalt〉ですから、〈(ver) walten〉する側と〈verwalten〉される側の対立、つまり「管理するもの」と「管理されるもの」の対立という感じになります。「権力」闘争のようにも聞こえますね。原文で読むと、「管理する側」と「管理される側」が実は深いところで繋がっているのではないか、と示唆しているかのような皮肉な響きがするわけです。

更に言えば、もうお分かりだと思いますが、「権力＝暴力」を意味する〈Gewalt〉という名詞自体が、〈walten〉から派生した名詞です。〈walten〉という抽象的な作用が、(神の) 摂理になったり、管理になったり、暴力になったり、権力になったり、いろいろと自己変容しているような感じですね。当然、ベンヤミンは、意識的にそういう言葉遊びをやっているはずです。

もっと言えば、ベンヤミンの名前は〈Walter〉です。多分、それも意識しているのではないかと思います。〈Walter〉というゲルマン系の名前は、語源的に見ると、〈walten〉する「男」「主」というような意味です。彼は、自分の名前にも、〈walten〉の作用が刻みつけられていると感じたのかもしれません。

次いでに言っておくと、〈walten〉からは、その他にも、力とか暴力に関係する様々な言葉が派生しています。「〜を乗り越えて」という意味の接頭辞〈über-〉を付けて、〈überwältigen〉という形にすると、「圧倒する」とか「征服する」という意味になります。〈Gewalt〉に〈ver-〉を付けて他動詞化した、〈ver-gewaltigen〉は、「強姦する」とか「弾圧する」といった意味です。

もう一度まとめておきましょう。ベンヤミンは明示的には、神的暴力＝摂理の暴力と神話的暴力＝管理される暴力は異なると主張しています。しかし、両者をはっきりと見分けられる外的基準はないと認めていることや、結末での彼の言葉遊びなどを見ていると、ベンヤミン自身も、両者の区別を主張する自分の言説自体も、何らかの「神話」的な構造に依拠し、それと連動している法維持の暴力に寄与している可能性を認めているようにも思えてきます。デリダは『法の力』で、そういうアイロニカルな部分を強調する形で、『暴力批判論』を読解することを試みています。それはデリダ自身の拘りでもあります。デリダもまた脱構築的な正義を求めているわけですが、「これが現行法を超えた正義だ」、と言明したその瞬間から、その言説自体が神話化、物語化して、法維持的なものに変わっていく危険をよく知っています。

ベンヤミンやデリダに言われるまでもなく、権力志向ではない「直接的な暴力」の表明だったはずのものが、いつのまにか法維持の暴力へと腐敗していた実例はいくらでもありますね。ベンヤミンはロシア革命直後にこの論文を書いたわけですが、我々はその後、この革命からどのような暴力＝権力が生み出されたかよく知っています。ただ論文読解上の問題として、ベンヤミン自身は、神的暴力の実在を本当に信じていたのか、ということがあります。ベンヤミンは、法の目的と手段、政治的ゼネストと革命的ゼネスト、法措定の暴力と法維持の暴力、神話的暴力と神的暴力などについて考察を進めていき、神的暴力＝摂理の暴力＝純粋な暴力に期待を寄せるに至ったわけですが、「神的暴力」は結局のところ、現状打破のための理論的可能性にすぎないのであって、その実在を確認できないものかもしれない。カント哲学における、

「理性の事実」としての「道徳法則」がそうであるように。

全ての権力を廃棄する「神的暴力」というのは魅力的な考え方ですが、その分、危険が大きい。どういう危険かは、今更言うまでもないですね。デリダがその魅力と危険を再発見したおかげで、近年の現代思想系の暴力論あるいは権力論で、この論文はしばしば言及されるようになっています。

【会場からの質問】

Q 「コラーの徒党に対する神の裁き」というのは、どういうものなのですか？

A 旧約聖書の「民数記」十六章に出て来るエピソードです。モーセに率いられたイスラエルの民は、出エジプトを果たし、約束の地カナンに向かいますが、そこには他の民族が既に居住しており、それらを打ち破って、先に進んで行くことがなかなかできません。戦に敗れ、荒野での放浪が長引くにつれて、民衆は次第に不満を持ち始めます。エジプトに帰った方がいい、と言い出すものさえいます。そういう状況の中で、コラーという人が二百五十名の仲間を引き連れて、モーゼとその兄アロンの前に行き、あなたたちに神の代理として民を率いる資格があるのかと詰め寄ります。そこでモーセが神に祈りを捧げると、神は、私は彼らを滅ぼすことにするので、彼らの住まいの周囲から離れるよう民に伝えなさい、と言います。そこでモーセが民にそのことを伝え、彼らの天幕から離れさせると共に、コラーたちにこれから天罰が下ることを宣告します。すると、モーセがその宣告を述べ終わるか否かというところで、土地が裂け、コラーの一族とその所有物を飲み込んでしまいます。その後、神のもとから火が出て、二百五十人の者たちを焼き尽くしてしまいます。その二百五十人は、神に捧げる薫香を炊くための火皿を持っていたのですが、焼き尽くしたことによってこれらの火皿は聖なるものとなったので、それらを一つの延べ板にして、祭壇の覆いにしなさい、と神はモーゼに指示します。焼き尽くした後に、汚れは残らず、むしろ焼かれたものは聖なるものになるわけです。

ベンヤミンには、このイメージがニオベ伝説とは違うように見えたわけですが、やはりそう思えないと言う人は多いでしょうね。私もあまり納得していません。旧約聖書の神は、結構しつこいような気がします。

強風は天使を、かれが背中を向けている未来のほうへ、不可抗的に運んでゆく。その一方ではかれの眼前の廃墟の山が、天に届くばかりに高くなる。ぼくらが進歩と呼ぶものは、〈この〉強風なのだ。

『歴史の概念について』

（野村修訳）

第四日目……歴史について——『歴史の概念について』を読む

絶筆

今回取り上げるのは、『歴史の概念について』です。ここでは主に野村修訳『ボードレール他五篇』(岩波文庫)所収のものを読んでいきます。十八の主要テーゼと二つの付属テーゼから構成されるこの文章は、「唯物史観」の視点に立ちながら、「歴史」という概念を再考する試みとして性格付けることができるでしょう。「唯物史観」という言葉が何度も出てきます。ただ、「進歩」の歴史哲学として理解されることの多い、通常のマルクス主義系の唯物史観の概念とはかなり違います。

「歴史」についての著作なので、これが書かれた歴史的背景について復習しておきましょう。先ず、巻末の解説を読んでみましょう。「一九四〇年にまとめられた。これ以後に書かれたベンヤミンの文章は、短い一篇の書評文しか知られていないから、これはかれの絶筆といってよいだろう」。事実上の最後の著作なんですね。一九四〇年に書かれたわけですから、ロシア革命から既に二十三年経っています。ドイツでは、前回お話ししたように、一九年にスパルタクス団の蜂起が失敗し、SPDを中心とする中道政権が出来上がりますが、二〇年代後半から急速にナチスが台頭し、三三年にはついに政権を掌握します。ドイツにおける社会主義革命の理想は完全に挫折したうえ、全く逆方向の革命、右の革命が起ったわけです。ナチス政権がユダヤ人迫害を始めたため、ベンヤミンも国外に出ました。三九年に第二次世界大戦も始まっています。ソ連についても、革命の当初はマルクス主義革命を初めて実現した国であることゆえの幻想のようなものがありましたが、三〇年代半ばの国内の反体制派に対する大粛清や、三九年八月にヒトラー（一八八九―一九四五）とスターリン（一八七九―一九五三）の間で結ばれた独ソ不可侵条約や翌九月の独ソ両国によるポーランド侵攻などで、ソ連に対する評価が低くなっていました。革命によって、共産主義のユートピアが来るとそう簡単には信じられなくなっていた。そういう背景を念頭におきつつ読むといいと思います。

第一テーゼから読んで行きましょう。

よく知られている話しだが、チェスの名手であるロボットが製作されたことがあるという。

一九四〇年に、チェスができるようなコンピューターを備えたロボットが発明されているわけはないですね。この後を読めば分かるように、ロボット的な発明に見せかけたインチキです。ただ、チェコの作家カレル・チャペック（一八九〇―一九三八）が戯曲『R.U.R』で、人造人間を指す「ロボット robota」という言葉を使ったのは、一九二一年ですから、「ロボット」についてのSF的イメージは既にあったわけです――因みに〈robota〉は、「奴隷労働」とか「苦役」を意味するチェコ語です。一九二七年には、オーストリア出身でドイツで活躍した映画監督フリッツ・ラング（一八九〇―一九七六）が、ヒロインの姿に似せた機械人間（Maschinenmensch）が労働者を煽動して階級闘争を組織するという筋の『メトロポリス』という作品を作ります。

厳密に言うと、野村訳では「ロボット」となっていますが、原語は〈Automat〉、「自動機械」です。ロボットというよりは、からくり人形みたいな感じかもしれません。

そのロボットは、相手がどんな手を打ってきても、確実に勝てる手をもって応ずるのだった。それはトルコふうの衣装を着、水ぎせるを口にくわえた人形で、大きなテーブルのうえに置かれた盤を前にして、すわっていた。このテーブルはどこから見ても透明に見えたが、そう見えるのは、じつは鏡面反射のシステムによって生みだされるイリュージョンであって、そのテーブルのなかには、ひとりのせむしのこびとが隠れていたのである。このこびとがチェスの名手であって、紐で人形の手をあやっていた。この装置に対応するものを、哲学において、ひとは想像してみることができる。「歴史的唯物論」と呼ばれている人形は、いつでも勝つことになっているのだ。

最後の箇所から、「人形 Puppe」が「(歴)史的唯物論 historischer Materialismus」の譬えであるということははっきりしますが、この譬えは非常に分かりづらいですね。どうして、「史的唯物論」などという抽象的なものが、チェスをする「自動人形」という具体的な形を取るのか？ そして、チェスで「勝つ」というのはどういうことか？ 最近出版された大阪大学名誉教授の徳永恂さん（一九二九‐ ）の本（岩波新書『現代思想の断層』、二〇〇九）に、この部分の解釈をめぐって、かつて専門的な論争があったことが紹介されています。そこで解釈のポイントになっているのは、「人形＝史的唯物論」と、「小人 Zwerg」と、どちらが本当の主体か、ということです。どちらがどちらを操っているのか、ということです。先ほどの続きを読んでみましょう。

それは誰とでもたちどころに張り合うことができる――もし、こんにちでは周知のとおり小さくてみにくい、そのうえ人目をはばからねばならない神学を、それが使いこなしているときには。

第一テーゼ――人形とこびと

第一テーゼはこのように終わっています。「こびと」の正体は、「神学」であったわけです。つまり、表に出ている「史的唯物論＝人形」と、裏に隠れている「神学＝こびと」はどっちが本当の主人か、という話です。それだと余計に抽象的になるので、少し嚙み砕いて説明すると、史的唯物論という歴史発展の法則が、古くさい神学、恐らくは、ユダヤ＝キリスト教的な神学の残滓を利用して、（まだ完全に唯物論的に啓蒙されておらず、迷信深い）人々の深層意識に働きかけて歴史を前進させているのか、それとも、むしろそういう神学的なものが、最新の史的唯物論の装いの下に進歩的なつもりの人を動かしているのか、ということです。これまでお話ししてきたように、唯物論と神学が要所要所で結び付いているのが、ベンヤミンの思考の特徴です。

野村さんの訳を見る限り、「人形」の方が「こびと」を「使いこなしている」ように見えますね。それに対して徳永さんは、それは野村さんの思い入れを反映した訳であって、原文に忠実でないと指摘しています。「使いこなしているときには」という箇所は原文では、〈wenn sie die Theologie in ihren Dienst nimmt〉となっています。〈～ in Dienst nehmen〉という熟語は、辞書を見ると、「～を雇う」「～にサービス（奉仕）してもらう」という意味です。誤訳と言えるかどうか微妙ですが、「使いこなす」の「こなす」は、言いすぎだと私も思います。「もし、こんにちでは周知のとおり小さくてみにくい、そのうえ人目をはばからねばならない神学を、それが雇っている（利用している）ときには」だと、必ずしも、人形の方が主人とは言い切れなくなりますね。

「人形」がどんな勝負にも勝てる、つまり無敵であるということは、取りあえず、ベンヤミンが「唯物史観」の最終的勝利を確信していることを意味していると解釈できます。でも、隠れている醜い小人＝神学の方が、「人形」を操っている可能性もあるとすれば、「史的唯物論」それ自体を無条件に賛美、称賛しているのかどうか微妙になってきますね。「神学」と表裏の関係にあるとすれば、それは通常のマルクス主義で「史的唯物論」と呼ばれているものと、意味が違うかもしれません。そのイメージのズレは、議論が進んでいく内に、だんだんはっきりしてきます。

それから、「勝つ」と言っているものの、どういう相手と勝負するのか、具体的に挙げられていませんね。通常の意味での「史的唯物論」の対決相手だとすると、ブルジョワ、資本主義、権力、旧体制など、いろいろ想定できますね。神学と一体化した「唯物史観」の場合、どういう勝負をするのか俄には見当が付かないので、取りあえず、普通の「唯物史観」で考えてみましょう。

唯物史観は基本的に、物質の運動の法則によって歴史が動いている、という理論です。物質自体には何ら意識はない。「自動人形」であると見ることもできます。その運動の原動力は、普通のマルクス主義だと、「生産力の発展」ということになるでしょう。個々の人間の意識や主体性に関わりなく、自動人形である「唯物史観」は、自動的に運動し、前進し続ける。その運動を、上部構造＝体制が押しとどめようとする。自動人形を押しとどめようとするイデオロギーとか宗教、支配階級などが対戦相手だとすると、何となく辻褄が合いますね。唯物史観＝人形が、正統派マルクス主義者が考えるような歴史の客観的発展法則だとすると、どんな相手が来ても絶対に、人形は「勝ち」ます。

ベンヤミンは一見、そういう正統派の唯物史観にのっかっているような感じもしますが、その人形の下にこびと＝神学が潜んでいるとなると、微妙な感じになりますね。「自動人形＝唯物史観」が絶対勝利する、という能天気な見解を半ば皮肉っている感じさえしますね。後になって行くほどはっきりして来ますが、ベンヤミンは、［唯物史観＝勝利の歴史＝進歩の歴史］と見るような正統派の見解からかなり距離を取っています。ポストモダン思想の影響を受けた近年の〝マルクス主義者〟の中には、「マルクス主義は進歩史観ではない」と言い切る人はいくらでもいますが、第二次大戦中のマルクス主義は、基本的に進歩史観でした。異端派のルカーチやブロッホさえ、進歩史観です。歴史の進歩の方向を自然法則に基づいて客観的に予見できる、というのがマルクス主義の史的唯物論でした。それが、「自動人形」と譬えられているわけです。

自動人形の下に隠れている「こびと＝神学」についても考えてみましょう。「せむしのこびと ein buckliger Zwerg」と呼ばれています。背中を折り曲げて、チェスの台の下に入りこんでいるということでしょうが、何だか苦しそうなイメージですね。「みにくい häßlich」とも形容されています。同じ小人でも、もっと妖精のように、生き生きした感じにすることもできると思うんですが、何となく、苦しそうな感じですね。表に出て来ることを許されなくて、抑圧されながら、縁の下で苦役を強いられているような印象も受けます。その逆に、地下に押し込められている悪魔のように邪悪な小人かもしれませんが。両方かもしれません。あるいは、論文の後のほうで出てくる、歴史の中で忘れさられているものたちの一種かもしれない。新左翼的にベンヤミンを解釈しようとすると、「こびと」は、歴史のメインストリームから排除されている弱者の象徴、というような感じになるでしょう。

通常のマルクス主義における唯物史観というのは、これまで抑圧されてきた被支配階級、具体的にはプロレタリアートの解放を予見する思想です。これまで「弱者」として抑圧されてきたプロレタリアート（＝こびと？）が、「唯物史観」という武器を手に入れたことによって、無敵の戦士になり、進歩の流れにのって、歴史の「終わり」までずっと勝ち続ける。先ほどの寓話から、そういうストーリーも思い浮かんできますね。しかしそう考えた場合、人形を手に入れたプロレタリアートが勝ち続けるとしても、その勝利の余波に乗れず、ずっと表に出ることのできないものたちもいるのではないか、という疑問も浮かんできますね。階級闘争の歴史で、最終的に、ある階級あるいは運動団体が勝利すると、その闘いの先駆者だった人たちは、たとえ闘いの途中で倒れたとしても、「勝者」の一員として「歴史」の中に記録される。

しかし、全ての抑圧された人たちが、進歩に貢献したものたちとして歴史の中に記録されるとは限らない。後世に記録を留めることなく、滅びていったものたちもいるかもしれない。例えば、支配的な民族に対して反乱を起こして鎮圧され、絶滅させられた少数民族などは、歴史に記録される可能性が低いでしょう。あるいは、結果的に負けたことで、歴史の進歩を妨げたものとして烙印を押されたままになっている人たちもいるかもしれない。

「せむしのこびと」は、そういう歴史の表舞台から排除されてしまった民族や文化の象徴かもしれない。妖怪の話とかファンタジーが好きな人だったら、西欧の民話とかおとぎ話に出て来る「こびと」とか「魔法使い」などは、ラテン民族やゲルマン民族によって、歴史の周辺へと追いやられたケルト民族、あるいは更にそれ以前の先住民の文化を象徴している、というような話をお聞きになったことがあると思います。現代の西欧の文化の中にも、滅んで行った民族とか宗教とか思想の痕跡がかなり残っているはずです。「進歩」がどんどん続いても、どこかに過去の痕跡が残留している。ベンヤミンの「こびと」も、そういう存在かもしれない。

もう少し「こびと」と「人形」の関係に拘ってみましょう。語り手であるベンヤミンは、人形の台の下に「こびと」が潜んでいることを見抜いているわけですが、一般の公衆は、そのことを知らない。「人形」が最終的に勝利したあかつきに、台は取り払われ、縁の下で支えていた「こびと」も、解放されるのでしょうか？　革命運動とか抵抗運動が「名もなき大衆」に支えられていて、本当に歴史を動かしているのは、そういう人たちだ、というような言い方がありますね。進歩的知識人とかマスコミはそういう言い方が好きですね。革命運動が勝利すると、「真の勝利者は、運動の指導者ではなく、運動を支えた名もなき大衆だ！」、というような宣言が成されることが多い。しかし、実際、そうなるのか？　社会主義革命が勝利したら、本当に一人ひとりの平凡な労働者が主役になるのか？　現代日本で、「これからは、一人ひとりの生活者が主役になる」なんてベタな台詞を聞いたら、ほとんどの人はシラケてしまいますね――特定の党派に強くコミットしている人たちを除いて。

あと、この岩波文庫の『ボードレール他五篇』に収められている「フランツ・カフカ」（一九三四）と題された、四章構成のエッセイにも注目して下さい。カフカ（一八八三－一九二四）というのはご存知のように、オーストリア領だったチェコのプラハで活躍した作家で、寓意的でいろいろ解釈できる小説を書く人です。ドゥルーズ（一九二五－九五）、ガタリ（一九三〇－九二）、デリダなど、フランス系の現代思想でもよく論じられる作家です。村上春樹（一九四九－　）の作品名にもなっていますね。その『フランツ・カフカ』の第三章のタイトルが「せむしのこびと」で、ここでは、忘却されたものの象徴として様々な動物、あるいは奇怪な姿をした雑種の生き物がカフカの作品に多く登場するということがテーマ化されています。『変身』（一九一二）のグレゴール・ザムザが虫に変身する話は有名ですね。カフカの世界で最も奇妙なのは、「家父の気がかり」（一九一七）という短編小説に登場する、糸巻きに二本足が生えたような姿をして、屋根裏とか階段、廊下など、屋内のいろんなところに姿を現わすオドラデク（Odradek）という怪物だとされています。このオドラデクの解釈をめぐって、アドルノとベンヤミンの間で有名な論争があります。ベンヤミンは、カフカの作品に出て来る、「歪んだ」姿をした生き物たちの原像として、「せむしのこびと」という形象があり、カフカの作品の随所に、頭を深く垂れている、つまり背を不自然に曲げた人物が出て来る、と指摘しています。そういうカフカ的なイメージが、第一テーゼのこびとにも投影されているのではないかと思います。

第二テーゼ――〈解放〉と〈救済〉

では第二テーゼに入ります。

「人間の感情のもっとも注目すべき特質のひとつは」、とロッツェはいう、「個々人としては多くの我欲があるにもかかわらず、人間全体としては現在が未来にたいして羨望をおぼえないことだ」。よく考えてみると分かるが、ぼくらがはぐくむ幸福のイメージには、時代の色――この時代のなかへぼくらを追いこんだのは、ぼくら自身の生活の過程である――が、隅から隅までしみついている。ぼくらの羨望をよびさましうる幸福は、ぼくらと語りあう可能性があった人間や、ぼくらに身をゆだねる可能性があった女とともに、ぼくらが呼吸した空気のなかにしかない。

ロッツェ（一八一七-一九〇）は、自然科学と形而上学の融合を試みた哲学者で、存在（事実）とは区別される、価値としての「妥当」という概念を追求して、新カント学派に影響を与えたことで知られています。ここで言われているのは、当たり前と言えば、当たり前のことですね。「幸福 Glück」についての私たちのイメージは、個人個人で多様であるように見えるけれど、自分だけで「幸福」を完全にイメージし切ることはできない。人と人のコミュニケーション、相互の影響関係を通して、各人の「幸福」のイメージが形成される。だから社会全体の「空気」の中で、その時代に生きている人々たちの幸福のイメージが規定されているし、またその逆に、人々が自分たちのイメージする「幸福」を追求することによって、その時代の状況が規定される。

この「空気 Luft」というのは、「雰囲気」の意味です。ドイツ語や英語でもそういう言い方をするわけです。ここでは、あまり詳しく論じられていませんが、『パサージュ論』などの都市表象分析系の仕事では、都市で生活している人、街中をふらふら歩いている人たちの幸福のイメージの総体として、いわば彼らの無意識的な願望を吸い上げる形で、都市空間が形成されていることがスケッチされています。都市特有の「空気」のようなものをそこに生活する人たちが共有することを通して、人々の願望を反映する美的表象の諸形態が決まってくる。そうした風景を見て、各人が自らの内なる願望を確認することになる。そういう循環的な関係があるわけです。ここでは、そうした都市表象の問題が、一般化されていると考えられます。

いいかえれば、幸福のイメージには、解放のイメージがかたく結びついている。

ここでは、「解放」と訳されていますが、マルクス主義に寄りすぎた訳のような気がします。「貧困からの解放」とか「民族解放」というような文脈で使われる「解放」に当たるドイツ語は〈Befreiung〉ですが、ここで使われているのはこの単語ではなく、〈Erlösung〉という別の単語です。〈Erlösung〉の動詞形に当たる〈erlösen〉には確かに「解き放つ」という意味がありますが、通常は、神やメシアが、人間を罪や苦しみなどから「解き放つ」という文脈で使います。「救済する」という感じですね。〈erlösen〉する人を指す〈Erlöser〉という言葉は、「救世主」という意味になります。

「幸福」のイメージと、「救済」あるいは「解放」がどのように繋がっているのか、少々分かりにくいですが、少し前の「ぼくらの羨望をよびさましうる幸福 Glück, das Neid in uns erwecken könnte」というところにヒントがあると思います。「幸福」が、現在に対する不満と不可分に結び付いていて、そこからの脱出への願いとしての「羨望」を喚起する性質を持っているとすると、話は繋がってきますね。

歴史の対象とされる過去のイメージについても、事情は同じだ。過去という本にはひそかな索引が付されていて、その索引は過去の解放を指示している。

「過去の解放」あるいは「過去の救済」というのは、分かりにくいですね。現在、生きて苦しんでいる人間が、自分なりに「幸福」のイメージを抱き、それに基づいて、現状からの「救い」を希求するというのであれば話は分かりますが、何故、「過去」の対象について「事情が同じ」と言えるのか？　現在の人々の幸福のイメージがその時代の「空気」という大枠によって規定されているという話とパラレルに考えると、多少分かりやすくなります。時代ごとの空気の中に、一定の「幸福」のイメージと、「解放」への願望があったはずである。そうした「幸福」や「解放」の願望の痕跡は、「歴史」の本の「索引 Index」という形を取って、我々の目の前にある。逆に言うと、その時代ごとの「解放」への願望を表象＝代表するような出来事が、後世の人たちによって歴史の中に登録されていく。「歴史」自体が、解放＝救済に対する人々の願望が変容していく過程の軌跡になっているわけです。

このように考えると、「歴史」全体を「救済史」、つまり万人、万物が最終的に救済される状態＝終末を目指して進んで行く過程と見なす、神学的な歴史観を、現実的に再解釈することが可能ですね。「歴史」に「終末」があることを信じない人でも、（自分自身を含む）多くの人が、その時代、その社会の「空気」を吸いながら、自分なりの「幸福」のイメージを形成し、それに基づいて、現状からの解放＝救済を求めていることは認めざるを得ないでしょう。その積み重ねが、「救済史」となって現われてくるわけです。「その索引は過去の解放を指示している」という謎めいた言い回しに、もっと寓意的な解釈を加えることも可能です。それは、たとえ過去に非常に悲惨なこと、苦しみの歴史があり、その時代に生きた人たちは解放＝救済されなかったとしても、そのことに索引が付けられ、「歴史」という本に登録されると、それによって意味付与されたことになります。「救済」へと向かう歴史の過程の一部になるわけです。過去に生きた様々な人々の不幸や苦しみが、無意味なものとして忘れ去られてしまうことなく、「救済」という

「終わり＝目的」へと向かっていく「歴史」の一歩として、意味付けられるわけです。そのような言い方をすると、当然、「後代の人間に意味付けしてもらっても、本人にとっては何の慰めにもならない。とっくの昔に死んで、どこにもいないんだから」、と反発する人が出て来るでしょう。確かにそうなのですが、それが単に、現代に生きる我々による意味付けに留まらず、神の視点からの意味付けだったらどうでしょう。神に相当するような超越的な存在によって、自分の苦しみが歴史の中に登録されるという強い確信を抱いている人にとっては、それ自体が「救い」になるかもしれない。無論、神のような超越的存在を一切信じないという人にとっては、そんなのは本当に無意味な作り話でしかないでしょうが。

じじつ、かつてのひとたちの周囲にあった空気の、ひとすじのいぶきは、ぼくら自身に触れてきてはいないか？　ぼくらが耳を傾けるさまざまな声のなかには、いまや沈黙した声のこだまが混じってはいないか？　ぼくらが希求する女たちには、かの女たちがもはや知ることのなかった姉たちが、いるのではないか？　もしそうだとすれば、かつての諸世代とぼくらの世代とのあいだには、ひそかな約束があり、ぼくらはかれらの期待をになって、この地上に出てきたのだ。

ここは比較的分かりやすいですね。先ほどは、同じ時代の人たちと同じ「空気」を吸っているという話が出てきました。人々は時代ごとに違った幸福のイメージを抱いているわけですが、今の幸福が前の時代の幸福と全く無関係ということはまずありません。私たちは、慣習とか表象文化とか歴史的記録とか様々な形で、過去の人たちの「幸福」観の影響を受けています。各人の願望の背後には、先行する何世代もの人たちの願望の軌跡があるのではないか。「私の願望」の中に、私が全く知らない、知る可能性さえない、先人の願望が何重もの媒介を経て入りこんでいるかもしれない。まるで、先祖の霊に取り憑かれているかのように。見方によっては、「私たち」は、解放＝救済を求めた先人たちの願いを継承する形で、この地上に生まれてきたと言えるかもしれない。「私たち」の願望自体が、歴史的に育まれてきた文化、「空気」の中で形成されているわけですから。

ぼくらには、ぼくらに先行したあらゆる世代とひとしく、〈かすか〉ながらもメシア的な能力が付与されているが、過去はこの能力に期待している。この期待には、なまなかにはこたえられぬ。歴史的唯物論者は、そのことをよく知っている。

「ぼくら」という言い方が少し気になりますが、これは、一昔前の左翼文学青年風の言い回しで、別に、原文のドイツ語で特殊な代名詞が使われているわけではありません。ここで唐突に「メシア的（能）力 eine messianische Kraft」という言葉が出て来るので、面喰う人もいるかもしれません。なぜ「ぼくら」のような普通の人間に「メシア的な能力」が？という疑問が湧いてきます。

無論、イエスが起こした奇蹟の力のようなことを言っているわけではありません。『翻訳者の課題』にも、「メシア的」という形容詞が出てきたことを覚えていますか？　ベンヤミンの「メシア的」というのは、超自然的なものを指しているわけではありません。この場合は、先ほどお話ししたことの延長で、忘れ去られつつある過去の出来事に索引を付け、意味付与することを通して過去を救済＝解放する能力と考えればいいのではないか、と思います。訳文でも、〈かすか〉にというところが強調されていますね。原語は、「弱い」という意味の〈schwach〉で、イタリックになっています。聖書で言われているような文字通りの意味で、歴史を終焉させる能力などありませんし、私たち一人ひとりには、「歴史」全体に意味を付与して救済することなどできそうにありません。だから、そもそも有るのかないのか分からないくらい

「かすか」なんです。多分、私たちのほとんどはその能力を自覚的には使っていないでしょう。それにベンヤミン自身も言っているように、この能力を行使して欲しいという「過去」の期待に応えるのは難しい。そのことを「(歴)史的唯物論者」はよく分かっているというわけですが、「史的唯物論者」というのは一体どういう人でしょう？　通常の意味での「史的唯物論者」でないことだけははっきりしていると思います。何故かと言えば、この人物は、「過去」に目を向け、救済しようとしているからです。通常の意味の「唯物史観」は、進歩史観であるがゆえに未来志向であり、(もはや実在しない)「過去」を救済するなどという発想はしません。

第一テーゼでは、「自動人形＝史的唯物論」が登場しましたけど、「史的唯物論者」はそれとどういう関係にあるんでしょう。この段階ではまだ確定的なことは分かりませんが、自動人形の勝利を無邪気に信じているような感じはしませんね。過去の期待に応えるべく、「メシア的力」を発揮するのが難しいことをよく分かっているわけですから。あるいは、「自動人形」がいつでも「勝つ gewinnen」ことになっているという時の「勝つ」の意味を、「メシア的力」の意味に合わせて再解釈した方がいいかもしれません。つまり、階級闘争のような実力行使だとか理論戦だとかで勝つということではなく、忘却の力に打ち勝って、忘れ去られつつある「過去」を「歴史」の中に登録し、救済への願いを次の世代へと継承させることに成功する、というようなことかもしれない。

こうした「過去」の「救済」という視点に立つと、第三テーゼも分かりやすくなります。

第三テーゼ──「年代記作者 Chronist」と「歴史家 Historiker」

さまざまな事件を、大事件と小事件との区別なく、ものがたる年代記作者が、期せずして考慮にいれている真理がある。かつて起こったことは何ひとつ、歴史から見て無意味なものと見なされてはならない、という真理だ。

ここは少し訳語を変えた方がいいかもしれません。「事件」というと、何か特別の変わった出来事だけの話をしているように聞こえますが、原語は〈Ereignis〉で、基本的には「出来事」という意味です。「かつて起こった」というところで使われている「起こる sich ereignen」という再帰動詞は、この〈Ereignis〉の動詞形です。「年代記作者 Chronist」というのは、起こった出来事を年代順に記録し、年代記あるいは年表を作成する人のことですね。「無意味な」というところも、内容的には間違っていないかもしれませんが、原語では〈verloren〉という単語が使われています。英語で言うと〈lost〉、「失われた」です。その二点を踏まえて、原文にもっと忠実に訳し直すと、

大きなことと小さいことを区別することなく、出来事を語り伝える年代記作者は、そのことによって、ある真理を考慮に入れている。かつて起こったいかなることも、歴史から失われてしまったものと見なされるべきではない、という真理だ。

となります。年代記作者＝史的唯物論者は、王侯貴族とか英雄、偉大な学者のやった行為や、革命とかクーデターなどの大事件だけに、「歴史」を構成する「意味」があるわけではなく、あらゆる出来事が歴史を構成する意味連関の一部になっている、と考えます。たとえ、忘れ去られるようなことがあっても、完全に失われてしまうということはない。何らかの形で他の出来事に微かに繋がっていて、「メシア的力」を発揮すれば、その出来事の意味を救済できるかもしれない。普通の意味での「年代記作者」というのは、単に何年に何があったと記録するだけなので、歴史的に重要な諸事件を意味付けし、相互に関連付けて体

系的に記述する「歴史家 Historiker」に比べて創造性があまりなくて、格が低いような感じがしますが、ベンヤミンのこの文脈ではむしろ、大きい小さいの差別をしないで淡々と記録していく「年代記作者」の方が、「救済」に貢献している、と言えるかもしれません。

たしかに、人類は解放されてはじめて、その過去を完全なかたちで手に握ることができる。いいかえれば、人類は解放されてはじめて、その過去のあらゆる時点を引用できるようになる。人類が生きた瞬間のすべてが、その日には、引きだして用いるものとなるのだ――その日こそ、まさに最終審判の日である。

ここで「解放」と言われているのも、〈Erlösung（救済）〉です。「救済」と、「過去」の関係がだんだんはっきりしてきましたね。「人類」が「救済」されるということは、自分の過去の意味をはっきり把握できるようになるということです。「人類」全体が「救済」された状態になると、過去の出来事の全てが「索引」に登録されているので、どの瞬間のどの出来事も自在に引用し、（再）現前化することができるわけです。

「引きだして用いるもの」という部分は、原語は〈citation à l'ordre du jour〉というフランス語になっています――ドイツの思想家や作家にはフランス語が好きで頻繁に使う人が多いですが、ベンヤミンは特にそうです。〈citation〉は、英語にも同じ綴りの単語がありますが、「引用」という意味です。この言葉には、法律用語として「召喚」、軍隊用語として「表彰」という意味もあります。そうした意味合いも込めて使われているのではないかと思います。〈l'ordre du jour〉という部分も多義的です。〈ordre〉の方は、英語の〈order〉とほぼ同じで、「順番」あるいは「秩序」という意味、〈jour〉の方は、「日」、〈day〉の意味です。〈l'ordre du jour〉は熟語で、「議事日程」という意味と、「(現在)話題になっている」あるいは「流行っている」という意味です。こういう風にいろいろな意味が含まれているので、このフランス語の熟語を使ったのではないかと思います。「人類の歴史」全体が「救済」されることによって、「過去」に様々な人々が生きたあらゆる「瞬間」を、順番に従って＝その場での話題とすべく、「引用」すること、言い換えれば、順繰りに再現＝「召喚」し、(その功績を)「表彰」することが可能になる、というわけです。

それが可能になる「日」が、キリスト教で言うところの「最後の審判の日」だというわけです。「最後の審判」を表わすドイツ語の言い方はいくつかありますが、ここで使われているは、〈der jüngste Tag〉、文字通り訳すと、「一番若い日」です。通常のキリスト教の教義では、「最後の審判の日」には、これまで地上に生を得た全ての人が蘇り、その全ての行動が神によって審判されるとされていますが、ベンヤミンはこれを、過去のあらゆる「瞬間」が生き生きと引用されることが可能になり、過ぎ去った全ての「瞬間」「出来事」が、救済＝解放された歴史の中で意味を与えられることと解釈しているわけです。

無論、極めて現実的なことを言えば、タイムマシンがあるわけでもないのに、文書や映像などの記録が残されているわけでもない過去の全ての瞬間をそのまま再現することなど無理なわけですが、『翻訳者の課題』で見たように、「神の記憶」のような高次の領域に記録されていたら、何とか引き出すことができるかもしれません。それが、ベンヤミンの言う「メシア的力」なのでしょう。いずれにしても、過去の全ての瞬間を救済するというからには、そうした意味での神学的次元を想定することが必要になるでしょう。

こういう風にベンヤミンの思考は、「唯物史観」と言いながら、だんだん神学的な救済史観に近づいていきます。ベンヤミンは恐らくそれを確信犯的にやっているのでしょう。後でもう少しはっきりしてきますが、「唯物史観」は、その時々の勝者＝支配者に寄り添い、「現在」を肯定する歴史観になってはならず、どうしても公式の歴史の記録に残らない人たち、瞬間、出来事などに「索引」を付けて、生き生きと引用できるようにしなければならない。既にこの地上から消え去ったもの、その存在意義が理解されることのなかった〝もの〟たちまで救済＝解放しようとすると、どうしても、現在の〝我々〟の目には入って来ないもの、見えないものを、公平な目で見渡すことのできる神のようなまなざしが必要になる。「唯物史観」に、「現在」を越えた視点を要求すると、否定したはずの「神学」に再接近していく。

第四テーゼ――「繊細な精神的なもの feine und spirituelle Dinge」

第四テーゼに行きましょう。最初に、ヘーゲルの書簡から取った「題辞」がありますね。哲学・思想書をよく読まれるのならご存知だと思いますが、「題辞」というのは、これから書く文章を、要約あるいは暗示しているように見える、先人の警句的な文章の引用です。

まず、食物と衣類を求めよ、そうすれば、神の国はおのずから、きみたちのものとなるだろう。

これは、有名な新約聖書の「マタイによる福音書」に出て来る「山上の垂訓」のパロディですね。六章の三一節に、「何を食べようか、何を飲もうか、あるいは何を着ようか、と思い煩うな」と、物質志向を否定する台詞があります。そのすぐ後、三三節に、「まず神の国と義を求めなさい。そうすれば、全てのものは添えて与えられるだろう」、と続きます。それを逆転しているわけですね。唯物論のマルクスが観念論のヘーゲルを転倒したという話は有名ですね。ベンヤミンは一応、「唯物史観」ですが、ここまで述べてきたように、中身的には、かなり神学に再接近しています。再転倒させるつもりかもしれない。ヘーゲルの引用の「食べるもの」や「飲むもの」は、マルクス主義で言うところの物質の象徴と考えればいいでしょう。

マルクスに学んだ歴史家は、つねに階級闘争を見失うことがないが、階級闘争とは、繊細な精神的なものの不可欠の前提である粗笨《そほん》な物質的なものをめぐっての、闘争である。とはいえ、階級闘争のなかにも、繊細な精神的なものは登場するし、それも、勝利者の手にころげこむ戦利品のイメージとして登場するのではない。

普通のマルクス主義ですと、宗教、文化、芸術は上部構造にすぎず、本体はつねに下部構造である生産様式だ、という話になります。それからすると、「繊細な精神的なもの feine und spirituelle Dinge」には大した意味はないはずです。「粗笨な物質的なもの」の原語は、〈die rohen und materiellen Dinge〉です。〈roh〉の方は「粗い」という意味です。〈Ding〉は英語の〈thing〉と同じです。「精神的な」という意味で通常使われるドイツ語の形容詞は〈geistig〉ですが、これはゲルマン系の言葉なので、〈materiell〉と語尾の平仄が合わなかったので、ラテン語系の〈spirituell〉を使ったのでしょう。〈geistig〉と〈spirituell〉は大体同じ意味ですが、後者には「宗教上の」という意味もあります。ゲルマン系の語で「宗教上の」という意味を出そうとすると、〈geistig〉と同根だけど、少し違った語形の〈geistlich〉を使わねばなりません。これも語尾が合わないですね。ベンヤミンは、こういう表現上の効果に拘る人です。

「物質的なもの」が「粗く」て、「精神的なもの」が「繊細」だという対比になっている点が重要です。明らかに、「精神的なもの」を高く評価する言い方ですね。しかも、階級闘争の歴史に「繊細な精神的なもの」に固有の場があるという。あまり〝唯物史観〟らしくない発想ですね。しかも、それは階級闘争に勝利した者を称える「戦利品 Beute」としての登場ではないという。いきなり「戦利品」という言い方が出て来るのは唐突な感じがしますが、もう少し後で、どういう文脈での「戦利品」なのかもっとはっきりしてきます。

それらのものは、確信や勇気やユーモアや智慧や不屈さとして、この闘争のなかに生きている。のみならず、それらのものの影響力は、さかのぼって、はるかな過去の時代までおよぶ。それは、支配者たちがこれまでにつかんだ勝利という勝利に、くりかえし、疑問を投げかけずにはおかない。

「確信」「勇気」「ユーモア」「智慧」「不屈さ」などをベンヤミンは、階級闘争に登場する「繊細な精神的なもの」と見ているわけですね。「確信」「勇気」「不屈さ」であれば、被支配階級の戦士に似合っているような感じもしますが、「知恵」となるとやや微妙ですね。「知恵」の原語は〈List〉で、これは「理性の狡知」という時の「狡知」に当たります。ずるがしこいような感じです。「ユーモア Humor」となると、あまり実践と関係なさそうですね。政治的な議論に「ユーモア」を交えると、左翼の人に「不真面目だ！」、と叱られそうですね。「ユーモア」というと、何となく文学的な感じがしますが、実際、シェイクスピア（一五六四－一六一六）など、英国の古典文学の重要な技法とされています。ドイツ文学では、古典期のジャン・パウル（一七六三－一八二五）という作家がユーモア論を書いていますし、初期ロマン派も、アイロニーと並ぶ重要技法として強調しています。

そうした「ユーモア」を含む「繊細な精神的なもの」が、階級闘争に影響を及ぼしているというわけです。現在では、バフチン（一八九五－一九八〇）のカーニヴァル的な笑いの理論とか、柄谷行人さん（一九四一－　）の『ヒューモアとしての唯物論』（一九九三）とか、中沢新一さん（一九五〇－　）が『始まりのレーニン』（一九九四）で論じたレーニンの笑いをめぐる議論のように、「唯物論」と「笑い」

や「ユーモア」を結び付ける議論はそれほど珍しくなくなっていますが、四〇年代には、かなり斬新だったと思います。普通のマルクス主義が、「ブルジョワ的だ！」と言って嫌いそうな「精神的」要素を、ベンヤミンは評価しようとするわけです。

それらは、勝利者の勝利に疑問を投げかける役割を果たす、というのです。支配をめぐる闘いに勝利した者は、自分の側に正義があったから勝ったのだ、これから自分が歴史を導き、新しい社会規範を作るのが当然だ、と考えがちです。自己正当化し、反省しなくなりがちです。「繊細な精神的なもの」は、そうした勝利者の「勝利」の意味を問い直す、反省へと誘う働きをするわけです。単に力ずくで勝っただけなのではないか？　勝利の過程で、多くの人を犠牲にしてしまったのではないか？　勝利したように見えて、実際には、自分たちが真に求めていたものから遠ざかっているのではないか？　勝利によって自分たちは幸福になったのか？……等々。

花が太陽のほうへかしらを向けるように、過去は、ひそやかな向日性によって、いま歴史の空にのぼろうとしている太陽のほうへ、身を向けようとつとめている。あらゆる変化のうちでもっとも目だたないこの変化に、歴史的唯物論者は、対応できなければならない。

「過去」というのは、原語では〈das Gewesene〉です。分かりやすい日本語が他になかったので、野村先生は「過去」と訳されたのでしょうが、そう訳してしまうと、大事なニュアンスが失われてしまうかもしれません。この〈das Gewesene〉というのは、英語のbe動詞に当たるドイツ語の〈sein〉の過去分詞形〈gewesen〉を名詞化したものです。〈been〉を無理に名詞にしたような感じです。だから、純粋な過去というよりは、「〜しつつある（こと）」とか「〜になっている（こと）」というような、現在完了形的な意味の単語です。しかも、この〈gewesen〉という綴りには、「本質」を意味する〈Wesen〉という単語が含まれています。これは単なる偶然、ダジャレではなくて、両者の間には語源的な繋がりがあります。ヘーゲルやハイデガーは、これを利用して哲学的言葉遊びをやっています。「〜しつつあること das Gewesene」の内に「存在＝有ること（sein）」の「本質 Wesen」が「ある」、というような感じで。特にハイデガーはかなりしつこく、この言葉遊びを使っています。ドイツ語には〈-wesen〉関連の単語がたくさんあります。そこに「臨在する」とか「居合わせる」という意味の〈anwesen〉という分離動詞があります。名詞の〈Wesen〉には、「〜な存在」「〜なもの」というような意味があり、そこからの派生語として、「生命体」を意味する〈Lebewesen〉などがあります。ハイデガーはこういうのをいろいろ組み合わせて、哲学的言葉遊びをします。

そういうニュアンスを何とか出すように訳し直すとすると、「過去となりつつ有るものは……太陽のほうへ、身を向けようとつとめている」、という感じになるでしょうか。ただ、ここでは単純に、「有ったもの」くらいでもいいかもしれません。ドイツ語に関する細かい話をしますと、ドイツ語では現在完了が次第に「過去」の意味で使われるようになっており、現代では、本来の過去形に取って替わりつつあります。一般的に、現在完了を多用する傾向は南ドイツに強く、北ドイツでは本来の過去形を使う傾向が強いとされています。南ドイツでも、フランスやスイスに近い西南ドイツ、シュヴァーベン地方あたりでは、文全体に音楽的イントネーションを付けながらゆっくりと後ろに引き延ばすように発音する傾向があります。そして、現在完了形の文章で文末に来る――ドイツ語の現在完了、過去完了では過去分詞は文末に来ます――過去分詞の最後から二つ目の音節にアクセントを付けます。その音節を、単に強く発音するだけでなく、長く、少しずつ高い音になっていくように発音します。〈gewesen〉が出てくる現在完了形だったら、〈we-〉がそういう風に発音されます。ヘーゲルもハイデガーもシュヴァーベン人なので、〈ge**we**sen〉を独特の仕方で発音していたと想像できますが、ベンヤミンはベルリン生まれなので、〈gewesen〉にさほど拘っていなかったかもしれません。

本文の解釈に話を戻しましょう。「太陽」というのが、何を指しているのかやや曖昧ですが、私は、歴史全体を照らし出すメシア的な光のようなものを指しているのではないか、と思います。［太陽＝勝利の光］、という解釈の可能性もあると思いますが、それだと「ひそやかな向日性 ein Heliotropismus geheimer Art」とか、「もっとも目だたないこの変化 diese unscheinbarste von allen Veränderungen」といった表現にうまく合わないですね。「勝利者の輝き」に合わせるんだったら、人目につくようにあっさりと変化してもいいはずですから。つまり、「過去にあったもの」たち、過去のあらゆる瞬間、出来事が、メシア的な光によって救済＝索引化されようとして、その光の方に向かってちょっとずつ方向を変えつつ、ということを言っているわけです。その変化は微妙で分かりにくいけれど、「史的唯物論者」はそういう微細を見極めることができる人だというわけです。『翻訳者の課題』で、真の翻訳者は、「純粋言語」を志向する諸言語の変化を捉え、それを再現できる人だという話が出てきましたが、それとパラレルですね。言語を、「過去にあったもの」「出来事」に置き換えれば、ここでの議論になりますね。

このように説明すると、「それは史的唯物論者の主観的な見方ではないか？」、という疑問を持たれるのではないかと思いますが、ベンヤミンは、「過去にあったもの」がちょっとずつ微細に変化しているという前提で話を進めていきます。歴史家の主観の変化で、過去に新しい光が当たるというのであれば、「唯物史観」とは呼べないでしょうね。あくまで「物」に拘ろうとするわけです。第五テーゼに行きましょう。

第五テーゼ――「過去の真のイメージ das wahre Bild der Vergangenheit」

過去の真のイメージは、ちらりとしかあらわれぬ。一回かぎり、さっとひらめくイメージとしてしか過去は捉えられない。認識を可能とする一瞬をのがしたら、もうおしまいなのだ。「真実はぼくらから逃げ去りはしない」——というゴットフリート・ケラーのことばは、歴史主義の歴史像において歴史的唯物論に叩きのめされてしまう箇所を、ぴたりと指している。

ここで少し現実的な議論になっていますね。先ほどから、過去のあらゆる瞬間を救うという話が出ていますが、実際には、もはや痕跡も残っていないものを捉えることはできません。そこで「過去の真のイメージ das wahre Bild der Vergangenheit」は、「ちらりとしかあらわれない＝さっと通り過ぎる vorbeihu-schen」、と断っているわけです。現われるのは、「過去」そのものではなくて、その「真のイメージ」で、しかもそのイメージは一瞬で消えて行く。特定の視角から見た時に、過去は一瞬だけ見えるけど、その「イメージ」を固定化して、私たちが持っている〝歴史〟の全体像の中で意味付けしようとしたら、それは既に偽りのイメージになっている。これは表象＝再現前化された「像」は、常にズレを含んでいるという、現代思想でお馴染みの議論を、ベンヤミン流に表現したものだと考えればいいでしょう。

ゴットフリート・ケラー（一八一九－九〇）は、スイスのドイツ語で書く小説家で、『緑のハインリッヒ』（一八五四－五五、七九－八〇）という教養小説で有名です。文学史的には、市民的リアリズムの作家とされています。そのケラーが「真実はぼくらから逃げ去りはしない」と言ったわけですが、そういう考え方は、「史的唯物論」によって「叩きのめされる」ことになる、というのです。つまり、史的唯物論は、「真実はすぐに逃げ去る」という前提に立つ、ということです。「歴史主義 Historismus」という言葉はいろんな意味で使われますが、この場合は恐らく、人間の行為の意味連関として歴史を捉え、その中の個々の出来事の意味を解釈によって客観的に抽出し、再構成することができる、とするディルタイ的な立場を念頭に置いているのではないかと思います。ベンヤミンの言う「史的唯物論」は、出来事の意味を客観的に捉え、固定化することができるとするような見方を粉砕する、というわけです。

なぜなら、過去の一回かぎりのイメージは、そのイメージの向けられた相手が現在であることを、現在が自覚しないかぎり、現在の一瞬一瞬に消失しかねないのだから。

「イメージの向けられた相手が現在であることを、現在が自覚しない」というのは分かりにくい言い方ですね。まず「過去の一回かぎりのイメージ」が、「現在」に対して「向けられている」、ということの意味を考えてみましょう。「向けられている」の原語は、『翻訳者の課題』でも出てきた〈meinen〉です。日本語で「向けられている」という言い方をすると分かりにくくなりますが、要は、「過去の真のイメージ」は、「現在」に対して一瞬だけ示されるということです。言い換えると、「過去の真のイメージ」が、私に対して現われるとしても、それは「現在」という瞬間に位置する〝私〟に対してだけ示されるのであって、次の瞬間には、それは「過去の真のイメージ」ではなくなっている、ということです。次の瞬間にはその瞬間に対応する「過去の真のイメージ」がある。「過去の真のイメージ」は、瞬間瞬間に変動する。そのことを「現在」にある「私」が全然自覚していなかったら、「私」は、「過去」についての歪んだイメージを「真のイメージ」と思い込み続けることになり、「真のイメージ」の瞬間的な現われは、「私」から失われてしまうことになる。

歴史学の方法論についての本を読んでいると、「過去」というのは、あくまでも「現在」に生きる個々の歴史家のその都度の関心を反映した視点から再構成されるものであって、そうした「現在」との関わりを超越した、「真の過去」などないのだ、というような話が出てきますね。基本的にはそれと同じことだと思っていいかもしれませんが、そこを短絡的に理解すると、「私」の主観次第でいかようにも過去をイメージできるかのような話になってしまいがちです。ベンヤミンは、そういう主観的・恣意的な話ではなくて、「過去」のある瞬間と、「現在」という瞬間の間には必然的な繋がりがあり、その繋がりに基づいた「真のイメージ」が一瞬だけ現われるのだ、と強調しているわけである。

通常の意味での唯物史観に基づく歴史研究だと、「私」たちの理性が発展するにつれ、階級支配のためのイデオロギーや虚偽意識を次第に克服し、「過去」の真の姿に限りなく近づくことができる、と想定されます。ベンヤミンの「唯物史観」は、そうした考え方を否定し、「過去の真のイメージ」は瞬間的にしか現われない、という前提に立ちながら、その瞬間を、あるいは、その瞬間に現われたものを、あるがままの形で書きとめようとする。それらの「書きとめられた瞬間」の間に無理やり線を引いて、統一的な歴史の流れをねつ造しようとはしない。個々の「現われの瞬間」をひたすら丹念に記録し続ける。そうやって記録し続けている間に、記録された瞬間同士の間に、記録者の意図を越えた意味連関が見えてくるかもしれない。『パサージュ論』は、まさにそれを試みた仕事です。

第六テーゼ――危機の瞬間にひらめく「回想＝記憶 Erinnerung」

第六テーゼでは、「過去」の瞬間的な現われと、「歴史」の関係について、より詳細に論じられています。

過去を歴史的に関連づけることは、それを「もともとあったとおりに」認識することではない。危機の瞬間にひらめくような回想を捉えることである。歴史的唯物論の問題は、危機の瞬間に思いがけず歴史の主体のまえにあらわれてくる過去のイメージを、捉えることだ。

またドイツ語的に細かいことを言いますと、「過去」と訳されているのは、正確には「過ぎ去ったもの

Vergangenes」です。「関連づける」という部分の原語は、〈artikulieren〉です。英語にも〈articulate〉という動詞がありますね。元の意味は、単語の各音節を分けて、はっきり発音するということです。もう少し説明すると、ぐちゃぐちゃと口ごもるのではなく、一つひとつの音節が相手に分かるように発音する、ということです。そこから、曖昧だったものをはっきりと表現するとか、混沌としているものを区別するとかいった意味が派生します。哲学とか社会理論の用語として使われる時は、ある概念を他の概念とうまく区分けする、あるいはその逆に、うまく接合する、といった意味に使われます。「分節化する」とか「接合する」といった訳語が当てられます。この場合は、「過ぎ去ったこと」を、「歴史」の連関の中に、他の出来事とうまく接合するように位置付けるというような感じでしょう。そういう意味で、「過ぎ去ったもの」を、歴史の中に関連付けるということは、単に「もともとあった」状態を再現することではないとベンヤミンは言っているわけですが、これは、歴史学でよく言われてそうなことですね。

では、どういうことをするのかというと、危機＝危険（Gefahr）が生じた瞬間に、主体の前にひらめく「回想＝記憶 Erinnerung」を捉える、ということです。この場合の「危険」は、必ずしも、大災害とか戦争、飢餓といった大事件のことではないでしょう。具体的にどういう事態を指しているかは、このすぐ後の箇所に出ています。「記憶」の方も、各個人が具体的に自分の身にふりかかった出来事としてはっきり記憶していることというよりは、連続する歴史の中に埋没してしまって、あるかないか曖昧模糊とした半ば無意識化された記憶のようなものではないか、と思います。「危険」の瞬間に、そういう「記憶」が浮上してくることがあるので、それを捉えるのが「史的唯物論」だというのです。

危機は現に伝統の総体をも、伝統の受け手たちをも、おびやかしている。両者にとって危機は同一のものであり、それは、支配階級の道具となりかねないという危機である。どのような時代にあっても、伝統をとりこにしようとしているコンフォーミズムの手から、あらたに伝統を奪いかえすことが試みられねばならぬ。

ここから分かるように、「危険」というのは、「伝統 Tradition」及びその受け手を脅かす「危険」・「伝統」が支配階級の道具になってしまいかねない「危険」です。つまり、「伝統」が、現在の支配階級を正当化するのに都合いいように捻じ曲げられてしまうということですね。「コンフォーミズム」というのは、「体制順応的な態度」という意味です。「コンフォーミズム」によって捻じ曲げられそうになる時、過去についての本来の「記憶」がふ〜っと浮上してくるかもしれない。その瞬間をしっかり捉えることで、「コンフォーミズム」に抗い、本当の「伝統」を奪い返そうとするのが、史的唯物論者である、ということになるでしょう。

メシアはたんに解放者として来るのではない、かれはアンティクリストの征服者として来るのだ。過去のものに希望の火花をかきたててやる能力をもつ者は、もし敵が勝てば〈死者もまた〉危機にさらされる、ということを知りぬいている歴史記述者のほかにはない。そして敵は、依然として勝ちつづけているのだ。

「解放者」というのは、ドイツ語では〈Erlöser〉です。「救い主」ということですね。「アンティクリスト（反キリスト）Antichrist」というのは、大体想像つくと思いますが、キリストのように見えて実は人々を迷わせ、悪に導く存在です。新約聖書の「ヨハネの第一の手紙」の二章で、終わりの時に「反キリスト」が現われるとされています。メシアが単に「救済者」として来るのではなく、「反キリスト」の「征服＝

克服者 Überwinder」として来るというのは、単に罪を許し癒してくれるのではなくて、歴史や伝統を捻じ曲げ体制順応させようとする力（=反キリスト）と闘い、克服することで、「記憶」を救出するということを強調しているのでしょう。［キリスト⇕反キリスト］という神学的対立構図と、「支配階級⇕史的唯物論者=歴史記述者（Geschichtsschreiber）」という準・唯物史観的対立構図が重ね合わせられているわけですね。「〈死者もまた auch die Toten〉危機にさらされる」というのは少し分かりにくいかもしれませんが、先ほどお話しした、最後の審判の時に死者が蘇るというイメージを利用して、歴史の捻じ曲げによって死者に対して不正が成されるということを暗示しているのではないかと思います。

ユダヤ=キリスト教の神学では、人間の始祖の堕落以来、神と悪魔（サタン）の間で、人間の魂をめぐる闘いの歴史が繰り広げられているということになっているわけです。マルクス主義はそれを支配階級と被支配階級の間の闘争の歴史として読み替えるわけですが、ベンヤミンはそれを更に、歴史を捻じ曲げて支配の道具にしようとする支配者たちと、そこから過去のあらゆる「瞬間」を解放=救済しようとする史的唯物論者の間の争いへとシフトさせているわけです。

最後の「敵は依然として勝ち続けている dieser Feind hat zu siegen nicht aufgehört」というのは、意味深ですね——原文に忠実に訳すと、「この敵は勝利することを止めていない」です。少なくとも現状では、歴史を階級支配のために利用する力の方がまだ強いということですね。第一テーゼで、自動人形=史的唯物論と小人=神学のペアは必ず勝てると言っていたのと矛盾しているような気もします。この点については、二通りの解釈ができると思います。一つは、自動人形と小人には勝つ能力があるはずだけれど、今のところ、その能力を本格的に発揮していないので、当面の階級闘争で負け続けている、という解釈。現実の歴史を変えられるような実力があるのだとすれば、その内に本気を出して、一発逆転するかもしれません。もう一つは、現実的に見れば負けているとしか言えないけれど、自動人形+神学、もしくは史的唯物論が、過ぎ去った過去の記憶を保持し、記録し続けていること自体が〝勝利〟である、という解釈です。その場合、現実の闘いで負けているからこそ、歴史の敗者の視点に立って、過去を救済できる、ということになるでしょう。後者の解釈を取る方がベンヤミンらしくなりますが、この後のテーゼで、SPDのコンフォーミズムを批判したりしているので、現実の勝ち負けを問題にしている可能性も排除し切れません。

第七テーゼ――「文化財 Kulturgüter」

第七テーゼに行きましょう。

フュステル・ド・クーランジュは、ある時代を追体験しようとする歴史家に向かって、その後の歴史の経過として知られるいっさいのことを、あたまから払いおとしておけ、と勧めている。このような手口こそ、歴史的唯物論がそれときっぱり手を切ったものだ。それは感情移入という手口であって、それは精神の惰性をみなもととしている。

フュステル・ド・クーランジュ（一八三〇-一八八九）は、フランスの有名な歴史学者で、彼の『古代都市』（一八六四）は、古代人の宗教や儀礼についての議論でよく引き合いに出されます。ここでベンヤミンが問題視しているのは、歴史家がある出来事を観察するに際して、その後の歴史の経緯についての予備知識は一切忘れて、当事者に「感情移入 Einfühlung」して、その当事者の視点から見るべきだとする見解です。これまでの話からすると、ベンヤミンは歴史の当事者たちに感情移入することを奨励しそうな感じもしますが、そうではないわけですね。むしろ、それは精神の「惰性 Trägheit」だとして否定しています。どうして、「感情移入」がいけないのか？　感情移入が惰性的だというのは、どういうことか？

惰性的な精神は、ちらりとひらめく真の歴史のイメージを捉えるだけの気力をもたない。(…)この精神になじんでいたフローベールは、「カルタゴをよみがえらせるには、どれほどのかなしみがなければならなかったか、悟る人は少ないだろう」、と書いている。このかなしみの本性をいっそう明らかにするためには、歴史主義の歴史記述者はいったい誰に感情移入しているのか、という問いを提起してみればよい。かれは明らかに勝利者に感情移入しているのだ。

フロベール(一八二一-八〇)が、フランスの自然主義の作家だということはご存知ですね。日本では、『ボヴァリー夫人』(一八五七)や『感情教育』(一八六九)などの同時代に舞台設定した恋愛物で有名ですが、第一次ポエニ戦争後のカルタゴを舞台として設定した『サランボー』(一八六二)という歴史小説も書いています。サランボーは、ハンニバル(紀元前二四七-一八三頃)の姉、ハミルカル・バルカ(?-紀元前二二九/二二八)の娘で、カルタゴに対して反乱を起こした傭兵部隊の指導者と恋愛関係になる、という設定になっています。ベンヤミンが引用しているのは、フロベールが作家仲間であるエルネスト・フェドー(一八二一-七三)宛の一八五九年十一月二十九日付の書簡で、『サランボー』を書く過程での苦労について述べている文脈で出てくるフレーズです。ローマに敗れて歴史の舞台から消えていったカルタゴを作品の中で復活させるには、滅んでいった者の悲しみを知らねばならないわけですが、フロベール自身も、歴史主義の歴史記述者たちと同様に、「惰性的な歴史」に慣れているので、悲しみを知ることが難しい。「惰性の歴史」とは「勝利者の歴史」であり、多くの歴史家は暗黙の裡に「勝利者 Sieger」に「感情移入」してしまっているということです。というか、戦争や対立が終わった後で、歴史を書き残し、後世に伝えるのは基本的に勝利者なので、「当事者に感情移入すること=勝利者に感情移入すること」になってしまうわけです。

無論、敗れた側に感情移入する人もいるでしょうが、その場合の〝敗者〟というのは少なくとも、歴史に名を残すことができた人たちです。跡形もなく亡ぼされた人たちや、支配者に抵抗してあっという間に討伐された一般民衆については、その痕跡がないのですから、感情移入しようがありません。

しかし、いつの時代でも支配者は、かつての勝利者たち全体の遺産相続人である。したがって勝利者への感情移入は、いつの時代の支配者にも、しごくつごうがよい。これだけいえば、歴史的唯物論者には、十分だろう。こんにちにいたるまでの勝利者は誰もかれも、いま地に倒れているひとびとを踏みにじってゆく行列、こんにちの支配者たちの凱旋の行列に加わって、一緒に行進する。行列は、従来の習慣を少しもたがえず、戦利品を引き廻して歩く。戦利品は文化財と呼ばれている。

支配者が勝利者たちの「遺産相続人」である、というのは分かりやすいですね。当然、具体的に金銀財宝や王朝のようなものを継承するということだけではなく、ある民族が他の民族を征服して言語や文化、宗教、儀礼などを押し付けることによって出来上がった支配体制を、その支配的民族の子孫が継承するとか、資本主義的な統治体制がその時々の指導的なブルジョワジーによって継承されていくとか、一般的・抽象的な意味での継承も含めて考えるべきでしょう。そういう勝利者＝支配者（の先祖）に感情移入して歴史記述するということは、支配者の「凱旋行列」に加わることを意味します。「史的唯物論者」はそういうことを分かっているはずだ、というわけです。

そうした前提で、「文化財 Kulturgüter」は、「戦利品」だと断言しているわけです。具体的には、中近東や南アフリカを植民地化したヨーロッパ人たちが、原住民の文化を象徴するような「財」を本国に持ち帰り、博物館に展示したりすることを思い浮かべると、分かりやすいと思います。同じ国や地域に限っても、様々な敵を制圧して支配者になった者たちは、自分の勝利の栄光を称えるような芸術作品を作らせ、それをその国や時代の「文化」を象徴する「財」として通用させようとします。そう考えたら、私たちが文化財、文化遺産としてありがたがっている〝もの〟のほとんどは、流血の暴力闘争、敗者の文化を否定する抑圧的な支配を間接的に証明していると言えます。ベンヤミンにはいかにも文人っぽいイメージがありますが、「文化財」として通用しているものに対してはそういう批判的なまなざしを向けているわけです。

支配者たちはしかし、歴史的唯物論者という、距離を保った観察者がひかえていることを覚悟しておくがよい。じっさい、この観察者が展望する文化財は、ひとつの例外もなく、戦慄をおぼえずには考えられないような由来をもっているではないか。それは、その存在を、それを創造した偉大な天才たちの労苦に負っているだけでなく、作者たちと同時代のひとびとのいいしれぬ苦役にも、負っているのだ。それは文化のドキュメントであると同時に、野蛮のドキュメントでもある。

通常のマルクス主義では、「史的唯物論者」は階級闘争に積極的に参入し、活動する実践家とイメージされがちです。ベンヤミンは敢えて、「距離を取った傍観者 ein distanzierter Betrachter」と言っているわけです。「距離を取って観察している」だけだと、現実を変革することなどできそうにないという気もしますが、ベンヤミンは距離を取っているからこそ、「文化財」の背後に、多くの支配されている人たちの苦役、野蛮な暴力支配があることを見抜くことができると主張しているわけです。「史的唯物論者」は、支配者寄りになりがちの既成の文化観・歴史観から距離を取り、「文化財」という「物」に野蛮の記録が刻み込まれていることを客観的に観察できる存在です。

そして、それ自体が野蛮から自由ではないように、それがひとの手から手へつぎつぎと渡ってきた伝達の過程も、野蛮から自由ではない。だから歴史的唯物論者は、できるかぎりこのような伝達から断絶する。かれは、歴史をさかなですることを、自己の課題とみなす。

先ほどお話ししたように、「文化財」それ自体が野蛮な暴力によって生み出されたわけですが、それはそれらの「財」の起源にのみ関わる話ではなく、それらが人々の間で伝達もしくは伝承（Überlieferung）されてきた過程も問題だ、というのです。これは、単に権力闘争やクーデターなどを通して、「財」の所有者・管理者が移り変わるというだけのことではなく、その「財」についての文化史的な意味付けの問題も含んでいると思います。例えば、大昔の戦争や英雄を描いた絵画・彫刻、文学作品などは、現在の支配者の権威とはあまり関係ないように思えるかもしれませんが、それらの作品をどのように意味付けるかで、支配者にとって好都合になったり不都合になったりします。例えば、昔の戦争を描いた文学作品を、現在の政党・党派間の争いを連想させるような仕方で解釈すれば、勝利者に見立てられる側に極めて好都合なわけです。そこまで露骨でなくても、過去の栄光の時代を現在に重ね合わせるような美的表象が流通するだけで、支配者には有利になります。

通常の「歴史（記述）」はいずれにしても支配者に都合良く書き換えられているので、「史的唯物論者」はその流れと断絶し、逆撫でしなければならない、というわけです。

第八テーゼ――「非常事態 Ausnahmezustand」、カール・シュミットとファシズム

ここまで、かなり抽象的かつ寓意的な議論が続いたわけですが、次の第八テーゼは、ベンヤミンの同時代の歴史に引き付けた議論になっています。

> 被抑圧者の伝統は、ぼくらがそのなかに生きている「非常事態」が、非常ならぬ通常の状態であることを教える。ぼくらはこれに応じた歴史概念を形成せねばならない。このばあい、真の非常事態を招きよせることが、ぼくらの目前の課題となる。それができれば、ぼくらの反ファシズム闘争の陣地は、強化されるだろう。

キーワードは「非常事態 Ausnahmezustand」ですね。「例外状態」と訳すこともできます。「非常事態」というのは外国との全面戦争とか革命、クーデター、大災害など国家の存続を揺るがすような事件が起って、軍隊や警察によって市民生活がコントロールされるような状態のことですね。戒厳令が敷かれたりするわけです。通常の議会政治では決定に時間がかかって危機に有効に対処できないので、権力を掌握した者が、国会や内閣の通常の機能を停止し、自分の下に権限を一元化する状態であるとも言えます。

「例外状態」という言い方をすると、ナチス政権に仕えたことで悪名が高いドイツの法哲学者・憲法学者のカール・シュミット（一八八八―一九八五）のことを思い起こされる方も少なくないでしょう。彼は、「主権者は例外状態において決定を下す」とする例外状態論や、「政治的存在としての国民は、自らの危険において、自らの決定によって友・敵を区別することを避けるわけにはいかない」という友／敵論で有名ですね。いずれも、なんとなく危なそうな感じのする議論ですね。実際、二〇世紀前半のドイツ思想史では、シュミットはハイデガーと並んで、「危ない思想家」の双璧扱いを受けています。ベンヤミンはその

危ないシュミットの本をかなり読んでいて、『ドイツ悲劇の根源』を彼に恵贈していたことが知られています。政治的立場は違っていても、「政治」や「法」の本質をめぐるシュミットの洞察に影響を受けたということでしょう。シュミットは「敵」、つまり「左」の立場の人から高い評価を受けることが意外と多いです。現代思想だと、ポスト・マルクス主義のヘゲモニー論や闘技的民主主義論で知られる、ベルギー出身の政治哲学者シャンタル・ムフ（一九四三－　）が、シュミットが民主主義の闘争的な性格を見抜いていたことを高く評価しています。

〝危ないシュミット〟の思想が影響力を持った背景として、世界で最も民主的な憲法であると言われたワイマール憲法の下での共和制が機能不全に陥ったということがあります。前回、ワイマール共和制はＳＰＤを中心とする三党体制で出発したという話をしましたが、その後、ＫＰＤなどの左派や、ナチスを含む各種の右派政党が台頭してきて、小党乱立的な状態になっていきました。安定した多数派を背景にした内閣を組織することが難しくなりました。マックス・ウェーバーや、法実証主義の究極の形態とも言うべき純粋法学の理論家として知られるハンス・ケルゼン（一八八一－一九七三）などはワイマール共和制がスタートした早い時期に、代議制民主主義は、いろいろな対立する利害関係の代表が集まって、それぞれの立場を主張するので、誰もが納得のいく国民全体の合意を得るのが難しくなること、「指導者」が一定の役割を果たすべきことを強調しました。そして、二〇年代後半以降、実際、政党間の対立間が激化し、「指導者」が求められるようになったわけです。

そこで、シュミットの例外状態論や、友／敵論が出て来るわけです。シュミットは、代議制民主主義という制度は、利害が異なる人たちが存在するので、お互いの自由を尊重するという自由主義的な原理と、民主主義的な集団決定の原理という、二つの異質な原理を無理に合成したものなので、うまく行かないと言い切ります。そこが、たとえ矛盾を抱えていても、代表として選出された政治家たちの指導力で乗り切るべきだと考えるウェーバーやケルゼンと違います。シュミットによれば、「民主主義 Demokratie」の本質は、支配者と被支配者の同一性にあります。つまり、民衆が政治に参加して自分の意見を言うことが重要なのではなくて、むしろ、被支配者としての民衆と、実際に支配している権力者が同一＝友であるということです。同一というのは、大ざっぱに言って、同じ価値観、意見を持っていることだと解することができます。国民を構成する民衆が完全に〝同一〟だとすれば、誰が支配者になっても大きな問題はないわけです。その同一性を生み出すべく、主権者は「友」と「敵」を分けるわけです。つまり、「我々は〇〇という同一性を有する国民である」と決定し、その〇〇を共有しない人たちを「敵」として排除し、「民主主義」を実現するわけです。シュミットに言わせれば、独裁と民主主義は矛盾しません。

「例外状態」において——いかなる制約も受けることなく——決定を下すことが主権の本質であるというシュミットの、いわゆる決断主義的な議論には、実は憲法上の根拠があります。シュミットは元々憲法学者です。ワイマール憲法には、大統領（Reichspräsident）が「例外状態」において、大統領緊急令の発令、憲法の一時的停止、武力行使などの大権を行使することができるという規定があります。ドイツ帝国の元帥だったヒンデンブルク（一八四七－一九三四）が、SPDのエーベルトの後、第二代の大統領（一九二五－三四）を務めていた時期には、小党乱立で議会がしょっちゅう混乱し、大統領の大権がしばしば発動され、議会の頭ごしに首相が任命されることがありました。最終的にヒトラーが首相に任命され、ヒンデンブルクの死後は大統領も兼ねて総統＝指導者（Führer）となり、議会を停止します。そして、民族の同一性に基づく帝国の建設を目指すわけです。シュミットの議論はそうした政治の現実に対応していたわけです。

ベンヤミンの第八テーゼに話を戻しましょう。支配者側——具体的には、ファシズム側——は「例外状態＝非常事態」における主権の行使ということを言うけれど、抑圧されている者にとっては、その「例外状態」が当たり前になっている、という話ですね。暴力によって一方的に支配され続けている者にとっては、自分たちを守ってくれない憲法や法律などなきに等しいわけです。これは比較的分かりやすい理屈だと思います。そのことに対応するような歴史概念、つまり、弱者にとって抑圧が恒常化し、通常状態になっていることを反映する歴史概念を（再）構築したうえで、「真の例外状態 der wirkliche Ausnahmezustand」を招き寄せねばならない、と主張しています。

「真の例外状態」というのは大体想像つきますね。ナチスは、ワイマール憲法に基づいて「例外状態」を宣言して、権力を全面的に握ったけれど、被抑圧者にとっては権力の頂点が変わっただけで、理不尽な支配を受け続けていることに変わりはない。自分たちは、そうやって権力のやりとりをしている抑圧者たち全てを没落させ、抑圧や歴史の歪みに終止符を打つ「真の例外状態」を生み出さねばならない、と言っているわけですね。「過去の救済」という寓意的な話と、反ファシズム闘争＝弱者解放という現実的な話が重ね合わせられているわけですね。

次の箇所で、歴史の「進歩」に対するベンヤミンのスタンスと、通常のマルクス主義者のそれとの違いが出ているので、重要だと思います。

> ファシズムに少なからぬチャンスをあたえているのは、ファシズムの対抗者たちが、歴史の規則としての進歩の名において、ファシズムに対抗していることなのだ。ぼくらが経験しているものごとが二〇世紀でも「まだ」可能なのか、といったおどろきは、なんら哲学的では〈ない〉。それは認識の発端となるおどろきではない。もしそれが、そんなおどろきを生みだすような歴史像は支持できぬ、という認識のきっかけとなるのでないならば。

ベンヤミン自身も当然ファシズムの対抗者であるわけですが、彼は、他のファシズム対抗者たち、恐らくＫＰＤやＳＰＤ、リベラル派の知識人などが、「歴史の規則 eine historische Norm」としての「進歩 Fortschritt」という概念を前提にしていることを問題視しているわけです。歴史の敗者、忘れ去られた者たちの視点に立とうとするベンヤミンに言わせれば、ファシズムに対抗しようとする人たちが、「歴史は――無敵の自動人形のように――進歩し続けていくはず」という前提で議論するのは、敵の土俵で勝負するようなものなので、勝てるはずはない、ということです。進歩を前提にしたファシズム批判というのは、恐らく、「生産力の発展の法則に基づいて、歴史は不可避的に社会主義に向かっているが、古い生産体制にしがみついている連中が抵抗勢力としてのファシズムの権化になっている」とか、「ドイツは、西欧世界の中で進歩に遅れを取っているから、残存している非合理的な部分が反乱を起こしている」というようなタイプのものでしょう。そういう発想は暗に、自分たちの方が本当は進歩しているはずなので、いつか勝ち組になれるということ、そして、世界は基本的には良い方向に向かっていて、抑圧や不正は少なくなり、社会は平和になっているということを含意しています。そういう風に考えているとすれば、反ファシスト派が勝利した時に抑圧する側に回るかもしれませんし、そこまで行かなくても、「進歩」から取り残され、歴史の廃墟に埋もれている人たちのことに気付かないかもしれない。

そうした進歩史観の人たちからすると、ナチスがやっているユダヤ人迫害や侵略戦争は、文明の正常な進歩から大きく逸脱した野蛮、「例外状態」に見えてしまう。しかし、ベンヤミン自身が提唱する真の史的唯物論の視点――「歴史」には、現在の我々の目にははっきりと映らないものがあるはずだという視点――に立って見れば、ナチスがやっていることは、決して本当の「例外」とは言えない。これまで継続してきた敗者に対する抑圧が、表面化しただけのことのようにも思える。しかし、反ファシズム闘争をやっているＳＰＤや進歩的知識人たちは、進歩史観の土俵に乗ってしまっているせいで、ナチスのやっていることの本当の意味を理解できない。「今までなかったことだ」「人類の進歩からして、こんなことがなぜ起きるのだろう？」と感じてしまう。ベンヤミンは、そんな見方をしている限りダメだということを言っているわけです。

ベンヤミンからしてみれば、「ナチスが政権をとることは野蛮だ。こんなことが二〇世紀でもまだ（noch）可能なのか？」、と戸惑ってしまうのは、進歩史観の発想です。普遍的進歩を信じているから、それからの逸脱にびっくりしてしまうわけです。それは哲学的な驚きではない。何故ここで、「おどろき Staunen」が「哲学的」だとかいう話が出て来るのかというと、ギリシア以来、哲学の始まりは、〈thaumazein 驚くこと〉である、という考え方があるのを念頭においているわけです。「驚き」は哲学の始まりだと一般的に言われているけれど、「何故、二〇世紀にこんな野蛮が？」、という驚きは全然哲学的ではない。そうした「驚き」は、反ファシストのつもりになっている人たちの偏見の〝証明〟にすぎない、と。当然、そんな進歩史観を前提にした「驚き」は、唯物史観的な認識とは関係ない。ただし、その進歩史観的な「驚き」を通して、「そんなことに驚いてしまうような歴史像は支持できない」、という認識が生まれてきたとしたら、それは逆説的に、哲学的な歴史認識の発端になった、と言っていいかもしれない。これは皮肉ですね。

文明の歴史は基本的には「野蛮」と「抑圧」の歴史であり、ナチスだけが異常に野蛮であるわけではないし、そう思って安心すべきでないというのは、初期フランクフルト学派のアドルノやホルクハイマー（一八九五―一九七三）も主張していることです。

第九テーゼは、『歴史の概念について』の中で一番有名なテーゼです。ベンヤミンの思想が、このテーゼに集約されていると言っても過言ではないでしょう。モチーフになっているのは、スイスの画家パウル・クレー（一八七九―一九四〇）の作品「新しい天使 Angelus Novus」です。寓意的に描かれた――タイトルがないと、「天使」というよりむしろ、悲しき怪物のように見えてしまう――左右の目が微妙に違う方向を指している――天使の絵です。ベンヤミンの解説本によく掲載されます。ベンヤミンはこれを購入し、個人的に所有していました。亡命中も手元から離さなかったそうです。

最初にモットーとして、ゲルハルト・ゲルショム・ショーレム（一八九七―一九八二）の詩「天使のあいさつ Gruß vom Angelus」が引用されていますね。ショーレムは、カバラなどのユダヤ神秘主義の研究家で、ベンヤミンと親しい関係にあり、ベンヤミンの死後、遺言によって「新しい天使」を譲られています。ショーレムとベンヤミンと「新しい天使」の関係は、先ほど触れた徳永恂さんの『現代思想の断層』でも触れられています。徳永さんはイスラエルを訪れた時に、ショーレムと連絡を取って、彼の家にあるはずの「新しい天使」を見せてもらおうとしたのだけど、その時はショーレムが重い病の床に就いていてダメだったと書かれています。

第九テーゼ――「歴史の天使 der Engel der Geschichte」

第九テーゼは、「新しい天使」についてのベンヤミンの解釈です。

それにはひとりの天使が描かれており、天使は、かれが凝視している何ものかから、いまにも遠ざかろうとしているところのように見える。彼の眼は大きく見ひらかれていて、口はひらき、翼は拡げられている。歴史の天使はこのような様子であるに違いない。かれは顔を過去に向けている。

ベンヤミンは、［新しい天使＝歴史の天使 der Engel der Geschichte］と解釈しているわけですね。「天使」の「歴史」に対するまなざしを論じているわけですが、そもそも「天使」のまなざしを論じることにどのような意味があるのか？　ヨーロッパの中世哲学に、「天使」をめぐる問題があったことはご存じですね。ベンヤミンは、必ずしも、中世哲学の延長で天使を論じているのではないでしょうが、神と人間の中間的な存在としての「天使」について考えているのは間違いないでしょう。天使は創造主である神ではないので、全能ではない。この世界の全てを思い通りにコントロールすることはできない。しかし、人間と違って、地上の自然法則に縛られていない。翼を持ち、天空にあり、地上を見下ろしている、というイメージがそれを象徴しています。何ものにも遮られることのない上空から、人間の目には見えないものも見ることができる。その天使が「顔を過去に向けている」というのは、これまでのテーゼで示唆されてきた、人間たちが忘却し、もはや再現できなくなった「過去」のあらゆる瞬間を見ている、という意味に解釈できます。細かいことですが、「顔」の原語は日常的に使われている〈Gesicht〉ではなく、〈Antlitz〉という雅語的な言葉です。神学的な文脈で、「神の顔」などと言う時に使われます。日本語で言うと、「かんばせ」というような感じです。

ぼくらであれば事件の連鎖を眺めるところに、かれはただカタストローフのみを見る。そのカタストローフは、やすみなく廃墟の上に廃墟を積みかさねて、それをかれの鼻っさきへつきつけてくるのだ。

「カタストローフ Katastrophe」は、英語にもほぼ同じ単語がありますが、「破局」とか「破滅」という意味ですね。私たち人間は、様々な（大きな）出来事の連鎖として歴史を見るわけですが、上空から見ている天使の目には、むしろ「破滅」によって瓦礫のようなものが積み重なっている光景のようなものだけが映っている。「歴史の天使」にとって、「歴史」は「進歩」の歴史ではなく、破壊の連鎖なのです。「歴史」が先に進むことによって、だんだんと素晴しいものが実現しつつあるわけではない。廃墟の上に廃墟が積み重ねられていき、その上に今の人間から見て美しいものが、たまたま乗っかっているだけにすぎない。「天使」というと、神が約束する幸福な未来へと導いてくれそうなイメージがありますが、ベンヤミンの「歴史の天使」は、過去における様々な破壊、野蛮、抑圧を凝視し、それらの廃墟の上にあるものとして「現在」を見ているのです。我々にはその全体像が見えないので、歴史が良い方に進んでいるように見えてしまうのです。

たぶんかれはそこに滞留して、死者たちを目覚めさせ、破壊されたものを寄せあつめて組みたてたいのだろうが、しかし楽園から吹いてくる強風がかれの翼にはらまれるばかりか、その風のいきおいがはげしいので、かれはもう翼をとじることができない。強風は天使を、かれが背中を向けている未来のほうへ、不可抗的に運んでゆく。その一方ではかれの眼前の廃墟の山が、天に届くばかりに高くなる。ぼくらが進歩と呼ぶものは、〈この〉強風なのだ。

天使は万能な存在ではないわけですね。歴史の廃墟に留まり、破壊されたものをもう一度組み立て直し、忘れられた死者たちを「救済」したいと思っているようだけど、歴史の廃墟の中に降りてくることはできない。「進歩」の強風に逆らうことはできず、否応なく、「未来」へと運ばれていく。強風が「楽園 Paradies」から吹いてくるというのが少し気になりますね。方向からすると、歴史の「始まり」にあったと想定される楽園、エデンの園のことでしょう。「エデンの園」から歴史が始まったというのは分かりますが、何故、「強風（嵐）ein Sturm」がそこから吹いてくるのか。「進歩」を、「強風」で譬えること自体は、分かりやすいですが。私の解釈では、「楽園」を追放された後、人間たちは単に追い出されただけでなく、神あるいはサタンによって追い立てられ、一カ所に留まることは許されず、どんどん先へ進んでいかざるを得なくなっている、ということかもしれない。あるいは、実際には、神が追い立てているというよりも、歴史の終わりに「楽園」に復帰したいという我々自身の欲求によって急き立てられているのかもしれない。いずれにしても天使は、過去に直接手を触れ、再現することはできないわけです。神の代理として人間を導いているというよりは、ベンヤミンの言う「史的唯物論者」のように、歴史の流れを変える実力はなくて、ただただ見ているだけの存在です。

第十テーゼ——惰性的思考

第十テーゼに行きましょう。

僧院の規則は僧たちに瞑想の対象を指示するが、それらの対象の任務は、世間や世間のいとなみにたいして僧たちを冷淡にさせることだった。ぼくらがここですすめようとする考察も、ある意味でこれと似た意向から発している。それは、ファシズムの敵対者たちが期待をかけていた政治家たちが、地に倒れたのみならず、俗世の政治的行動者を、あの政治家たちによってかぶせられた網から解放することを意図するものなのだ。

いきなり「僧院の規則」の譬えが出て来るので、少し面喰いますね。ポイントは、世間でのアクチュアルな出来事に対して「冷淡にさせる」、ということです。「冷淡」の原語は〈abhold〉で、冷淡というよりは、「嫌う」くらいの強い感じです。「ぼくらがここですすめようとする考察も、ある意味でこれと似た意向から発している」、という文から分かるように、ベンヤミンは、この僧院の規則の譬えで、自分が『歴史の概念について』を書いている意図を明らかにしているわけです。

反ファシズム闘争にコミットするベンヤミンが、世間（Welt）の出来事に冷淡になるよう勧めるのは妙な感じもしますが、よく考えてみると、この『歴史の概念について』自体がアクチュアルな政治から遊離した、歴史の本質をめぐる観念的な考察になっているわけです。ベンヤミンは、そうした現実から一歩引いた、ある意味修道僧的な考察が必要である、と言っているわけです。何故なら、これまで反ファシズム闘争をリードしてきた人たちが、先ほど見たように、ベンヤミンから見て進歩史観＝非唯物史観的で、コンフォーミズム的な立場を取っていたからです。そういう、反ファシズム陣営に支配的だった歴史観から距離を取るために、ベンヤミン自身がここでやっているような「歴史」についての哲学的見直しが必要だと言っているわけです。

この考察の基礎となるのは、あの政治家たちのかたくなな進歩信仰と、いわゆる「大衆的基盤」へのかれらの信頼と、そして最後に、コントロールのきかぬ機構のなかへ奴隷的にはまりこむかれらのありかたとは、同じことがらの三つの面だったということである。この考察は、ぼくらの惰性的な思考が生みだす歴史像が、ぼくらをどんなにひどい目にあわせることになるかを明らかにしようとするものであって、あの政治家たちがいまだにしがみついているような歴史像とは、どんなふうにであれ、お手々をつなぐことをのぞまない。

従来の反ファシズム陣営が抱える問題として、進歩史観と並んで、官僚機構への関与や、「大衆的基盤」の信頼が挙げられています。ベンヤミンは、都市表象分析系の仕事では、大衆に信頼を寄せているようにも見えますが、ことここに至ってはそれと逆に見える立場を表明しているわけです。彼がここで問題にしているのは、進歩によって大衆が自動的に目を覚まし、革命勢力に与することになる、というような楽観論でしょう。

また少しだけドイツ語訳に関する細かい問題を言いますと、最後の文の訳は、全体としては合っていると思いますが、原文から少しずれています。原文は、〈Sie sucht einen Begriff zu geben, wie teuer unser gewohntes Denken eine Vorstellung von Geschichte zu stehen kommt, die jede Komplizität mit der vermeidet, an der diese Politiker weiter festhalten.〉です。〈Sie sucht einen Begriff zu geben,〉という最初の部分が、「〜かを明らかにしようとするもので（ある）」に相当します。〈wie teuer〉から次のコンマまでが、〈wie teuer A B zu stehen kommt（AがBにとってどれだけ高くつくか）〉という間接疑問構文になっています。Aが〈unser gewohntes Denken（私たちの惰性的な思考）〉で、Bが〈eine Vorstellung von Geschichte（一つの歴史観）〉です。「私たちの惰性的な思考」が、「一つの歴史観」にとって高くつくわけです。分かりやすくするために少し補うと、「私たちの惰性的な思考に従い続けることが、（ベンヤミンが求める）歴史観の探求にとって高くつく」ということでしょう。〈die jede Komplizität mit der vermeidet, an der diese Politiker weiter festhalten〉は、この「一つの歴史観」にかかる関係文です。〈Komplizität〉は、野村先生が「お手々をつなぐ」と訳している単語ですが、これは現代思想系の文章では「共犯関係」と訳される単語です。それを踏まえて訳し直すと、

この考察は、あの政治家たちがいまだにしがみつく歴史像とのいかなる共犯関係も回避する（新しい）歴史像にとって、私たちの惰性的思考がいかに厄介なものであるかを明らかにしようとするものである。

「惰性的思考」がベンヤミンの求める真の唯物史観にとってひどい障害になっているので、それを振り切

るための思考法を模索しているということですね。

第十一テーゼに移りましょう。

第十一テーゼ——労働・技術・自然

社会民主党のなかに最初から巣喰っていたコンフォーミズムは、党の政治的戦術にのみならず、経済的観念の数かずにも、まつわりついている。これがのちの崩壊の一因である。ドイツ労働者階級を腐敗させたものは、ほかの何にもまして、自分たちは流れに乗っているという考えだった。かれらは技術の発展を、自分らが乗っていると信じた流れの経路と見なしていた。ここから、技術的進歩の線上にある工場労働を政治的成果とみなす幻想までは、ただの一歩だった。

これは、先ほどから問題になっていた「コンフォーミズム」と、「進歩主義」の相関関係についての分析です。技術の進歩によって工場労働の生産性が上がり、それによって労働者の生活が若干なりとも向上していることを、労働組合やＳＰＤが、自分たちの運動の政治的成果だと見なし、その流れ（Strom）に乗り続けようとすることを問題視しているわけです。そういう見方をしているのであれば、当然、その生産体制を守りたくなる。そこから、革命的闘争を避けて、体制順応（コンフォーム）しようとする態度が生まれてくる。これは、日本の左翼運動でもお馴染みの問題ですね。労働者の生活が良くなると、どうしても労働運動は非戦闘的になる。そこで、「騙されるな！」と言う人たちが出て来る。ただその「騙されるな！」には、二通りの意味が考えられます。「本当の進歩でないので、騙されるな！」、という意味と、「進歩の先にユートピアがあるという幻想に騙されるな！」という意味です。ベンヤミンははっきりと、第二の意味で「騙されるな！」という態度を取り、それを「歴史」哲学的に根拠付けようとしているわけです。

古いプロテスタント的な労働のモラルが、かたちを世俗的なものに変えて、ドイツの労働者たちのもとで、めでたくよみがえることとなった。ゴータ綱領は、すでにこのような錯誤の形跡をとどめている。それは労働を「あらゆる富と文化の源泉」と定義しているのだ。

「古いプロテスタント的な労働のモラル」というのは、ウェーバーの『プロテスタンティズムの倫理と資本主義精神』（一九〇四–〇五）を念頭に置いているのでしょう。プロテスタンティズム的な勤勉さ、労働を善きものとする考え方が、先ほど言った、社会主義系労働者運動に見られる、「労働生産性の向上を通しての進歩」を守ろうとする考え方に通じているという指摘ですね。プロテスタント的労働のモラルと、社会主義・労働者運動のそれとの間に連続性があるわけです。

その連続性を生み出すうえでポイントになったのが、「ゴータ綱領」だということです。これは、前回少し触れたように、一八七五年にＳＰＤが結党された際に綱領として採択されたものです。マルクスはこの内容に不満で、有名な『ゴータ綱領批判』（一八七五）を書いています。

これに不吉な予感をおぼえたマルクスは、これにたいして、「自己の労働力以外の財産を所有しない人間は、有産者になりあがった他人たちの、奴隷たらざるをえない」、と反論した。それにもかかわらず、錯誤はさらに四方八方へひろがり、ややのちにはヨーゼフ・ディーツゲンが、「労働は新時代の救世主である。……労働の改善こそが富であって、それこそが、いままでどんな救い主もなしとげなかったことを、いまやなしとげることができるのだ」、と表明するにいたる。

このベンヤミンによる引用から分かるように、マルクスは、（資本主義的な労働市場で評価される）「労働」のみを価値の源泉と見なす、「労働価値説」に対して批判的に距離を取っていたわけです。最近では、いろんな人が指摘していることですが、「労働価値説」はマルクス主義が生み出した学説ではなく、むしろアダム・スミス（一七二三－九〇）に始まる古典派経済学に由来する考え方です。マルクスは、スミス的な「労働価値説」を根底から批判するために『資本論』（一八六七）を書いた、とさえ言うことができる。労働が価値の源泉であると言いながら、実際には、市場での交換価値が支配的になっていて、現実に「労働」している労働者は困窮している、これはおかしい、という問題意識がマルクス主義の原点です。マルクス主義は、「労働」が価値の源泉としての本来の位置を取り戻すことを目指している、と見ることもできるわけですが、そうではなくて、マルクスは労働と価値の関係についての幻想を打ち破り、古典派経済学の理論的基礎を解体しようとした、と解釈する人も少なくありません。『ゴータ綱領批判』では、共産主義の初期段階では、「能力に応じて働き、働きに応じて受け取る」のではなく、最終段階では「能力に応じて働き、必要に応じて受け取る」ようになるはずだとして、労働能力の評価による差別がなくなることも示唆しています。ポストモダン系のマルクス解釈は、この点を強調する傾向が強いですね。ベンヤミンも、そういう解釈をしているわけです。

ただ、そうは言ってみても、実際には、「労働価値説」がいつのまにかマルクス主義の中心的教義のようになっている。そうした転倒のせいで、マルクス主義を含む社会主義運動全体が、［技術の進歩→労働生産性の向上→労働者の所得の上昇→社会主義者の管理機構への参与→コンフォーミズム］という方向に流れている、という分析をしているわけです。ここに出てくるヨーゼフ・ディーツゲン（一八二八－

八八）は、ドイツの労働・社会主義運動の初期の理論家でマルクスやエンゲルスから影響を受けているものの、彼らとは少し異なる、独自の弁証法的唯物論哲学を展開したことが知られています。「社会主義者鎮圧法」で厳しい取り締まりを受けたことなどもあって、八〇年代半ばにアメリカに移住して、活動を続けています。このディーツゲンのように、「労働」の改善による富の増加が「救世主 Erlöser」であるとする考え方が、マルクス主義を歪めた、と言っているわけです。

ベンヤミンは更に、こうした「技術至上主義」的な見方と非常に親和性がある、と言っています。

そこには、のちにファシズムのなかに現われることになる技術至上主義《テクノクラシー》の特徴のいくつかが、すでに顔を見せている。たとえば自然概念はこの種の特徴のひとつだ。それは、三月革命以前の社会主義ユートピアにおける不吉な対照をしめす。労働は、要するに自然の搾取だと理解されており、そしてひとびとは、自然の搾取をプロレタリアートの搾取とは反対のものと見なして、素朴に満足している。

ナチス研究でよく言われることですが、ナチスは決して単純にゲルマン的な太古に回帰するという思想ではありません。ナチスがあれだけ強大な勢力になり、ごく短い期間とはいえソ連を除くヨーロッパの大部分を支配下に置くことができたのは、人種主義的進化論によってゲルマン民族至上主義を疑似科学的に正当化したことに加え、科学技術の最新の成果を、軍事や産業振興政策、統治に積極的に取り入れたからだとされています。大衆動員のために、ラジオ、映画などの新しい技術を使ったメディアの特性をよく理解し、効果的に使った話は、表象文化論やメディア論でよく引き合いに出されるのでご存知だと思います。次回のテーマである「複製技術」を使った「芸術」の政治性をめぐる問題です。アウシュヴィッツのガス室も、毒ガスの実験のための施設です。オウム真理教が使った毒ガス・サリンが元々ナチスのものだったというのは有名な話ですが、化学・生物兵器など当時の先端技術を応用した兵器を開発していた。世界最初の弾道ミサイルＶ２の使用も有名ですね。つまりナチスは技術至上主義的な面を持っており、技術の発展を民族の優越性の証と見ていたわけです。そういう傾向が、ゴータ綱領やディーツゲンなど、社会主義運動のかなり早い時期に「すでに顔を見せている」というわけです。

「三月革命以前」というは、世界史の教科書で言えば、「二月革命」より以前というのとほぼ同じことです。フランスで二月革命があった一八四八年には、それと連鎖するようにヨーロッパ各地で、民衆の革命的蜂起が起こります。ドイツ諸邦でそういう動きが拡がったのが一カ月遅れの三月だったので、ドイツ史では「三月革命」と言うわけです。革命運動の掲げた要求は国ごとに違っていて、ドイツ諸邦では、ドイツ統一と自由が掲げられ、ハプスブルク朝オーストリアが支配する東欧地域では、民族独立が要求されました。ナポレオン後のウィーン体制をリードしていたオーストリアの宰相メッテルニヒ（一七七三―一八五九）は退陣を余儀なくされました。マルクスとエンゲルスがロンドンで『共産党宣言』を出したのもこの一八四八年の二月です。

その三月革命の前後で「自然概念」が変化したというわけですが、どう変わったのか？「労働は、要するに〜」というのは、三月以降の話です。三月以降は、「自然の搾取」と「プロレタリアートの搾取」が対立関係にあるものと見なされるようになった。つまり、プロレタリアートを階級的な搾取（Ausbeutung）から解放するには、「自然」からもっと搾り取ること、つまり自然の資源を使って生産力を上げねばならない、という技術至上主義的な考えが優勢になり、自然との共存ということが軽んじられるようになった、ということです。技術の進歩によって、「自然」からどんどん遠ざかるのも仕方ない、という発想ですね。このテーゼの最後の文が印象的ですね。

ディーツゲンの表現でいえば、自然は「無料でそこにある」というわけだ。

技術至上主義や進歩史観の浸透で、「自然」をただで利用できる資源としてしか見なくなった、ということです。ベンヤミンは、自然を道具扱いする、俗流唯物論を批判しているわけです。現在では、初期マルクスの精神に立ち返って、自然からの疎外を克服し、自然との共存を図ることが労働者の解放に不可欠だ、とする環境社会主義の発想は結構当たり前になっていますね。でも、そういう考えがマルクス主義陣営から生まれてきたのは、社会主義とは全く別個にエコロジー運動が台頭し、マルクス主義陣営としても環境問題に対する自分たちの態度を理論化せざるを得なくなった一九七〇、八〇年代になってからの話です。ベンヤミンは大戦中に既に、史的唯物論にとっての「自然」という問題について考えていたわけです。

第十二テーゼ――「解放の仕事 das Werk der Befreiung」

第十二テーゼになると、ＳＰＤに対する批判がより鮮明になります。

歴史認識の主体は、戦闘的な被抑圧階級そのものである。マルクスにあってはこの階級は、ついに奴隷たることをやめて復讐する階級、幾世代の敗者の名において解放の仕事を完成する階級として、登場する。こういった意識は、『スパルタクス』においてもう一度しばらくは強められたことがあるが、社会民主党にとっては不愉快なものだった。

一見すると、通常のマルクス主義の主張のようですが、「幾世代の敗者の名において im Namen von Generationen Geschlagener」「解放の仕事 das Werk der Befreiung」をするというところに注目して下さい。被抑圧階級の闘士たちは、現在の自分たちだけを解放するのではなく、「過去」を背負っていて、新たな歴史認識によって「過去」をも解放＝救済しようとするはず、ということです。これまで見てきたように、過去に目を向けるところが、ベンヤミンの史的唯物論の特徴ですね。

『スパルタクス』というのは野村先生の注にもあるように、第一次大戦中に、戦争協力の姿勢を示すようになったＳＰＤ執行部に反発し、革命的マルクス主義の再建を目指して活動するようになったグループの機関誌名です。この機関誌から、グループはスパルタクス団と呼ばれたわけです。前回お話ししたように、ワイマール共和制の中心政党になったＳＰＤは、このスパルタクス団などの過激派を切り捨て弾圧し、進歩の流れに乗ろうとしたわけです。

これによって社会民主党は、労働者階級のもっとも力量のある腱を断ち切った。党に学んだ階級は、たちまち憎しみをも、犠牲への意思をも忘れ去った。なぜなら、憎しみとか犠牲への意思とかは、圧政下にあった先人のイメージによってやしなわれるものであって、子孫の解放といった観念によってやしなわれるものではないからである。

ここにもベンヤミンの過去志向がはっきり出ていますね。革命というと、未来志向で、これから生まれてくる子孫の繁栄を目指すものであるというようなイメージがありますが、ベンヤミンは、圧政下にあった先人たちの間で培われた「憎しみ Haß」や「犠牲への意思 Opferwille」を忘れてはならない、ということですね。そうした「過去」を忘れて、妙に未来志向になると、体制順応の方向に行ってしまう。

第十三テーゼ――「均質で空虚な時間 eine homogene und leere Zeit」

第十三テーゼでも、ＳＰＤに見られる進歩思想が批判されています。具体的には、①人類それ自体の進歩、②完全性に向けての人類の無限の進歩、③決まったコースを通って進んでいく必然的な進歩――の三つの側面があるとして、それら全てに異論の余地があるとしています。それらの進歩観念は、「均質で空虚な時間 eine homogene und leere Zeit」の中で歴史が進行していくというイメージと結びついているとも述べています。物理学的な時間イメージに慣れている我々は、「時間」が単調に等間隔で流れていくのは当然であり、個々の瞬間には何の特性もないと思いがちですが、ベルクソンは、そうした「均質で空虚な時間」観を批判し、（物理的量に還元できない）時間経験の内的な質を問題にしたことが知られていますが、ベンヤミンも同じ様な考え方をしているわけです。要は、歴史は均質的な時間の中で、まるで基本的な物理法則に従う物体の運動のように、単調で機械的に進行しているわけではなく、各瞬間に固有の意味があるということです。

第十四テーゼ――「今の時〈Jetztzeit〉」

第十四テーゼは、そうした「均質で空虚な時間」観の批判から始まっています。

歴史という構造物の場を形成するのは、均質で空虚な時間ではなくて、〈いま〉によってみたされた時間である。だからロベスピエールにとっては、古代ローマは、いまをはらんでいる過去であって、それをかれは、歴史の連続から叩きだしてみせたのだ。フランス革命はローマの自覚的な回帰だった。それは古代ローマを引用した――ちょうど、流行が過去の衣装を引用するように。流行は、アクチュアルなものへの嗅覚をもっている。たとえアクチュアルなものが、「昔」というジャンルのなかの、どこかをうろついていようとも。

〈いま〉の原語は、〈»Jetztzeit«〉です。これは一種のベンヤミンの造語で、ベンヤミンの歴史概念の特徴を論ずる際のキーワードの一つになっています。一種の造語というのは、〈Jetztzeit〉という単語は一応ありますが、これは基本的に「現代」という意味で、ここでベンヤミンが使っているように、「今」という瞬間を強調する意味では使われません。「今」、つまり英語の〈now〉に当たるのは、〈-zeit〉の部分を取った〈jetzt〉です。〈Zeit〉は「時間」という意味です。ベンヤミンの〈Jetztzeit〉を無理に日本語にすると、「今の時」という感じになります。実際、そう訳す場合が多いです。

「今の時」だと抽象的すぎて分かりにくそうですが、要は、先ほどからの進歩史観批判、均質的時間批判の議論の文脈から想像がつくように、（普遍的発展法則に従う）歴史の連続性、因果法則の連鎖から切り離された「瞬間」、それ固有の絶対的な意味を持った「瞬間」というようなニュアンスを帯びた概念です。ベンヤミンの主張からすれば、連続性自体が虚構である訳ですから、切り離されたというより、連続性の幻影から解き放たれ、（単なる物理的点に還元することができない）その真の姿、真の意味が明らかになる、という感じかもしれません。当然、第二テーゼから第五テーゼにかけての過去のあらゆる瞬間を索引化し、救済するという議論と関係します。それぞれの瞬間が、かけがえのない「今の時」であって、因果法則に従って均質的に進行していく時間の一コマではないのです。中世の神学では、そういう歴史の流れを超越したものとしての個々の瞬間を、〈nunc stans（静止せる今）〉と呼んでいました。それの世俗化されたヴァージョンだと見ることもできます。そうした、それぞれ固有の意味を持った「今の時」によって歴史は構造化されているわけです。ベンヤミンはここで、「構造物 Konstruktion」という言葉を使っていますが、当然、これは特定の普遍的法則によって単一的に構造化されているわけではなく、それぞれが固有の意味を持つ無数の「今の時」が相互に結び付いて、複雑な構造を形成している、という感じでしょう。

ロベスピエールと、古代ローマの関係が急に出てきますが、ロベスピエール（一七五八―九四）が古代ローマの共和制を理想とし、ローマを再現しようとした、という話をしていることは分かりますね。「今をはらんでいる過去 eine mit Jetztzeit geladene Vergangenheit」というのがやや分かりにくいですが、これは、確かに過ぎ去ったもの、過去であるのだけど、単線的な時間の流れの中の単なるヒトコマではなく、固有の意味を持った「今の時」として現前してくる、というようなニュアンスを示す表現でしょう。「ロベスピエールにとって」、と限定付きになっていることに注意して下さい。全ての人にとって、あらゆる過去の瞬間が一気に無差別に現前してくる――神ではないので、過去の全ての瞬間を一度に見渡すことはできません――ということではなくて、その人にとって、特別の意味を持った過去が、それ固有の「今の時」を持ち続けている瞬間として、現前してくるということです。ロベスピエールにとって、ローマの過去のある瞬間が特別な意味を持っていたということでしょう。

「フランス革命はローマの自覚的な回帰だった」という文は訳として少し不正確です。これだと、ローマが自覚的に回帰したみたいですが、原文は〈Die Französische Revolution verstand sich als ein wiedergekehrtes Rom〉で、フランス革命がそう自覚したという話です。だから、「フランス革命は自らを、再来したローマと自覚した」が正しいです。ローマが自分で主体的に帰ってくるのではなくて、ロベスピエールあるいはフランス革命が、ローマに索引を付けて現代へ召喚するわけです。

ここでベンヤミンは直接言及していませんが、恐らく、マルクスの『ルイ・ボナパルトのブリュメール十八日』（一八五二）を念頭に置いていると思います。ルイ・ボナパルトとは、ナポレオン三世（一八〇八―七三）のことです。「ブリュメール十八日」というのは、彼のおじさんであるナポレオン

（一七六九－一八二一）が、一七九九年のフランス革命暦ブリュメール十八日（西暦だと十一月九日）にクーデターを起こして、政権を掌握したことを指しています。ルイ・ボナパルトは一八四八年に既に大統領に当選していましたが、政敵が多くて思うように政治を行えなかったため、一八五一年十二月にクーデターを起こし、独裁権力を掌握した。その際に、おじさんのクーデター以降のフランスの栄光を思い出させるような演出をやって、共和制に不満を持っていた、ルンペン・プロレタリアートとか没落した農民など、大衆の支持を得たことが知られています。そのように栄光の過去を「再現 repräsentieren」することを通して、自分が大衆の利害を「代表 repräsentieren」しているかのように装う手法に、マルクスは階級の表象＝代表という視点から関心を持ち、詳しく分析しています。この手法のことをマルクスは、ボナパルティズムと呼んでいます。この論文でマルクスは更に、ナポレオン自身が過去の栄光に満ちた瞬間を召喚したこと、それだけでなく、過去の多くの〝革命家〟たちもまた、先行する革命を再現＝表象する手法を使ったことを指摘しています。再現の再現の再現の……再現という現代思想的な問題が含まれているわけです。一時期、柄谷行人さんたちが、ボナパルティズムにおける表象＝再現＝代表の問題をしきりと論じていました。

マルクスの議論では、過去の引用が単なる喜劇的再現であることが強調されるわけですが、先ほど読み上げた箇所から分かるようにベンヤミンは、それをもっと積極的に捉えているわけです。召喚者自身が、その過去の瞬間を、「今の時」に満たされているものとして捉え、歴史の連続体（Kontinuum der Geschichte）から叩き出し（heraussprengen）、現在のために「引用」するわけです。いわば、通常の歴史理解、歴史の因果法則として想定されるものを越えて、その過去の一点と、現在とを強引に結び付けてしまうわけです。これは、第五テーゼで、「過去の一回かぎりのイメージは、そのイメージの向けられた相手が現在であることを、現在が自覚しないかぎり、現在の一瞬一瞬に消失しかねない」と言われていたことに対応していています。現在が、その過去の「今の時」からの呼びかけを聞き取り、自らと関係付けないと、その過去はないのと同じことになってしまうわけです。

「流行 Mode」と「過去」の関係の話は、マルクスのブリュメール論文の延長で考えると、分かりやすくなります。誰かが歴史の流れを断絶し、「革命」を行おうとする時、不可避的に、何が断絶であり、何をもって新しい政治と見なすのか、という問題が浮上してきます。だから革命の指導者は、過去に革命的なことをやった人の精神を継いでいるかのように装い、自分も歴史を断絶しているふりをする。これから歴史の流れを断絶しようという人間が、過去にあったことを模倣するというのは何か矛盾しているような感じがしますが、「これまでになかったことをする」というのはなかなか想像つかないので、そういう評価を受けている先人のマネをするというのはよくあることですね。「創造性を発揮すること」を学ぶために、創造性のある人の講義を受ける人もいますね。人間は、全くこれまでになかった〝斬新なもの〟をゼロから想像することができない。だから〝斬新〟なもののモデルを、自分が知っている過去から借りてくることになる。それを新しいものに見せかけて、「今の時」が歴史から断絶しているかのように見せる。

そうした意味で、「最新の流行」は、「過去の衣装」を「引用」しようとするわけです。『パサージュ論』などの都市表象分析系の仕事では、これは重要なテーマになっています。過去に流行ったものが、もう一度注目されて再ブームになったり、当時とはちょっと違った形になって、新しいブームになる。そういう話は、最近よく聞きますね。昭和三〇年代ブームとか、八〇年代ブームとか、戦国ブーム、江戸ブーム……。もっと細かいレベルでもいろいろありますね。メイド喫茶のメイドの衣装がヴィクトリア朝時代のメイドの衣装を模倣したつもりになっているとか、東京都庁がノートルダム寺院を真似ている、とか。現代芸術でも、レトロなものをこれみよがしに取り入れて、新しく見せる手法がありますね。どうして古いものが、新しく見えるのかというと、ベンヤミンは、それを私たちの原初回帰願望、楽園志向と結びつけて説明しています。
過去のものを強引に引っ張りだしてきて、それを新しく見せて、人々の購買意欲を駆り立てる〝だけ〟の現象としての「流行」は、何か不毛な感じがしますが、ベンヤミンはそれがポジティヴに作用する可能性があることも示唆しています。

流行は、過去への、狙いをさだめた跳躍なのだ。ただしこの跳躍は、支配階級の統制下にある競技場でなされている。同じ跳躍が、歴史の自由な空のしたでなされるならば、それは弁証法的な跳躍であり、マルクスが理解した意味での革命にほかならない。

「狙いをさだめた跳躍」の原語は、〈Tigersprung〉で、文字通りには、「虎の跳躍」です。野村さんはこれを、「過去」のある時点に狙いを定め、それを歴史の連続性から切り離す、という意味に取られて、意訳されたのでしょう。私もそういう意味だと思います。この跳躍は通常、支配階級（ブルジョワジー）の支配下にあるアリーナで行われ、単なる「流行」に終わるわけですが、進歩とか歴史発展の法則に囚われない、「歴史の自由な空」の下で成されれば、弁証法的な転換をもたらす飛躍、革命となる可能性がある、というのです。単なる過去の反復が延々と続くのではなく、どこかで、単純な〝反復〟を越えた「革命」的な飛躍が起こる可能性もあるのではないか、というのは、ドゥルーズ、ガタリ、デリダなどが執拗に論じ続けたテーマです。無論、どこかの政党か文化産業が、「歴史の自由な空」というイメージを演出して、過去の反復による大衆動員を企て、それによって革命的飛躍を夢見る人たちが騙されるかもしれません。何をもって、アリーナを越えた自由な飛躍というのか、明確な基準はない。でもベンヤミンは、その飛躍の可能性を信じていたように見えますね。

残り時間も少なくなってきましたし、これまでの議論の確認的な内容も増えてきたので、少し駆け足で、第十八テーゼまで見ていきましょう。

第十五テーゼ――暦と記念日

歴史の連続を打破する意識は、行動の時機にある革命的階級に特有のものである。大革命は、あらたな暦を導入した。暦の第一日は、歴史上の、低速度撮影カメラとして機能する。そして休日というかたちで年ごとに回帰する記念日も、根本的にいえば、やはりそうなのだ。したがって暦は、時間を時計のように数えるものではない。

フランス革命の話ですね。先ほど出てきた「ブリュメール brumaire」というのは、フランス共和国暦の第二月で、西暦では十月二十二（二十三、二十四）日から十一月の二十（二十一、二十二）日に相当します。革命政府は、西暦が象徴するキリスト教的な歴史の連続性を断絶し、新たな流れをスタートさせるために、新しい暦を導入したわけです。「低速度撮影カメラ」というのは原語では、〈Zeitraffer〉です。クイック・モーションのことです。撮影の際に一秒当たりの回転数を減らし、再現する時、時間が早く進むようにすることです。ここでは、速い遅いというより、一つひとつのコマ＝瞬間に意味をもたせるような時間の表象を可能にすることが問題になっているのではないか、と思います。休日は、〈Feiertag〉で、これはむしろ、「記念日」であることを強調するために、「祝日」と訳した方がいいような気がします。「記念日」というのはまさに、過去のある瞬間を現在に引用するための装置ですね。そのように考えれば、「暦」は、時計のように機械的に時間を数えるものではなく、それぞれの日に、固有の意味を割り振る仕組みである、ということになるでしょう。

過渡ではない現在、そのなかで時間が立ちどまり停止した現在の概念を、歴史的唯物論者は抛棄することはできない。というのは、この概念がほかでもなく、かれがかれ自身の手で歴史を書いている〈その〉現在という時間を、定義するものだからだ。歴史主義は過去の「永遠の」像を提出するが、歴史的唯物論者は、過去という現に在る唯一のものの経験を、提出する。

「過渡（Übergang）ではない現在、そのなかで時間が立ちどまり停止した現在」は、第十四テーゼに出てきた「今の時」、あるいは「静止せる今」に対応しています。歴史の連続体を超越して、それ固有の意味を持つ「今の時」がなく、時間とは単に過ぎ行くものであるとしたら、「私」自身が歴史を書いている「今、この時」という地点自体が、相対化されてしまいます。歴史的事実、それらの相互連関は不動であり、その後のどの時点で書いても――データさえそろっていれば――基本的に同じ、ということになるでしょう。ベンヤミンは、そうやって、過去の「永遠」に変わらない「像」を呈示することができるかのように装う態度を、「歴史主義」として退け、それに「史的唯物論者」を対置します。「過去という現に在る唯一のもの」というのは少し分かりにくいですが、「現に在る唯一のもの」というのは、原文では〈die einzig dasteht〉という関係文になっています。「現に」を「そこに」に替えて、「唯一のものとしてそこにある（現前する）過去」と訳し直したら、分かりやすくなるでしょう。これも第五テーゼでの議論を、詳しく言い換えたものです。史的唯物論者が描こうとする「過去」の瞬間は、唯一のかけがえのないものとして、彼に対して現前する、迫ってくるわけです。

かれは、歴史主義の淫売宿で「むかしむかし」という娼婦とつきあって消耗することは、他人にまかせておく。かれは自己の力量を保ちつつ、歴史の連続を打破する。

「むかしむかし」というのは、昔話の始まりの決まり文句ですね。ドイツ語では、〈Es war einmal ～〉と言います。この言い方だと、過去のある不特定の時間に起こった出来事について話しているような感じになり、「今の時」としての唯一性が失われてしまいます。「娼婦」というのは、そういう歴史的主義的な態度は結局のところ、時の権力者に対して身売りするようなものだ、というようなネガティヴなニュアンスでしょう——『パサージュ論』などでは、発展する都市の暗い面を代表する娼婦をむしろポジティヴに描いていますが、ここではネガティヴな比喩として使っているだけでしょう。「史的唯物論者」は、そういう権力者にこびるような真似はせず、先ほどから述べているように、歴史の連続性の打破を目指すのだ、というわけです。

第十七テーゼ——一般史 VS. モナド

第十七テーゼでは、再び、「一般史」を志向する「歴史主義」と、自ら歴史を「構築」する史的唯物論の違いを強調したうえで、後者の「モナド」的性格を強調します。

考えるということは、思考の運動のみならず、思考の停止をもふくむ。緊張の極の局面においてふいに思考がたちどまるとき、そこにショックが生まれ、それが思考をモナドとして結晶させる。歴史的唯物論者が歴史の対象に近づくときは、かならずそのようなモナドとしての対象に向かいあう。この位置からかれは、生起するものを停止させるメシアの合図を——いいかえれば、抑圧された過去を解放する闘争のなかでの、革命的なチャンスの合図を――認識するのだ。

ご存じのように「モナド」は、ライプニッツ（一六四六―一七一六）の概念で、宇宙を構成している最も基本的な要素で、それ以上細かく分解できないもの、「単子」を意味します。「考える」という営みに、思考がたちどまること、思考の「静止 Stillstellung」も含まれるというのは、分かりますね。淡々と流れていく思考をどこかでいったん停止することで、それぞれの瞬間における「思考」のモナド性を浮き上がらせる。私は、自分という存在が、「私の意識」の連続性として持続的に存在しているように思っているけれど、実は、それぞれの瞬間――における意識あるいは思考――が、唯一的な意味を持っているのではないか、ということです。これまで述べてきた「今の時」が、「私」自身の意識の内にも無数に含まれている、という話です。普段は、「私」自身が、その瞬間ごとの「モナド」として存在しているなんて考えたりしませんが、思考を静止することによって生じる「ショック」で、それが意識化されるわけです。

そうした自己の内のモナド的な瞬間を浮上させることが、「メシア的な静止の記し das Zeichen einer messianischen Stillstellung」と繋がっているというわけです。これまでの話から分かるように、ベンヤミンは「メシア的」という形容詞を基本的に「過去の救済」に関連して使います――野村訳のように、「～停止させるメシアの合図」とすると、メシアという神的人格が、合図を送ってくるように聞こえて、神学色が出すぎてしまうような気がします。歴史を静止させる、つまり連続性を断ち切ることを通して、過去の様々な瞬間を、唯一的な意味をもった「今の時」として復活させることを、「メシア的静止」と言っているわけです。それが、抑圧された過去を救済する「革命的チャンス die revolutionäre Chance」でもあるわけです。

細かいことを言うと、「緊張の極の局面において」というところは、少し言葉が抜けている感じです。

原文は、〈in einer von Spannungen gesättigten Konstellation〉で、〈gesättigt（飽和した）〉と、〈Konstellation（連関）〉が抜けています――第一回にお話ししたように、ベンヤミンは〈Konstellation〉の原義が、「星座」であることを意識して、寓意的な使い方をしますが、ここではそれほど捻った意味はないでしょう。この二つをちゃんと入れると、「様々な緊張によって飽和状態にある一つの連関の中で」となります。

第十八テーゼ――メシア的な静止、史的唯物論における過去の救済、闘争を通しての解放

最後に、第十八テーゼの後半を見ておきましょう。

〈いま〉という時間が、メシア的な時間のモデルとして、全人類の歴史をおそろしく短縮して総括するとき、それは、人類の歴史が宇宙のなかにおかれたときの、〈あの〉イメージとぴたりと符合する。

ここまで「今の時」を、通常の歴史の流れから断絶して、それ固有の意味において「救済」するということが話題になってきたわけですが、ここでは一転して、その「今の時」が、人類の全歴史を圧縮したものとして現れてくる時、それは、メシア的な時間、救済の時間のモデルになる、と主張されます。理屈として分かりにくいですが、「今の時」を、「（一人ひとりかけがえのない）個人」と置き換えてみると、イメージしやすくなると思います。一人ひとりは、人類という集合体の交換可能な一部ではなく、それぞれがかけがえのない個性を持った個人である。そのかけがえのない「個人」は、まるでミクロコスモスのように、人類という大きな集合体（マクロコスモス）に含まれる無限の個性、多様性を映し出している。そういう宗教的世界観のような話はよく聞きますね。ライプニッツのモナドというのも、そういう性質を持っています。各モナドは、お互いを映し合っている。一つのモナドの内に、他の全てのモナド、つまり全

宇宙が反映されている。そういう関係が、歴史を構成している瞬間同士の間にあるわけです。メシア的な時間においては、そうした全ての瞬間が他の全ての瞬間を反映する万物照応的な関係――強いて造語すれば、万瞬間照応の関係――が明らかになるわけです。

我々は通常、瞬間同士の間のモナド的な関係を意識することなどないわけですが、「今の時」の経験が、そうしたメシア的な時間への入り口になっているわけです。

全体を通して見て、メシア的な静止、史的唯物論における過去の救済、闘争を通しての解放、という三つのレベルの話が交差していて、やはり分かりにくいという感じが残りますね。でも、そうやって、いろんなレベルの話を寓意的に混合しながら議論を進めていき、違ったレベルの話の間の対応関係について、いろいろ考えさせるところが、ベンヤミンの魅力です。具体的な結論がないと我慢できない人には、かなり不評だと思いますが。

第五日目……メディアについて　1

——『複製技術の時代における芸術作品』を読む　前半

最高の完成度をもつ複製の場合でも、そこには〈ひとつ〉だけ脱け落ちているものがある。芸術作品は、それが存在する場所に、一回限り存在するものなのだけれども、この特性、いま、ここに在るという特性が、複製には欠けているのだ。

『複製技術の時代における芸術作品』

（野村修訳）

書誌的問題

本日は、『複製技術の時代における芸術作品』の前半の講義です。岩波文庫の『ボードレール他五篇』に入っている『複製技術の時代における芸術作品』のタイトルには、「第二稿」と付いています。あまり私らしくないですが、最初に少しだけ細かい書誌的な話をしておきます。巻末の解説にあるように、この論文にはドイツ語のヴァージョンが三つほどあります。「一九三五年に初稿が成立し、翌三六年、ここに訳出した第二稿が書かれた」。

この論文は、「フランクフルトからニューヨークへ亡命した社会研究所」の紀要のために執筆されたものです。この研究所自体は、フランクフルト大学の付属研究所として一九二三年に創設されたものです。メンバーの多くは、マルクス主義の影響を受けたユダヤ系の人たちですが、必ずしも下部構造、生産体制からだけ社会を分析するのではなく、精神分析、社会学、文化人類学などの成果を取り入れて、学際的な研究を行い、新しいタイプの社会理論の構築を目指したことで知られています。ネオ・マルクス主義系の研究者グループと言っていいでしょう。初期の中心的メンバーは、この講義でも何度か名前が出たテオドール・アドルノとマックス・ホルクハイマー、経済学者のフリードリヒ・ポロック（一八九四－一九七〇）などです。戦前のメンバーで、戦後アメリカで活躍した人として、社会心理学者のエーリッヒ・フロム（一九〇〇―八〇）や、アメリカやドイツの学生運動に影響を与えたヘルベルト・マルクーゼ（一八九八―一九七九）などが知られています。

その社会研究所は、ナチス政権が出来て、ドイツには居続けるのが難しくなったので、主要メンバーは亡命し、ニューヨークに仮の拠点を置きます。当然、大学とは関係なくなりましたが、社会研究所を名乗り続けました。その研究所が、パリで紀要『社会研究誌』を刊行し続けたわけです。『複製技術の時代における芸術作品』は、三六年にその紀要に掲載されたわけですが、それは、第二稿をかなり改訂・削除してフランス語訳したものでした。野村さんが解説しているように、改訂・削除は研究所の意向で行われました。訳者はピエール・クロソフスキー（一九〇五―二〇〇一）です。クロソフスキーは、ニーチェの影響を受けた、フランスのわりと有名な小説家、文芸評論家です。現代思想で時々名前を聞く人ですね。このクロソフスキーの改訂・削除を経たものが掲載されたわけです。このクロソフスキーのフランス語版が掲載された後に、ベンヤミン自身がフランス語版で改訂・削除されたところをある程度復活させて、改めてドイツ語で書き直しました。それが最終稿（第三稿）です。晶文社から出されている『ベンヤミン著作集』に収められている高原宏平・高木久雄訳の「複製技術時代の芸術作品」は、この最終稿から訳したものです。

従って、クロソフスキーによるフランス語訳も含めると、『複製技術の時代における芸術作品』には四つのヴァージョンがあることになります。三五年に初稿が書かれ、三六年に第二稿が成立し、クロソフスキーによってこれの仏訳版が出て、三九年くらいに最終稿が成立します。ドイツで出ている『ベンヤミン全集』第一巻には、七〇、八〇年代初頭くらいまでは、初稿と最終稿だけが掲載されていました。第二稿はそれまでなくなったと思われていたので、最終稿が「第二稿」と呼ばれていました。解説で野村先生が書かれているように、八九年にベルリンの壁が崩壊する直前くらいに、本当の「第二稿」が発見されました。この本当の第二稿と比べてみると、十九あった節が、最終稿では三つほど減って十六になっています。概して、第二稿のほうが詳しい記述になっています。最終稿は、フランス語訳で削除されたところを復活したということですが、復活しきれていない。そう考えると、ベンヤミンが本当に言いたかったことに一番近いのは本来の「第二稿」だと推定できるので、岩波文庫ではそれから訳出されている、ということです。『ベンヤミン・コレクションI』（ちくま学芸文庫）に収められている久保哲司さん（一九五七－　）の訳も、第二稿を使っています。本格的に研究しようと思うと、こういう書誌的なことも大事です。

では、本文に入っていきます。冒頭にフランス語の題辞がありますね。デュラス夫人（一七七七－一八二八）という作家からの短めの引用です。《Le vrai est ce qu'il peut; le faux est ce qu'il veut.》野村さんはフランス語のままにしていますが、簡単に訳すと、「真なるものは、彼が出来ることであり、偽なるものは彼が望むことである」。初稿も第二稿と同様に、このデュラス夫人からの引用ですが、最終稿では、評論家のポール・ヴァレリー（一八七一－一九四五）の結構長めの文章が引用されています。細かい話はこれくらいにして、I節から見ていきましょう

第I節——美的な〈表現 Ausdruck〉を通しての所有関係の変化

マルクスが資本主義生産様式の分析を企てたとき、この生産様式は初期の段階にあった。マルクスは、その研究が予測的な価値をもつように、研究を構成している。かれは資本主義的生産の基本的な諸関係に溯った上で、そこからの帰結として、資本主義がその後どのような特性をおびてゆくことになりうるかを、叙述したのだ。帰結されたのは、資本主義が今後、プロレタリアの搾取をしだいに強化してゆく怖れがあること、だけではなかった。資本主義自体の廃絶を可能とするような諸条件もまた、ついには生み出されることが、そこから帰結されたのだった。

この最初の節でベンヤミンは、マルクスを基準にしながら、自分自身の立ち位置を明らかにしています。最初にマルクスについて語っていることから分かるようにベンヤミンは、マルクスに依拠した資本主義分析を行おうとしているわけですが、同時に、マルクスが分析を行った時代と、ベンヤミンがこの論文を書いている時代の間の時差に注意を向けています。資本論の第一巻が刊行された時期、資本主義が依然として初期の生産様式に留まっていた時期と、ベンヤミンが『複製技術時代における芸術作品』を書いた時期の間には、七十年の時差があります。『共産党宣言』を基準にすると、九十年の時差になります。マルクスは、自分の生きた時代の生産様式の発展状況を観察して、そこから、プロレタリアートに対する搾取の悪化や、資本主義の自己崩壊を予見したわけですが、マルクスの時代には予見しきれないこともあった。

上部構造の変革は、下部構造の変革よりもはるかにゆっくり進展してゆくので、生産条件の変化が文化のすべての分野で効果を表わすまでには、半世紀以上の時間が必要だった。どのような形態でこのことが実現したかは、こんにちになってようやく指摘できる。この指摘に予測的な要求を結びつけることも、ある程度はできるが、そのような予測的な要求に応えるものはしかし、権力奪取後のプロレタリアートの、ましてや無階級社会の、芸術に関する諸テーゼではない。むしろ、現在の生産の諸条件のもとにおける芸術の、発展の傾向にかんする諸テーゼである。

下部構造というのは、生産様式ということですね。マルクス主義では、下部構造の変化に対応して、法や政治、芸術、教育などの上部構造も変化するとされていますが、具体的にどう変化するのかという議論は、マルクス自身はあまりしていません。特に、資本主義体制が続いている状態での上部構造の変化をめぐる問題は、従来はマルクス主義の視野にほとんど入って来なかったわけです——どうせ革命で体制が変わるので、資本主義の上部構造なんかどうでもいい、という感じがあったのでしょう。ベンヤミンはマルクスの時代から一定の時を経て、その変化を観察できるようになったし、それをすべきだと言っているわけです。

マルクス主義が芸術にどのように関わるべきかについては、初回にお話ししたように、ベンヤミンより少し年長のルカーチのリアリズム論が有名です。現実を忠実に描き出し、人々を現実に目覚めさせ、革命へと導く芸術だけが価値のある芸術とされます。そうしたリアリズム論は、どうしても、来るべき「共産主義社会」を想定し、そこに最短で至るためことに貢献しそうな芸術を評価する、という形になってしまいます。

ベンヤミンは、そういう風に仮想の理想状態を基準にして芸術批評するのではなく、資本主義的生産様式の下で現に生じている芸術や文化の在り方の変化を内在的に叙述しようとしているわけです。

生産の諸条件の内包する弁証法は、経済においてに劣らず、上部構造においても認められるものなのだ。それゆえ、後者の諸テーゼの闘争的価値を過小評価することは、間違っていよう。

弁証法というのは、ある事物に内包されている矛盾が次第に顕在化し、その事物を全く異なったものへと変容させる運動のことですね。生産の諸条件を変容させる弁証法的運動は、上部構造でも起っている。だから、芸術や学問など文化領域における「闘争的価値を過小評価することは、間違って」いるというわけです。従来のマルクス主義の主流派は、下部構造が変われば、上部構造はそれに付随して変化すると思われていたわけですが、そういう見方を否定している、ということです。

以下の論述において芸術理論に導入される諸概念は、ファシズムの目的のためにまったく役立たないという点で、あのありふれた諸概念とは異なっている。他方、ここで新しく導入される諸概念は、芸術政策における革命的な要請を、定式化するための役に立つ。

自分の議論は「ファシズムの目的のために全く役に立たない」、と断っているわけですが、そういう断りが必要なのは、「美」がファシズムに利用されてしまう恐れがあるからです。ファシズムの美に対する関わりは、最後のXIX節に出てきます。先取りになりますが、少し見ておきましょう。

所有関係を変革する権利をもつ大衆にたいして、ファシズムは、所有関係を保守しつつ、ある種の〈表現〉をさせようとするわけだ。理の当然として、ファシズムは政治生活の耽美主義に行き着く。ダンヌンツィオとともにデカダンスが、マリネッティとともに未来主義が、そしてヒトラーとともにシュヴァービング〈ミュンヒェンの芸術家居住区〉の伝統が、政治のなかへはいりこんだ。

ベンヤミンの唯物史観は、美的な〈表現 Ausdruck〉を通して、所有関係を変化させることを目指すのに対し、ファシズムは〈表現〉だけさせておいて、所有関係を「保守」しようとする。つまり、所有関係を保守すべく、大衆の意識を美に向けさせる、あるいは美によって操作する。そのことを、「政治生活の耽美主義 eine Ästhetisierung des politischen Lebens」と言っているわけです。ダンヌンツィオ（一八六三―一九三八）は、一九世紀の終わりから二〇世紀にかけて活躍したイタリアの作家で、ファシズム的な武装団体を組織して行動を起こし、ムッソリーニ（一八八三―一九四五）に思想的・実践的に影響を与えた人です。ダンヌンツィオ自身はニーチェ（一八四四－一九〇〇）の超人思想に強い影響を受けたとされています。ちなみにダンヌンツィオは『死の勝利』（一八九四）という小説が有名で、これは森田草平（一八八一－一九四九）の『煤煙』（一九〇九）や三島由紀夫（一九二五－七〇）の『岬にての物語』（一九四六）のモデルになったとされています。マリネッティ（一八七六－一九四四）はベンヤミン自身が説明しているように未来派の詩人で、最初、前々回話題にしたソレルの『暴力についての省察』の影響を受けて革命的サンディカリストになりましたが、その後、ムッソリーニのファシズム運動に接近していきます。彼の「未来派宣言」（一九〇九）は、テクノロジーと共に戦争や暴力を賛美する内容になっていて、悪名高いです。「美」それ自体に魅せられて、「美しい政治」を追求するようになると、ファシズムへと引き寄せられる危険が生じてくるわけです。

ベンヤミンは、通常のマルクス主義のように、すべてが下部構造において決定されるという見方は取らず、上部構造と生産関係の間の相関関係を注視します。上部構造の一部であるはずの芸術がテクノロジーと結び付いて、下部構造に影響を与えている面もあるわけです。ただ、「美」それ自体を絶対化する耽美主義的な発想をすると、ファシズムに利用されることになりかねない。美の現実に対する働きかけを認識する必要はあるけれど、美の中にのめり込んでもいけない。所有関係を変化させることになるであろう、美という形で現われて来ている変化を、あまり焦らず、距離を置いてじっくり観察する。それがベンヤミンのスタンスです。

第Ⅱ節——「複製＝再生産 Reproduktion」と［技術―市場―芸術―メディア］

第Ⅱ節に行きましょう。

芸術作品は、原則的にはいつも複製可能だった。

タイトルにもなっている「複製＝再生産 Reproduktion」の可能性と、芸術の関係について一般的なことが述べられているわけです。現代においては、写真とか映画などの複製技術が発展し、複製が当たり前になりつつありますが、絵画とか彫刻とかの古くからある芸術は、一人ひとりの芸術家が時間をかなりかけて、個々の作品に自分のオリジナリティが出るような形で作り出すものなので、あまり「複製」しやすい感じはしないですが、ベンヤミンは、芸術作品は基本的に常に複製可能だと言っているわけです。

人間が作り出したものは、いつでも人間によって模倣されることができた。そのような模作は、弟子たちによっては技法に習熟するために、名匠たちによっては作品を普及させるために、さらに第三者たちによっては利益をむさぼるために、なされることもあった。

人間が作り出したものだから、他の人間が同じ様な手順によって「模倣 nachmachen」することができる。勿論、「名匠 Meister」と呼ばれる人たちと同じ様に作るのはなかなか難しいわけですが、「技法 Kunst」の伝授とか、作品の普及などのために、「模作」が試みられたわけです。英語の〈art〉と同様に、ドイツ語の〈Kunst〉も、「芸術」という意味の他に、「技法」一般という意味もあります。かつては、「芸術」と職人的な「技法」の間の区別ははっきりしなかったわけですね。ドイツ語では、狭義の「芸術」、特に「美術」のことを指す時は、「美しい」という意味の形容詞〈schön〉を付けて、複数形にして、〈die schönen Künste〉と言います。

職人技的な「模倣」は昔からあったわけですが、その内に、高度な技術を使って、特殊な技能がなくても、同じものを再現することができるようになりました。

この種の模作と比べると、芸術作品の技術的複製は新しい。これは歴史のなかで間欠的に出現してきた。そしてひとつの出現からつぎの出現までには長い間隔があったとはいえ、しだいにぐいぐいと強度を加えて、いまではすでに押しも押されもせぬ地位を占めている。木版の出現によって、初めて版画という複製技術が生まれた。

「版画」が最初の複製技術だということですね。江戸時代の浮世絵もそうですね。我々は、浮世絵の原版の絵だけがオリジナルとして価値があると思っているわけではなく、むしろ刷られたものの方を芸術作品と思っていますね。個々の浮世絵に芸術的価値を認めるということは、複製技術の助けを借りて大量に模作されたものを芸術として認めるということです。版画の場合、ちゃんとした美しい作品を作るには、オリジナルを描く画家と、版画を彫る職人——一人が両方やることもありますが——の名匠の業が必要です。ただ、その名匠たちは、少なくとも技術的に複製されることを念頭において仕事をしたわけで、その点は、それ一つきりのユニークなものとして描かれる絵画とは本質的に違うと言えるでしょう。

中世のあいだに彫刻銅版画と腐蝕銅版画が、一九世紀の初頭には石版画が、木版画に付け加わっている。

「腐蝕銅版画」とはエッチングのことです。材質が変わり、絵の刻み込みが容易になり、複製化の技術が進んだということです。

石版画をもって、複製技術は根本的に新しい段階に到達した。絵画を石の面に写し出す作業は、木片に刻み込んだり銅板を腐蝕させたりする作業とは違って、はるかに簡潔で的確だから、石版こそが、たんに版画を（それまでと同様に）大量に市場に出すだけにとどまらず、日毎に新たな画面を市場に出すことをも、初めて可能にしたのである。石版画によって版画は、日々のできごとを絵画化する能力をもつこととなり、活版印刷と歩調を合わせはじめた。

作業が容易になり、大量に刷ることができるようになったため、版画が商品として市場で大量に取り引きされるようになり、そのことによって版画製作がビジネスとして成り立つようになる。［技術―市場―芸術］の三者が密接に結びついて来るわけですね。加えて、活版印刷と結び付くことによって、日々に起っている出来事を、生き生きと再現して人々に伝えることができるようになった。情報伝達メディアとしての役割も果たすようになるわけです。［技術―市場―芸術―メディア］の四者が相互に支え合いながら、発達するわけです。従来のマルクス主義の下部構造決定論では、技術革新によって生産様式が変化し、それが徐々に人々の意識に影響を与え、芸術にも変化を及ぼす、というような単線的な関係を想定していたわけですが、ベンヤミンは、［技術―市場―芸術―メディア］の四者の間に、複雑な相互作用があると見ているわけです。「技術」の進歩に伴って、（日常的な出来事を伝達する）メディアと、（美的な対象を再現する）芸術が相互に影響を与え合いながら変化し、それが市場で人々の新たな欲求を喚起する。新しい需要が、更なる技術、メディア、芸術の発展を促す。そういう循環関係にあるわけです

といっても、始まったばかりの石版画は、その発明から数十年とたたないうちに、写真に追い越され

てしまうことになる。写真は映像の複製過程において、芸術家としての重要きわまる責務から、初めて手を解放した。そしてその責務は、もっぱら目が引き受けることとなった。

これは当たり前だけど、大事な指摘ですね。版画は、ある意味、絵画や彫刻と同様に、その製作過程において名匠の手作業が重要だったわけですが、写真の場合、それほど手作業は重要ではありませんね。プロの写真家なら、シャッターを押すタイミング、押し方が重要だと言うと思いますが、それでも、それは瞬間的なことですね。手作業よりも、むしろ「目」、つまり目の前にあるものをじっと観察して、いい絵が撮れるタイミングを見極めることが重要になるわけですね。また、絵や彫刻では芸術家の想像力で対象を造形するという面が強いわけですが、写真においては、観察したものを、メディア的に再現(前化)することに焦点が移るわけです。

手がえがくよりも素早く目は物を捉えるから、映像の複製過程はいちじるしく速くなり、発語とも歩調を合わせることが可能になる。石版画が絵入り新聞の可能性を秘めていたとすれば、写真はトーキーの可能性を秘めていたわけだ。

ここでスピードという要素が出てきました。「映像の複製過程」と訳されているので、既に映画が問題になっているかのような印象を受けますが、原語は〈der Prozeß der bildlichen Reproduktion〉で、素直に訳すと、「イメージ(=像)の再生産の過程」です。つまり写真だと瞬間瞬間を捉えることができるので、「発語 das Sprechen」、つまり人の口の動きをイメージ的に再現したくなるわけですね。そうすると今度は、口の動きと共に、音そのものも再現すれば、聴覚も加わって、より生き生きと人の動きを再現できるのではないか、という発想が生まれて来る。それまで、聴覚の芸術である音楽と、視覚の芸術である絵画や彫刻は、別個のものだったわけですが、写真のスピードによって、そのコラボの可能性が生まれてきたわけです。現代アートだと、インスタレーションとかパフォーマンスで聴覚と視覚をコラボさせるのは割と当たり前になっているけれど、大量・高速複製技術が芸術に参入し始めた一九世紀末から二〇世紀初頭にかけては、画期的なことだったわけです。

素早く絵を写し取れる石版画の技術が、既に活字とコラボして、絵入り＝イラスト付き新聞（die illustrierte Zeitung）の可能性を含意していたように、高速で口の動きまで再現できる写真は、映画の可能性を含意していた。人間の知覚能力を増強するメディア－複製技術によって生み出された芸術は、その知覚能力をどの方向に増強したらいいのか、既に次のステップを含意しているわけです。

つまり一九〇〇年を画期として複製技術は、在来の芸術作品の総体を対象とすることにより、芸術作品の影響力に深刻極まる変化を生じさせる水準にまで、到達したのだが、ことはそれだけでは済まず、芸術家たちの行動のさまざまな在りかたのうちにも、複製技術はそれ自体、独自の場を確保する水準にまで、到達したのである。この水準を探求するためには、その二つの異なった発現形態——芸術作品の複製と、映画芸術と——が、従来の形態の芸術にどのような逆作用を及ぼしているかを、明らかにすることが、何より役立つにちがいない。

一九〇〇年を境い目として、「複製技術」が、芸術全体に大きな影響を及ぼし、もはや「複製技術」抜きに「芸術」を考えることができないようになった、というわけです。それまでは、絵画が人物や風景を生き生きした姿で記録できる唯一の媒体であったわけですが、写真が登場し、写真の方が明らかに正確で客観的に再現できるとなると、絵画や版画はそちらで勝負しても仕方ないので、別の方向を模索するようになる。もっと別な面、人間の感情とか主観、無意識など、はっきりと形に顕われないものを表現しようとしたり、写真や映画などのメディアの影響による我々の知覚の変化をメタ・レベルで表現することを試みたりするわけです。一部写真の映像やイラストなどを取り込んだコラージュ作品も登場してきます。

それから、オリジナルと、その模写という関係も変わってきますね。写真芸術であれば、そもそもオリジナルという概念が成立しません。強いて言えば、ネガがオリジナルかもしれませんが、ネガの方が芸術作品だと言う人はいませんね。映画についても、記録媒体としてのフィルムが、オリジナルの芸術作品だという人はいません。ネガやフィルムが古くなって再生の質が悪くなるというのであれば話は別ですが、基本的には、フィルムから再現されるその都度の映像が〝作品〟です。むしろ、いろいろな場所や時間で、いろんな人の前で自在に再現される可能性があることが、複製技術メディア応用芸術の特徴であると言えるかもしれません。大げさな言い方をすると、あらゆるところで（再）現前化される可能性、（神のごとき）遍在性を秘めているわけです。

第Ⅲ節――アウラ・「今、此処 das Hier und Jetzt」をめぐるオリジナル性の解体

第Ⅲ節に入りましょう。オリジナル性の解体がテーマになっています。

最高の完成度をもつ複製の場合でも、そこには〈ひとつ〉だけ脱け落ちているものがある。芸術作品は、それが存在する場所に、一回限り存在するものなのだけれども、この特性、いま、ここに在るという特性が、複製には欠けているのだ。

〈ひとつ〉というのは、原語では文字通り、一つのものを意味する〈eines〉です。英語の〈one〉に相当します。原文ではイタリックになっています。イタリックになっているのは、「一つ（だけ）抜け落ちているものがあること」と、その抜け落ちている要素が、『「一つだけのもの』であること」、つまり「他に同じものがない唯一無二の作品であること」を重ね合わせる形で表現しようとしているからです。

「いま、ここ」というのは、原語では〈das Hier und Jetzt〉で「今」と「此処」が逆になっています。ラテン語だと、〈hic et nunc〉と言います。今まで何度か出てきた「現前性」のことです。現前性は、英語だと〈presence〉、ドイツ語だと〈Gegenwart〉ですが、いずれも、「今、此処」に〝ある〟、もしくは「現われている」ということです。哲学的な文章で、時間的にも空間的にも目の前に〝ある〟ということを強調したい時に、〈hic et nunc〉という表現が使われます。何故、「今、此処」性＝現前性が重要なのかというと、簡単に言えば、「この私」から見て、「今、此処」に〝ある〟こと、私の目の前に現われていること、現在していることが、「存在」の基準になっているからです。「存在」とは何かというのは、アリストテレスからハイデガーに至るまで、哲学の重要なテーマであり続けたわけですが、そういう哲学的な問いの歴史は別として、みなさん自身は、何を基準にして、「〜がある」とか「ない」とかを判断していますか？いろいろな基準があると思いますが、突きつめて行くと、今この瞬間、この私の目の前にありありとした姿で現われていて、私にとって疑いの余地がない、ということになるのではないでしょうか。無論、デカルトの懐疑を遂行すれば、今、此処にあるという感覚自体が疑わしい、ということになりますが、そうは言っても、「今、此処」を優先してしまう発想はなかなか払拭できませんね。「我思うゆえに、我あり」という命題について突っ込んで考えると、その根底に、「私自身がこの瞬間、ここに存在している」という直感が作用していることが分かります。私が私自身に対して現前していることは疑い得ない、という直感です。詳細な話はしませんが、デリダは、この「今、此処」性こそが、西欧の形而上学を支えてきた大前提であると見なし、これを脱構築する道を追求し続けたとされています。かなり抽象的な話ですが、「今、此処」性が信用できないとなると、「存在」という概念の意味が全般的に揺らいでくるというのは、想像つきますね。

絵画や彫刻などが芸術の標準だとすると、この「今、此処」性を凝縮しているところに、圧倒的な現前性――日常的には、存在感という言い方をすることが多いですね――を示すところに芸術の本質がある、という見方をすることができます。「人はなぜ美術館に、芸術作品を見に行くのか？」という問題を起点に考えてみましょう。

写真やビデオがなかった時代であれば、実物を見るしかなかったわけですが、現代であれば、「見る」だけでいいのであれば、大抵の芸術作品は実物を見に行く必要ないですね。ＤＶＤなどで、いろいろな方向から映しているものなどいくらでもある。私もあまり熱心な芸術鑑賞家ではないので、「なぜいちいち見に行く必要があるのかな」といつも思っているのですが、好きな人はやはり直接見たいと思う。見に行っても、大抵ガラスケースに入っていて、触れられないし、あまり近寄らせてもらえない。ＤＶＤで見るのとどこが違うのか？　最近では触ること、触覚を重視したインスタレーション系の作品もありますが、絵や彫刻、版画などは触らせてもらえませんね。それが分かっていても、やはり見に行きたい。それは何故かと突きつめていくと、その物が「今、此処」に〝ある〟こと、その物の現前性を体験したいということになるでしょう。それが「今、此処」にあることで、その〝物〟と私の間にある空間、そしてその時間が、特別な意味を持ってくる。その物と私とが相対する時空間が、日常的なそれとは異なる特別な場へと変容する。それが作品の存在感ということですね。そういう特別な時空間、言わば、聖なる場での出会いを求めて、美術館に足を運ぶということになるのでしょう。後でまた話題になりますが、芸術品はある意味、宗教上の祭具、ご神体のように、その現前性によって周囲の時空を変容させる機能を果たしている、と見ることができます。

オリジナルが、いま、ここに在るという事実が、その真正性の概念を形成する。そして他方、それが真正であるということにもとづいて、それを現在まで同一のものとして伝えてきたとする、伝統の概念が成り立っている。真正性の全領域は複製技術を——のみならず、むろん複製の可能性そのものを——排除している。

少し哲学的にひねっていますが、ポイントははっきりしていますね。コピーではなくオリジナル（原作）を見るのでなければ意味がないと多くの人は考えているわけですが、何故オリジナルでなければならないかというと、オリジナルこそが真正（echt）、つまり本物だからです。「本物」は、オリジナル（独創的）なものなので、他に同じものはありません。美術館を訪れる観客にとっては、「今、此処」にあるもの以外には、真正なものはないわけです。「今、此処」にしかないものとして同定できるからこそ、その作品の「真正性 Echtheit」が保たれているわけです。「今、此処」とは別の場に、同じように見えるものがあったとしても、それは単なる見せかけにすぎません。「オリジナル」が「今、此処」性と結び付いている限り、オリジナルと全く同じものとしての「複製」を作れる可能性はありません。全く同じように見えるものがあるとすれば、それは偽物です。模倣は出来ますが、完全な再現という意味での「複製」は不可能です。

当たり前のことについて禅問答しているように聞こえるかもしれませんが、映画のように、「オリジナル」性とか、「今、此処」性がストレートに当てはまらないような複製芸術と対比すると、これが全く無駄な話でないことは分かるでしょう。複製芸術になると、話がかなり違ってきます。

しかし、偽造品という烙印が押されるのが通例の手製の複製にたいしては、真正のものはその権威を完全に保持するとはいえ、技術による複製にたいしては、そうは問屋が卸さない。その理由は二つある。第一に、技術による複製はオリジナルにたいして、手製の複製よりも明らかに自立性をもっている。たとえば写真による複製は、位置を変えて視点を自由に選択できるレンズにだけは映っても人の目には映らない眺めを、オリジナルから抽出して強調することができる。あるいはまた、引き伸ばしや高速度撮影の特殊な手法の助けを借りて、普通の目では絶対に捉えられない映像を、定着することもできる。これが第一点。加えて、技術による複製は第二に、オリジナルの模像を、オリジナル自体にかんしては想像も及ばぬ場所へ、運びこむことができる。何よりもそれは、写真のかたちであれディスクのかたちであれ、オリジナルを受け手に近づけることができる。

技術的な「複製」には、ある物のイメージを再現するという意味と、そのイメージを大量に生産できるという意味とがありますが、ここでベンヤミンが第一の理由と言っているのが前者、第二の理由と言っているのが後者に関係しています。写真で、何かの実物（オリジナル）の像を写し取る時、単純に再現するだけでなく、いろいろ工夫することができる。撮影の角度やレンズを変えたり、高速度撮影したり、引きのばしたりすることで、肉眼ではどう頑張っても見ることができないものを可視化することができます。つまり、「オリジナル」になかったものを付け加えることができるわけです。そういう意味で、技術複製の方が、手作業による複製よりも、オリジナルに対してより自立していて、創造の余地がある。常識的には、技術的複製の方が機械的で単調であるような気がしますが、ベンヤミンはその逆だと言っているわけです。

　それから第二の理由ですが、技術的な複製物は様々な媒体に記録して、いろいろなところに同時に運び込み、再現することができます。遍在性を発揮し、それによって、受け手とオリジナルの間の距離を縮めるわけです。ディスクと訳されているのは、当然、レコード（Schallplatte）のことです。レコードで再生される音楽は、もともと楽譜に基づいてその都度演奏されるものなので、絵画や彫刻ほど「今、此処」性が固定化されていないようにも思えますが、それでも、生の演奏でないとダメだという感覚を持っている音楽ファンが多いのは、演奏というパフォーマンスに一種の「今、此処」性があるからだと考えられます。レコードのおかげで、大規模な音楽ホールがなくても、蓄音機さえあればどこでも、演奏を複製・再現できるようになったわけです。

　現代では、フロッピー・ディスクとかCD、USBメモリー、携帯、インターネットのおかげで、本当にあらゆる場所で、オリジナルを再現することができるようになっていますね。しかも、映像作品とか、デジカメで撮った写真とかになると、「オリジナル」は特定の「今、此処」に縛られていませんから、オリジナルそれ自体を現前させることが可能であると言えます。

> 大寺院もその場所を離れて、芸術愛好家のアトリエに受け入れられるようになり、大ホールや野外で歌われた合唱作品も、室内で聴かれるようになる。／ところで、このような状況の変化は、芸術作品の存立に手を触れるものではないかもしれない――が、ともかく作品が、いま、ここに在るということの価値だけは、低下させてしまう。

　それまではわざわざ「オリジナル」のあるところに出かけるしかなかったのに、複製技術のおかげで、いろいろなものを室内にいながらにして、再現できるようになった。そうなると、「今、此処」にあるものだけが「真正」であるという事実によって支えられていた「オリジナル」の価値が低下することになります。「今、此処」にしかないことが、決定的な意味を持たなくなったわけです。

ベンヤミンは、このことを「アウラ」の問題と結び付けます。オリジナルが、物質的に持続し続けることに由来する「権威」や伝統の「重み」は、複製の一般化に伴って揺らぎ始めます。

> この権威、この伝えられる重みを、アウラという概念に総括して、複製技術時代の芸術作品において滅びてゆくものは作品のアウラである、ということができる。この成りゆきはひとつの徴候であり、この成りゆきのはらむ意味は、芸術分野よりはるかに広い領域に及ぶ。一般論として定式化できることだが、複製技術は複製されたものを、伝統の領域から切り離してしまうのである。

「アウラ」というのは、日本語でオーラと言っているもののことです。アウラというのはまさに、そのものが「今、此処」にあるという圧倒的存在感のようなもののことですね。「オーラがある人」というのは、そういう人でしょう。だから当然、これは芸術作品だけに限った話ではなく、あらゆる人や事物が帯びているアウラについて言えることです。その人や事物の周囲の空間が変容しているように見えるのが、アウラです。

ここは議論の余地がかなりあるところですが、ベンヤミンは、複製技術の発達と共に「今、此処」性の意義が薄れることを通して、そうしたアウラが次第に解体していくと主張しているわけです。

> 複製を大量生産することによってこの技術は、作品の一回限りの出現の代わりに、大量の出現をもたらす。そして受け手がそのつどの状況のなかで作品に近づくことを可能にすることによって、複製さ

れた作品にアクチュアリティーを付与する。伝えられてきた作品は、この二つの過程をつうじて、激しく揺さぶられる。

複製技術によって、〝同じ作品〟の大量出現と、あらゆる状況でのアクセスが可能になります。そうなると、ある特定の空間にだけ現前していることによって、アウラや権威を帯びていた作品は、そのアウラや権威を剝奪されることになるわけです。

第Ⅳ節――メディアと知覚の変化

第Ⅳ節に行きましょう。

歴史の広大な時空間のなかでは、人間の集団の存在様式が総体的に変化するにつれて、人間の知覚の在りかたも変わる。人間の知覚が組織されている在りかた――知覚を生じさせるメディア――は、自然の諸条件に制約されているだけでなく、歴史の諸条件にも制約されている。

話の規模を思いっきり広げていますね。人間集団＝社会の構造の変化に伴って、芸術が変わっているだけではなくて、芸術を生み出している人間の知覚様式自体も変わっている、ということです。これは、現代の表象文化論ではわりとよく目にする議論です。我々は普段自分自身の肉眼で、ありのままの〝物〟を見ているつもりになっているけれど、実は、そうした我々のまなざしはかなり「メディア Medium」によって「媒介」されています。メディアの語源であるラテン語の〈medium〉の原義は「中間物」ということで、それが「媒介」とか「媒体」といった意味を持つようになったという話はご存知ですね。例えば、メガネをかけている人、コンタクトを付けている人は、それだけで純粋な肉眼とは違った見え方がしているはずですし、現代人は夜でも明りがあるところで物を見るのが当たり前になっています。街中の高い建物から周囲を見る、あるいは、そういう建物を見上げるというのも、前近代の人にはなかった経験でしょう。電話などで目の前にいない人と会話するというのも、メディアがなかったら経験できないことです。メディアや都市特有の知覚環境が、我々の日常に入りこんでいて、私たちの知覚にかなり影響を与えているはずですが、それが当たり前になっているので、普段はなかなか気付きません。

また、技術的なものが直接関わっていなくても、その社会の人々の世界観とか関心、生活様式によって、物の見え方が変わってきますね。そういうことも、人間と、物の間の関係を左右しているので、広い意味でメディアと言えます。

ローマ時代後期の工芸や、いまヴィーンにある窓画を成立させた、あの民族大移動の時代は、たんに古典古代とは別の芸術をもっていただけではなくて、別の知覚をももっていた。このローマ時代後期の芸術が古典古代の伝統の重みのもとに埋没してしまっていたとき、その伝統の重みに抗したヴィーン学派の学者たち、リーグルやヴィックホフは、初めて、この芸術が意義をもった時代の知覚がどう組織されていたかを、この芸術から推理する、という考えに想到している。

芸術作品は、芸術家や職人の独創性からだけ生まれてくるのではなく、その時代、地域の人々の物の見方、捉え方を反映している、という話ですね。その文化の知覚様式を前提として芸術作品が成立しているわけです。だから、芸術作品を観察することを通して、それが生まれた時代・地域において、人々の知覚様式がどうだったか推論することもできるわけです。ウィーン学派の人たちは、ローマ時代後期の芸術が、古典古代のそれとは異なった知覚様式に基礎を置いていたことを推論によって突きとめたわけです。ウィーン学派というのは、オーストリアのウィーン大学を中心に活動した芸術史研究者のグループの総称で、一九世紀半ばに芸術史の講座が出来たのが始まりだとされています。時期ごとに方法論がかなり変わっているようです。フランツ・ヴィックホフ（一八五三―一九〇九）とアロイス・リーグル（一八五八―一九〇五）は共にウィーン大学の芸術史の教授で、それまで古典古代の最盛期から後退したものとしか見なされていなかった古代後期の様式の独自性を主張したことが知られています。

ただ、ウィーン学派は知覚様式の違いを突きとめただけで終わってしまって、その背景にある社会的変動まで洞察することはできなかった、というのです。

この知覚の変化のなかに表出されていた社会的変動を、かれらは明示しようとは試みなかった。現在では、しかるべき洞察への諸条件は、ずっと整ってきている。知覚のメディアの変化に現に立ち会っているぼくらは、アウラの凋落として把握されるとき、この凋落の社会的な諸条件を示すことができる。

「知覚のメディアの変化に現に立ち会っている」というのは、写真や映画、ラジオの登場に伴う、人々の知覚様式の変化が現に進行している、ということですね。これらの複製技術メディアが人々の日常生活に入り込んでいるということは、当然、狭義の芸術作品に限った話ではありません。それらの技術を応用した製品が大量生産され、流通し、日常的に使用されているはずです。それは生産様式や日常生活の様式の変化、それに伴う知覚様式の変化を含意します。メディア論的な芸術研究は、知覚様式をめぐる認識論的な問題と、生産様式や社会生活などの下部構造的な問題を両方視野に入れることになるわけです。ベンヤミンは、知覚様式の歴史的変遷は、個々の作品を取り巻くアウラを解体する方向に進んでおり、そのような見方をすることで、社会的諸条件の変化との対応関係が見えてくる、と主張しているわけです。

いったいアウラとは何か？　時間と空間とが独特に縺れ合ってひとつになったものであって、どんなに近くにあってもはるかかな、一回限りの現象である。

「時間」と「空間」の「独特に縺れ合ってひとつになったもの ein sonderbares Gespinst」というのは、謎めいていて分かりにくい言い方ですが、これは、「今、此処」性という視点から考えると、少し分かりやすくなると思います。「此処」にアウラを帯びた、神聖な雰囲気のする芸術作品があるとします。それが具体的にある場所は、私たちにとって間近な「此処」ですが、アウラを発しているような作品であれば、私たちの日常とは異なる深淵な背景を感じさせるのではないか、と思います。古代や中世に創られたものであれば、我々にとって未知で、神秘のヴェールに覆われているような感じの、その時代の雰囲気のようなものを伝えているかもしれません。遠く離れた地の少数民族の文化に属するものであれば、その文化の神秘性や異質性を感じさせるかもしれない。あるいは、天才的な作家がそれを生み出した、奇蹟の一瞬が、その場に再現されているように感じられるかもしれない。そういう意味で、「遥かな＝遠い fern」ものが、「此処」に現われている。時空の隔たりを越えて、「遠いもの」を「今、此処」に現前化しているような感じ、時空をぎゅっと圧縮しているような感じが、「アウラ」だと言っているわけです。ファンタジー系の映画やアニメなどで、主人公が聖なる事物に接触すると、かつてそれを手にした過去の英雄の記憶が再現されるような場面がよくありますが、ああいう感じだと思います。その場その場で、「今、此処」と、「遠いもの」を繋げるという意味で、アウラは一回的（einmalig）であるわけです。

ある夏の午後、ゆったりと憩いながら、地平に横たわる山脈なり、憩う者に影を投げかけてくる木の枝なりを、目で追うこと――これが、その山脈なり枝なりのアウラを、呼吸することにほかならない。

この譬えは、かえって分かりにくくしているような気もしますが、これは、遥か隔たった時間的・空間的な遠さを、肉眼的に追いかけられる範囲の空間的な遠さで代理させる形で説明しているわけです。「今、此処」で「ゆったり憩っている者」、つまり「私」から見て、「地平に横たわる山脈」とか、「木の枝」は、離れているので直接触れることができないけれど、それを目で追っていくことによって、その「遠く」の雰囲気が「今、此処」に伝わって来る、あたかも其処と此処が繋がっているように感じられる――無論、私が、その遠くにあるものに強く惹きつけられ、関心がそこに向かっていることが前提になるでしょうが。そういう風に、「遠くのもの」が時空の隔たりを越えて、「今、此処」に現前しているような感じがアウラで、芸術作品はそうしたアウラを極めて強く帯びているわけです。

そして、その「アウラ」が複製技術とともに凋落していることは、大衆社会化していることとも繋がっているというんです。

この凋落は二つの事情にもとづいている。そしていずれの事情も、大衆がしだいに増加してきて、大衆運動が強まってきていることと、関連がある。すなわち、現代の大衆は、事物を自分に「近づける」ことをきわめて情熱的な関心事としているとともに、あらゆる事象の複製を手中にすることをつうじて、事象の一回性を克服しようとする傾向をもっている。対象をすぐ身近に、映像のかたちで、むしろ模像・複製のかたちで、捉えようとする欲求は、日ごとに否みがたく強くなっている。この場合、写真入り新聞や週間ニュース映画が用意する複製が、絵画や彫刻とは異なることは、見紛いようがない。一回性と耐久性が、絵画や彫刻において密接に絡まり合っているとすれば、複製においては、一時性と反復性が同様に絡まり合っている。対象からその蔽いを剝ぎ取り、アウラを崩壊させることは、「世界における平等への感覚」を大いに発達させた現代の知覚の特徴であって、この知覚は複製を手段として、一回限りのものからも平等のものを奪い取るのだ。

二つというのは、事物を自分に「近づけ」ようとすることと、複製を通して一回性を克服しようとすることの二つです。先ほどⅢ節にも出てきた話ですね。これが、どう大衆化と結び付いているのかというと、普通の大衆はいちいち美術館に行ってじっくり芸術作品を見る時間も金もないので、お手軽に茶の間で、しかも、気の向いた時に何度も見返すことのできるような複製品に対する需要が高まってくるわけです。そうなると、絵画や彫刻にアウラを与えていた「一回性 Einmaligkeit」と「耐久性 Dauer」に代わって、「一時性＝流動性 Flüchtigkeit」と「反復性 Wiederholbarkeit」が芸術作品において支配的になっていくわけです。「耐久性」というのは、それが一つの作品として、伝統的な権威を背負いながら存在し続けていることですが、複製技術の発展によって、ずっと持続的に存在し続けなくても、何度も〝同じもの〟として再現できるようになるわけです。

そうなってくると、〝芸術作品〟は一部の貴族趣味的な人たちの独占物ではなく、大衆に開かれた身近なものになる反面、時間をかけて、意識を集中させて、一生懸命鑑賞するようなものではなくて、新聞や娯楽映画、今だったらテレビとかネットの娯楽番組やゲーム並みに気楽に楽しむものになっていきます。小林秀雄みたいなタイプの美術批評家だったら、「そんなの芸術じゃない！」ってあくまで抵抗するでしょうし、現にそういう態度を取っている人はいるけれど、ネット化された社会では、「複製」が芸術の領域に浸透することに抵抗し続けるのはかなり難しくなっていますね。ＣＧ作品とかになると、そもそもオリジナルがどこにあるかなんて、最初から問題になりません。抵抗するとしても、「そんなお手軽なもの芸術じゃない！」、と叫び続けることくらいしかできません。

つまり、大衆化に伴って、物に対する我々の捉え方が変容し、「今、此処」での強烈な現前性を基盤とするアウラに対して敏感でなくなった、少なくとも、アウラをあまり有難がらなくなった、ということが言えるわけです。そういう複製化に伴う大衆化を、ベンヤミンは、「平等化」という視点から、ポジティヴに捉えようとしているわけです。アウラの崩壊と共に、芸術の「大衆化＝平等化」が進行するのを歓迎するのは、やはりベンヤミンが反権威主義的な左派だからでしょう。

ただ、ベンヤミンは複製によってアウラが崩壊していくと見立てていますが、その逆に、複製を通して、アウラも複製される、という見方をすることもできますね。ベンヤミンは写真や映画になったら、アウラ的なありがたみは薄れるという前提で話をしていますが、複製品からでも十分にアウラを感じる人もいるかもしれません。いやむしろ、みんなが同じ様に〝同じもの〟を見ているのだと意識して、余計にその複製物に魅せられる人さえいるかもしれない。現代のテレビやネットでのカリスマとかスターというのは、多分にそういう意味での複製的なオーラを発していますね。現代日本の新興宗教でアニメを宣伝媒体にしたり、教義に取り入れたりしているところもありますね。この論文の第ⅩⅨ節でも、それほどはっきりした形ではありませんが、ファシズムによって複製技術が利用されてしまう可能性が示唆されています。

第Ⅴ節へ行きましょう。

第Ｖ節——「唯一無二 einzigartig」

芸術作品が唯一無二のものであることは、それが伝統の関連のなかへ埋めこまれていることにほかならない。とはいえ、この伝統自体はまったく生きものであって、ことのほか変わりやすい。

芸術作品が「唯一無二 einzigartig」であるのは、それが伝統の連関の中に埋め込まれて、その中に位置づけられ、その位置によって評価されていることに由来しているわけです。我々が知っている芸術作品は、多くの場合、ロマン派、印象派、後期印象派、表現主義、ダダイズム……といった伝統の区分と繋がりの中で評価されますね。日本の明治以前の芸術は、「～流に属する」という形で、位置づけられることが多いですね。伝統の重みをアウラとして帯びているわけです。では、どのように伝統の連関の中に埋め込まれるのか？

芸術作品を伝統の関連のなかへ埋めこむ根源的なしかたは、礼拝という表現をとったわけである。最古の芸術作品は、ぼくらの知るところでは、儀式に用いるために成立している。最初は魔術的な儀式に、ついで宗教的な儀式に。ところで、芸術作品のアウラ的な在りかたが、このようにその儀式的機能と切っても切れないものであることは、決定的に重要な意味をもっている。

先ほどもお話ししましたが、芸術作品がもともとは、呪術や宗教の儀式の際に用いられる祭具だったとしたら、「アウラ」を帯びている理由は極めて分かりやすくなりますね。呪術や宗教の儀礼では、人々の日常から極めて「遠いもの」であるアニミズム的な力とか、神々が、祭具を憑代《よりしろ》として現前化します。それによって、儀礼の行われている「今、此処」が変容します。神的な力の宿った祭具を中心に、時空間がぎゅっと圧縮されたような感じになります。それが本来の「アウラ」ですね。その祭具の末裔である芸術作品が、そのアウラを継承しているとすれば、社会が世俗化し、聖なるものの痕跡が薄れていくに従って、大きな源泉を失った芸術作品のアウラが次第に凋落していくのは当然、ということになるでしょう。

儀式というこの基礎は、どれほど間接的なものになろうとも、美の礼拝というきわめて世俗的な形式のなかにも、世俗化された儀式として、いまなお認められる。ルネサンスとともに形成され、三〇〇年間存続してきた世俗的な美の礼拝は、この期間を経過したのち、最初の重大な動揺に見舞われるに至って、いまや、あの儀式的な基礎をまざまざと露呈しているのだ。

近代の芸術作品は、宗教儀礼と直接関係なくなったけれども、美それ自体を礼賛するような思想とか振る舞いが生まれてきますね。耽美主義とか、「芸術のための芸術 l'art pour l'art」というのは、まさにそうですね。芸術作品を取り巻く荘厳な雰囲気＝アウラを呼吸しようとする人が美術展に集まり、そういう作品を作り出したカリスマ芸術家に一目会いたい人たちが、講演会やサイン会に押し寄せるのは、儀礼的な身振りのようにも見えます。複製技術が芸術に浸透することによって、そういう儀礼的なものが崩壊し始めたわけです。

第Ⅵ節――「礼拝的価値 Kultwert」と「展示的価値 Ausstellungswert」

第Ⅵ節に行きましょう。

芸術史を、芸術作品自体における二つの対極の対決としてえがきだし、その対決の歴史過程を、芸術作品における重点が一方の極から他方の極へと移行しては、また反転して後者から前者へと移行する過程の、交替と見なすことも、あるいは可能かもしれない。この二つの極は、芸術作品の礼拝的価値と、展示的価値とである。

「礼拝的価値 Kultwert」と「展示的価値 Ausstellungswert」の区別は、この論文のカギになっています。〈Kultwert〉の〈Kult〉は、英語の〈cult〉と同じで、日本語のカルトの語源です。元々の意味は、「礼拝」とか「儀礼」です。文化人類学でよく聞く話ですが、神的なものが宿る儀礼の祭具は、儀礼がある時だけ特別に、その共同体の構成員に対してだけ見せるのでなくてはならない。一年に一度くらいの儀式の時だけ、通常社の奥などに秘匿されているものを見せる。しかも、間近で見せるわけではなく、ある程度距離をとったところから少しだけ見せる。その時に、神聖なものがその祭具を媒介に現出しているような雰囲気を演出する。あまり大っぴらに展示してはいけない。拝むべきものが全く出てこなかったら「礼拝」の対象にならないですが、それほど頻繁に出てきたら、神聖なありがたみがなくなる。それに対して、「展示品」は、むしろ見せることによって価値を持ちます。

芸術作品の起源が宗教的な儀礼にあるとすると、「礼拝的価値」と「展示的価値」の両面を持っているはずです。そのバランスが、だんだん後者優位に変化している、というわけです。同じ宗教でも、小集団を祭政一致で支配している宗教と、キリスト教のように、聖俗分離で、大きな国家と結び付いた、あるいは国家を超える広大な領域にわたって存在し多くの信者を緩く繋ぎとめているような普遍性の志向の強い宗教では、かなり違います。キリスト教の教会が、大聖堂を作り、ステンドグラスやフレスコ画にイエスや聖人の絵を描く、あるいは彫刻を作ったとします。それらは聖なる造形物ですが、純粋な祭具とは違って、芸術作品としての性格を持っていますね。寺院の中に展示すると、従来の礼拝価値とは意味が違ってきます。信者はそれを日常的にいつも見ているというわけではないけれど、何度かその寺院を訪れて、わりと近くでじっくり見ることができるようになる。司祭などでないと見られない特別なものでは必ずしもない。大事な儀式に使う本当に大事なものはめったに見せないはずですが、宗教画や宗教彫刻は、必然的に展示価値の割合が高くなります。

礼拝的価値自体は、ほかでもなく、隠れた状態に芸術作品を保つことを要請する。ある種の神像は奥の院にあって、聖職者しか近寄れないし、ある種の聖母像はほとんど一年中、帷で蔽われている。中世の大寺院には、見る者がはるか下から仰ぎ見るほかない彫刻のたぐいがある。個々の芸術作品の制作が、儀式のふところから解放されてゆけばゆくほど、作品を展示する機会は、それにつれて増大する。あちらこちらへ運べる胸像の展示可能性は、寺院の内部に固定されている神像の展示可能性よりも大きい。タブロー画は、これに先行したモザイク画やフレスコ画より、おおきな展示可能性をもつ。

モザイクというのはいろんなところで比ゆ的に使われる言葉ですが、元々のモザイク画というのは、建物などの壁面に石とか陶磁器、貝殻、ガラスなどの小片をはめ込んで、絵を描いたものです。フレスコ画は、壁に漆喰を塗って、それがフレッシュ（fresco）な内に、顔料で絵を描いたものです。どちらも基本的に壁画なので、移動性はほぼないですね。その場に行かないと見ることができない。タブロー画は、板とかカンバスに描かれる絵なので、あちこち持って歩ける可能性がある。展示的価値が高いと考えられます。モザイク画やフレスコ画が最初から特定の場所にあることを前提に描かれるのに対し、タブロー画はいろいろ異なった場所に展示されることがある程度織り込み済みのはずです。

芸術作品の複製技術の手法が多種多様になるとともに、作品の展示可能性が大きく増大してゆくと、作品の礼拝的価値と展示的価値という両極のあいだの量的な移行が、始原時代においても生じたように、作品の性質の質的な変化に転換する。

礼拝的価値から展示的価値への移行が時代と共に少しずつ進行していたけど、複製技術が芸術の領域に入り込んできたことで、その変化が飛躍的に増大した。芸術作品というものの性質自体が変わってきた、ということです。「量的な移行」が「質的な変化」に転換するというのは、エンゲルスの自然弁証法で言うところの、「量的変化の質的変化への転換」をもじった言い方です。

ともかく確かなことは、現在では映画がこのような認識への、もっとも有効な手がかりを提供することだ。さらに、もうひとつ確かなことは、映画においてもっとも進んだかたちで出現している芸術のこの機能変化の、歴史的な射程の大きさが、それを芸術の始原時代と対比させてみることを、方法的にのみならず実質的にも、可能にしていることである。

この後の節で詳しく論じられることになりますが、ベンヤミンは、秘儀的な要素がほとんどない映画の登場によって、礼拝的価値と結び付いていたアウラが完全に粉砕され、大衆が解放されると考えていたようです。

第Ⅶ節——「証拠物件 Beweisstück」としての写真

第Ⅶ節に入ります。

写真が現われたことで、全戦線において展示的価値が礼拝的価値を駆逐しはじめる。だが礼拝的価値は、無抵抗に退却するわけではない。それが構える最後の砦は、人間の顔である。肖像写真が初期の写真の中心に位置するのは、偶然ではない。

初回にお話ししましたように、ベンヤミンは、『複製技術時代の芸術作品』の数年前に「写真小史」という、写真が芸術化する過程を描いた論文を執筆しています。翻訳は、ちくまの学芸文庫の『ベンヤミン・コレクション』の第一巻に入っていますし、同じ学芸文庫に、「写真小史」を図説付きで再編集して一冊にしたものが入っています。この論文では、肖像写真について、露出時間とかレンズなどの技術的条件の問題も含めて、もう少し詳しく書かれています。肖像写真は、個々の人間をその人の特徴が強調されるように写したものですから、それまで肖像画が果たしていた役割を、引き継いでいるようなところがあります。従って、肖像画と同じように、その人に固有の雰囲気、その写真が撮られた状況の思い出のようなものを伝えています。複製可能だけど、微かにアウラを帯びているようにも見えます。世界史とか倫理の教科書に出てくる歴史上の人物、たとえば、マックス・ウェーバーとか、マルクスとか、晩年のシェリング（一八七五―五四）とかの写真を思い出して下さい。シェリングの写真については、「写真小史」でも言及されています。何か、遠いものを現前化しているような感じがしますね。初期の写真では画面全体が暗くて、光が当たっている被写体の人物だけ光っているかのように見えるので、そうなるのはある意味当然なのですが、アウラっぽいものが映し出される背景には、その当時の市民階級的な趣味のようなものも関わっている、とベンヤミンは言っています。その市民階級的なスタイルが崩れていったことも、写真からアウラがなくなっていったことと関係しているそうです。

はるかな恋人や故人を追憶するという礼拝的行為のなかに、映像の礼拝的価値は最後の避難所を見いだす。人間の顔のつかのまの表情となって、初期の写真から、これを最後としてアウラが手招きする。

ある特定の人物を記憶するために撮られた写真は、その写真が置かれている場に独特の雰囲気をもたらすことがありますね。特に亡くなった人の写真だと、その人の霊を呼び戻すための宗教的な儀礼のための祭具の一種のような感じさえします。日本の仏壇の写真には、そういう雰囲気がありますね。この話は、日本人の方がピンと来るかもしれません。

しかし、写真から人間が姿を消すところでは、初めて展示的価値が礼拝的価値にまっこうから向かい合い、これに打ちかつ。この成りゆきを明示したところに、アジェーの写真の比類ない意義がある。かれは、一九〇〇年前後のパリの街路を、人影ぬきで定着してみせた。かれは犯行現場を撮影するように街路を撮影した、といわれているのは、じつに当を得ている。犯行現場にも人影はなく、その撮影は間接証拠を作るためになされる。アジェーに至って写真は、歴史過程の証拠物件となりはじめている。ここにその写真の、隠れた政治的意義がある。その写真はすでに、特定の意味で受け取られることをもとめている。それを見て自由に瞑想をさまよわせることは、もはやそれにはふさわしくない。それは見るひとを不安にさせる。ひとは、それに近づくには特定の道を探さなくてはならぬ、と感ずるのだ。

アジェー(一八五七–一九二七)というフランスの写真家については、「写真小史」でもっと詳しく論じられています。役者、画家を経て、写真家になり、パリの風景を撮り続けたことで知られています。べンヤミンが言っているように、彼の写真は当時のパリの社会を映し出す貴重な資料として評価されています。

芸術としての写真作品が、先ほどのように、人物を映し出している場合だと、どうしてもその人物の人格、顔をめぐるアウラのようなものがまとわりついた感じがありますが、都市の風景写真では、礼拝的価値はほぼ払拭される、というわけです。礼拝的価値はなくても、展示的価値だけで芸術作品として成立しているということです。街路というのは、普段自分たちが通っているところなので、礼拝的な対象にはならない。その街路を写真に撮ったところで、別に芸術としてじっくり見る価値はないような気もしますが、何故か芸術作品として成り立っている――どこが芸術なのかと思う人も少なくないでしょう。ただ、人物がいない街の風景を撮影することで、普段歩いている街がどのような様相を呈しているか、どのような営みのためにどのような建造物が建てられているか、都市全体がどう変化しているのか、といった普段気付きにくいことが、写真家の見たその瞬間の風景の中に映し出されているかもしれない。写真は、都市の中で進行している、いろいろな出来事の証拠になるわけです。ベンヤミンは、それを「証拠物件 Beweisstück」と言っているわけです。そういう都市を成り立たせている無意識的な構造が、人々に何となく感じられるように仕向ける、「証拠物件」としての「写真」が機能することを、「政治的 politisch」と言っているわけです。自分たちが生きている、自分たちが作っている街の風景に隠されている様々な意味を意識することで、人々は、それらがどういうものなのか、「自分たちが何を求めているのか?」を知ろうとします。

同じ時期に、写真入り新聞が道しるべを立てだした。（…）とにかくここで、初めて説明文が不可欠のものとなった。説明文が絵画の標題とはまったく別の性格をもつことは、自明だろう。グラフ雑誌のなかの写真を眺めるひとが説明文をつうじて受け取る指示は、やがて映画において、より精密な、より強制力をもったものになる。映画では個々の映像の捉えかたは、それに先行した一連の映像の全体によって、あらかじめ定められているように思える。

先ほど、版画と活字の融合による「絵入り新聞」の話が出てきましたが、「写真入り新聞」となるとまた話が違ってきますね――ドイツ語だとどっちも、〈die illustrierte Zeitung〉、つまり「イラスト付新聞」ですが、野村さんは「絵入り」、「写真入り」と訳し分けています。「絵入り」の場合は、もともと特定の主張があって、それを絵にしているという関係がはっきりしている。それに対して、「写真」、特に新聞や雑誌に使う報道写真は一応、主観を交えずに客観的現実を映し出しているという建前に立っているわけですが、読んでいる人はどうしても、その新聞や雑誌の説明文や見出しに誘導されて、先入観を持って読んでしまいます。また説明文がなくても、映像の場合、先行する映像との関連で、その後に出てくる映像の意味が一定の枠にはめられる、ということがある。現代思想風に言うと、イメージが物語（ナラティヴ）性を帯びてくる、という感じでしょうか。こんなことは、今では当然のごとく言われていることですが、ベンヤミンはその構造的問題を、ナチスがメディアを積極的に利用するようになった三〇年代半ばに既に指摘しているわけです。

第Ⅷ節――古代ギリシア

第Ⅷ節では、先ず古代ギリシアにおいては、芸術の技術的複製の方法として鋳造と刻印の二通りしかなかったという話が出て来て、それは映画に見られる現代の複製と全く質的に違うという流れで議論が進んで行きます。ギリシアの複製技術と、映画を比べても仕方がないような気もしますが、ベンヤミンはそれによって映画製作の技法であるモンタージュの特徴を際立たせようとしているわけです。ギリシア人の視点から見た場合のモンタージュの最大の特徴は、後からいろいろ改善できる可能性です。ギリシア芸術で最高のものとして位置付けられたのは彫刻ですが、彫刻は一度彫ってしまうと、取り返しがつかないですね。いったん形が出来上がると、後で手を加えるとしても、大したことできませんね。しかし、映画は、モンタージュという形で、様々な状況で撮っておいた映像を編集段階で組み合わせるのが前提になっている。むしろ、それが映画芸術の本質的要素になっている。

モンタージュというと、ソ連の映画監督のエイゼンシュタイン（一八九八―一九四八）が、モンタージュ理論を確立して、自らの映画を製作したことが有名ですね。ベンヤミンは一九二七年に「ロシア映画の現状」という短いエッセイを書いていて、そこでエイゼンシュタインのモンタージュ技法について論じています――翻訳は、晶文社の『ベンヤミン著作集』の第二巻に入っています。

ギリシアの彫刻のように、二度と再現できない、唯一無二の形を作り出すことに価値を置く芸術と違って、映画は何度も撮影を繰り返し、撮影したフィルムを一番いい形で組み合わせる。今だと、ＣＧとか、デジタル化したデータの修正とか、新たに撮影しないでも改善することができますね。そういうこともアウラの凋落と関係しているわけです。

第Ⅸ節――芸術とは何か？

第Ⅸ節に行きます。

一九世紀の経過のなかで、絵画と写真のあいだで、その産物の芸術的価値をめぐってたたかわされた論争は、こんにちから振り返ると、本筋をそれた混乱したものに見える。だからといって、しかし、その論争に意味がないというのではない。むしろその意味は強調されてよいだろう。（…）複製技術の時代が芸術を、その礼拝的な基盤から切り離したことによって、芸術の自律性の輝きは永久に失われた。だがそれとともに生じた芸術の機能変化は、一九世紀の目にははいらなかった。

複製技術によって、芸術から礼拝的価値が放逐され、芸術の機能が変化したというのはこれまで何度か繰り返し出てきたので、何かくどそうな感じがしますね。ただ、ここには新しいポイントも出て来ています。「写真は絵画のように芸術であるか？」という問いをめぐって論争が展開されたというわけですが、その場合の「芸術」はどちらの意味での〝芸術〟なのか？　つまり、従来の意味で〝芸術〟なのかを云々しているのか、それとも映画登場後の新しい意味での〝芸術〟なのか、という問いなのか？　言うまでもなく、前者の意味でなら、映画は〝芸術〟ではないし、後者の意味でなら、既に定義からして、〝芸術〟です。問題になっている「芸術」の意味を確定しないまま、「映画は芸術か？」、と問うのは全く無意味です。それを「本筋をそれた混乱したもの」と表現しているわけです。

その次の段落を読めば分かるように、初期の映画理論家たち、そこに名前が出ている映画監督のアベル・ガンス（一八八九－一九八一）とか、俳優のセヴラン＝マルス（一八七三－一九二一）とかは、一生懸命、映画は（従来の意味で）芸術である、と主張し続けた。どちらも、映画に神秘的なところがあって、礼拝の対象に成り得ることを強調したわけですね。ベンヤミンに言わせれば、そのような態度は、映画の登場に伴う、「芸術」の機能転換を全然理解していないことを意味します。

この種の理論家たちが映画を「芸術」に組み入れようと四苦八苦して、余儀なく、たとえようもなく羽目をはずして、礼拝的要素を映画のなかに読みこもうとしているさまを眺めることは、大いに参考になる。とはいえ、この種の思弁が公表された時期にはすでに『パリの女性』や『黄金狂時代』のような作品が存在していたのだ。それなのにアベル・ガンスは平然と象形文字との比較に走っているし、セヴラン＝マルスは、フラ・アンジェリコの絵画についてなら語れそうなことを、映画について語ってはばからない。

象形文字というのは、映画が古代エジプトの象形文字のように、人々の神秘的想像力を掻き立てる、というような意味合いの譬えですね。フラ・アンジェリコ（一四〇〇頃–五五）は、フィレンツェを中心に活動した画家で、ドミニコ会の修道士です。当然、作品は宗教画で、礼拝的価値がまだかなり高いものです。『パリの女性』（一九二三）や『黄金狂時代』（一九二五）はご承知のように、チャップリン（一八八九–一九七七）の監督作品です。チャップリンの映画は――『パリの女性』は例外ですが――基本的に、エンタテイメント的なドタバタ喜劇で、一般の観衆にも分かりやすいはっきりした主題の下で展開しますし、モンタージュ技法を駆使して組み立てられています。精神分析的な深い分析をすれば話は別かもしれませんが、礼拝的な要素は少なくとも表面には出てきません。何か神秘的なものを秘めているというより、コミカルで大げさな演技で、現代社会の矛盾、理不尽さを風刺しているような感じですね。チャップリンの作品が〝芸術〟として評価されているということは、既に芸術の意味が大きく変容したことを示唆しています。それにもかかわらず、映画を古い「芸術」の枠に収めようとしている映画のプロがいるということは、古い「芸術」概念が西欧世界にあまりに深く浸透していて、芸術家や批評家たちもなかなか意識がついていけてないことを示唆しているわけです。

第X節に行きましょう。

第X節——写真と映画

写真が絵画を複製する場合と、映画が仕組まれた事象をスタジオで複製する場合とでは、複製のしかたは異なっている。前者の場合には複製される対象が芸術作品であって、複製が作品を生産するわけではない。というのも、対物レンズを扱う写真家の作業は、交響楽団を扱う指揮者の仕事とひとしく、芸術作品を創造する営為ではないのだから。それが創造するものはせいぜい、芸術的な営為である。スタジオのなかでの撮影では、事情は違ってくる。この場合には、複製される対象が芸術作品だ、ということはもはやない。他方、前者の場合と同じく、複製すること自体が作品を生産するのでもない。この場合には芸術作品は、モンタージュに依拠して初めて成立する。つまり、モンタージュされる諸成分の個々はある事象の複製だが、その事象はそれ自体芸術作品ではないし、撮影されて作品となるのでもないわけだ。

今度は、写真と映画の「複製」の仕方の違いが論じられていますね。写真の場合は、複製される対象、つまり被写体が本来の芸術作品であって、複製行為によって作品が作られるわけではない、ということですね。このように言い切ってしまうと、異論のある人も多いと思いますが、少なくとも、写真撮影というのが基本的に、その場の風景をありのままに撮る、という受動的行為であって、別に何か新しい形を自分で作り出すわけではない、ということはあると思います。写真家のやっていることは、楽団の指揮者と同じで、自分で「作品 Werk」を作るのではなく、それを再現しているだけだ、というわけです。作品を作っているのは、あくまでも作曲家だということですね——その場での演奏がまた別箇の〝作品〟だと考える人もいると思いますが。しかし、スタジオでの撮影は違うといっていますね。被写体をいろいろ動かしたり、いろいろ組み合わせたりして、新しい形を創造するからです。つまり、映画の製作に近づいているわけです。広い意味でのモンタージュをやっているわけです。技術的に複製すること、あるいは撮影することによって「作品」になるのではなく、広い意味でのモンタージュ作業によって、「作品」になる、というのがここでのポイントです。複製技術によってモンタージュも可能になったのだけれど、モンタージュは決して現実の忠実な再現ではなく、再構成です。

映画において複製されるこれらの事象は、いったいどういうものなのだろうか？　とにかく芸術作品ではないのだから。／この問いへの答えは、映画俳優独自の芸術的営為を、出発点とせざるをえない。映画俳優を舞台俳優から区別するのは、その芸術的営為が、複製に依拠する営為という独特な形態をとるために、偶然的な公衆を前にしてではなく、一種の専門委員会——プロデューサー、監督、カメラマン、録音技師などとして、いつでも俳優の営為に介入できる立場にある——の前でおこなわれてゆく、という事態である。この点には社会的にきわめて重要な識別マークがある、といわざるをえない。すなわち、ある種の営為へ専門的な委員会が介入することは、スポーツの営為にとっても、またもっと広い意味では総じて実験的な営為にとって、特徴的なことだからだ。じじつそのような介入が、映画制作のプロセスを一貫して規定している。誰でも知っているように、多くの個所は幾度も撮り直しをされる。たとえば、救いをもとめる叫びひとつが、さまざまに形を変えて撮影され、その上でそれらのなかから、フィルム編集者がひとつを選択する。スポーツにたとえるなら、いわばそれらのうちの最高記録を、かれが認定する。したがって、スタジオで演じられる事象は、これと似た現実の事象とは、大いに異なっている。その相違はちょうど、競技場での円盤の投擲が、誰かを殺そうとしての同じ場所での同じ距離へ向けての同じ円盤の投擲と、異なるのにひとしい。前者は一種の実験的営為だろうが、後者は違う。／ところで、そうはいっても、映画俳優の実験的営為は、まったく唯一無二のものである。その独自性はどこにあるのか？　実験的営為の社会的価値を狭い限界内に閉じこめている一種の枠を、打破するところにある。この場合、スポーツではなくて、機械を用いた実験が想定されている。

今度は、従来の舞台芸術での俳優の演技と、映画俳優のそれの違いを起点にして、映画「作品」の本質が論じられています――これはあくまでも説明のために俳優の動きに焦点を当てているのであって、俳優が作品を創造しているという話ではないので、注意して下さい。「専門家委員会 ein Gremium von Fachleuten」を前にして演技というのがカギです。

通常の演劇でも、監督や脚本家、舞台装置を担当する人がいますが、いったん芝居が始まると、そういう人たちは後ろに引っこみ、舞台に直接介入することはなく、役者が現前する観客の前で演じることが「全て」になります。しかし、映画ですと、カメラに撮影する前の様々な人と物の配置、そして、その後の編集という形で、ベンヤミンのいうところの「専門委員会」が介入してきます。その専門委員会の介入によって、映画制作が進行し、作品が出来あがる。編集だけでなく、撮り直しもあるし、撮り直しの際に、セットやカメラの位置も変化するかもしれない。その全部が、作品制作過程です。

「これと似た現実の現象とは、大いに異なっている」というのは、一見分かりにくいですが、ポイントは簡単です。自然と進行する出来事、動作を撮影しているのではなくて、一番よく映るように計算して試行錯誤を繰り返し、いくつもの映像を撮って、その最善のものを使うということです。普通の演技でも、練習はしますが、本番になると、やり直しはありません。映画だと、専門家委員会の関与のもとでずっとべストの映像を求め続け、最後はそうやって選んだベストを編集して完成させます。

そういう専門家の監視の下でのやり直しという側面をスポーツ、特に陸上競技に例えているわけですね。スポーツでは、特定のルール、様式にのっとり、そこに審査員が同席します。何回かルールに則ってトライし、その内審査員が認めた最高記録が、その人の記録になる。そうやって記録を作っていくのと、ある意味同じ様に、ベストの映像を残していくわけです。

「ところで、そうはいっても、映画俳優の実験的営為は、まったく唯一無二のものである」という文は、その前の文との繋がりがやや分かりにくいですが、少し補って言い換えると、こんな感じになるでしょう。映画俳優は、実験的営為（Testleistung）として――必要に応じて、何回か撮り直しながら――演技しているのだけれど、だからといって、機械的に決められた動作、誰がいつどこでやっても同じであるような動作をやっているわけではない。露骨にそんな演技をしたら、面白くない。喜劇俳優としてのチャップリンのように、わざと機械的に演じる時もあるけど、あれを誰でもフォーマット通りにできると思う人いませんね。唯一無二、ユニークに見えるから、演技として成立しているわけです。

では、どうしてテストとしての演技が「ユニーク」に見えるのか？　それは、「実験的営為の社会的価値を狭い限界内に閉じこめている一種の枠を、打破する」からだというわけですが、「社会的価値 der gesellschaftliche Wert」というのが分かりにくいですね。ここはあまり難しく考えずに、当該の演技が、もし普通の動作だとしたら、社会一般でどのように見られ、評価されるかという相場のようなものだと理解しておけばいいと思います。演技というのは、ある意味、〝普通の人間〟のように、泣いたり、笑ったり、怒ったり、興奮したり、熱中したりするわけですが、本当に普通だったら、全然面白くないわけです。どこかにアクセントを置いて、それを特別なものに見せないといけない。陸上競技だったら、練習を積み重ね、競技場の環境とかも計算に入れ、肉体の自然な限界を越えようとするわけですが、映画の場合は、撮影のための装置を前にして、人間の社会的動作の限界を超えること、何気ない仕草に意味を与えることを試みるわけです。

この後の箇所でベンヤミン自身が述べているように、現代人の労働環境は、機械的（mechanisch）なものによってかなり規定されています。工場での単純作業が機械化されているというだけでなく、肉体労働者であると否とに関わらず、私たちの生活全般が画一的に管理され、ベルトコンベヤーにのっかっているような感じになっており、我々の一つひとつの動作も単調化している。そういう機械的単調さを打破するような演技が、（機械装置を前に実験的な演技を試みる）映画俳優には求められているわけです。

映画は実験的営為を展示可能なものとする――営為の展示可能性自体を実験することによって。じっさい映画俳優は、公衆の前でではなく、機械装置の前で演技する。映画監督の役わりは、適性試験における審査者のそれにひとしい。眩ゆい照明のもとで演技すると同時に録音の条件をも満足させることは、第一級の実験的営為である。こうして演技するためには、俳優は機械装置の前で人間性を保持していなくてはならないが、この営為にはじつに大きな効用がある。なぜなら、都市住民の圧倒的多数は労働日の続くあいだ、事務室や工場で、機械的な機構に面して、自己疎外におちいらざるをえないのだから。この大衆が晩になると映画館をみたして、映画俳優がかれの人間性を（あるいは大衆にそうと思えるものを）機構に対抗して主張しているのみならず、自身の人間性の勝利のために機構を用立ててもいることをつうじて、かれらに代わって雪辱してくれているのを、体験するわけなのだ。

映画俳優が、機械装置（Apparatur）の前で「人間性 Menschlichkeit」を保持するというのは大げさな言い方ですが、これは、都市住民の圧倒的多数、我々の置かれている状況を象徴した言い方になっています。

先ほど言ったように、我々は日々、機械的な環境の中で単調な動作を繰り返しており、自己疎外的な状況に置かれている。自分自身の人間性と疎遠になっている。俳優が、撮影のための装置に代表される、「機械的なもの」の制約を乗り越え、生き生きとした独自性を示すことによって、それを映画館で見ている観衆は、俳優が自分の代わりに、機械装置を乗り越えてくれたような気になって、カタルシスを覚える。自分の「人間性」も回復されるのではないか、という希望を抱くわけです。現代思想風に言うと、自らの「身体性」を回復するわけです。

無論、映画作品を構成している俳優の演技というのは、機械装置から実際に解放され、自力で「独自性」を発揮しているわけではなくて、録音とか照明、カメラなどの機械類とのコラボによって「独自性」を見せているわけです。機械と対峙して独自性を発揮しているようにも見えるけど、余計に機械漬けになっていると言えなくもない。そこは、かなり両義的ですね。それを敢えてポジティヴに言うと、機械的な技術の一種、それもかなり高度に洗練された技術である複製技術をうまく活用することによって、機械装置の中での自己疎外状況を克服できる可能性を作品の中で表象できるかもしれない。そういうことになるでしょう。

そうやって、人間性の解放の可能性を観衆に対して開示することに、映画作品の展示的価値があるわけです。

次回はこの論文の後半、XI節以降を読んで行きます。映画は、私たちの認識の様式の変化を反映しており、映画は、私たちをアウラから解放してくれるであろう、というような希望的観測が示された後、最後のXIX節でそれを打ち消すような負の可能性もあることを示す、という展開になっています。

【会場からの質問】

Q　II節の最後の行（六四頁）に、「(芸術作品の複製と、映画芸術が）従来の形態の芸術にどのような逆作用を及ぼしているかを……」とあるのですが、この場合の「逆作用」というのは、どういうことですか？

A　「逆作用」と訳されていますが、原語は〈zurückwirken〉という分離動詞で、私としては、逆作用というよりは、「遡って作用する」とか「遡及的に作用する」と訳した方がしっくりくるのではないか、という気がしています。これは基本的にIX節と同じ話だと思います。写真や映画などの複製技術作品が芸術扱いされるようになったことによって、それまで「芸術」と見なされていたものの本質は何であったのか問い直されることになり、遡及的に、従来の「芸術」概念をも変容させることになった、ということです。古いものが新しいものに影響を及ぼすのではなく、逆の方向に影響が及ぶので、「逆作用」という訳になったのでしょう。

Q　V節の最後の行（七二頁）に「儀式を根拠とする代わりに、芸術は別の実践を、つまり政治を、根拠とするようになる」と書いてありますが、ここで言っている「政治」とは何のことですか？

A　当然、特定の目的を持って行なわれるような政治行動のことを指しているのではないことははっきりしていますよね。先ほど少しお話ししましたが、社会的に構成されている知覚様式を変化させるであろう集団的な営みというような意味だと思います。そういうのを「政治」と言うのは、少しピンと来にくいかもしれませんが、芸術が宗教と結び付いていた時代には、儀礼を支えるような知覚様式、アウラ的なものを感じ、礼拝するような感性が支配的だったわけですね。複製技術の導入によって、芸術をめぐる人々の集団的な知覚様式が変化し、アウラ的なものが衰退すれば、宗教的・秘教的な支配が弱まっていくわけですね。

次回のテーマになりますが、礼拝的価値に比べて、展示的価値は民主的性格が強いと言えるかもしれません。儀礼は、そもそも、閉じられたサークルの中で、一部の祭司の指導の下に遂行されるものです。それに対して、展示は、公衆一般の目に晒され、評価されることによって初めて意味を持ちます。そう考えると、礼拝的価値から展示的価値への変動は、極めて「政治的」な意味を持ちます。基本的に芸術の話ですが、狭い意味での芸術を超えた政治的作用を及ぼすわけです。

因みに、現代思想で、「〜の政治」とか「〜のポリティクス」という形で、「〜」のところに、美とか文化とか身体とか知覚とか、政治と関係なさそうなものを入れる語法がありますが、そういう時の政治は大体こういう感じの意味です。その関係なさそうなものが、我々が通常〝政治〟と思っているものに影響を与えるという前提で、「政治」と言っているわけです――単に格好つけて言っているだけの場合も少なくないですが。

第六日目……メディアについて　2

——『複製技術の時代における芸術作品』を読む　後半

これに加えて、お客様は神様だとする観客崇拝が、これを補完している。観客崇拝もまた、スター崇拝と並んで、大衆の心性の腐敗を促進しているが、この腐敗した心性こそ、ファシズムが大衆のなかに、階級意識に代えて植えつけようとしているものにほかならない。

『複製技術の時代における芸術作品』

（野村修訳）

第XI節——機械装置が芸術と人間の関係を変える

今回は、『複製技術の時代における芸術作品』のＸＩ節からですね。Ｘ節の延長で、映画においては俳優が公衆に対して他人を演じることよりも、機械的な機構の前で演じることが重要になるということが、イタリアの劇作家ピランデルロ（一八六七－一九三六）を引用しながら論じられています。他人の人格（Person）を演じるのではなくなるということは、映画において人格の「アウラ」が消滅していくことと繋がっている、というわけです。八七頁の中ほどに、次のようにあります。

同じ事態は、つぎのように特徴づけられることもできよう。人格のアウラを断念して、活動せざるをえない状態に立ち至った、と。これこそ映画の働きである。なぜならアウラは、人間が、いま、ここに在ることと切り離せない。アウラの複製などはない。舞台上のマクベスを包むアウラは、生きた公衆の目には、マクベスを演ずる俳優を包むアウラと不可分のものなのだ。けれども、スタジオでの撮影の特異性は、公衆の代わりに機械装置を置くところにある。だから俳優を包むアウラは、ここでは欠落せざるをえない——したがって同時に、かれの演ずる作中人物のアウラもまた。

前回もお話ししたように、「アウラ」は、「今、此処」に在ること、現前していることと不可分の関係にあります。宗教的儀礼から分離し、近代において独自の領域を確立した「芸術」は、儀礼に際して生じるアウラの痕跡らしきものを帯びています。宗教儀礼では、神的なものが祭具を介して「今、此処」に現われ、「今、此処」を特殊な場へと変換するわけですが、従来の演劇では、そうした「今、此処」性が重要です。俳優が公衆と直接対峙し、作法通りに作中人物を演じることで、公衆からは、その俳優の周辺にアウラが生じたように見えるわけです。演劇が儀礼的だという感じは分かりますね。シェイクスピアの『マクベス』なんか、まさにそうでしょう。主人公が亡霊や魔女とやりとりする芝居ですから。

しかし、映画になると、俳優は公衆ではなく、スタジオの機械装置の前で演じます。公衆は、スクリーンに映し出された映像を介してしか、俳優に接することはない。何重にも機械に媒介されており、なお且つ、何度でも再生可能なので、「今、此処」性と結び付いた「アウラ」が入り込む余地がない。「アウラ」が、機械装置によって複製されることはないわけです。これも前回お話ししたことですが、ベンヤミンは、複製技術は「アウラ」と相性が悪いので、複製化によって「アウラ」が崩壊するという前提に立っています。現代の表象文化論では、複製技術を介して「アウラ」が分散化、拡大しているとか、ネット空間の中で大小のカリスマがアウラを発しているとかいう議論の方が支配的だと思いますが、表象文化論の元祖とも言うべきベンヤミンは、そこは楽観的だったわけです。

これも前回お話ししたことですが、映画撮影のためのスタジオの「機械装置」は、社会全般で進行している「人間疎外」を促進しているような感じがしますし、コマーシャリズムとか、身体性に対する制約といった側面から、映画を否定的に捉える議論もありますが、ベンヤミンは、俳優が機械装置の制約を乗り越えて自らの唯一性（Einzigartigkeit）を示すような演技を見せることが、身体の疎外克服の可能性を暗示することになる、と見ています。身体性に関しても、楽観的です。

八八頁に、舞台俳優との対比で、機械装置とコラボする映画俳優の演技の特徴が述べられています。

舞台上で行動する俳優は、役に没入している。しかし映画俳優はじつにしばしば、そうすることができない。かれの演技は一貫して続けられることがまったくなくて、多くの短い演技の切れはしから構成される。スタジオを借りる都合や相手役の都合、さらには舞台装置などの偶然的な諸要素を考慮することと相俟って、映画制作のメカニズムは基本的かつ必然的に、俳優の演技を一連のモンタージュ可能なエピソードの数かずに分解させなくてはならない。とくに照明の問題はややこしい。照明設備の都合から、スクリーンの上ではまとまって速やかに映し出される場景の演技が、スタジオでの撮影のときには、場合によっては数時間にわたり、こまごまと細分されて撮影されねばならぬこともある。分かりやすいモンタージュについては、いうまでもなかろう。

意外なほど当たり前の話ですね。舞台俳優が役に没入する（sich versetzen）ことができるのは、彼が舞台上でそれなりの長い時間、その役に集中できるからですが、映画俳優だと、どうしても演技が切れ切れになる。短い演技を何度もやってみて、その中のベストのものを編集する。本人のコンディションの他、スタジオとか各人のスケジュール、舞台装置などの関係で、どうしても各シーンを細かく分けて撮らざるを得ないことがある。いろいろ中断が入り、間をあけながら演技をしていると、その役に入り込めなくなる、というわけです。

ただ、そうやって細かく切りながら撮影するおかげで、舞台とは違った意味での〝自然さ〟を演出することもできる。

ドアがノックされて俳優が縮みあがる、という場面が必要だとしよう。ひょっとして、この縮みあがる演技がうまくゆかないことがあるかもしれぬ。そんなとき監督は、俳優がまたスタジオに来ている折りを狙って、かれには知らせずにかれの背後で銃弾を一発ぶっぱなさせる、といった奥の手を使うことができる。この瞬間の俳優の驚愕を撮影しておいて、それを映画に組みこめばよい。芸術が「美しい仮象」の王国から──そこでのみ芸術は栄えうる、と長いあいだ見なされていたあの王国から──すでに抜け出してしまっていることを、このことほどにドラスティックに示す事実は、またとあるまい。

ここでベンヤミンが挙げているような例は少し無理があるような気もします。仮に本当にその役者を驚かすことができたとしても、周囲の状況との整合性やタイミングがあるので、それを後でうまくモンタージュするのは実際には難しいと思いますが、演技が行われている〝舞台〟に対して〝外〟から──画面には出ないような形で──いろいろと働きかけ、俳優の個人的な努力だけでは難しいことを可能にすることができるのは確かでしょう。

「「美しい仮象」の王国 das Reich des »schönen Scheins«」という表現は、哲学的で難しいような感じがしますが、ここではあまり難しく取らないでいいです。近代の芸術が理想としてきた、「純粋に美しいものだけからなる幻想の世界」、というような意味で理解しておけばいいでしょう。「仮象 Schein」というのは文字通り、実体と対応していない仮のイメージということですが、この〈Schein〉というドイツ語には、太陽や光線などの「輝き」という意味もありますし、接頭辞〈er-〉を付けて動詞化した〈erscheinen〉は、英語の〈appear〉に相当し、「現われる」という意味です。ですから、その多義性を利用して、「美は仮象であるけれど、それは全くの虚無ではなく、存在の本質が輝きながら現われ出たものである……」というような理屈を付けることもできます。「輝き」も「現われ」も、「アウラ」に関係していますね。本文では、この最後の文に原注が付いていますが、そこでは、ヘーゲルの美学における「美しき仮象」の問題を起点として、「美的仮象」と「アウラ」の関係が細かく解説されています。

第XII節――自己疎外・まなざし・スター崇拝

XII節では、映画における自己疎外の克服が、それを見る「大衆」にどう影響するかという問題が論じられています。

人間が機械装置をつうじて表出されることによって、人間の自己疎外は、きわめて生産的に利用されることになった。この利用がどれほど生産的なものかは、つぎの点から分かるだろう。俳優が機械装置にたいして抱く違和感は、ピランデルロが述べているように、鏡のなかに映る自分の映像にたいする違和感と同種のものである。ロマン派のひとびとは、こういう映像のもとにとどまることを好んでいた。ところが、この映像を俳優から切り離して、よそへ移すことが可能になったのだ。それはどこへ移されるのか？　大衆の前へである。

機械装置を通じて人間の自己疎外（Selbstentfremdung）が生産的に利用されることになったというのは、弁証法的な論理ですね。疎外という形の非生産性が極度に進むことによって、逆転して、生産性になるわけです。「疎外」は、初期マルクスの重要な概念です。『経済学哲学草稿』（一八四四）では、資本主義社会における、「類的本質（＝労働）からの疎外」という現象が詳細に論じられています。「疎外」とは、簡単に言うと、人間が機械の部品のように動かされることによって、自分自身の本質を見失ってしまう、ということです。マルクス主義の最初の前提によると、人間の類的本質は労働であるはずなのだけれど、その労働が、主体的な労働ではなく、資本の強制によって——機械の部品のように——「働かされ」るようになることによって、労働が、自分自身の営みであると感じられることがなくなる。当然、労働の産物は自分のものにはならない。さらに言えば、自由を意志を奪われて働かされ続けた労働者たちは、自分が疎外されている状態にあること自体さえ分からなくなる——『蟹工船』ブームとか、秋葉原無差別殺傷事件の際に、その手の疎外論が左派系論壇でしきりと主張されていましたね。労働者を搾取している資本家の方も、自分で労働していないので、人間の「類的本質」としての労働から疎外される、ことになります。資本主義社会では、あらゆる人が類的本質から疎外されることになるわけです。

中期以降のマルクスはあまり「疎外」について語らなくなります。疎外について語りすぎると、資本主義的生産体制そのものよりも、労働者の意識の方が問題であるかのような話になってしまうことに気が付いたからだとされています。ルカーチは『歴史と階級意識』で、初期マルクスの疎外論を掘り起こす形で、労働者たちが、機械の部品のように働き続け疎外されている自分の状態を認識することが、疎外からの解放の第一歩になると論じています。自己疎外を意識することを通して、資本主義の構造的な矛盾に気付き、革命的な実践の必要性に目覚める、というのです。そういうルカーチの疎外革命論は、マルクス主義を、ヘーゲル主義的な観念論の水準にまで後退させるものだとして、ソ連共産党など正統マルクス主義派からの批判に晒されたわけですが。

ベンヤミンは、そうした疎外が自覚される可能性を映画に見ていたわけです。「俳優が機械装置にたいして抱く違和感は……鏡のなかに映る自分の映像にたいする違和感と同種のものである」、という言い方は少し分かりにくいですが、取りあえず、「機械装置」が「鏡のなかに映る自分の映像」に譬えられていることが分かりますね。ということは、俳優にとって機械装置は、自分の映像のようなものだということになります。何故、機械装置が、「自分の映像」なのかというと、それは第一義的には、前回も話題にしたように、俳優も大衆の多くと同様に、自分自身が機械の部品のようになっていると感じているからでしょう。それから、この場合の機械装置は、俳優の演技を撮影するためのカメラを中心とする機器ですから、文字通り、そこに自分の姿が映し出されるわけですね。

では何故、違和感（das Befremden）を覚えるのか？　鏡の中の自分に違和感を覚える、というのは、自分の姿がヘンだ、こんなはずではなかった、こんな私は嫌だ、と感じるということです。このこととの対比で、ロマン派はそうした自己の映像の下に留まることを好んだ、とベンヤミンは述べているわけですが、これは、「鏡に映った自分」が好きだということですね。初回にお話ししたように、ベンヤミンは博士論文で、ドイツの初期ロマン派の芸術批評について論じています。初期ロマン派の批評理論では、「（自己）反省」という概念が大きなウェートを占めています。「反省」を意味するドイツ語は、〈Reflexion〉ですが、辞書を見ると分かるように、「反射」という意味もあって、そっちの方が原義です。どうして「反射」が「反省」なのかというと、ドイツ哲学の定番の説明では、通常は、外に向かっている「私」の意識が〝何か〟に突き当たって反転し、「私」自身の方に向かってくることとして、「反省」という現象を理解することができます。「反省」と「反射」双方の意味を出すために、「反照」と訳すこともあります。「内」と「外」が相互に映し合っているようなイメージですね。一昔前のマルクス主義系の哲学研究では、この「反照」という言葉が頻繁に使われていました。

ドイツ・ロマン派は「反省」を通しての「自己」自身との遭遇、（無意識の中に潜んでいる）真の自己の探究というモチーフと哲学的に取り組み、それを芸術批評と結び付けました。少しだけ具体的に言うと、各種の創作（ポイエーシス）された作品の内に、作者の自己の本質が――本人も自覚しない内に――反映されているはずだと前提し、それを発見することを、「批評 Kritik」の使命と見なすわけです。文学や芸術の作品は、個々の芸術家が単独で作り出しているわけではなく、神話という形で民族に共有されている、集合的な想像力の連鎖の中から産み出されるものだとされました。民族的な芸術を批評することが、自分たちの「自己」を知ることに繋がります。芸術に反映されているはずの「真の自己」と再会し、それと一体化すること、主体と客体の分裂を克服することが、ロマン主義的な芸術の究極の理想になりました。対象の内に反映されている「自己」を、主体が再発見するという図式は、ヘーゲルの弁証法にも見られます。初期マルクスの「労働」観も、客体を媒介にしての主体の自己再認識＝反省という図式に即して、理解することができます。主体が労働者で、客体が労働の産物です。その再認識が、社会的要因によって阻害されている状態が「疎外」である、ということになるわけです。ロマン派の芸術論と、マルクスの労働観は、深いところで繋がっていると見ることができます。

ベンヤミンの理解では、ロマン派は、まるでギリシア神話のナルキッソスのように、「鏡」、つまり芸術作品に映し出される「自己」の像の美しさに魅せられ続けた。実際、ドイツ・ロマン派の文学では、鏡あるいは、鏡のように、自己の姿を映し出す道具や他の人物が、重要なモチーフになっています。E・T・A・ホフマン（一七七六－一八二二）には、自分の鏡像を譲り渡す男を主人公とする小説――同じような話が出てくる、シャミッソー（一七八一－一八三八）の『影をなくした男』（一八一四）では、「影」が「鏡」の役割を果たしていると見ることができますね――がありますし、彼の他の小説に出てくる分身＝ドッペルゲンガー（Doppelgänger）のモチーフも、鏡のメタファーの一種とされています。ロマン派に限らず、芸術には、もともとそういうナルシシズム的なところがあると言えるかもしれません。

「鏡」に映し出された「自己」自身の姿に対する違和感、疎外感をはっきりと表現するような芸術、例えば、カフカの小説の世界のような芸術が登場してくるのは、ロマン主義よりも後の時代、一九世紀後半から二〇世紀の初頭にかけての、まさに複製技術勃興期なのではないかと思います――自己像に魅せられているのか、違和感を覚えているのか、というのは、解釈上のかなり微妙な判断になるので、時代的にはっきり線を引くのは本当は無理なのですが、取りあえずベンヤミンの図式に合うように、そういうニュアンスの変化があったと想定しておきましょう。映画の場合、「鏡」に映し出される自己は、自らの本質から疎外され、機械の部品のようになっている自己です。「鏡」を通して、人々は、自己疎外の状況を認識させられるわけです。自己疎外を認識すること自体が、ルカーチ的な意味で、疎外からの解放の契機になるわけです。

映画の中で、自己疎外が際立つ重要な要因として、俳優が、実際に機械装置に取り囲まれて演技している、ということに加えて、その演技が、（機械の背後にいる）潜在的な観衆である不特定多数の大衆のまなざしに晒されている、ということがあります。「大衆」自身が、潜在的に演技に関与しているわけです。

この意識は一瞬たりとも映画俳優の脳裡から去らない。俳優は、機械装置の前にいても、いま自分が勝負している相手はけっきょく大衆なのだ、ということをよく知っている。この大衆によってかれはコントロールされる。しかもかれの演技をコントロールするこの大衆は、かれが演技を終えるまで、かれの目に見えないし、まだ存在していない。この不可視性によって、大衆のコントロールの権威は高くなる。

観衆として俳優の演技をコントロールしている大衆が、「かれが演技を終えるまで、かれの目に見えないし、まだ存在していない」ということが、ポイントです。それが、舞台での演劇との違いです。舞台だと、観客と自分の位置関係ははっきりしていますし、どういう反応をしているか、その雰囲気は伝わってきます。映画だと、それぞれの場面ごとに、不特定の大衆の目にどう映るであろうか推測しながら、カメラや照明との関係で一番いい見え方をする演技を模索するわけです。不可視の大衆のまなざしによって間接的にコントロールされていると言えます。自分自身の思い通りに演技することは許されない。カメラに写っている自分は、本当の自分ではない。それはある意味で「疎外」であるわけです。ただ、それは疎外といっても、解放へのポジティヴな契機を含んだ疎外です。映画俳優は、疎外されている自己に違和感を覚えたとしても、「美的仮象」の王国のようなものにナルシシズム的に没入することはできません。ベンヤミンの前提では、映画は美的仮象としてのアウラを排除する芸術なので、アウラの神秘性に頼って、観客の目を誤魔化すことはできない。そうなると、不可視の大衆の欲望の内に「真の自己」を見出し、それと同一化するという方向で、疎外＝違和感を克服するしかない。もう少し平易な言い方をすると、「大衆が真に求めているもの」の内にこそ、俳優、そして映画製作者たちが表現し、一体化すべき理想があると想定し、撮影の過程を通してその「真に求められているもの」を探究するわけです。

もう一度、従来の芸術と映画の違いを整理しておきましょう。従来の芸術の製作過程には、消費者である大衆は原則的に関与できない。芸術家も社会の中に生きている人間だし、作品がどう評価されるか意識しないはずはありませんが、創作過程において、ここをこうしたら観客にどういう印象を与えるか、といちいち細かく計算することはあまりないでしょう。それに、複製技術が参入してくる〝以前〟の芸術は、ごく少数の芸術愛好家だけが受容者だったので、受容者を意識したとしても、その受容者は大衆一般ではなかったはずです。演劇は比較的多くの人の前で演じられますが、それでも、その観客が大衆一般の代表とは言えなかったでしょう。そうした意味で、芸術家は創作過程において、自分自身の内面との出会いはあったかもしれないけれど、不特定多数の大衆のまなざしを意識することは少なかったはずです。映画の場合、目の肥えた特定の観客にどう見えるかではなく、映画館にやってくる、不特定の大衆一般にどういう印象を与えるか計算しながら、一つひとつのシーンを撮っていくわけです。しかも、多くの人の集団作業として撮影が行われる。内面的に閉ざされた「美的仮象」の王国を構築する、という感じにはなりません。無論、これはあくまで、「アウラは複製されない」というベンヤミンの前提に立っての話で、実際に演じている人の意識の上では、演劇と映画の間にそれほど決定的な違いはないかもしれません。

ベンヤミンの議論のポイントは、映画は複製技術と不可分に結び付いており、その複製技術は不特定多数の大衆のまなざしに対応するよう使用される、ということです。俳優が、大衆のまなざしから解き放たれることはない。それは不自由なことだけど、映画が映画である限りどうしようもないので、大衆が求めているものを探り出し、同化することによってしか、その不自由さ（＝違和感）を解消できない。俳優に「役」と簡単に同化できないという違和感を覚えさせることによって、それを、不可視の大衆との出会いへとポジティヴに転化する弁証法的な装置が、映画には備わっているわけです。

とはいえ、忘れられてはならないことは、映画が資本主義的搾取の束縛から解放されない限り、このコントロールの政治的価値が有効に生かされるには至らない、ということだ。なぜなら、このコントロールという革命的なチャンスは、映画資本によって反革命的なチャンスに転化させられているのが、現状なのだから。映画資本の促進するスター崇拝が、人格という例の魔術を――それがとっくに、人格の商品的性格というういかがわしい光輝のなかに埋没しているのに――保守しているだけではない。

ベンヤミンは、不可視の大衆が映画の製作過程をコントロールしていることを、革命的チャンス（die revolutionären Chancen）として捉えているわけですが、無条件で、大衆化を賛美しているわけではありません。我々が当然抱きそうな疑問を、ベンヤミンも抱いていたわけです。映画には資本がくっついているということです。大衆が主体的に、自分が観たい作品を選びとるというより、資本が大衆をそう誘導しているだけなのかもしれない。先ほどお話しした、不特定多数の大衆の目を意識しながら撮影するということも、裏を返すと、大衆の真の願望に応えるというより、大衆が本能的・利那的に食いついてきそうな映像を撮っているというだけのことかもしれない。

ポイントになるのが、スター崇拝（Starkultus）です。「人格」の「商品的性格　Warencharakter」ということ、やや難しそうに聞こえますが、「人格」を「パーソナリティ」とか「キャラ」と言い換えると、現代日本でよく言われているような話になりますね。「人格」という訳になっていますが、原語は、〈Persönlichkeit〉で、英語だと〈personality〉です。その作品での演技がどうとかではなくて、その役者自体が、オーラを帯びたカリスマ・キャラになってしまって、とにかくその人が出さえすれば、〝いい映画〟になってしまうような現象です。現代日本には、いろんな領域に、オーラをまとったカリスマがいて、それが商売になっていますね。複製技術を使う映画は、本来アウラを追放するはずだけれど、スター崇拝という形で、アウラを復活させる手もある。資本は、スター崇拝によって大衆を幻惑し、利潤を上げようとする。

現代の日本の状況にもう少し引きつけた話をすると、インターネットが一般に普及し始めた十年くらい前、一九九〇年代の終わり頃に、双方向的な性格の強いネットが主要なメディアになれば、情報の発信者と消費者の区別が相対化し、文化活動における民主主義が促進され、それが政治における真の民主化も促進されるだろう、というような議論が論壇の一部で流行りましたね。今でも、ネット民主主義論とか、ネットによるマス・メディアの情報独占体制の打破とかを論じている人結構いますね。そういう人たちは、ネットが、権威や資本主義を克服してくれるものと楽観的に見ているように思えます。そういうポジティヴな面があるのは確かですが、同時に、文化産業がネットで有名になった「スター」的存在をうまく利用して、商売にしていることも忘れはいけません。『電車男』ブームとかありましたよね。ブログで人気を集めてから、書籍やテレビなどで、評論家としてメジャー・デビューする人も増えてきました。既に有名な政治家とか評論家が、固定信者を増やすために、ブログやツイッターを利用している、という話をよく聞きます。ネットがいろんな領域で「スター崇拝」を増殖させており、ネット・スターを生み出すことに成功したごく少数の人や団体が、ネット権力を独占しつつあるように見えなくもありません。演劇から映画への変化をめぐるベンヤミンの議論が、「テレビからネットへ」という形で反復されている感じですよね。

ベンヤミンは、映画は、他者としての大衆を製作過程の中に不可避的に巻き込んでいくメディアであり、文化の民主化を促進するということを示唆しているわけです。しかし、映画資本は、「スター崇拝」を演出することで、大衆を、自主的に選択しているつもりで実は操られている状態、資本がお勧め商品として提供するものを〝自分の意志〟で選択してしまう――実質的に極めて受動的な――状態へと巧みに誘導する恐れがある。そのことも指摘しているわけです。

これに加えて、お客様は神様だとする観客崇拝が、これを補完している。観客崇拝もまた、スター崇拝と並んで、大衆の心性の腐敗を促進しているが、この腐敗した心性こそ、ファシズムが大衆のなかに、階級意識に代えて植えつけようとしているものにほかならない。

「スター崇拝」と、「お客様は神様だ」とする「観客崇拝 der Kultus des Publikums」が一体になっているというのは、現代でもよく聞く話なので、分かりやすいと思います。「お客様」を持ち上げて、いかにもお客様が好みそうなキャラを売り出し、商売にするわけです。お客の好みが次第にステレオタイプになり、映画産業が、「こういうスターがお好みでしょう！」という感じで提供するキャラを素直に受け入れてくるようになったら、儲けのサイクルが出来上がります。この箇所の末尾に原注の［12］が付いていますね。

ここでは、集団的理性を備えていて、明確な階級意識の下に主体的に連帯することのできる「プロレタリアート大衆 die proletarische Masse」と、受動的で、刺激によってパニック的な反応を引き起こしやすい「小市民的大衆 die kleinbürgerliche Masse」を区別しています。恐らく、「スター崇拝―顧客崇拝」にのせられやすいのは後者で、前者は、映画に能動的に関わりながら、映画製作者と共に自己解放の道を模索するはずだ、と示唆したいのでしょう。

しかしながら、本格的な大衆社会では、小市民とプロレタリアートを、職業、収入、居住地域、趣味などを基準に明確に分けることは困難です。一九世紀半ばのように、階級を明確に分けることができなくなった時に、大衆社会が出現したと言ってもよいでしょう。同じ人がある局面では、プロレタリアート大衆的に振る舞い、別の面では、小市民大衆的に振る舞う、ということもあるでしょう。後者の側面が強くなると、映画資本にお客様扱いされ、気持ち良くしてもらって、自己満足してしまう。アウラを発するスターたちが活躍する虚構の世界にのめり込み、主人公が自分の代わりに〝自己実現〟してくれているような気になって、自分自身の目で現実を見ようとする主体性を見失っていく。当然、革命的な能動性も喪失する。ファシズムは、そうした大衆の小市民的な堕落をうまく利用しようとする、というわけです。大衆が堕落して、娯楽産業の提供する刹那的な快楽のみに関心を持つようになっていれば、革命の脅威は小さくなるし、スター崇拝と同じようなやり方で、指導者を崇拝させることも可能になるからです。

第XIII節――労働の〝分業〟の反転可能性

第XIII節では、先ほども触れた、消費者参加をめぐる問題が中心的に論じられています。

映画にかんしては週刊ニュースが、誰であれ映画の登場人物になりうることを、簡単明瞭に証明している。しかしそういう可能性がある、というだけではない。こんにちでは万人が、映画に登場しようとする要求を持っている。この要求を何よりも明確に教えてくれるのは、現在の文学の歴史的状況への一瞥だ。／数世紀にわたって文学においては、一方に少数の書き手がいて、他方にその数千倍の読み手がいる、という状態が続いていたが、前世期の終わり頃、その点に変化が生じた。新聞が急速に普及し、さまざまな政治的・宗教的・学問的・職業的・地域的組織をどんどん捲きこんでゆき、読者としてなじませるにつれて、しだいに多くの読者が――最初は散発的に――書き手に加わるようになった。同時にこのような読者のために、日刊紙は「投書欄」を設けはじめた。こうしていまでは、ヨーロッパのほとんどすべての労働者は、その労働の経験や、苦情や、ルポルタージュなどをどこかに公表するチャンスを、基本的にもてるようになっている。それゆえ、作家と公衆とのあいだの区別は、基本的な差異ではなくなりつつある。その区別は機能的なもの、ケース・バイ・ケースで反転しうるものとなっていて、読み手はいつでも書き手に転ずることができる。

面白いですね。まるで、インターネットの普及によって発信者／受容者の区別が消失するという、現代的な議論と同じようなことをベンヤミンが言っているわけです。ニュース映画に素人が登場するようになると、映画は特別な訓練を積んだ俳優の独占物ではなくなる。新聞も、読者欄の登場によって、一般読者に開かれるようになる。それまでは、メディアを介して情報発信できるのは、特殊技能の人たちだけだったので、そういう特別な人たちにはアウラがあったわけですが、複製技術のおかげでみんなが発信者になれる可能性が拡がると、そういうアウラは崩壊していきます。

良かれ悪しかれ労働過程が極度に専門化されている現状では、誰でも専門家に――たとえ、ごく些細な実務のであれ――ならざるをえないのだが、誰もが専門家として筆をとる道が、こうして拓けてきたのである。労働自体が発言しはじめ、労働を叙述する能力が、労働を遂行するのに必要な能力の一部分となる。書き手としての資格は、もはや特殊教育ならぬ綜合技術教育にもとづいたものに、したがって共有財になる。

これも、現代日本でよく耳にする議論ですね。要は、「リテラシー」の問題です。労働が高度に専門化してくると、自分の従事している労働過程について報告できるだけのリテラシーも必要になってきます。機械についてよく分かっていて、それについて説明できないと仕事ができないようになってくる。そういうリテラシー込みの技術教育も行われるようになる。そういう能力を備えた人が、メディアでの書き手候補にもなるわけです。

従来、マルクス主義の資本主義批判で言われていたのと、逆の現象が起こっているわけですね。階級社会では、精神労働と肉体労働が分離し、後者に従事する人たちは次第に、資本家の監視の下で、機械の部品のように単純な作業を繰り返すだけの肉体労働者へと格下げされていきます。単純労働を繰り返すだけの肉体労働者は、職人のように単独で一つの商品を作れず、生産資材もないので、資本家に雇われるしかない。労働者は資本主義的な分業の下では、従属的な位置に留まることになる。疎外論も、そうした分業による労働の分解を前提にしています。それが、労働過程の高度の専門化に伴って反転するというわけですね。

こうした「労働」自体の発言、つまり、労働者が自らの労働について語ることが、既に映画製作において現実化しつつある、というのです。

こういったすべてはほとんどそのまま、映画の分野に移して語ることができる。ここでは、文学の分野では数世紀を要した変動が、僅か一〇年間で起っている。じじつ映画の——とりわけロシア映画の——実際活動のなかで、この変動は部分的にはもう現実化している。ロシア映画に登場する俳優たちの一部は、ぼくらのいう意味での俳優とは違っていて、〈自分〉を——しかも何より、労働過程のなかにいる自分を——演ずるひとたちなのだ。

これは恐らく、革命後のソ連の実験的映画、「労働」の過程そのものを作品の中で再現しているような半ドキュメンタリー的な作品を念頭に置いているのだと思います。舞台に上る俳優と、それを見つめる観客のいずれもが、労働者であるような映画です。俳優と観客の間の境界線の相対化に伴って、美的仮象の王国と日常的現実の間の境界線も相対化していく。前回お話しした「ロシア映画の現状」では、そういう作品の実例として、ドキュメンタリー映画の開拓者として知られるヴェルトフ（一八九六—一九五四）の作品を挙げています。それから農民の生活を描くため、実際の農民を俳優として起用したドキュメンタリー・タッチのエイゼンシュタインの映画にも言及しています。

それに対して、西欧では、映画資本の支配が依然として強く、大衆は幻惑され続けており、「労働」に自らを語らせるには至っていない。

西欧では映画は資本主義的に搾取されていて、自分自身を再現したいという現代人のまっとうな要求を、いまだに無視している。このような状況のもとで映画産業は、荒唐無稽な空想やいかがわしい思惑によって大衆の関心をかきたてることに、もっぱら血道をあげている。この目的のもとに映画産業は、巨大なジャーナリズム機構を動員して、スターたちの出世物語やら恋愛沙汰やらを騒ぎ立てさせたり、人気投票や美人コンクールを催させたりしている。こういったすべては、映画への大衆の根源的で正当な関心――自己認識、それとともに階級的認識への関心――を、腐敗した方向へそらせるためのものである。

つまりベンヤミンは、映画を、現実からの一時的逃避としての娯楽ではなく、プロレタリアート大衆が自己認識するための媒体である、と考えているわけです。「現場で生き生きと労働する人たち」の姿を再現した作品を見ることで、大衆はそこに自己自身の本来の姿を見出す。それが疎外からの解放、そして太古より人々を呪縛し続けたアウラからの解放の契機となるわけです。映画産業のスター崇拝や人気投票は、人々の関心をそうした本来の方向性から逸らせてしまう。だから、プロレタリアートは映画資本を早急に接収（Enteignung）しなければならないわけです。

第XIV節――技術の国の『青い花』

第XIV節に行きましょう。

映画撮影、とくにトーキーの撮影は、従来ならどんな場所でもけっして思いも寄らなかったような光景を呈する。撮影が進められてゆくとき、劇の進行自体にかかわりのない撮影機械や照明器具や、助手その他のスタッフが、眺めるひとの視野にはいってこないような地点は、ひとつもない（そのひとの瞳の位置がカメラの位置と一致する場合を除いて）。何よりもこの事情こそが、スタジオの情景と舞台上の情景とのあいだにある多少の類似性を、表面的な、無内容のものにしてしまう。原則として劇場には、舞台上のできごとがイリュージョンであることをたやすくは見破れないような場所が、あるものだけれども、映画の撮影現場では、そういう場所がないのである。

ここでもう一度、舞台と映画撮影の違いが話題になっています。舞台での芝居では、芝居の筋に出てこないものは、舞台上にありません。実際にはあっても、「ない」ものと見なされます――前衛的な芝居で、わざと舞台装置とか裏方を表に出してしまうようなのもありますが、そういうのは一応除外して考えましょう。映画の場合、カメラとか照明、音声などの機器や道具、それらを操作したり移動させたりするスタッフが、芝居が進行している場に入り込んでいます。撮影現場自体においては、それらが存在せず、台本通りの物語が展開しているかのように装うイリュージョンは成立しません。

映画のイリュージョン的な性質は二次的なもので、フィルムの編集から生まれてくる。いいかえれば、スタジオでは機械装置が現実のなかへ深くはいりこんでいるので、現実を純粋に見る視点、機械という異物から解放された視点は、特別の位置に置かれたカメラによって撮影をおこない、さらに同種の撮影をほかにも多くおこなった上で、それらのフィルムをモンタージュするという、特殊な手続きの結果としてでなければ、生まれえない。機械から自由に現実を見る視点は、ここでは人工的なものに転化している。直接の現実の眺めは、技術の国の青い花となったのだ。

イリュージョンは、演技が成されている現場で形成されるのではなく、フィルムをモンタージュする過程で生み出されるわけです。言わば、機械仕掛けのイリュージョンです。現代だと、コンピュータ上で処理したりするので、イリュージョンが生成する場所と手法の違いがもっと際立ちますね。

「機械から自由に現実を見る視点は、ここでは人工的なものに転化している」というのは分かりにくいですね。訳が原文と少しズレているのも、分かりにくい一因になっています。原文は、〈Der apparatfreie Aspekt der Realität ist hier zu ihrem künstlichsten geworden〉です。忠実に訳すと、「リアリティの機械から解放された外観は、ここで、最も人工的なものになっている」、となります。「リアリティ Realität」というのは、現実そのものというより、映像のリアリティのことでしょう。要は、映画製作では、モンタージュによって、「機械から自由なリアリティ」を再構成するわけですが、その〝機械から解放された外観〟自体が、機械によって生み出されているわけです。哲学的に正確に表現しようとすると、ややこしくなりますが、テレビや映画の画面の〝(機械抜きの)自然さ〟が、実は機械、特に複製技術関連機器の働きで生み出されている、というのは現代ではあまりにも当たり前になっていますね。

「直接の現実の眺めは、技術の国の青い花となったのだ」という部分も、その線で理解することができます。細かいことを言いますと、こちらの「現実」は〈Wirklichkeit〉です。「直接 unmittelbar」という形容詞も付いていますし、これは「現実」それ自体を指していると考えていいでしょう。つまり、「現実それ自体」を直接的に眺めることが、(映画という)技術の国における、到達し得ぬ理想になっているわけです。カメラが入って撮影している時点で既に〝生の現実〟ではないし、映画の映像は、それを更にモンタージュして再現したものですから、〝生の現実〟からますます遠ざかっています。映画が映画である限り、それはどうしようもないことですが、映画人は、そのないはずのものを映像の中で〝再現=表象〟しようとします。だから、「青い花」です。

「青い花」は知ってますよね? ドイツ・ロマン派のノヴァーリス(一七七二―一八〇一)の未完小説に『青い花』という作品――『青い花』は邦訳タイトルで、原題は〈Heinrich von Ofterdingen〉で、主人公の名前です――があります。主人公は、「青い花」を求めて、人生の旅をします。「青い花」は、無意識の世界の奥に潜んでいる、「私」の究極の理想の象徴です。現実の世界に生きている私たちは、「青い花」に直接遭遇することはできない。でも求めずには、いられない。
このことは、画家と撮影技師の仕事の違いと関係しています。

画家は仕事をするとき、対象との自然な距離に注意を払う。これに対して撮影技師は、事象の織り成す構造の奥深くまで分け入ってゆく。両者が取りだしてくる映像は、いちじるしく異なっている。画家による映像が総体的だとすれば、撮影技師による映像はばらばらであって、その諸部分は新しい法則に従って寄せ集められ、ひとつの構成体となる。だからこそ映画による現実の描写は、現代人にとって、比類なく重要なのである。というのも、機構から解放された現実を見る視点を、現代人は芸術作品から要求してよいわけだが、その視点は、機構を利用した映画による徹底的な浸透に依拠しない限り、得られはしないのだから。

画家が対象との間に自然な距離を取り、対象を全体的に捉えて描こうとするのに対して、映画の撮影はどうしても、物事を時間的空間的に細かく分解し、細部を写し取る。「事象の織り成す構造の奥深くまで分け入ってゆく」という言い方は大げさな感じがしますが、要は、様々な機械を駆使し、現実の様々な断片を正確に写し取っていくので、結果的に〝現実〟の構造を分析することになる、という話です。その断片的な映像を、モンタージュの人為的な法則によって再構成するわけです。
現代に生きる〝私たち〟は、事象の基本的構造にまで分け入っていく、映画的なまなざしを既に知ってしまいました。だから、従来のような絵画的リアリティだけでなく、映画的リアリティを求めるようになる。しかし、〝私たち〟が本当に観たいのは、機械込みのリアリティではなく、機械の媒介抜きの、機械から解放された〝生のリアリティ〟です。しかし、先ほど述べたように、それは無理です。〝脱機械〟を追求すると、余計に機械の性能に頼らざるを得なくなる。そのジレンマを再度強調しているわけです。

第XV・XVI節――カメラと大衆の無意識な欲望

XV節では、複製技術によって大衆と芸術の関係が大きく変化し、大衆が公衆として芸術作品に対する評価を行い、作品をコントロールするようになる、ということが再度確認されたうえで、それが絵画のような旧来の芸術ではどうして出来なかったのかが説明されています。絵画はたとえ公衆の目に晒されるようになったとしても、大衆の自己認識、自己変革の媒体にはなりにくい、ということです。確かに、一枚の絵とか一つの彫刻によって大衆の自己認識が大きく変容する、という話はあまりきかないですね。

第XVI節に行きましょう。

映画の社会的な諸機能のうちでもっとも重要な機能は、人間と機械装置とのあいだの釣り合いを生み出すことである。この課題を映画は、人間が撮影用の機械装置に向けて自分を描出する、というしかたでだけでなく、その装置の助けを借りて人間が自分に向けて環境世界を描出する、というしかたでも、徹底的に解決してゆく。映画は、環境世界のさまざまなものをクローズ・アップしたり、ぼくらの周知の小道具の隠れた細部を強調したり、対物レンズをみごとに駆使して平凡な周辺から調べ上げたりして、一方では、ぼくらの生活を必然的に支配しているものへの洞察を深めさせ、他方では、これまでは思いも寄らなかった巨大な遊戯空間を、ぼくらのために開いてみせるのだ。

「人間と機械装置のあいだの釣り合い（Gleichgewicht）を生み出す」というのは抽象的な言い方ですが、要は、人間が機械に操られるのでもなく、その逆に、機械を敬遠して疎遠になってしまうのでもなく、バランスの取れた付き合い方を可能にするということです。その一つの側面として、第XII節では、人間が映画の機械装置・機構を媒介にして自己認識するということが論じられていましたが、それに加えて今度は、環境世界（Umwelt）に対する観察を深めるのを助ける役割にも言及されています。映画はクローズ・アップなどの手法によって、それまでぼんやりと目に映っていたけれど、意識的には見ていなかったものを際立たせる。機械が私たちの目を補強してくれるわけです。それを通して私たちは、私たちの日常を規定している様々な環境的要因を認識するようになる。

ぼくらの酒場や大都市の街路、ぼくらの事務室や家具つきの部屋、ぼくらの駅や工場はこれまで、ぼくらを絶望的に閉じこめるもののように見えていた。そこへ映画が出現して、この牢獄のような世界を、高速度撮影というダイナマイトで爆破してしまった。その結果ぼくらはいま、広く散らばった瓦礫のあいだで、平静に冒険旅行を企てることができる。

酒場とか家具付きの部屋などが、「ぼくらを絶望的に閉じこめ」ているという文学的な表現がやや唐突に出てきたので、少し突飛な感じがしますが、要は酒場とか街路などの我々の日常風景が、大きな変化なく固定化していて、あまりに単調であり、その中では、機械的に同じようなことが繰り返されているように見える、工場での疎外が日常全体を覆い尽くしているように見える、というようなことを示唆しているわけです。最近流行っている言い方をすると、閉塞感が蔓延しているわけです。しかし、その閉塞感を醸し出している風景も、映画のカメラのズームや撮影速度の変化によって、肉眼で見たのとは全然違う様相を呈してくる。「高速度撮影というダイナマイトで爆破して」というのは、高速度撮影によって時間的に細かく切って撮影する、ということです。

高度な撮影・再現技術のおかげで、時間を連続的なものとして大づかみに捉えるのではなく、それぞれが独立して固有の意味を持った「断片＝瞬間」として表象することが可能になるわけですね。『歴史の概念について』でも、歴史の連続性を解きほぐして、各瞬間を解放し、モナド的に散乱させる、というような話がありましたね。そうやって、時間の流れをいったん分解することで、日常風景を構成する極めて陳腐なものが全く異なった様相を呈してくるかもしれないということです。

「高速度撮影というダイナマイト」という譬えは、ピンと来にくいかもしれませんが、原文では、〈Dynamit der Zehntelsekunden〉となっています。つまり、「十分の一秒のダイナマイト」です。高速度撮影によって、時間連続体がコンマ・ゼロ秒以下の単位へと断片化し、散乱することを、ダイナマイトによる爆破で譬えているわけです。

ダイナマイトによって、時間の断片が散乱している状態を「瓦礫 Trümmer」と言っているわけです。時間が連続性から解き放たれてバラバラになっているという意味と、私たちの日常を構成している様々な事物が映像的に分解されているという意味をオーバーラップさせた表現だと思います。日常における閉塞感を生み出しているものがバラバラになるおかげで、私たちは自由に想像力を働かせることができるようになる。それを「冒険旅行」と言っているわけですね。

クローズ・アップによって空間は拡がり、スローモーションによって運動はふくらむ。そしてクローズ・アップは「どっちみち」ぼんやりとなら見えるものを、はっきり見せるだけにはとどまらない。むしろそれは、物質のまったく新しい構造を前面に押し出してくる。同様にスローモーションは、運動の周知の諸要因を明確に映し出すだけでなく、これら周知のもののなかから、まったく未知のものを発見させる。

クローズ・アップやスローモーションなどは、単に既知の事物をはっきり見させるだけでなく、これまで全く目に入って来なかった「未知のもの」も発見させる。それは、一体何なのか？

何より異なる点は、人間の意識によって浸透されている空間に代わって、無意識に浸透された空間が現出することである。人間の歩行について、大まかにではあれ誰でも説明できるのが、通例だとしても、足を踏み出す何分の一秒かの瞬間の動きについては、ひとはたしかに何も知らない。ライターや匙をつかむおなじみの動作については、ぼくたちはおおまかには承知しているものの、そのさい手と金属とのあいだに本来どういうことが生じているのかは、ほとんど知らない。まして、ぼくらの心理状態の差異に応じてその点がどう微妙に変化するかなど、分かってはいない。こういうところにカメラは、そのすべての補助手段――パン・アップやパン・ダウン、カット・バックやフラッシュ・バック、高速度撮影や低速度撮影、アップやロング――をともなって、介入してゆく。精神分析によって無意識の衝動を知るように、ぼくらはカメラによって初めて、無意識の視覚を体験する。

「無意識 das Unbewußte」というと、私たちは、精神分析で問題にされているような、〝心〟の奥底にあるような隠れた衝動のことを連想しがちですが、それが「無意識」の唯一の在り方ではありません。私たちが身体を動かす時、細かい動きは一々意識していないけど、結果的に、何となく思った通りに動かすことはできますね。例えば、目の前の本のページをめくる時、どちらの指をどの方向に何センチ動かすかとか、顔をどれくらい本に近付けるとか、腕はどう動かすとかいちいち意識しているわけではなく、単に「ページをめくろう」くらいの意識しかないのに、身体がうまく動いてくれますね。そういう様に、私たちが何気なくやっている動作も、細かく分解してみると、意識的にコントロールされていないにもかかわらず、〝私の中〟の何か未知のもの、「無意識的なもの」によって動かされていることが分かってきます。身体が無意識的に動いているということは、「私」自身が意識しない内に、身体が様々な情報を五感を通して獲得している、ということを意味します。対象との位置関係が〝分からない〟と、対象にスムーズに到達することができません。私の身体は、私自身が意識しない内に、私の周囲の環境と様々な相互作用を行っているわけです。

そういう相互作用が行われている周辺の空間のことを、「無意識に浸透された空間 ein unbewußt durchwirkter Raum」と呼んでいるわけです。カメラはここでベンヤミンが挙げているような様々な手段によって、私たちの無意識が働いている空間を分解・解析し、スクリーン上で目に見える形に加工します。無論、意識化されていない動作を細かく分析すること自体が問題であれば、それは生物学者や心理学者に任せておけばいいことで、芸術批評家であるベンヤミンが口出ししても仕方ないような気がしますが、彼はそうした無意識的動作に、私たちの「心理状態 Verfassung」が反映していると見ているわけです。つまり、精神分析家が探究している「無意識の衝動」の一部が、「（視覚的）無意識に浸透された空間」の中に作用しており、映画にはその作用を視覚化させられる可能性がある、ということです。映画を通しての大衆の自己認識が、（大衆自身がそれまでその存在自体に気付いていなかった）「無意識」のレベルでも進行する可能性があるということですね。

技術の進展の結果としてどんなに危険な心理的緊張――この緊張は、危機的な段階に至ると、異常心理の性格をおびてくる――が、大衆のなかに生みだされているかを、よく考察してみるならば、その反面でひとは、つぎのような認識に到達するだろう。すなわち、同一の技術的進展が、そのような大衆の異常心理に抗する心理的な予防接種の効果をもちうるものをも、ある種の映画というかたちで、すでに産出していることである。この種の映画において、サディストの幻想やマゾヒストの妄想をことさらに強調して展開してみせることは、大衆のなかでそのような幻想や妄想が自然に危険なまでに成熟してゆくことを、防止することができるのだ。集団的な哄笑が、そのような大衆の異常心理を、予防的に爆発させて治癒することになる。

技術の発展が人間疎外をもたらし、大衆の間に危険な緊張、異常心理が蔓延しており、それが映画に反映しているという話ですね。この時代のドイツの異常心理的な映画作品というと、真っ先に思い浮かぶのは、妄想と現実の狭間で物語が進行していく、ロベルト・ヴィーネ（一八七三–一九三八）の『カリガリ博士』（一九二〇）ですね。ベンヤミンやアドルノと親しい関係にあった批評家のジークフリート・クラカウアー（一八八九–一九六六）は、第二次大戦後に出した社会学的な映画評論『カリガリからヒトラーまで』（一九四七）で、ハインリッヒ・マン（一八七一–一九五〇）の小説を原作とする、ジョセフ・フォン・スタンバーグ（一八九四–一九六九）の『嘆きの天使』（一九三〇）や、カール・グルーネ（一八九〇–一九二三）の『蠱惑の街』（一九二三）、パウル・レニ（一八五五–一九二九）の『裏街の怪老窟』（一九二四）、フリッツ・ラングの『M』（一九三一）と『怪人マブーゼ博士』（一九三三）などを、サディズム・マゾヒズム系の作品として挙げています。この時期のドイツの映画には、ブラム・ストーカー（一八四七–一九一二）の『吸血鬼ドラキュラ』（一八九七）を原作とする、ムルナウ（一八八八–一九三一）の『吸血鬼ノスフェラトゥ』（一九二二）や、パウル・ヴェゲナー（一八七四–一九四八）の『ゴーレム』（一九二〇）など、怪奇映画が多いです。

大衆の中に秘んでいる異常心理を誇張して描き出しているような映画は、そうした異常な雰囲気を更に増幅させると見ることもできますね。『カリガリからヒトラーまで』は、タイトル自体が暗示しているように、異常心理を抱えている大衆の歪んだ願望が映画のスクリーンを通して増幅され、それが怪物ヒトラーに対する待望へと繋がった、というペシミスティックな視点から書かれています。それに対してベンヤミンは、異常心理を描き出す映画が、ガス抜き効果があると言っているわけです。

映画において大量のグロテスクな情景が消費されている現状は、人類が文明の随伴する心理的抑圧におびやかされている危険な状況の、ドラスティックな一徴候にほかならない。ディズニーの映画やアメリカのグロテスク映画は、無意識のものを爆破するという精神療法的な効果を持っている。サーカスなどでの奇矯な道化芸は、いわばこういった映画の先行者だった。映画が成立させた新しい遊戯空間のなかにも、そういう道化芸がまず最初に住みついて、試験的な入居者の役わりを果たしてきている。この意味でチャップリンは、歴史的な人物としての位置を占めている。

ディズニーの映画と、グロテスク系の映画を同じ括りにしていることが分かりますね。ここには注[14]が付いていて、コミックと戦慄（Grauen）は常に隣り合わせにあること、ディズニーのミッキー・マウス映画から、そのことを確認することができると指摘されています。笑いが、残酷さと紙一重にあるというのはよく指摘されることですね。登場人物が大けがをしたりする残酷なシーンが、見せ方によっては、ひどくコミカルに見えるというのは、よくあることですね。ドタバタ喜劇というのは、役者がこけたりするのを面白がるわけですから。日本の漫才でも、ボケが叩かれるのが可笑しいわけですし。サーカスの道化にもそういう側面がありますし、映画の世界では、チャップリンがそれを先駆けてやったわけです。映画における笑いやグロテスクには、抑圧されていた無意識が本格的に暴発して手がつけられなくなる前に爆破してしまう、「精神療法」的効果があるというわけですが、注［14］では、そうした効果がファシズムに利用される可能性もあることを指摘しています。（よく考えてみると、実は）残酷なシーンで笑いを取るような手法が流行ると、残酷さや暴力を当たり前のものとして黙認するような雰囲気が当たり前になりかねないからです――現代日本でも、暴力的な笑いは危ないというような議論をよく聴きますね。

第XVII節――ダダイズムと映画の関係〈taktisch〉「触覚的」「衝撃」「打撃」

第XVII節では、ダダイズムと映画の関係が論じられています。最初に、技術の水準の変化に応じて新しい芸術形式が登場し、それらの形式は芸術に対する新しい需要を喚起するということが述べられています。ダダイズムは、危機の時代の新しいニーズに対応すべく登場してきた、奇矯で粗野な芸術として性格付けられます。そのうえで、以下のように述べられています。

根本的に新しい画期的な需要を生みだす作業というものは、必ずその目標よりも行き過ぎてしまう。ダダイズムも例外ではない。この運動は、映画が高度に獲得している市場価値を、より重要な意図のために――この意図は当然ながらダダイズムには、ここで叙述されるような工合には自覚されていなかったけれども――犠牲にしている。ダダイストたちは、かれらの芸術作品を商業的に換金可能にすることによりも、それを静観的な沈潜の対象としての売りものになりえなくすることに、ずっと重きを置いた。売りものにならなくする基本的な手法のひとつは、素材の価値を貶《おとし》めることである。かれらの詩は「言葉のごたまぜ」であって、わいせつな言い廻しや、考えられる限りの屑言語を含んでいる。同様にかれらの絵画も、ボタンやら乗車券やらを貼りつけたものだった。このような手段をもってかれらは、かれらの作品から容赦なくアウラを消滅させ、創作の手段を用いながらも、作品に複製の烙印を押している。ハンス・アルプの絵画やアウグスト・シュトラムの詩の前では、ドランの絵画やリルケの詩の前でのように精神を集中して、意見をまとめる時間を過ごすことは、できない。

少しごちゃごちゃしていますが、要はダダイズムもある意味、映画と同様に、複製技術と深く結び付いていて、作品の「複製」性を強調する傾向がある、ということです。ここでベンヤミンも述べているように、ダダイズムは、日常生活で見かける、いろいろなガラクタやありふれたものを集めてきて「作品」にすることで有名ですね。ダダイズムには、彫刻・絵画、コラージュなどの他、詩作も含まれています。それが、「言語の屑 Abfall der Sprache」や「わいせつな言い回し」をかき集めてきたかのような様相を呈する、というわけです。

ガラクタと「複製」がどう関係しているかというと、先ず、都市のガラクタの多くは、複製技術によって大量生産されたものの成れの果てだということを指摘できるでしょう。ボタンや乗車券なんて、まさにそうですね。平凡な複製品を組み立てて、新しい形を生み出すわけですが、元々の素材が複製品だし、作品自体においてそのことが強調されるので、アウラのない芸術作品になるわけです。

マルセル・デュシャン（一八八七―一九六八）に「泉」（一九一七）という作品がありますね。〝ただの便器〟に、「泉」という名前を付けて展示したものです。デュシャンにはこの他にも、既成品をちょっとだけアレンジして、芸術作品として展示する「レディメード ready-made」と呼ばれる作品群がありますね。大量生産される既成品を、「芸術だ！」と言い張ることを通して、「芸術作品」というのは、時間をかけた手仕事によって生み出される、ユニークでオリジナルな「作品」であるという既成観念を壊していったわけですね。言い換えれば、特定の場所で、一定の装いの下で「展示」することによって、いろんなものが「芸術作品」になる可能性があることを示し、「作品」で〝ある〟ことの意味を探求したわけです。

アンドレ・ドラン（一八八〇－一九五四）はフランスのフォーヴィスム（野獣派）の詩人で、リルケ（一八七五－一九二六）はご承知のようにドイツの詩人で、小説『マルテの手記』（一九一〇）や詩集『ドゥイノの悲歌』（一九二三）などで有名な人です。ドランとかリルケは、いわゆる存在感のある作品、精神を集中させてじっくり観察しないといけないような雰囲気の芸術作品、つまり、いかにも芸術作品っぽい芸術作品を作り出す、同時代の芸術家の代表として引き合いに出されているのでしょう。アルプ（一八八六－一九六六）は画家・彫刻家・詩人、シュトラム（一八七四－一九一五）は詩人で、いずれもダダイズム系の人です。アルプは、抽象的な形をした彫刻で有名です。シュトラムは、ドイツ語の統語法や語形からかなり逸脱した詩を作った人です。

じじつダダイストたちは、まさしく激烈な気散じを保証するために、芸術作品をスキャンダルの渦中に置くデモンストレーションをおこなった。芸術作品はまず第一に、公共の怒りを買うという〈無二〉の要請をみたすもの、でなくてはならなかった。

前衛芸術が、作品をスキャンダラスな形で展示することで、わざと公共の怒りを買うというのは、現代では比較的当たり前の話になっていますが、デュシャンの「泉」とかは、その先駆けだったわけです。複製技術によって、人々の感性が大きく変容しつつあった時代に、公衆の怒りを喚起するという負の意味での、展示価値に重きを置く芸術が登場したわけです。「激烈な気散じ」という言い方は、日本語としてやや違和感がありますが、「気散じ」の原語は〈Ablenkung〉で、本来の道筋から「逸らすこと」を意味する言葉です。ショックを与えて、人々の意識の方向性、芸術に対する憧れのようなものを、元の軌道からずらせてしまう、というような感じでしょう。

ダダイズムにおいて芸術作品は、ひとの目を魅惑する外見や、ひとの耳を納得させる響きから抜け出して、一発の弾丸に転化した。それはひとを撃ち、こうして作品は、いわば触覚的な質を獲得した。このことは同時に、映画への需要を育てることになった。というのも、映画の気散じ的な要素も同様に、まず第一に触覚的といえる要素なのだから。この要素は、つぎからつぎへと観衆に襲いかかってくる場面の転換・ショットの転換にもとづいている。映画はダダイズムがいわば道徳的な範囲になお包みこんでいた生理的ショック作用を、その包みのなかから解放したのだった。

ここも抽象的で分かりにくいですが、要は、人々の共感を誘い、納得を促す従来の芸術とは違って、ダダイズムの芸術は、先ほども見たように、観衆の感性に攻撃を加え、不快感——それを快感と感じる前衛好きもいるわけですが——を与えるということ、そして、それを映画がある意味もっと徹底してやってのけている、ということです。

ここでカギになるのは、「触覚的」という言い方です。原語は〈taktisch〉です。辞書を見れば分かりますが、〈taktisch〉の基本的な意味は、英語の〈tactical〉と同じで、「戦術的」ということです。ドイツ語の普通の国語辞典を見ても、この意味しかのっていません。〈taktisch〉を「触覚的」という意味で使うのは、やや特殊な用語法です。ドイツ語には「触覚的」を意味する形容詞としては、〈taktil〉というのがありますー—英語だと、〈tactile〉です。少しややこしいのですが、辞書的な通常の意味での［taktisch-tactical］は、戦略あるいは軍の配列に関わるという意味のギリシア語の形容詞〈taktikos〉から派生した言葉で、［taktil-tactile］の方は、「接触」とか「触覚」「衝撃」「打撃」といった意味のラテン語〈tactus〉から派生した言葉で、元来別系統の言葉です。つまり、ベンヤミンは、普通のドイツ語だと〈taktil〉となるところで、〈taktisch〉という形を使っているわけです。第XVIIIテーゼで出てきますが、「視覚的」という意味の形容詞が〈optisch〉なので、語尾を揃えたのではないかと思います。語尾を揃えるために、「触覚的」の意味で〈taktisch〉という語形を使うのは、必ずしもベンヤミンのオリジナルではないようです。〈tactus〉から派生したドイツ語の名詞に、〈Takt〉があります。音楽の指揮棒を振る時の、あの「タクト」のことです。「衝撃」の方の意味から来たのだと思います。つまり、〈taktil〉の意味での〈taktisch〉は、じかに身体に物理的に接触した感覚というだけでなく、衝撃とか振動というような意味も含んでいると考えられます。

話を元に戻しますと、ダダイズムの作品は、視覚や聴覚などの部分的感覚に訴えるだけでなく、身体全体にじかに触れてくるような感じ、衝撃波的な感じを伴っている。そういうことをベンヤミンは言っているわけです。「弾丸 Geschoß」とか、「撃つ＝ぶつかる zustießen」といった表現は、〈Takrik〉の「衝撃」とか「打撃」などの意味に対応しているわけです。ダダイズム自体においては、そういうショック＝衝撃作用は、見た人の道徳感覚をスキャンダラスに直撃するといった範囲に限定されていたわけですが、映画の場合は道徳感覚を揺さぶるというよりは、映画館の座席に、そういう衝撃波がどんどん、それこそ波状攻撃的に押し寄せてくるので、身体感覚全般を変化させてしまう、というのがこの節での結論です。

第XVIII節──五感全体の総合的な「慣れ」、芸術を受け止める〈aisthesis〉的な受容

第XVIII節では、大衆の知覚の変化をめぐる問題が論じられています。

大衆が母体となって、現在、芸術作品にたいする従来の態度のいっさいは、新しく生まれ変わっている。量が質に転化している。関与する大衆の数がきわめて増大したことが、関与の在りかたを変化さ

せてしまった。この在りかたがさしあたって悪評に包まれて見えるからといって、観察を誤ってはならない。

前回も出てきましたが、「量が質に転化する」というのは、エンゲルスの自然弁証法のもじりです。この場合は、映画などの複製技術のおかげで、芸術に関わる大衆の数が大幅に増大したことで、関わり方の質自体も変化した、ということです。どう質的に変化したかというと、

ひとびとはこう非難する。芸術愛好家は精神を集中して芸術作品に近づくのに、大衆はくつろぎを求めている、作品は芸術愛好家にとっては崇拝の対象だが、大衆にとっては娯楽の種でしかない、と。（…）くつろぎと精神集中とは互いに対極にあり、この対極性はつぎのように定式化できる。芸術作品を前にして精神を集中するひとは、作品に沈潜し、そのなかへはいりこむ。（…）これに反して、くつろいだ大衆のほうは、芸術作品を自分のなかへ沈潜させる。大衆は海の波のように作品をしぶきで取りかこみ、自分のなかに包みこむ。

従来の芸術は、ごく一部の愛好者が「精神集中 Sammlung」して観察する対象、崇拝の対象だったけど、新しい芸術は、大衆が「くつろぎ Zerstreuung」のために見るものになった。作品に自分を合わせるのではなくて、自分の趣味に合わせて作品を受容するのが当たり前になる。礼拝的価値を求めない大衆が増えてくると、創作者の側もそれに対応した作品を作るようになる。

そういう芸術との関係性の変化は、人類との付き合いが最も長い芸術である建築に端的に現われる、ということです。

始原の時代から建築は人類に随伴している。多くの芸術形式がそのあいだに生まれては滅びた。（…）しかし宿りをもとめる人間の欲求には中断はありえないから、建築芸術は杜絶えることはなかった。建築の歴史はほかのどの芸術の歴史よりも長いし、建築の及ぼす作用を考えてみることは、大衆と芸術作品との関係を究明しようとするすべての試みにとって、意味がある。

ワイマール時代には、有名なバウハウス（Bauhaus）の運動がありました。バウハウスというのは、建築、美術、デザインを教える総合的な芸術学校で、ヴァルター・グロピウス（一八八三―一九六九）やミース・ファン・デル・ローエ（一八八六―一九六九）などの有名な建築家を中心に創設されました。建築の合理性や機能性を追求すると共に、分離が進んでいた職人仕事的なものと芸術とを、建築において再統合しようとしたことで知られています。「芸術としての建築」の意味するところも大きく変化した時代です。

建築は二重のしかたで、使用することと鑑賞することとによって、受容される。あるいは、触覚的ならびに視覚的に、といったほうがよいだろうか。このような受容な概念は、たとえば旅行者が有名な建築物を前にしたときの通例のような、精神集中のありかたとは、似ても似つかない。つまり、視覚的な受容の側での静観に似たものが、触覚的な受容の側にはないからだ。触覚的な受容は、注目という方途よりも、むしろ慣れという方途を辿る。

建築の受容のされ方の二重性を、先ほどお話しした、「触覚的 taktisch」と「視覚的 optisch」の対比で説明しているわけです。「視覚的」な受容の方は、有名な建築物を前にした時のように、精神を集中させて見る態度ですね。それに対して、「触覚的」の方は、むしろ「慣れ Gewohnheit」という形で受容されます。「触覚的」と「慣れ」の組み合わせというのは少しピンと来にくいですが、先ほどお話ししたように、〈taktisch〉というのは、直接的な身体的接触だけでなく、衝撃波が向こうから伝わって来るような感じを指すこともあります。この場合がまさにそうですね。受容者の方が構えていなくても、建物の方が自然と体感的な刺激を与えてくるような感じですね。実際、建物に住んでいれば、いろいろな形で建物自体に身体的に触れていますし、その空間的な雰囲気を肌で感じます。目を凝らしてじっと視るというよりは、体感するわけです。

建築においては、慣れをつうじてのこの受容が、視覚的な受容さえも大幅に規定してくる。また、視覚的な受容にしても、もともと緊張して注目するところからよりも以上に、ふと目を向けるところから、おこなわれるのである。建築において学ばれるこのような受容のしかたは、しかも、ある種の状況のもとでは規範的な価値をもつ。じじつ、歴史の転換期にあって人間の知覚器官に課される諸課題は、たんなる視覚の方途では、すなわち静観をもってしては、少しも解決されない。それらの課題は時間をかけて、触覚的な受容に導かれた慣れをつうじて、解決されてゆくほかはない。

触覚的な「慣れ」を通じての受容が次第に、視覚的な受容の在り方にまで影響を与えるようになるということですね。芸術作品を見る時のように、「緊張して注目する」のではなくて、ふっと目を向けて、何となく刺激を受けるようになる。そういう「慣れ」的な知覚のあり方が、「規範的」であるという言い方は少々ヘンな感じがしますが、「規範的」の原語は〈kanonisch〉です。カノンというのは、もともとカトリック教会の法規集のことで、「カノン的」という形容詞として比ゆ的に使われる時は、「標準形として通用している」、というような意味合いです。ベンヤミンは、「触覚的な慣れ」のモードによる受容の方が標準的になる、ということを言ってるわけです。

あと、日本語で「静観」という言い方をすると、芸術の「視覚」的な受容には従来緊張感が伴っていたという話と矛盾しているように聞こえるかもしれませんが、この原語は〈Kontemplation〉で、単に「自分では動かないでじっと見ている」ということではなくて、むしろ「注視する」とか「凝視する」ということです。〈Kontemplation〉には、「熟考」とか「沈思」の意味もあるので、「じっくり凝視して、その本質について熟考する」、という感じでしょうか。

もう一度、この箇所のポイントをまとめておきます。この論文全体を通して主張されているように、ベンヤミンはここでも、高度に発達した複製技術の登場で、人間の知覚が全体的に変化していて、それが先鋭化された形で芸術の領域にも表れていると言っているわけですが、その変化というのは、大衆の「視覚的な注視」する能力を高める形で進行しているのではなくて、むしろ、「触覚的な慣れ」という形で進行している、ということです。もっと平たく言うと、大衆が芸術的な目利きになりつつあるとか、そうならねばならないという話ではなくて、日常生活の中での体感的なもの（＝触覚的な慣れ）を通して徐々に知覚の仕方が変わっている、ということです。そういう意味での「触覚」主導でないと、技術の変化に対応した知覚の変化がスムーズに進んでいかない。それがここでのベンヤミンの議論の骨子です。大衆が特別に芸術センスを磨くことは必要ないわけですね。

くつろいだ受容は、芸術にすべての分野のなかでしだいに目だってきていて、知覚の深刻な変化の徴候となっているが、それを練習するのに映画にまさる道具はない。映画はそのショック作用をもって、くつろいだ形態の受容に対応している。このように映画はその側面からしても、ギリシア人において美学と呼ばれたあの知覚にかんする学の、明らかにこんにちもっとも重要な対象となっている。

映画の「ショック作用 Schockwirkung」が、「くつろいだ形態の受容 Rezeption in der Zerstreuung」に対応している、という言い方にも少なからず違和感がありますが、この「ショック作用」というのは、先ほどから出てきている「触覚」的な作用、体感的な衝撃のようなもののことです。観客の方がとりたてて、「注視・熟考」しておらず、「くつろいで」いても、ショック・ウェーヴが向こうから押し寄せてくるような感じです。近年の左翼系のメディア論で、ハリウッド映画とかテレビの娯楽番組は、基本的に受け身になっている観衆の知覚に暴力的に働きかけてくるとか、それによって大衆をより受動的にし、支配されやすくする、ということがしばしば強調されますね。ベンヤミンはそれをむしろ、ポジティヴに捉えているわけです。「くつろいだ形態」での触覚的な受容が標準的になることによって、芸術作品を覆っていたアウラ、礼拝的価値の凋落が最終段階に入るからです。そういう「くつろいだ」形での受容を進んで身に付けましょう、と言っているわけです。現代人の感覚からすると、進んで身に付けるまでもなく、くつろいだ、というより、ダラケた受容はどんどん当たりまえになっていて、緊張して見ている人間なんてほとんどいない、と言いたいところですが、ベンヤミンの時代にはそれは「くつろいだ受容」を「習う」ことにまだ意味があったのかもしれません。

あと、ギリシア人の「美学」という言い方も少し気になります。「美学」の原語は、〈Ästhetik〉ですが、〈Ästhetik〉が、哲学の一部門として成立するのは、カントの少し前、バウムガルテン（一七一四－六二）が、『美学 Aesthetica』（一七五〇－五八）を著して以降とされています。古代ギリシア人には、「詩学」はありましたが、厳密な学問としての「美学」はありませんでした。その意味でベンヤミンの言い方はやや不正確です。彼が念頭に置いているのは、恐らくアリストテレス（前三八四―三二二）などの〈aisthesis〉論のことでしょう。〈aisthesis〉というのは基本的に「知覚」または「感性」のことですが、個々の五感だけでなく、それら全ての根っこにあって、相互に調和するよう統合している「共通感覚」と呼ばれるものも、そこに含まれています。その総合的感覚としての〈aisthesis〉が、「美」を生み出していたわけです。ベンヤミンが言わんとしているのは、従来の芸術は視覚中心だったけど、複製技術の発展・普及によって、五感全体を総合的に動員した「慣れ」の形で、芸術を受け止める〈aisthesis〉的な受容が主流になろうとしている、ということでしょう。

第XIX節――戦争・芸術・政治――ファシズムという事例

最後の第XIX節に行きましょう。最初の段落は、前回少し触れましたね。

現代人のプロレタリア化の進行と、大衆の組織化の進行とは、同一の事象の二つの側面である。新しく生まれたこのプロレタリア大衆は、現在の所有関係の廃絶をめざしているが、ファシズムは、所有関係には手を触れずに、大衆を組織しようとしている。そのさいファシズムは、大衆に（権利を、ではけっしてなくて）表現の機会を与えることを、好都合と見なす。所有関係を変革する権利をもつ大衆にたいして、ファシズムは、所有関係を保守しつつ、ある種の〈表現〉をさせようとするわけだ。論理の当然として、ファシズムは政治生活の耽美主義に行き着く。ダンヌンツィオとともにデカダンスが、マリネッティとともに、未来主義が、そしてヒトラーとともにシュヴァービング［ミュンヒェンの芸術家居住区］の伝統が、政治のなかへはいりこんだ。

ダンヌンツィオとマリネッティについては、前回お話ししたので省略します。ベンヤミンの見方では、プロレタリアート大衆は、本来所有関係を廃絶することを目指している――ここでは、かなりマルクス主義的な発想をしているわけです。そのため、複製技術を利用した芸術を積極的に受容し、自己の知覚を変容させ、それと共に、社会的・政治的な関係性も変容させつつある、というわけです。それに対して、ファシズムは、所有関係を保持しながら、大衆に美的な自己「表現」の機会だけ与えようとする。つまり、大衆を、（複製技術によって生み出される）アウラ的な「美」によって幻惑し、真の意味での政治的・経済的変革に意識が行かないようにするわけです。具体的には、民族とか国の伝統とかを芸術的に美化することによって、大衆がそうした古いものを自らのアイデンティティの基盤とするように仕向け、組織化する。大衆は、ファシズムの提供する民族的美の中に、自己の本質が「表現」されているかのように錯覚し、引き付けられるわけです。そのように幻想的・アウラ的に組織化された大衆がファシズムの権力基盤となる。

政治の耽美主義をめざすあらゆる努力は、一点において頂点に達する。この一点が戦争である。戦争が、そして戦争だけが、在来の所有関係を保存しつつ、最大規模の大衆運動にひとつの目標を与えることができる。政治の側面からは、現在の事態はそうまとめられる。技術の側面からは、つぎのようにまとめられよう。戦争だけが所有関係を維持しながら、現在の技術手段の総体を動員することができる、と。

戦争が、いろいろな社会的問題を――少なくとも瞬間的には――解決する、というのはよく聞く話ですね。ファシズムは大衆を組織化するけれど、大衆というのは、そもそも雑多な立場の人から成っているので、彼らの〝共通の利害〟を指定するのは難しい。民族の美化などによって、引き付けようとしても限界がある。しかし、民族賛美を、民族の栄光のために戦争肯定へと繋げると、話が違ってくる。戦争の勝利が、国民の共通の目標になる。第一次大戦の時そうだったように、戦争となれば、左翼・労働組合さえもナショナリスティックになり、戦争協力するようになる。権力者側は、所有・生産関係を変革する約束をしないでもすみます。加えて、戦争に様々な最新技術が投入されることが、技術革新の契機になります。第一次大戦時では、戦車や軍用機、毒ガスなどの様々な最新兵器が投入されました。ベンヤミンが、この論文を書いた頃はまださほどその実体は明らかになっていなかったはずですが、ナチスは最新兵器の開発にかなり力を入れていました。しかも、そうした兵器が大量消費されるので、有効需要の創出にもなります。そして、ダンヌンツィオやマリネッティのように戦争を賛美する、耽美主義系の〝前衛〟芸術家も出てくる。

エティオピアでの植民地戦争にたいするマリネッティの宣言文には、こう記されている。「二七年も前からわれわれ未来主義者は、戦争を美的でないと称することに反対してきた。……だからわれわれは確認する……戦争は美しい。なぜならそれは、防毒面や威嚇用拡声器や火炎放射器や小型戦車を用いて、人間が機械を制圧し支配している状態を、確乎としたものとするのだから。戦争は美しい。なぜならそれは、人間の肉体を鋼鉄に劣らなくするという夢に、実現の道を拓くのだから。戦争は美しい。(…)未来主義の詩人たちよ、美術家たちよ……戦争の美学のこれらの原理を想起せよ、これらによって……新しい詩、新しい造型をもとめるきみたちの苦闘に、輝きを添えるために！」

エチオピアでの植民地戦争というのは、イタリアがエチオピアを植民地化しようとして起こした戦争のことです。一九世紀末に一度、イタリアは失敗しましたが、一九三五年から三六年にかけて、ムッソリーニ政権が起こした第二次エチオピア戦争で勝利し、植民地化に成功しました。マリネッティは、それを称賛する宣言文を出しただけでなく、自らも義勇兵として戦争に参加しています。「戦争は美しい」というのは、「未来派宣言」以来の彼の一貫した主張です。「二七年」というのは、未来派宣言から数えて、二十七年ということです。マリネッティにとって、戦争は、通常の表象の限界を超えて、人間を最も美しく輝かせる至高の現象だったわけですね。

こうした戦争を美化しようとするファシズム美学の挑戦を、「弁証法的な思想家 Dialektriker」は受けて立たねばならない。「弁証法的思想家」は、戦争についてそれとは対照的な見方をします。

> 生産力の自然な利用が所有の秩序によって邪魔されると、増大する一方の技術的補助手段や、テンポや、動力源は、不自然な利用へと駆り立てられてゆく。不自然な利用の場は戦争である。破壊に破壊を重ねる戦争は、社会がまだ技術を自分の手足とするほどまでに十分には成熟していないこと、そして技術のほうも未成熟であって、社会の基本的諸力をまだ捌けずにいることを、証拠だてている。帝国主義戦争の残酷きわまる諸特徴を規定しているものは、一方での巨大な生産手段と、他方での生産過程におけるその手段の不完全な利用とのあいだの、矛盾（いいかえれば、失業、販路不足）なのだ。帝国主義戦争は、技術の叛乱にほかならない。技術は、その要求にたいして社会が自然な資源をあてがわなかったために、叛乱を起こし、いわゆる「人的資源」を取り立てている。技術は電力の代わりに人力を、軍隊というかたちで土地に投入し、飛行機を往来させる代わりに弾丸を往来させている。そして毒ガス戦争において技術は、新しいしかたでアウラを払拭する手段を手中にしている。

技術の発展と、（資本主義的）所有関係の間に生じる矛盾のために、戦争が起ると言っているわけです。どういう矛盾かと言うと、技術が進歩しても、所有関係が変化しないと、その技術を応用した新しい産業が十分に発展できない。発展しても限界がある。どうしてか？ 労働者大衆が貧しく、それらの新しい技術を使いこなすための教育・訓練も受けられない状態に置かれ続けると、新しい技術を活用して商品を作る労働力が不足するし、作っても買い手がいません。しかし、戦争が起こると、先ほどもお話ししたように、先端技術が大量に消費されますし、労働力としてあまっている人間も、「人的資源 Menschenmaterial」――「人間という材料」と訳した方がいいかもしれません――も消費されます。それで取りあえずは、問題が〝解決〟されてしまうわけです。

毒ガス戦争がアウラを消失させる新しい手段だというのは、少し文意が取りにくいですが、このくだりでベンヤミンは「弁証法的思想家」として、マリネッティの言う戦争の美しさの影に隠れた資本主義的な所有関係の矛盾を暴き出し、本当は「美しくない」ということを示唆しているはずですから、「毒ガスのように、人間を苦しませながら殺す汚い兵器が出て来ると、戦争の美しさを演出していたアウラが崩壊する」ということを言わんとしていると解するのが自然でしょう。ベンヤミンがこの論文を書いていた頃には、まだアウシュヴィッツのガス室での大量虐殺は行われていませんでしたが、先ほども言いましたように、毒ガス兵器自体は既に開発され、第一次大戦で本格的に使用され、両大戦の間の期間にも、第二次エチオピア戦争などで使用されています。

「芸術ヨ生マレヨ――世界ハ滅ブトモ」とファシズムはいい、マリネッティが信条とするような技術によって変えられた知覚を、戦争によって芸術的に満足させるつもりでいる。これは明らかに、芸術のための芸術の完成である。かつてホメロスにあってはオリンポスの神々の見物の対象だった人物は、いまや自己自身の見物の対象となってしまった。人類の自己疎外は、自身の絶滅を美的な享楽として体験できるほどにまでなっている。

「技術によって変えられた知覚を、戦争によって芸術的に満足させる」、というのは一見分かりにくい言い方ですが、湾岸戦争とかイラク戦争の時にしきりに言われた、「ハイテク兵器を動員した戦争の、（CGを使った）映画のように迫力のある映像に視聴者が魅せられ、戦争を美しいと思ってしまう」、という話と基本的に同じことだと理解すればいいでしょう。複製技術を応用したメディアによって私たちの知覚は大幅に変化し、かつてよりも生き生きとして刺激的な――先ほどの言い方だと、「触覚的」な――イメージを求めるようになる。それを戦争が満たしてくれる。一九三〇年代だったら、現在のようにテレビやネットの中継はできなかったけど、戦争の様子を映画や写真に撮ることはできるようになっていましたし、マリネッティのように、戦闘機や戦車などの最新兵器が使われている光景、当時の人にとっては神々の闘いのように見える光景を文学的に描写し、新しいジャンルの開拓を試みることもできた。

ハイテク兵器を動員して全てを破壊してしまう戦争を美化することは、ある意味、「芸術のための芸術」、つまり、他のいかなる目的のためでもなく、もっぱら美それ自体を追求する純粋芸術の完成と言えるかもしれない。しかし、その「芸術のための芸術」は、人間自身を、芸術の祭典のための犠牲に捧げることを要求する。多くの人がハイテク兵器で死ぬのを眺めて享楽するわけです。まるで神話の世界の神々が人間の死を見世物にして享楽したように、今や人間自身が人間の死を見世物にして享楽している。それは、人間の最終形態と言えるかもしれない。

次の二つの文が論文の最後です。ここは、非常に有名です。

ファシズムの推進する政治の耽美主義は、そういうところにまで来ているのだ。コミュニズムはこれにたいして、芸術の政治化をもって答えるだろう。

「政治の耽美主義」と訳されていますが、原語は、〈die Ästhetisierung der Politik〉、政治の美学化あるいは感性化です。先ほど〈aisthesis〉についてお話ししましたが、〈aisthesis〉を語源とする〈Ästhetik〉には、「美学」と共に「感性論」という意味もあります。「政治の美学化」というのは、先ほどのマリネッティのような話ですので、「芸術の政治化 die Politisierung der Kunst」の方は、その逆だと考えられます。つまり、ここまで見てきたように、大衆をアウラ的な呪縛から解放し、自らの置かれている政治的・社会的状況について覚醒させる方向に芸術を活用するということでしょう。映画のような複製芸術は、私たちが普段無意識的に従っている日常性の構造を、様々な技法によって明らかにし、疎外からの出口を指し示す。技術によってアウラ的幻想の世界を（再び）作り出し、その中に人々を取り込んでいこうとするファシズムに対し、コミュニズムは、その逆の方向に芸術を使うべきだと言っているわけです。

この論文全体の論調から分かるように、ベンヤミンは、複製技術の発達は基本的に、大衆のアウラからの解放を更に進めるものであり、ファシズムはそれに対して最後の抵抗を試みているにすぎないと見ているわけですが、実際の歴史はどうなったでしょうか。ナチスとか、第二次大戦後の社会主義諸国が典型的な例ですが、ファシズムあるいは左翼全体主義が、複製技術メディアを自らの支配のために巧みに利用した例は、いくらでもありますね。アメリカの戦争報道や大統領のキャラクターを強調する報道、あるいは、小泉劇場とか仕分けのような政治の劇場化こそ、「政治の美学化」だと言う人もいるでしょう。メディアが発達し、現実をより多角的に見ることができるようになったからといって、大衆がそれで賢くなり、騙されなくなる、と無邪気に信じている人は、そんなにいないでしょうね。

この論文をベンヤミンが書いていたのと同じ頃に、ベルリン・オリンピック（一九三六）が行われましたが、女優出身の映画監督レニ・リーフェンシュタール（一九〇二―二〇〇三）が、オリンピックの記録映画『オリンピア』（一九三八）を制作したのは有名な話ですね。彼女は、ナチス党大会の記録映画『意志の勝利』（一九三四）の監督も務めています。リーフェンシュタールは、これらの映画で、大衆の熱狂や一体感を効果的に表現するための手法を開拓しました。例えば、熱狂的に見つめ、拍手喝さいしている観衆の一人をクローズ・アップし、その人を全体の「代表」に見せたり、その代表的な一人の映像と、会場を埋め尽くしている観衆全体の映像をうまく繋いで、いかにもそこにいる人々が感動を共有しているように見せたりとか。そのように映像の中で「表象＝再現前化」される群衆の一体感が、作品全体を通して「民族」全体の一体感を代表する光景として表象されることになるわけです。カメラの操作や編集で、実際以上に多くの観衆・群衆がいて、実際よりも熱狂しているように見せられることは、現在では、別にメディアのプロでなくても知っている当たり前の話になっていますね。スカスカの会場が満員であるかのように見せたり、ごく一部の熱狂的ファンの様子を全体の代表のように見せたり、とか。でも、分かっていても、あまり批判的意識を持たないで漫然とテレビやネットの映像を見ていると、ついついのせられてしまいますね。

最後に――ネット社会のベンヤミン

最後にまとめておきましょう。ベンヤミンは、複製技術によって「アウラ」が凋落していくことによって、みんなが〝芸術家〟になれるチャンスが到来している、と見ていました。複製技術というものがそれを可能にしている。映画によって可能になったミクロな現実分析の可能性を深化・拡大させていくならば、大衆が、自分たちが無意識的に受け入れている現実をもう一度反省的に捉え返し、自分を拘束しているもの、疎外を引き起こしているものを取り除き、積極的に自己主張するようになる。人類は、アウラ的なものによる呪縛から社会的・政治的にも、知覚的にも解放され、自由に自らの感性を発展させるようになる。ただし、彼自身も何度か断っているように、資本やファシズムが、最新技術を駆使して新しい「アウラ」を作り出し、解放されかかっている大衆を再呪縛化しようと試みることもある。それが、戦争の芸術化という形で端的に現われてくる。そういう危機意識をベンヤミンも抱いていなかったわけではないのですが、それを前面に出そうとはしなかった。『複製技術時代における芸術作品』は、客観的な分析・批評というより、ベンヤミンの希望的観測に基づくマニフェストと見た方がいいかもしれません。

ベンヤミンは、ナチスのメディア戦略の全貌を見届ける前に亡くなったわけですが、第二次大戦後になると、アドルノはマス・メディアが、資本による大衆支配・操作を強化する見方をはっきりと表明するようになりました。彼は、それを文化産業論という形で展開しました。先ほど引き合いに出しました、クラカウアーの映画論も、映画のネガティヴな側面を強調しています。複製技術が、アウラを解体するのか、強化するのかというのは、抽象的でありながらアクチュアルな社会問題に関連した問いなので、はっきりした答えを出すのは難しい。ただ、アウラを解体するように見える現象が、別の面では、新たなアウラを生み出している可能性もあることは視野に入れておくべきでしょう。

少しだけ具体的に考えてみましょう。音楽家のワーグナー（一八一三−八三）が民族神話的な世界観を持っていて、反ユダヤ主義的であり、ナチスから好まれたというのは有名な話ですね。彼の楽劇（Musikdrama）は、音楽と演劇を組み合わせたことに加え、バイロイトの劇場という特殊な空間で上演されることを前提に創作されており、様々な芸術・知覚の要素を取り込んでいます。五感を総合的に動員する芸術であり、かつ人々がそうした総合感覚に基づいて繋がっていた神話的な共同体を、（舞台と観客が一つになった）劇場=祝祭空間において再現するという意味で、ワーグナーは自らの作品を「総合芸術作品 Gesamtkunstwerk」と呼びました。言ってみれば、太古のアウラを再現することを試みたわけです。

では、「総合芸術作品」を志向するワーグナーの作品を、レコードにしたり、あるいは映像に撮ったりしたら、どういう効果があるでしょうか？　総合性が解体し、アウラが弱まるので、ワーグナー・ファンだった人ももっと距離を置いて、客観的に評価できるようになるのでしょうか、それとも、アウラによる呪縛が拡散し、より多くの人が呪縛されるようになるのか？　大量複製されるレコード、ＣＤやＤＶＤ、あるいは映画やテレビの映像をチープで下品だと思っている人――そういう小林秀雄的な人は今では絶滅危惧種かもしれませんが――からしてみれば、荘厳な雰囲気が台無しになってアウラなどけし飛んでしまうということかもしれませんが、そういうメディアが〝自然に〟なっている人は、普通に魅せられてしまうかもしれません。オウム真理教事件があった時、「どうして、ああいうチープで素っ頓狂な音楽や踊りで勧誘できるんだ？」、と訝った人は少なくないと思います。メディアの変化と共に人間の感性も変化しているので、一昔前にはみすぼらしいガラクタでしかなかったものが、現在ではごく普通になっているかもしれない。

ベンヤミンは、映画は大衆の現実分析力の向上に繋がるという前提で議論していましたが、新しいメディアに本当に〝慣れて〟くると、次第に惰性的になっていき、そのメディアを介して入って来る情報を無批判的に受容するようになる、という側面もありますね。インターネットは、私たちの現実分析力を拡張しているのか、それとも、テレビ以上に、私たちの思考を画一化する方向に影響を発揮しているのか？

日本社会でネットが一般的に普及し始めた頃、左翼やリベラル派の人たちの多くは、「インタラクティヴなメディアであるネットによって、大衆が主体的に情報発信できるようになり、民主主義が充実していく。ネットは民主主義の訓練になる」と楽観的なことを言っていましたが、二〇〇四年にイラク人質事件が起きて、ネット上で「バッシング」が拡がった頃から、左派の人たちのネット評価がガラッと変わりましたね。それまで左派の人たちは、「ネットの政治的効果」という時、主としてメーリングリストのようなもので、集会参加を呼びかけ、組織するというようなことを想定していたようですが、イラク人質事件などを通じて、匿名掲示板である「2ちゃんねる」の便所の落書き以下のようなひどい書き込みが、政治的影響力を発揮し得るということが分かってきた。そうなると、今度はネットの匿名性の危険を声高に叫ぶようになった——「2ちゃんねる」に常駐しているサヨクの人もいるようですが。

その後、ブログが普及するようになると、「ハンドルネーム（匿名）で運営している人も多いけれど、継続的に自分の意見をまとめて表明することができる媒体であり、意見投稿することや、相互にハイパーリンクを貼ることが容易なので、冷静で落ち着いた意見交換が促進される」、とか言っていましたね。しかし、すぐに「匿名ブロガーによる中傷誹謗や荒らしはひどい。ブログ炎上があちこちで起っている」という話になった——私も、しょっちゅう被害を受けています。次に、mixiなどのソーシャル・ネットワークが登場すると、最初は、「知り合い同士のネットワークなので、ブログのようにひどい罵り合いは起らない」、と言っていたけど、すぐに、内部の情報を外にもらして、プライバシーを侵害する人間がいるので信用できないということになった。ツィッターが出て来た時も、「短い言葉で、同じ関心を持っている多くの人に向けて発信し、面識のない人とリアルタイムでコミュニケーションすることがメインになるので、ヘンな党派性は生まれない」、と言っていたけど、すぐに、他人を手っ取り早く罵倒し、それに対するフォロワーの共感を得て自己満足するような人が出てきたので、イメージが悪くなってきましたね。フォロワー数が多いのを誇る有名人もいますし。

新しいメディアが登場すると必ず、「これには教育的な効果がある。民衆は覚醒し、現実をより多角的に見ることができるようになる」、というような話が出てきます。しかし実際に使い始めてみると、必ずそれを悪用する人や、中毒・依存症になる人、以前よりも自分の頭を使わなくなる人（例えば、他人の文章をコピペしてきて、分かったつもりになる人〉……などが出て来て、負の側面の方が目立つようになる。

複製技術応用メディアの発達は、必ずしも、ベンヤミンが期待していたようなポジティヴな効果をもたらしていない。その逆に思えることの方が多い。しかし、それでベンヤミンの議論がもはや無用になったかというと、そんなことはないと思います。メディアと共に私たちの知覚や思考様式は変化しており、その変化の最初の徴候が、広い意味での「芸術」の領域に現われてくる、という彼の指摘の的確さを否定する人はあまりいないでしょう。［複製技術―芸術―知覚］の三者関係を哲学的に定式化したことは、彼の大きな功績です。彼は、複製技術によって新たなアウラが生まれることや、人々の思考や感性がかえって画一化していく恐れがあることも、ある程度まで予見していたけれど、何故そういう危険が生じるのか分析し切れなかった。何故そういう危険が生じてくるのか考え続けることが、私たちに残された課題です。

ということで、この講義を終わりにしたいと思います。

ベンヤミンを理解し、深めるための参考書

『ワルター・ベンヤミン 革命的批評に向けて』
テリー・イーグルトン
勁草書房

英語圏におけるマルクス主義的文芸批評の第一人者であるイーグルトンによるベンヤミン論。マルクス主義文芸批評の流れの中にベンヤミンを位置付けており、型にはまっているよう感はあるが、この方面でのベンヤミン論の古典と見ることもできよう。〝孤高の思想家〟と見なされがちのベンヤミンを、物神化や身体性をめぐるマルクス主義的問題系の中で読み解き、フェミニズムなどの新しい左派の言説との接合可能性を示している。

『法の力』
ジャック・デリダ
法政大学出版局

一九九〇年代におけるデリダの法学・政治学的転回点になったとされる講演を書籍化したもの。第二部「ベンヤミンの個人名」は、ベンヤミンの『暴力批判論』の批判的読解になっている。法措定を越えた純粋な暴力を志向するベンヤミンの議論に基本的に共感しながらも、「神的暴力」と「神話的暴力」をはっきり区分する議論の立て方の危うさを指摘している。

『無限の二重化　ロマン主義・ベンヤミン・デリダにおける絶対的自己反省理論』
ヴィンフリート・メニングハウス
法政大学出版局

ベンヤミンの博士論文「ドイツ・ロマン主義における芸術批評の概念」を、デリダやルーマンなどの議論を参照しながら、発展的に解釈することを試みた著作。ドイツ・ロマン派の芸術批評の概念が、ベンヤミンを経由して、デリダなどに影響を与えた経路を理解するうえで重要な研究。筆者（＝仲正）のロマン派論『モデルネの葛藤』（御茶の水書房、二〇〇一年）もここから大きな示唆を得た。

『批判理論の系譜学　両大戦間の哲学的過激主義』
ノルベルト・ボルツ
法政大学出版局

ドイツにおける反ハーバマスのコミュニケーション理論家として知られるボルツの初期の著作。両大戦間のドイツに台頭した左右の哲学的ラディカリズムが共有した「危機意識」について複合的に検討している。そうした危機の思想の系譜にベンヤミンも位置付けられている。第二章では、ベンヤミンとカール・シュミットの関係について突っ込んだ考察が試みられており、興味深い。

『ベンヤミンの問い 目覚めの哲学』
今村仁司
講談社選書メチエ

ベンヤミン独特の「歴史」概念を、意味作用、記号、記憶、ユートピア願望等をカギに読解することを試みた著作。マルクス主義的な唯物史観と、ポストモダン系の記号論を繋ぐものとして、ベンヤミンの「歴史」哲学を位置付ける、当時としては斬新な視点を打ち出しており、筆者（＝仲正）も大きく影響を受けた。

『ベンヤミン 破壊・収集・記憶』
三島憲一
講談社学術文庫

ベンヤミンの思想的・文体的変遷、他の思想家・文学者との影響関係を、年代的に細かく追いながら整理している。ベンヤミンの思想的伝記の見取り図を得るのに便利。

『ヴァルター・ベンヤミン解読　希望なき時代の希望の根源』
高橋順一
社会評論社

ベンヤミンの「弁証法」的な認識論を、「メシア的希望＝革命」と関連付けて読むことを試みた著作。ドイツの非正統マルクス主義の系譜の中でのベンヤミンの位置付けを知ることができる。

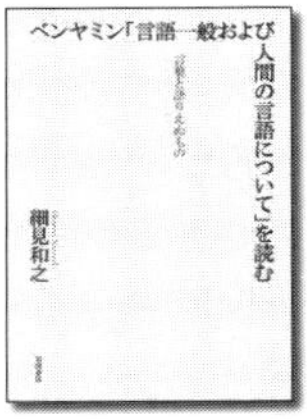

『ベンヤミン「言語一般および人間の言語について」を読む　言葉と語りえぬもの』
細見和之
岩波書店

ベンヤミンの初期の短い論文「言語一般および人間の言語について」を原文に即して徹底読解することを試みた著作。ベンヤミンの「言語」論が、人間の言語に限定されるものではないこと、聖書的・神学的次元を含んでいることがよく分かる。その後のベンヤミンの言語哲学・詩学を理解する様々なヒントを与えてくれる。

『危機の時代のポリフォニー　ベンヤミン、バフチン、メイエルホリド』
桑野隆
水声社

第一章でベンヤミンとロシア・アヴァンギャルドの接点、メイエルホリドやトレチヤコフとの関係が具体的に検討されている。ドイツ文学者・思想史家中心のベンヤミン研究では死角になりがちのロシア・アヴァンギャルドとの繋がりを知るうえで貴重である。

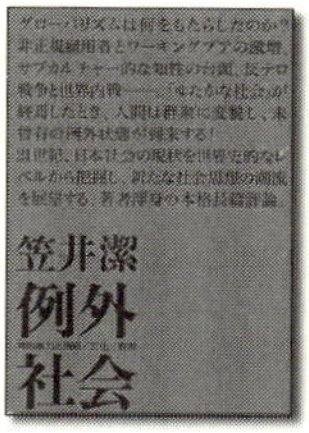

『例外社会』
笠井潔
朝日新聞出版

第七章「千年王国主義と再帰的動物」で、ベンヤミンの著作にしばしば登場する「都市の群衆」を、ジラール、サルトル、アガンベンなどの議論と繋げて、千年王国主義の文脈で読解することが試みられている。ベンヤミンにとっての「群衆」の意味を考えるうえで示唆的である。

ムッソリーニ、ベニト 253-254, 337
ムフ、シャンタル 217
村上春樹 189
ムルナウ、F・W 322
メッテルニヒ、ヨーゼフ・ディーツゲン 229-233
森田草平 254

ヤ行

ユーゴー、ヴィクトル 023

ラ行

ライプニッツ 070, 244-245
ラクー＝ラバルト 014
ラング、フリッツ 183, 322
リーグル、アロイス 268-269
リーフェンシュタール 341
リープクネヒト、カール 121-122, 127
リオタール 014
リュトヴィッツ将軍、ヴォルター・フォン 146
リルケ、R，M 325-326
ルイ・ボナパルト（ナポレオン三世） 237, 238
ルクセンブルグ、ローザ 121-122, 127, 140
ルカーチ、ゲオルク 018-019, 187, 252, 301, 304
ルター、マルティン 010, 101-102, 111, 112, 115, 310, 330, 349, 352
レーニン、ウラジミール 125, 127, 201
レッシング、ゴットホルド 102
レニ、パウル 322
レニ、リーフェンシュタール 341
ロッツェ、ヘルマン 190
ロベスピエール、マクシミリアン 235, 237

ワ行

ワーグナー、リヒャルト 103, 342-343

野村修 010, 012, 120, 122, 182

ハ行

ハイエク、フリードリヒ 350
ハイデガー、マルティン 035, 045, 047, 074, 076, 102-103, 111, 203, 216, 261
バウムガルテン、A・G 333
パウル、ジャン 201, 221, 322
バフチン、ミハイル 201, 353
バルザック 018
パンヴィッツ、ルードルフ 112-113
ビスマルク 121
ヒトラー、アドルフ 183, 218, 253, 322-323, 334
ピランデルロ 296, 300
ヒンデンブルク、ハンス・フォン 218
ファン・デル・ローエ、ミース 330
フェドー、エルネスト 212
フェヒナー 053, 062
フォス、J・H 101-102, 112
ブランショ、モーリス 014
ブロッホ、エルンスト 018-019, 021, 187
フロベール（フローベール）、ギュスターヴ 212
フロム、エーリッヒ 249
ヘーゲル 020, 127, 129, 199, 203, 300-301, 303
ベーレンドルフ 111
ヘシオドス 101
ベルクソン、アンリ 063, 235
ヘルダリン（ヘルダーリン）018, 076, 080, 102-103, 106-108, 110-112, 114
ホッブズ、トマス 131, 163
ボードレール、ジャン 017, 023, 030, 036, 061, 063, 103, 182, 189, 248
細見和之 075, 352
ホフマン、E・T・A 303
ホメロス 101, 339
ホラチウス 101
ホルクハイマー、マックス 221, 248
ポロック、フリードリヒ 248

マ行

マリネッティ、フィリッポ 253-254, 334-340
マルクーゼ、ヘルベルト 249
マルクス、カール 012, 014-021, 057, 067, 122-125, 127-128, 146, 149, 151-152, 182-183, 186-187, 191, 199-200, 202, 210, 214, 217, 219, 229-230, 231-234, 237-240, 248, 250-252, 254, 257, 279-303, 311, 335, 349, 351-352
マン、ハインリッヒ 322
三島憲一 012, 351
三島由紀夫 084, 254

サ行

シェイクスピア 101-102, 103, 201, 297
シェリング、フリードリヒ 019, 279
島崎藤村 084
シャミッソー、アーデルベルト 303
シャイデマン、ルドルフ 120
シュトラム、アウグスト 325-326
シュミット、カール 216-218, 350
シュライアーマッハー 101
シュレーゲル、フリードリヒ 024, 079, 098, 101-102
シュレーゲル、アウグスト＝ヴィルヘルム 101-102
ショーレム、ゲルトハルト・ゲルショム 222
シラー、フリードリヒ 018, 071, 102
スコット、ウォルター 018
鈴木孝夫 092
スターリン、ヨシフ 183
スタンバーグ、ジョセフ・フォン 322
ストーカー、ブラム 322
スピノザ、バールーフ・デ 070-071, 131, 163
スミス、アダム 230
セヴラン＝マルス 284-285
セルバンテス 101-102
ソポクレス 106-107
ソレル、ジョルジュ 123, 125, 127, 140, 147-149, 154, 160, 163, 254
ゾンバルト、ベルナー 014

タ行

高木久雄 249
高橋順一 012, 352
高原宏平 249
多木浩二 012
ダンテ、アリギエーリ 102-103
ダンヌンツィオ 253-254, 334-336
チャップリン、チャーリー 285, 289, 323
ティーク、ルートヴィッヒ 021, 101
ディルタイ、ヴィルヘルム 063, 205
デカルト 024, 261
デュシャン、マルセル 325, 326
デュラス夫人 250
デリダ、ジャック 014, 032-033, 035, 045, 095, 117, 124-125, 177-178, 189, 240, 261, 349-350
ドゥルーズ 189, 240
徳永恂 184, 222
ドラン、アンドレ 325-326

ナ行

中沢新一 201
夏目漱石 084
ニーチェ 103, 249, 254
ネグリ、アントニオ 117
ノヴァーリス 024, 079, 095, 101, 315

人名索引

ア行

アーレント、ハンナ 117
アイスキュロス 027, 107
アジェー、ウジェーヌ 280
アドルノ、テオドール 011, 117-118, 189, 221, 248, 322, 342
アリストテレス 261, 334
アルチュセール、ルイ 012
アルプ、ハンス 325, 326
アンジェリコ、フラ 285
イエス 094, 194, 276
今村仁司 012, 017, 122, 351
ヴァレリー、ポール 250
ヴィーネ、ロベルト 322
ヴィックホフ、フランツ 268-269
ウェーバー、マックス 014-015, 217-218, 229, 279
ヴェゲナー、パウル 322
ウェブレン、ソースティン 015
ヴェルトフ 312
ヴェルギリウス 101
内村博信 096
エイゼンシュタイン 283, 312
エウリピデス 107
エーベルト大統領、フリードリヒ 146, 218
オヴィディウス 101

カ行

カップ、ヴォルフガング 146-147
ガタリ 189, 240
カフカ、フランツ 189, 303
萱野稔人 123
柄谷行人 201, 238
川村二郎 012
ガンス、アベル 284-285
カント、エマニュエル 071, 129, 177, 190, 333
キュヴィエ、ジョルジュ 053
クーランジュ、フュステル・ド 211
久保哲司 250
クラカウアー、ジークフリート 322, 342
グルーネ、カール 322
クレー、パウル 221
クロソフスキー、ピエール 249
グロピウス、ヴァルター 330
ゲーテ 018, 028-029, 087, 101-102
ケラー、ゴットフリート 205
ケルゼン、ハンス 217-218
ケレンスキー、アレクサンドル 122

【著者紹介】

仲正昌樹（なかまさ　まさき）

1963年広島生まれ。東京大学総合文化研究科地域文化研究専攻博士課程修了（学術博士）。現在、金沢大学法学類教授。専門は、法哲学、政治思想史、ドイツ文学。古典を最も分かりやすく読み解くことで定評がある。また、近年は、『Pure Nation』（あごうさとし構成・演出）でドラマトゥルクを担当するなど、現代思想の芸術への応用の試みにも関わっている。

・最近の主な著作に、『ハイデガー哲学入門―「存在と時間」を読む』（講談社現代新書）
・最近の主な編・共著に、『政治思想の知恵』『現代社会思想の海図』（ともに法律文化社）
・最近の主な翻訳に、ハンナ・アーレント著／ロナルド・ベイナー編『完訳カント政治哲学講義録』（明月堂書店）
・最近の主な共・監訳に、ドゥルシラ・コーネル著『自由の道徳的イメージ』（御茶の水書房）

ヴァルター・ベンヤミン
「危機」の時代の思想家を読む

2011年3月20日第1刷発行
2017年9月30日第3刷発行

著　者　仲正昌樹

発行者　和田肇
発行所　株式会社作品社
〒102-0072　東京都千代田区飯田橋2-7-4
Tel 03-3262-9753 Fax 03-3262-9757
http://www.sakuhinsha.com
振替口座 00160-3-27183

装　幀　小川惟久
本文組版　有限会社閏月社
印刷・製本　シナノ印刷(株)

Printed in Japan
落丁・乱丁本はお取替えいたします
定価はカバーに表示してあります
ISBN978-4-86182-317-6 C0010

現象学の根本問題

Die Grundprobleme der Phänomenologie

マルティン・ハイデガー

Martin Heidegger

木田元［監訳・解説］

平田裕之・迫田健一［訳］

哲学は存在についての学である

未完の主著『存在と時間』の欠落を補う最重要の講義録。アリストテレス、カント、ヘーゲルと主要存在論を検証しつつ時間性に基づく現存在の根源的存在構造を解き明かす。

健康な悟性と病的な悟性

Franz Rosenzweig

Das Büchlein vom gesunden Verstand und kranken Verstand

フランツ・ローゼンツヴァイク

村岡晋一［訳］

観念論から対話の哲学へ

ギリシャ以降の抽象に淫した西欧哲学を「病的な悟性」と見立て、世界・人間・神を機軸とする「健康な悟性＝常識」と「対話」による哲学の回復を目指す『救済の星』の闡明。

一語、一句原文を精査校訂、
現代の「日本語訳・新約聖書」の定本となる
画期的訳業！

田川建三
訳著

新約聖書
訳と註

全6巻

全7冊

【第一巻】マルコ福音書／マタイ福音書
［既刊］

【第二巻】上 ルカ福音書
［2011年2月刊行予定］

【第二巻】下 使徒行伝
［2011年8月刊行予定］

【第三巻】パウロ書簡 その一
［既刊］

【第四巻】パウロ書簡 その二／擬似パウロ書簡
［既刊］

【第五巻】ヨハネ福音書／公同書簡
［2012年12月刊行予定］

【第六巻】ヘブライ書／ヨハネ黙示録
［2014年4月刊行予定］